我們悲慘的宇宙

史嘉蕾・湯瑪斯——著　金玲 譯

BY
SCARLETT THOMAS

OUR TRAGIC UNIVERSE

獻給羅德，此書及我的愛

第一部

組織一場假搶劫。確保你的武器不會傷人，帶上最值得信賴的人質，不要令任何人的生命受到威脅（否則你就會變成罪犯）。提出贖金要求，盡可能製造出最大的騷動——總之，盡量做得「逼真」，這樣就可以檢驗保安機關面對完美擬像的反應。但你不會成功：人造符號的網路將不可避免地與現實元素混淆（員警會真的向目標開槍；銀行客戶會嚇得心臟病突發而身亡；別人會真的付給你贖金）。簡而言之，你會突然無意中發現，自己又一次進入了真實的情境，而其功能之一就是要吞噬一切模擬的企圖，把一切都還原成某種真實……

——尚・布希亞《擬像與模擬》

Jean Baudrillard, *Simulacra and Simulation*

我的朋友莉比發來簡訊的時候我正在讀一本關於如何活過世界末日的書。她說：「你能在十五分鐘內趕到河堤嗎？出大事了！」這是二月初的一個寒冷周日，我幾乎一整天都縮在床上。我在達特茅斯住的小屋潮濕破舊。奧斯卡，我投稿報紙的文學編輯，寄來了凱爾西．紐曼的《永生的科學》，要我寫書評。隨書寄來的還有一張紙條，寫著奉承的話。那些日子我非常缺錢，所以什麼活兒都接。情況其實也沒那麼糟：在科學書評界我已經逐漸樹立起了一定的名聲，因此奧斯卡總是把最好的書給我。我的男友克里斯多夫在世界遺產遺址做無償志工，所以我必須獨力負擔全部的房租。我從不放過任何工作機會。雖然，對於凱爾西．紐曼這本書，和他挨過時間的末點這個概念，我還不知道能說點什麼。

從某種角度來說，我已經倖存於各種時間的末點之外：截稿日期，銀行的透支額度和銀行經理的最後通牒。我趕稿子賺錢，但不一定拿去還款。那個冬天，我只到佩恩頓一個收費高昂、拒絕提問的地方兌現支票，然後到郵局用現金交水電費。但你能要求什麼？我根本不是知名大作家，儘管我仍未放棄這個計畫。每當有白色信封從銀行寄來，克里斯多夫就會把它擱在我二樓書桌上的那遝信件上。但我一封也沒有打開過。電話餘額不多，我沒回莉比簡訊；不過我還是放下了書，從床上站起來，換上運動鞋。因為種種複雜的原因，我曾發誓絕不在周日晚上離開達特茅斯。但我無法拒絕莉比。

灰濛濛的下午像隻受了驚的土鼈蟲般被夜晚吞沒。還有五十頁《永生的科學》要讀，截稿日期就是明天。如果我想讓文章在周日見報，就必須馬上看完書並及時寄出書評。不然就得拖到下周，而我也將一個月沒有收入。克里斯多夫正在樓下的沙發上鋸再生木塊，打算做個工具箱。我們沒有花園，他只能在院子裡工作，院子是塊混凝土地，狹小封閉，圍牆很高。青蛙及其他各種小動物時常如從天而降般神奇地出現在院子裡。走進客廳，我發現到處都是木屑，但我沒出聲。我的吉他倚在壁爐旁。

克里斯多夫每拉動一次鋸子，振動就在房間裡穿梭，吉他的E弦也一併振動起來，發出細微的聲響，低沉憂傷而又綿綿不絕。克里斯多夫鋸得很認真：他的弟弟喬許昨天過來吃了午飯，顯然他還沒能平復過來。喬許覺得談論母親的去世有撫慰作用，而克里斯多夫並不苟同。喬許為父親正和一個二十五歲的服務生約會而感到高興，可克里斯多夫覺得那非常噁心。可能當時該由我來結束那場談話，但我正在發愁：那本要評論的書我一眼都沒看，甚至都不知道是怎樣的一本書；桌上的麵包快吃完了，而那是我們僅剩的一些。況且，我真的不知道該如何結束那樣的談話。

有時，我會在下樓的時候想著要說點兒什麼，然後想像克里斯多夫的反應，通常我最終會沉默不語，但這次我開口了：「你猜怎麼了？」克里斯多夫仍發瘋似的鋸著木頭，彷彿那是喬許的頭，也可能是米莉的頭，接著他說：「親愛的，你知道我最討厭你這樣說話。」我道了歉，他讓我幫他拿住一塊木塊，我說得出門遛狗了。

「她太久沒出門了，」我說，「天都快黑了。」

貝絲正在玄關上的一塊牛皮墊上滾來滾去。

「我以為你今天下午遛過她了，」克里斯多夫說。

我套上防風衣，戴上紅色羊毛圍巾，一言不發就出門了；我聽見克里斯多夫一盒釘子掉在地上，但我沒回頭，雖然我知道應該要。

／

如何活過世界末日？答案很簡單。當宇宙衰老脆弱到終將崩潰時，人類就可以隨意處置它。人類將有上億年的時間來學習，不會有女舍監來阻止他們，或是自由主義大報，或是憂傷的聖歌。到時候，只需要把那些衰老的星球一個一個用輪椅推到宇宙的一邊，當你處理這個星球時，下一個正在另一個星系裡悲傷地尿濕褲子。一切都在等待著最後一擊：所有事物都轉變為別的形狀，宇宙開始它美妙的崩潰，它喘著大氣流著汗，直到每一個生命都被拋出去，直到所有物質被擠壓成一點並最終消失殆盡。在毀滅前的最後時刻，宇宙發出微弱的喘息和高潮的呻吟，所有的黏液、膿水、腐臭的汁液都將轉變為純粹的能量。在那一瞬間，那能量可以為所欲為。我不明白自己為什麼要費心嘗試向克里斯多夫解釋這一切。有一次，他拒絕接受空間的多維性，把我給急哭了；另一次，我畫了一張示意圖來證明畢達哥拉斯定理，他卻連看都不想看，我們大吵了一架。在克里斯多夫看來，我評論的書都「太費腦子了，寶貝。」真不知道他會怎麼看我手上這本，它能把你的腦子完全搞亂。

凱爾西．紐曼認為，宇宙是一部電腦，到了某個瞬間，它的密度會變得非常高，也將因此擁有強大的能量，可以計算出一切。那為什麼不乾脆編一個程式來類比出一個新宇宙，一個永恆的、讓所有人從此幸福快樂的宇宙？這個瞬間被稱為歐米伽點，它的力量能容納萬物，因此它很像上帝。但它又不同於上帝，因為它靠一種稱為**能源**的處理能量運作。在宇宙即將崩潰之際，沒人要去作一首關於宇宙毀滅的詩，或去做最後一次愛，也不會四處亂逛、飄飄欲仙或無精打采，一邊靜靜等著被毀滅，一邊想像彼岸那不可言喻的美景。所有人都將各就各位，為了一個終極的目標：存活。只須通過物理知識和自己的雙手，人類將構建出歐米伽點。歐米伽點擁有無窮的能量，它可以、基於千萬種理由也一定會，讓所有人復活——對，甚至包括你，已經死了上億年的你——這能量澤被蒼生，它會創造出完美的天堂。在宇宙結束的時候，什麼都可能發生，除了一件事。

你將不會死去，永遠不會。

奧斯卡一般不會寄這樣的書給我。我們做大眾科學，雖然會挑古怪一點兒的，但我們的底線是新世紀類。這本書屬於新世紀類嗎？很難說。介紹上說紐曼是紐約一位備受尊敬的精神分析學家，他當過總統顧問，雖沒說明是哪一任總統。受知名物理學家法蘭克・提普勒（Frank Tipler）的啟發，紐曼著手寫下這本書。歐米伽點的說法是法蘭克・提普勒最先提出的，他做了所有必要的計算，證明一旦那種能量被啟動，你、我——所有曾經活著的人們，所有可能存在卻沒能活過的人們——都能在時間的末點復活。死亡將只是一段小憩，從死亡到在永生中醒來，你不會意識到時間的流逝。

那幹麼還要為世事煩惱？幹麼要成為知名小說家？幹麼要交帳單、剃腿毛、吃充足的蔬菜？如果這個理論是對的，唯一明智的選擇便是現在就一槍斃了自己。可然後呢？我熱愛這個宇宙，尤其是那些我基本能理解的各種美妙的點滴，如相對論、萬有引力、上夸克和下夸克、進化論、波動函數；但我還沒有對它迷戀到想要活過它的自然末日、和所有人一起被連到一台「宇宙生命維持機」上，在某種昏迷中寸步難行。我曾被告知——最近又再次被提醒——我將一無所有。我要那樣的一個天堂做什麼？永生就像是嫁給你自己，而且永遠不能離婚。

／

我們走下三十一級石階，來到街上。經過轉角處雷格的商店後，我和貝絲穿過市集廣場。整個廣場如同荒原般毫無生氣，只有一隻海鷗不停啄著地上的薯片袋，發出「嗒、嗒、嗒」的聲響，像一挺孤獨的機關槍。經過米勒熟食店附近的巴特走廊時，貝絲緊挨著牆壁走，一到皇家大道花園，她就停下來撒尿。一切似乎都關閉了，破碎了，死去了，冬眠了。室外舞臺空空如也，噴泉乾涸。棕櫚樹在風中簌簌抖動。空氣中彌漫著鹹味和一股類似海藻的氣味。愈是靠近河邊，這氣味就愈強烈。四下無人。天色漸漸變暗，對岸金斯韋爾的天空慢慢形成了一種糊狀的顏色，混合著綠、棕和紫色，就像蘋果皮。風從海上吹來，水面上的小船隨風晃動，如同被施了魔法，發出幽靈般的聲響。

我拉上防風衣的帽子，貝絲四處嗅著。她喜歡先一一問候北岸河堤的所有長椅，然後繞著遊艇停泊處走一圈，最後經過加冕公園回家。她在冬天總是走得很慢，而且精神不濟。在家的時候我常發現她蜷成一團躲在床單裡，像是隨時準備要冬眠。不過出門的時候她還是會沿著以往的路線散步。每天穿過加冕公園時，我們都會停下來看看那個神祕的建築工地。去年秋天，莉比從她編織小組裡的老瑪麗那兒聽說，這裡將興建一個小型石頭迷宮。迷宮會建在一塊高高的草坪上，在那兒可以將河景盡收眼底，草坪也將經過精心設計。可直到現在，這兒都還只是個洞。這個項目由地方議會撥款，因為有研究表示，建造這種迷宮可以幫助大家平靜身心。達特茅斯是一個安靜的港口城市，人們來這裡退休、等死、寫小說，或安靜地開一間小店。這裡唯一需要平靜的人，是皇家海軍學院的學生，而他們永遠不會來走這個迷宮。我最擔心的是建築工人會砍掉我最愛的那棵樹，因此幾乎每天都會過來檢查，看它是不是還在那裡。風呼嘯著吹過公園，建築工地上的臨時塑膠圍欄在風中拍打，我匆匆看了一眼我的樹，催促貝絲趕快離開工地，又走回了河堤。這個二月寒冷、嚴酷，令人厭惡，我只想快點回家躺在床上，雖然家裡並不比室外暖和多少，而且屋內潮濕的空氣會讓我喘個不停。貝絲顯然也想早點回家。我想像著她和我一起窩在被窩裡，進入冬眠。

周圍仍然一個人也沒有。也許過去的幾個月來，我一直在為一些不可能發生的事情而苦惱。也許他再也不會來了。也許他從沒來過。

海爾渡輪從河的上游朝達特茅斯駛來，發動機不停發出突突的聲響。渡輪上只有一輛車，車燈在黑暗中閃爍，可能是莉比的車。河面上有東西在叮叮作響。我站在那裡等莉比，同時掃視河面上的船隻；我不是在找**他**。聽著那「叮叮」聲，我不禁猜想它為何顯得如此鬼魅。我摸進防風衣內裡的口袋。我知道那裡有什麼：一張小紙片，上面寫著一個我已經能背出來的電郵位址，還有一個附吸管的棕色藥瓶。瓶裡剩下最後一點花精。這花精是朋友薇幾個星期前調給我的。前些日子，我、薇還有她的男友法蘭克一起去了他們在蘇格蘭的度假小屋，我們在那裡過耶誕節，當時克里斯多夫去了布萊頓。但後來事情弄僵了，薇不再跟我說話。所以事實上，我現在前所未有地孤單。但其實也還好，我有房子住，有男朋友，還有貝絲，這些已經足夠。我還有這瓶花精，它很管用。瓶子的標籤上，薇的字跡還依稀可辨：龍膽花，冬青，角樹，甜栗，野燕麥，野玫瑰。我滴了幾滴在舌尖，感覺到瞬間的溫暖。

幾分鐘後渡輪靠岸了。搖板放下的時候發出砰的一聲巨響，船門打開，唯一的那輛汽車開出來，駛向河堤。果然是莉比。我揮了揮手。兩年前，莉比和她的丈夫鮑勃關掉了逐漸走下坡的漫畫書店，開始經營米勒熟食店。他們賣各種東西，包括未經巴氏消毒的乳酪、鵝脂、檸檬塔、自製沙拉、浮木雕塑品，以及他們自己或是朋友織的披肩或毯子。我也會做些果醬、橘皮果凍拿去他們店裡賣，在寫作之餘賺點兒外快。我經常在冬天的早晨去他們店裡拿我最愛的午餐飯盒：一盒醃製的大蒜，一些魚醬，半個法式長棍。莉比開得很慢，車窗大開，頭髮在風中亂飛。一看見我，她就停下車。莉比穿著牛仔褲和緊身T恤，裹著一條紅色的手織披肩，寒冷的二月似乎完全拿她沒辦法，而她也像是從來沒戴過厚眼鏡，或穿過印有恐怖片主角頭像的肥大上衣的樣子。

「梅格，該死的。感謝老天。克里斯多夫不在這兒，對吧？」

「當然不在。」我說，「沒別人。怎麼了？你沒事吧？你不冷嗎？」

「不冷。我腎上腺素分泌過多了。我徹底完蛋了。我可不可以說我在你這兒？」

「什麼時候？」

「今天。一整天。還有昨天晚上。鮑勃昨天提早回來了。你能相信嗎？蓋特維克的機場跑道太滑，他的航班改降在埃克塞特！」

「你跟他說過話了？」

「還沒，但是他傳了簡訊。本來他會在飛機降落蓋特維克的時候傳簡訊給我，那樣我就來得及回家換衣服、收拾屋子，讓他看不出來我沒留在家裡。所以聽到簡訊鈴聲的時候，我認定是鮑勃從蓋特維克傳來的——時間差不多——可當時我跟馬克在床上，所以沒立刻看簡訊。你想，從下飛機到離開機場要半個小時、機場到維多利亞要半個小時、維多利亞到帕丁頓要二十分鐘、帕丁頓再到托特尼斯去取汽車要三個小時，拿到車開回家還要二十分鐘。所以我一點都不慌。不過當我看手機的時候，我發現他又傳了條簡訊說『半個小時後見』，接著又是一條問我在哪裡、是否都沒事——我差點兒要心臟病發了。」

莉比跟馬克有婚外情。馬克是個生活混亂的傢伙。他住在一個叫徹斯頓的村子裡，在托貝的那條河邊。馬克曾經一貧如洗，後來從祖父那兒繼承了一棟海灘棚屋。他住在這海灘棚屋裡，吃魚、在船塢和碼頭打各種零工。他正在存錢，準備開一間自己的船舶設計公司，但莉比說他還早呢。週一至週五莉比通常和鮑勃在熟食店工作，剩下的時間，鮑勃玩電吉他或者算帳，而她，就學習編織愈來愈複雜的圖案，或用深紅色墨水寫情書給馬克。她捏造了一個讀書會，告訴鮑勃她每週五晚上都要去徹斯頓圖書館參加小組活動。週三的編織小組上她也會見到馬克，不過在那兒更麻煩，因為鮑勃隨時會帶著店裡賣剩下的蛋糕突然出現，或是小組裡的某個老婆婆可能會看到馬克撫摸莉比的膝蓋。這個週末不太一樣，因為鮑勃去德國看他的姑婆和叔公。她從週五開始就和馬克待在一塊兒。

「所以你昨晚來我這兒，然後……？」

我皺眉頭。我們都知道莉比絕不可能在我家待上一整晚。有時她會從熟食店帶瓶紅酒來我家，不過最近她來得很少。我們通常會坐在餐桌邊聊天，而克里斯多夫則獨自坐在幾英尺外的沙發上生悶氣。他會用盜版的「天空系統」（Sky system）看美國新聞或講獨裁者的紀錄片，嘴裡嘟噥著世界何其腐敗、有錢人何其貪得無厭。他是故意的，因為莉比有錢，他不平衡。通常我會約莉比在酒吧見面，儘管克里斯多夫總是抱怨我把他一個人丟家裡。貝絲之前一直在地上嗅來嗅去，現在她趴在車門上，對著車窗嗚咽。她想上車。她喜歡鑽進車裡。莉比拍了拍她的頭，但沒有看她。

「不……我得弄丟鑰匙才行。」她開始思索可能性。「我們，呃，我和你昨晚一起出去玩，我丟了鑰匙，所以必須待在你家。我喝醉了，我沒有找鮑勃，因為他在德國，我打算今天出門找鑰匙，所以他傳訊給我的時候我正在找鑰匙，可是我把手機留在你家裡，所以……」

「但你現在就在開你的車。房門鑰匙是分開的嗎？我還以為所有鑰匙都在同一個鑰匙圈上。」

莉比看著地面。「也許我找到鑰匙了……他媽的。噢，老天！噢，梅格，我該怎麼辦？我為什麼要開車去你家呀？走路只要五分鐘。我沒辦法把這一切拼湊起來。」她皺眉。「拜託，你才是作家，你知道怎麼安排情節。」

我似笑非笑道：「對啦。你會讀書。我確定你也知道如何安排情節。」

「對，但你以此維生。而且還教這個。」

「對，可是……」

「這裡的配方奶是什麼？」

配方奶，就是用來代替母乳餵給嬰兒的那種東西。她說得沒錯，這是我的專長。一九九七年我贏得一個短篇小說獎，之後就有人帶著合約來找我出版首部小說，我得寫一篇具有開創性的嚴肅文學小說：這種小說通常會贏得更多獎項，然後在書店櫥窗裡展示。但實際上過去十一年來我大部分時間都用在寫類型小說，因為這樣更容易賺錢；我需要錢付房租、付帳單、買吃的。我事先得到了一千英鎊的預付款，本該用這筆錢來還清債務，我卻買了一台筆記型電腦、一枝鋼筆，還有一些筆記本。正當我準備為這部小說寫綱要時，奧布圖書的克勞蒂亞打來說，如果我能在六個禮拜內寫出一本青少年驚悚小說，就可以賺到兩千英鎊。這本小說的官方作者是澤布．羅斯，他一年要出版四本書。其實世上並無此人，所以當時克勞蒂亞在招募新的槍手作家。我連想都不用想就可以作出決定：賺到兩倍的錢，然後開始寫真正的小說。可當我自己的小說才寫了幾章，第二本澤布．羅斯又來了，緊接著又是一本。幾年後我開始擴大範圍，用自己的名字寫了四本科幻小說，全部屬於一個系列，故事設定在一個叫紐托邦的地方。我一直打算完成自己那本「真正的」小說，但這看似永遠不會發生，哪怕到時間的末點。如果凱爾西．紐曼是對的，歐米伽點會在世界末日的時候令所有活過和沒活過的人復活，那澤布．羅斯定將是其中一員，這樣他就可以自己寫他的書了。而我，想必還是有房租要付。

我歎了口氣：「問題是，當你為自己的書設計劇情，你可以回頭去修改那些奇怪的地方，從而讓一切都合情合理。你可以刪除幾段或是幾頁的文字，甚至刪掉整篇稿子。但我不能讓時光倒流、讓你坐公車去馬克家——這也許是最好的辦法。」

「為什那樣就行得通？」

我聳聳肩。「天曉得。這樣的話你就可以像你說的那樣，走到我家，忘了鑰匙和電話。」

「但為什麼我會帶著個週末旅行袋？」

「是啊。我哪知。」

「肯定有辦法的。讓我們回到最基本的問題。怎麼樣講一個好故事？一言以蔽之。」

我看看錶。克里斯多夫一定在疑惑我人在哪裡。

「鮑勃不是在等你嗎？」我說。

「我得把這件事搞定，不然就再也沒有鮑勃這個人了。」

「好。我們就長話短說。把故事建立在起因和結果上。只有三幕。」

「三幕？」

「開頭，中間，結尾。問題、高潮、解決方案。你要把它們串起來。讓某人搭上他不該上的船，把船弄沉，最後拯救他們——我只是舉例，不是要你這麼做。你必須先有個問題，再讓情況變糟，最後解決它。除非你是要寫悲劇。」

「萬一這真是悲劇怎麼辦？」

「莉比……」

「好啦。我和你一起出門，我搞丟了鑰匙。那很糟。更糟的是，我在找鑰匙的過程被輪暴了，而現在我失去了記憶，綁匪則帶走了你，因為你是證人、只有貝絲知道你在哪裡，她試圖告訴克里斯多夫，但是……」

「太複雜啦。簡單一點。你只需要解釋車子的問題。故事應該是我們一起出去玩，你丟了鑰匙，這讓你很煩惱。然後可能因為你丟了鑰匙又丟了車，所以你更加苦惱。也許有人偷走了你的鑰匙和車。誰知道呢？你只知道你丟了鑰匙。這裡唯一的技術問題就是你的車還在。」

等等等、點點點。我好像變成了一台設計來吐出這些鬼東西的「情節自動產生器」。為奧布圖書的新槍手作家「調配」類似的建議時，我總是告訴他們應該對自己的寫作有信心，不能只是遵循既定的規則。但是，當他們在原創的荒野裡迷路時，我就會引導他們回到配方奶的康莊大道上。

「那我和鮑勃怎樣才能從此幸福快樂地生活在一起呢？」

我想了一會兒。

「顯然你得把車推進河裡。」我笑道。

莉比呆坐了大約十秒鐘，兩隻手因為緊緊抓住方向盤而愈來愈蒼白。然後她下車，看了看四周。北岸河堤看上去仍如同荒野一般。沒有想要偷船的孩子，沒有遊客，沒有其他遛狗的人。沒有人在找我。莉比發出一聲嗚咽，有點兒像貝絲之前那樣。

「你說得沒錯，」她說，「這是唯一可行的辦法。」

「莉比，」我說，「我是在開玩笑。」

她回車上，原地開了一個踉蹌的三點轉向，把車頭朝向河面，開上了堤壩。有一瞬間，她看著像是要把車開進河裡。我站在那兒，不知道她是不是只是在胡鬧，也不知道是該笑還是該阻止她。她下了車，走到車子後面。莉比很嬌小，可當她的二頭肌繃緊起來我意識到她的手臂非常強壯。車動了，她肯定沒有拉上手煞車。她推車，車前輪越過了堤岸邊緣。

「莉比。」我又叫了她一聲。

「我一定是瘋了。我在幹什麼？」她說。

「沒事，」我說，「過來，不要這樣。你很難把事情解釋清楚。」

接著她就把車推進了河裡，然後把鑰匙扔出去。

「我會說是那些小鬼幹的。」她的聲音蓋過了水花和車下沉發出的聲響。「他們偷了我的鑰匙。

儘管這聽起來也不太可信，但沒人會相信我絕望到把自己的車推進河裡，對吧？有什麼事會讓我做出這麼蠢的事呢！媽的。謝謝你，梅格。這真是個好主意。我明天再打給你——如果我還活著的話。」

她看錶，沿著河堤走向檸檬小屋，紅色披肩一面旗似的在風中飄蕩。我想起一個禪宗的故事，關於風和旗。是風在動，還是旗在動？兩個和尚就這個問題爭論不休，後來出現了一位智者，他說：「既非風動，亦非幡動，乃爾心動。」我慢慢往回走，貝絲又嗅了一遍長椅，就好像剛才什麼事都沒發生過。莉比沒有回頭，我看見她變得愈來愈小，走到街角後消失在貝亞達斯灣的方向。當然，科學家會告訴你，她並沒有愈變愈小，只是走遠罷了。

／

風狠狠颳過河面，我一邊心不在焉地看著黑綠色的河水泛起漣漪，一邊催貝絲回家。河裡完全沒有莉比車的影子。我一直盯著河，沒有留意長椅，所以當有人向我打招呼的時候，我嚇了一跳。是個男人，身子一半隱藏在黑暗中。貝絲跑上去直嗅他老舊的步行靴，他輕輕撫摸著她的兩耳間。他穿著牛仔褲和粗呢外套，凌亂的黑灰色頭髮遮住了臉。他看見剛才發生了什麼事嗎？他一定看見了。可是他聽到是我出的主意嗎？他抬起頭看我。我早知道他是羅文。所以他還是來了。為了這次見面，他是不是每個周日都等在這裡？

「你好，」我說，「你……」

「你好，」他說，「很冷，對吧？」

「冷死人了。」

「你沒事吧？」

「沒事。你呢？」

「很冷，很煩悶，需要出來呼吸點新鮮空氣。我一整天都在海事中心寫〈鐵達尼號〉那章。你相信嗎？我竟然還在寫。我應該要感激，因為我還活著。大家都說退休會害死我。」

羅文和女友莉絲一年前搬來達特茅斯，為了照顧莉絲的媽媽。他們住在城堡附近一間翻新過的舊船塢裡，欣賞得到港口的壯闊美景。他們家裡的每一樣東西，無論曾經多破舊，如今都無比高雅簡潔。我去參加過一次晚宴，當時羅文還沒退休。那晚莉絲的妝化得太濃，對羅文講起話來就像他還是個孩子。她說他曾在百貨公司裡迷路三個小時，還試過穿牛仔褲參加她公司的黑領帶耶誕派對，有一次他輕輕一碰就把新洗碗機弄壞了。當時我想像羅文獨自坐在格林威治大學一間通風的辦公室裡，窗戶大敞，窗外是剛修剪過的草地，身邊全是書，喝著一杯不錯的咖啡，偷偷地擔心著這些晚宴。那時我就想不透他為什麼要退休。

「大部分人退休之後，會做些園藝或是DIY，對吧？」我說。「他們不願再找一份工作，比方在海事中心擔任理事。從任何正常定義來看，我都不認為你真的退休了。」

他歎了口氣：「整天摸模型船打發時間。幫機器上發條。岩石和甲殼動物的收藏品。互動式潮汐表。這些都不是什麼難事。我還有時間去做瑜伽。」

看來他不打算提起莉比和她的車。我們將「正常地」聊天，這有一點令人沮喪，不過也帶點調情的意味，就像以前那樣。那時羅文每天都在海事中心開門前來托基圖書館——做文書工作——但最後我們總會一起出去吃午餐喝咖啡。這次的聊天結束後我們會親吻對方嗎，就像上次那樣？

「你的書寫得怎麼樣了？」他問。

「嗯，」我說，「還行。我又一次回到了那本『正常』小說的第一章。有天我發現，過去十年間我已經為這本小說刪除了將近百萬字。你可能以為這樣會令這本小說很完美，但事實並非如此。它現在一團糟，不過沒關係。」

「你還在用幽靈船嗎？」

「沒有。嗯，可能吧。它們有時會回來。」

「希臘怎麼樣？」

我皺了皺眉頭：「我最後還是沒去成。這裡有太多別的工作要做了。」

「太可惜了。」

「那你呢？那一章怎麼樣？」

「我一直被迫要看些新東西。我剛剛讀了漢斯・馬格努斯・恩岑斯貝格爾（Hans Magnus Enzensberger）的一首關於鐵達尼號沉沒的詩。其中有一段是寫一群宗教狂熱分子在山上等待世界末日，據說世界末日將在下午發生。但世界沒有終結，於是大家都走了出去買新牙刷。」

我笑了。我記起羅文借給我一本書，不過我還沒看，雖然一直想看。那是阿嘉莎・克莉絲蒂的《西塔佛秘案》（*The Sittaford Mystery*）。我完全不明白羅文為什麼要借這本書給我。他曾就阿嘉莎・克莉絲蒂位於達特河的屋子做過一個短期主題研究，因此看了這本書。但我不懂他為什麼會覺得這本書有任何能引起我興趣的地方。我已經與類型小說糾纏得太久了。

「聽上去不錯，」我說，「有點兒像是一本我正在評論的書，不過我的那本一點都不好。」

「是本什麼書？」

「它講述了宇宙如何不會結束，而我們將如何能永生。我討厭它，不知道為什麼。」

「我不想永生。」

「我也不想。」

「為什麼要永生？現在的生活已經夠糟糕的了。」

「我也是這麼想。」

「你沒事吧？」他又問了我一次。

「沒事。你剛才是說你在練瑜伽？還是只是我的幻覺？」

「不，不是你的幻覺。我是在練瑜伽。」

「為什麼？」

他聳了聳肩。「膝蓋不好。年紀大了。我們前不久剛從印度回來，在那裡參加了一個瑜伽團。沒過耶誕節，不過這很好。我們還看到翠鳥。」羅文又摸了摸貝絲的頭，我別過臉。我知道他的「我們」是指他和莉絲。我留意到，相處時間很長的伴侶都這麼做：永遠稱他們倆為「我們」。每當我打電話問候媽媽「你好嗎」的時候，她總是會回答「我們挺好的」。我從來不會這樣說克里斯多夫和我。可能以後會吧。不是說我會學會用這個詞，實際上我們很少一起做某件事。而且我們從來都沒有「挺好的」。自從我吻了羅文，我們就更加不是「挺好的」，因為我明白，既然我可以吻別人，那我就再也不會吻克里斯多夫。而在過去的五個月裡，他竟然沒察覺到這點。

「莉絲怎麼樣？」我問，「她還在寫那本書？」

每年我會為奧布圖書的槍手作家開兩堂培訓班，地點是托基一間破舊的飯店。在這些培訓班上，我會教給那些有點才華的作家如何更好地設計小說情節和結構，還會教他們奧布圖書的「方法」。奧布圖書不介意我招一些本地人，收他們學費。所以每當有培訓班的時候，我都會在海港書店張貼海報，通常會有三到四個人報名。莉絲去年來參加過一次。她一直打算利用退休後的部分時間來把她父母的戰時經歷改編成小說，但據我所知她還沒有退休。她一周坐火車去倫敦上班兩天，其餘時間在家工作。

羅文聳了聳肩，說道：「我不覺得。」

「哦。」

他蹲下身子撥弄貝絲的一隻耳朵，讓它豎起又落下。

「你的狗很可愛。」他說。

「我知道。謝謝。你玩她的耳朵的時候她很有耐心。」

「我想她喜歡這樣。」

「對，她應該很喜歡。」

「我是想說……我最近一直在看與鐵達尼號有關的文化預言，」羅文說，「然後我想到你。」他看著地上，再看看貝絲的耳朵，然後抬起頭來看我。「我的意思是，我覺得你會有興趣。我在想我是不是應該找你。」

「你隨時可以找我，」我臉紅了，「只要寄電子郵件來就行了。什麼是文化預言？」

「就是在災難發生前描寫或畫出這個災難。很多人這麼做。」

「真的？」

「真的。」

「所以從某些角度來說這是靈異事件？」我感到自己皺起鼻子。

「不是。文化。這些預言和文化有關，不是超自然。」

「怎麼說？」

「就好像……你聽過花仙子[1]的故事嗎？」

我搖頭。「沒聽過。」

「下次記得提醒我跟你說說這個故事。是個很有趣的個案研究，關於人們如何決定相信某些事物，以及相信什麼。我猜，如果你能仔細研究，應該會發現超自然的事總有一些文化層面的解釋。」

「他們不在鐵達尼號上吧？」

「什麼？」

「這些精靈。」

「不。他們在我的家鄉。」

「我以為你的家鄉在太平洋。」

「我離開墨西哥的聖克里斯托瓦爾（San Cristobal）以後搬去了科丁利，隨後去了劍橋。我媽媽是科丁利人，儘管我離開聖克里斯托瓦爾的時候她已經過世了；不過提醒你，這些精靈的故事發生時間遠在那之前。」他皺了皺眉頭。「找個時間我會告訴你整個故事，不過現在來不及講了。我還以為你一定聽過。我真蠢，真的，提起這件事情。」

「哦，好啊。我知道一個關於羊的笑話，它也說明了人們如何決定相信事物。如果你有興趣我可以說給你聽。」

他在黑暗中笑了，說道：「說來聽聽。」

1 Cottingley Fairies。一九一七年，在英國的小鎮科丁利（Cottingley）有兩個女孩宣稱在她們的花園中拍到了仙子（精靈），照片公布後轟動一時，但六十年後兩人承認那是用硬紙板圖樣假造出來的精靈。

「好。一個生物學家、一個數學家、一個物理學家和一個哲學家同坐在蘇格蘭的一列火車上。他們看見車窗外有隻黑綿羊。生物學家說：『蘇格蘭所有的綿羊都是黑色的！』物理學家說：『你不能那樣概括。但我們知道至少有一頭蘇格蘭綿羊是黑色的。』數學家捋了捋自己的鬍子，說道：『我們唯一可以確認的，是有一頭蘇格蘭綿羊的一邊是黑色的。』哲學家望出窗外，想了一會兒說：『我不相信綿羊。』我爸曾用這個笑話來說明哲學很危險，儘管我懷疑它也指出了科學的危險性。我爸是物理學家。」

羅文笑了。「我喜歡這個故事。我喜歡綿羊。我相信牠們。」

「你知道嗎，綿羊可以記住人臉長達十年，還懂辨識人的照片。」

「所以當牠們用那副蠢樣看著你的時候，其實是在記你的臉？」

「我猜是那樣沒錯。」

「就像希斯洛機場的那些機器。但，為什麼呢？」

「誰知道？可能綿羊將主宰世界。可能那就是牠們的計畫。也許這可以成為另一個澤布・羅斯小說的情節。我一定要告訴奧布圖書。」

我不該把澤布・羅斯的事情告訴別人。澤布・羅斯系列的每個寫手都簽了保密協定。但在現實生活中，當你在寫一個小說的時候，你無法假裝沒這回事。而且幾乎每個人都知道這些書是由槍手寫的——也許吧，除了這些書的讀者。尤其是澤布・羅斯的狂熱粉絲，他們寄信給澤布，問他的眼睛是什麼顏色，還問他結婚了沒有。

貝絲正試圖爬上羅文的大腿。我把她拉下來。靠近他的時候我擔心自己的氣味。我沒打算看他的眼睛，但當我看過去，發現他眼裡帶著淚光。人們哭的時候通常會藉口說是「花粉症」；我也會這麼說，但不會在二月。我想像著克里斯多夫沿著河邊走來，看到我眼中突然噙滿了淚水。當我在乎的人快哭了，我也會想哭。他從來不知道那些午餐和那個吻。忽然之間，拿綿羊開玩笑的話顯得有點兒突兀，儘管羅文還在笑。我一時說不出話來。

「她為什麼要這麼做？」他問。

「誰？」

「莉比・米勒。為什麼把自己的車推進河裡？」

「她就是我老早就跟你提過的那個人。她陷入了一段悲劇性的戀情中。你沒有聽到我們的對話麼？」

「沒有。我到這裡的時候只看見她把車推進河裡。」

「哦，這樣啊。」

「我不會說出去的。」

「謝謝。」

「東西就這樣不見了，很好笑，不是嗎？」他說。

「你說什麼？」

「這輛車在河裡。它**不見了**。」

「這是為了大家好，我敢肯定。」我說。

羅文站起身準備離開，從跟他告別到慢慢走回家之間，我覺得自己像座融化中的冰山。我不知道自己到底是怎麼了。這段時間，只要我想，我隨時都可以寄電子郵件給他。我可以跟他聯絡，告訴他我讀了他借我的那本書，但我沒這麼做。我還可以寫信給他，告訴他那個吻是個錯誤，讓他知道我非常懷念我們的友誼。離開時，我想像自己回頭問他今晚是不是為我而來，然後他一臉迷茫地告訴我，這一切只是巧合。

／

我們在圖書館的相遇也是場巧合嗎？一定是。我通常不會告訴別人我週一至週五在圖書館工作。這行為令人費解，因為我的屋子非常適合工作。如果我說我有哮喘而房子太潮濕，人們就會奇怪我為什麼不乾脆搬家。羅文第一天來到圖書館的時候我就認出他來。他好像也認出了我。開始的一、兩天我們只是彼此點頭微笑，後來我教他用自己的筆記型電腦收郵件——他都是用圖書館的公共電腦——於是他請我去幸運餐廳吃午餐以示感謝。吃飯的時候我們發現，原來我們有共同的朋友——法蘭克和薇。二十多年前法蘭克是我的講師，從那時起，法蘭克和薇就像變成了我的另一對父母。羅文在得到格林威治大學歷史系的教授職位之前在倫敦大學的金匠學院工作，他就是在那裡認識了法蘭克。薇是人類學家，和羅文非常合得來，兩人還一起做了一個歷史重現主題。他們打算重現達爾文小獵犬號的航行，但一直得不到資金贊助。不過他們曾帶著一幫研究生在諾福克待了幾個禮拜，成功再現了庫克船長在夏威夷島上遭殺害的過程。

當庫克回到島上打算修理他壞掉的船，那些原先非常慷慨的當地人殺死了他（「這就好像你父母來你家住。」薇曾解釋給我聽，「他們離開後，你終於可以定下心來和你那受了委屈的伴侶一起吃飯，發誓再也不會讓他們過來住——但這時他們的車壞了，為了等車廠訂購零件修理汽車，他們還要再在你家裡待上一個星期。」）他被殺是因為他對別人要求太多嗎？還是因為他意外成了儀式中的一個角色，而必遭賜死？薇、羅文以及這些學生決定盡量演繹出當時庫克和島上居民所面臨的處境，愈接近事實愈好。他們租了間老舊的海濱飯店當「夏威夷」——那是個封閉的社區——庫克來了，離開了，又回來了。羅文扮演庫克，薇扮演夏威夷國王和酋長。學生們扮演島上居民，要對庫克點頭哈腰，照顧得無微不至，項目結束後要還要寫出對此感覺如何，會不會讓他們當中的某人想要殺了庫克？還是有更多的起因？他們有多相信這個儀式？羅文描寫了自己有趣的心理感受：你發現自己同意且接受了無數的尊敬和慷慨，一段時間後，如果他們不再對你百依百順，你就會變得惱火起來。這個實驗報導有篇刪減版發表在文學雜誌《格蘭塔》上。

遇見羅文後不久，我就問了薇不少羅文的事。她告訴我，他無論上哪兒都要隨身攜帶一張地圖和一雙好走的靴子。我無法向自己坦白對他感興趣，但非常樂意聽薇講有關他的一切，如果可以的話，我還會想辦法找出他穿幾號鞋。發現他和薇同一天生日後，我甚至查看了他的星座分析，儘管我並不相信星座。從羅文那兒，我聽到了很多我已經知道的、關於薇的事情。薇做的專案幾乎都與她所謂的「返璞歸真」有關。過去這些年，她已經學會了幾種部落語言，刺了五種複雜的紋身，找到了三套「遺失」的植物標本集、一套鼓、一條樹葉做的裙子，還得了瘧疾。做完一項關於太平洋的長期研究之後，她向所在的大學申請學習假期，然後去了布萊頓的一家療養院當護理師，同時著手研究該療養院的民族志。根據這個經歷，她出版了一本暢銷書《我想死，謝謝》。現在她在做一個關於英國中老年人的次文化和著裝風格的研究專題。羅文拿這個話題開了很多玩笑，大部分是自嘲。

薇從來不用地圖，而是依賴一種奇怪的「運氣」來認路。如果她發現一棵樹給砍倒了，她會代表人類向樹道歉。她會對無生命的物件講話，彷彿它們也有生命。不過自從在療養院工作以後，她對這些物件的對話通常以「那麼，你他媽的好嗎？」開始。她用茶樹油消毒，胃不舒服的時候靠薑幫忙。

其他情況下，她就用指數超過二十五的麥盧卡蜂蜜[2]。有次在蘇格蘭，我和法蘭克、薇去爬山，她扭傷了腳踝，就用一瓶醋和一些雛菊來應付。我把這些故事告訴羅文，但馬上就覺得自己嘲笑、背叛了薇。然而，我們嘲笑的東西太多了。

我們找各種藉口去喝咖啡或在幸運餐館吃午餐，藉此繼續我們那些冗長而且喋喋不休的話題，包括我們對彈吉他的看法、玩填字遊戲時查字典是否「不道德」、為什麼我們倆都無法忍受混亂的餐桌、討厭逛街，還有達特河上發生過多少次渡輪失事。我們發現大家都不喜歡電子郵件：我是因為對回覆電郵有心理障礙，羅文是因為他總是收到太多電郵而他更喜歡用紙筆寫信。我們開玩笑說要看穿對方的心思，每天都猜測對方午餐會點什麼。圖書館旁的大樓裡辦過一次跳蚤市場，我們居然在那裡撞見，並發現彼此都在尋找老式鋼筆送對方當謝禮。他仍然是要感謝我幫他解決電子郵件的問題，我不記得自己要感謝他什麼了。在圖書館的停車場裡，我們總習慣把自己的車停在對方的車旁。有次他的車旁邊沒有空位，我駕著車在停車場裡兜轉，直到其中一個位置空出來，因為我不想打破這種對稱。幾天後，我先到圖書館，下午離開時發現他的車停在幾排之外，差點當場哭出來。

過了一陣子，羅文終於可以用海事中心的辦公室了，於是我們一起出去吃了最後一頓午餐。路上我們一直在討論鐵達尼號，我背了湯瑪士・哈代（Thomas Hardy）的《二者合一》（*The Convergence of the Twain*），告訴羅文我覺得這是一個悲傷的愛情故事，但同時也是一首糟糕的詩。說完後，他看著我，他的目光捉住我的，停留的時間比以往都長。午餐時他告訴我，寫完這本關於沉船的書以後，他打算寫本完全不同的書，一本可以讓他回到加拉巴哥群島待上至少一年的書，不過不是像達爾文或其他任何人那樣：只是像他自己。我可以感覺到他不會在德文郡待太久。一旦莉絲的母親去世、羅文寫完他的書，他們就會賣掉住著的船塢、搬到另一處居住。如果我是冰山而他是船，我們將永遠不會撞上，因為他會提前改變航線。我不會撞沉他，他也不會毀滅我。「兩個半球」之間不會發生任何衝撞。

我們在幸運餐館一直待到四點，談論羅文的展覽和會議計畫，還有我可以怎麼參與進去。那些提議變得愈來愈荒謬，我們因此哈哈大笑。我們從沒清楚地說過想要再次見到對方，但我們想出了上千種計畫。我們的眼神又一次相遇，長時間地望著彼此。我呼氣，他吸氣，空氣分子在我們之間來回舞動，像在跳一種狂亂的探戈，沒人能看見也沒人能感受到。但我們沒有身體接觸：從來沒有。我們一起走回了各自的汽車，就好像走在一種力場裡。羅文輕聲說：「我經常在周日夜晚去達特茅斯散步。也許我們會再相遇。」儘管我很肯定我們本來只打算以握手或親吻臉頰來道別，但最終，我們拉著對方的手，深深地吻了對方，溫柔地撫摸彼此的頭髮。在那之後，我慌亂地開車回家，大汗淋漓，呢喃著他的名字。我意識到自己大約已經有七年沒這樣吻過一個人了。我們沒有對方的電話號碼，不過我們交換了郵箱地址。我覺得一場地下戀情勢將發生，儘管我不想這樣。我有過許多複雜的分手經歷，但從未偷過情。我們誰會先寄信給對方呢？我想知道，誰會來製造冰山呢？

我們倆都沒有。

／

「你去哪裡了？」

2 此處指該蜂蜜產品內含之獨麥素（Unique Manuka Factor, UMF）指標，指標25^{+}以上號稱具療效。

我看了看烤箱上的鐘。現在是七點半。外面全黑了，屋子裡散發寒冷的氣味。克里斯多夫一如往常關掉了中央暖氣。爐子上沒有東西在煮，晾衣架上也沒掛衣服，我的白鶴芋在缺乏陽光的窗臺上慢慢等死；如果不是因為有木屑和克里斯多夫，這房子就像是多年無人居住似的：住在這裡的人彷彿已經死去。

「帶貝絲散步。」我說，「你知道的。」

「走了一個小時？」他搖搖頭。「還那樣怒氣沖沖地離開。我不明白，如果有什麼問題，你為什麼不留下來和我談談？我又不是怪獸。對了，晚上沒東西吃。我翻過所有的櫥櫃了。還有，你媽打電話找你。」

「我根本不知道你在說什麼。我沒有怒氣沖沖地離開。」

「不要用那種語氣跟我說話。沒用的。」

「哪種語氣？」

「就是這種。」

「噢！天哪……」

我翻箱倒櫃，終於找出一些全麥通心粉和一罐番茄醬。我們的櫥櫃裡總是塞滿扔不掉也吃不了的東西。我不想用力關上櫥門，也不想把番茄醬重重扔在桌上，但我無法控制自己。

「你就是在鬧情緒。一直都是……」

「如果這就是你所謂的生氣，那好吧，我現在很生氣。但之前我並沒有。我正常地離開家，過了一段正常的時間回來，卻發現你在對我大吼大叫。」說這些話的時候我背對著克里斯多夫往水壺裡加水。他什麼都沒說，直到我轉過身來面對他。

「我沒有大吼大叫，」他說。

「你是沒有。不過你知道我的意思。」

他看著地板：「你總是說我大吼大叫。」

我也看著地板，不過是不同的地方。

「對不起。你是對的。我確實老這樣。」

我的思緒如漁網般撒開，無數想法在其中跳動。我愚蠢的建議。啪嗒。羅文眼中的淚水。啪嗒。莉比的披肩。啪嗒。在人造天堂中永生。淚水又充滿了眼眶，我開始覺得頭疼。我想像與克里斯多夫永遠在一起。過去七年間，我一直在等，希望他能變得容易理解，希望我們的一切能變得清晰起來。也許在永生中這些都會實現。也許在永生中一切都會變得清晰，但那不會持久，因為那不是永生的目的。即使在有限的宇宙中，一塊岩石也不會永遠是一塊岩石。事物總是在瓦解，變成別的東西。事實上，我一直非常期待能變成一塊岩石或是沙子，在死了很久、腐爛了很久以後。這比起復活和重新經歷現在的一切要簡單多了。然而，在永生中，我會跟羅文共度一晚，這是今生不會發生的事情。但就像永生中的其他事情一樣，它將變得毫無意義。

水滾了，我放進通心粉。

「對不起，」我又說了一遍，「你說得沒錯，今晚我是有點焦躁。我頭很疼，很難受。」

通心粉像棕色紙板做的管子一樣在鍋裡——像玩具屋裡的馬桶——跳動。但即使是玩具屋裡面的人，也不會把紙板做的管子放到鍋裡煮。我眨了眨眼睛看著克里斯多夫。他也在看通心粉。

「怎麼了？」他說，「發生什麼事了？」

「不，沒事。沒關係。我吃點止痛藥就行。我媽說了什麼？」

「她說她明天再打來。然後像往常一樣，她掛斷電話。」

「哦。」

我不去看他的眼睛。我拿起桌上的報紙，翻到填字遊戲那一版，每週日我都會做填字遊戲。上周的大部分問題我都解決了，除了一個問題，我把答案寫在報紙邊，但還沒填入空格，雖然我覺得那答案是對的，儘管說不出原因。現在我可以對照上周的正確答案，我也確實答對了，而我仍不知道為什麼。羅文和我曾在一個下雨的星期一早晨在圖書館裡玩填字遊戲，靠一本巨大、發黴的地圖冊尋找澳大利亞的某座湖和科西嘉島的首都。那個早晨結束得非常奇怪，我記得。我們計畫像往常一樣去吃午飯，但莉絲傳簡訊給羅文說自己鬧偏頭痛，要羅文回去。收拾他那老舊的全棉背包時他的手一直在抖。他匆匆離開，甚至沒說再見。我從廚房櫃檯拿起一枝自動鉛筆，坐到沙發上。我沒辦法集中精神，而且發現克里斯多夫沒有動。

「喬許那兒有消息嗎?昨天之後他還好嗎？」

克里斯多夫揉了揉眼睛：「誰知道。」

「你爸那兒有消息嗎?貝卡好點了嗎?」

「沒有，」克里斯多夫說，「我不知道。我打算吃完飯打個電話。」

我們在電視機前吃飯，我仍在看填字遊戲，克里斯多夫不時看看我的填字遊戲，就好像它是我的情人，而他發現我們在一起以後也就隨便我們了。他在看一個講鬼屋的節目。我討厭這類節目，克里斯多夫很清楚。我吃得很快，甚至被一塊通心粉嗆到了。咳完以後我把盤子放進水槽裡，帶著我的填字遊戲直接走上樓。

「你要幹麼?」克里斯多夫說。

「我想泡個澡。也給你空間和你爸好好談談。」

「我不需要空間。」他說。我還是離開了。

「泡澡可以幫我清理我的肺。」我又咳了一下。

我在浴缸裡躺了一個鐘頭，克里斯多夫早已把電話放回原位，又開始鋸木頭了。填字遊戲裡總有一些東西讓我覺得他們是特意為我而寫的，我總是想告訴羅文這件事。今天的提示是「一首詩中的宇宙（八個字母）」。過了一會兒，我把填字遊戲放在潮濕的浴室地板上，逼自己不要再想羅文，而是考慮該拿我和克里斯多夫的這段感情怎麼辦。我可以和他說什麼呢？有時我仍會夢到貝卡，儘管都這麼多年過去。在夢裡，一見到我，她那長著雀斑的笑臉就凝結了。

貝卡是克里斯多夫的姊姊。她和丈夫安特一起住在布萊頓。他們剛生下第三個女兒，貝卡還因此出現一些併發症，被迫臨時關掉那間賣手工飾品的店。安特的兄弟德魯是演員，九〇年代末我第一次遇到克里斯多夫的時候，德魯是我的未婚夫。那幾年我們總是一起在貝卡和安特的大房子裡玩，開愚蠢的茶會，玩即興演出。當我的第一本澤布．羅斯系列出版時，德魯拍了他的第一部重要的電視連續劇，飾演一個熱愛文學的警探的思想狹隘的助手。幾年後的一個新千禧年派對上，除了我和克里斯多夫，大家都打扮成蟲子。但布萊頓很快就變得非常複雜，這也是為什麼我帶著克里斯多夫逃到了德文郡——這裡是他的故鄉，我的異鄉——至少一開始是如此。離開布萊頓之後，貝卡就很少跟我們說話。雖然克里斯多夫曾在耶誕節回去見他們，想彌補點什麼。德魯也責怪貝卡，他也離開了布萊頓。她和安特還因此「差點兒分手」。

我還隱約記得我的文學小說最初的故事梗概。當時這本小說還叫《沙世界》，我想寫一群削瘦的留長髮年輕人，他們住在布萊頓，嗑很酷的藥、聽很酷的音樂，互相幹對方長達八萬字，然後小說就結束。這很符合我經紀人所謂的「時代精神」，但似乎缺乏實質內容。因此我給主角搭配了一名危險的愛人，還加了一堂講享樂主義的哲學課，主角也從城裡人改成了學生。我寫了許多毫無意義、關於虛無主義的情節，隨即又刪除它們。我曾想過以世界末日結尾，但那行不通，所以我把世界末日改成了發生在海峽群島中、薩克島上的煙火表演，或者在另一座島上——但讀者一定不知道這座島。之後我就把這些擱在一旁，著手寫新的澤布・羅斯小說及紐托邦系列，因為我非常缺錢。

重新開始寫《沙世界》的時候，我刪掉了其中大部分內容，還把題目改成《足印》，主角搬到了德文郡，我也開始研究與環境有關的主題。我把主角設定為科學家，或者更準確點，是想變成科學家的作家。最近我一直試圖把這部小說寫成悲劇，但那也遇上瓶頸。不久前我意識到，一直以來我都試圖讓這部小說貼近我的生活，但又要刪掉那些貼得太近的部分，把它們當成電玩裡在太空站走廊上的外星人一樣消滅掉。我仍不知道該拿這本小說怎麼辦。我還編了一個在紐約的作家，他把一整本書刪成一句俳句，並最終刪了這俳句，而隨後我也把這個角色給刪了。砰。鎖定目標，上膛。過去幾年間我還創造了許多角色和情節：一對叫艾歐和贊茜的姊妹，兩人失去了生命中的一切；一片有黃色大吊車的建築工地；一間破敗的含早餐旅館，旅館主人是個叫西維亞的焦慮老女人；一個不解人意的男朋友；一名已婚的情人；一個陷入昏迷的女孩，故事從她講述自己的人生開始；一部連上網際網路的生命維持機；一個叫狄倫、充滿魅力的高考物理老師；一檔有關超自然的電視遊戲節目；一場出了問題的「大冒險」遊戲；一群人被困在蒸氣室裡；一齣車禍；一個有意義的紋身；一場關於後石油世界的夢，那世界充滿搖曳的燭光；一次飛機失事；一個拼版工人；一名遵循所有看見的書面指示的強迫症患者；一些奇怪的垃圾郵件；一個玩滑板的十幾歲可愛男孩；以及很多其他東西。但全被我刪掉了。鴨子站成一排，砰、砰、砰，全部打掉。

我聽見克里斯多夫上樓、經過浴室門口的樓梯平臺，歎了口氣，然後繼續上樓走向臥室。他已經要上床睡覺了？他比我早睡，因為平日他要搭早上六點的公車去托特尼斯，為一個外牆修復工程當志工。但現在還不到九點。他又下樓，試圖打開浴室門，但門鎖上了。

「我馬上就出來。」我說。

「我可以進來嗎？我想尿尿。」

「我快出來了。你就不能等等嗎？」

「我快憋死了。我想去睡了。為什麼你要鎖門？為什麼你在裡面待了那麼久？」

「我只要一分鐘。你等一下下。」

他又歎了口氣，說道：「別擔心。我會尿在廚房水槽裡。」

「好啦，」我說，「但你只要再等一分鐘我就出來了。」

我聽見他一邊嘟噥著「我才不相信呢」一邊又走到樓下。我希望自己能知道可以跟他說什麼，但我真不知道。我不知道我能說什麼，不管是對我們倆、對他父親和米莉的事、對喬許和他的故事、對貝卡和她挖苦一切的態度，以及對克里斯多夫不找有報酬的工作。我能不能想到一句話可以讓一切都好轉？一則禪宗故事，也許只有五十五個字，卻可以改變你的一生；顯然，還可以讓你開悟。我知道這些是因為澤布．羅斯小說的編輯委員會最近拒絕了一部小說提案，在那部小說裡，一場飛機失事的倖存者來到了一座烏托邦式的島嶼，島上住滿了智者，他們一直給彼此講禪宗故事。這些故事，以及這部小說本身，顯然都不遵循傳統敘事結構。其中有個故事說，一個提著水的女人見到月亮在水中形成的倒影隨著水從桶中灑出來，於是她就頓悟了。在另一個故事裡，禪宗大師開了家茶館，到她店裡來喝茶的客人都會受到熱情招待，但來求禪的客人則會遭到紅熱的撥火棍伺候。這部小說裡有一點我很喜歡（儘管我假裝不是很喜歡），就是每個主角都必須解答一則禪宗公案，或說禪宗謎語，他們的人生也因而轉變。不過他們的頓悟都是關於如何振作起來、做好簡單的事情、不再趾高氣昂，接受宇宙高深莫測的本質。克里斯多夫像大多數人一樣不喜歡他的宇宙如此高深莫測，所以我很懷疑禪宗故事是否可以幫到他。不過要知道，他非常喜歡把簡單的事情做好。畢竟，他每天都在修葺乾砌石牆。

我遇見他的時候他很頹廢，還很帥。與德魯分手沒多久，我就和克里斯多夫睡在了一起。當時大家不是想和我談論分手的事，就是想責怪我，因為德魯進了醫院，雖然那不是我的錯。我只願和克里斯多夫講話；那些日子他的話不多，但我們之間似乎有一種聯繫。我們都盡可能將所有東西循環利用，都抱怨貝卡和安特總是打開家裡所有的燈。他說他喜歡我，因為我是個「守舊的女孩」，我用自來水筆、玩木吉他。那天我們在一家廉價小吃店見面，沒人喜歡那間店，我們半開玩笑地說要離開布萊頓，去克里斯多夫聽說過的一艘船上工作。為了環保，我們當然不可能搭飛機。我們喝了一整天的酒。克里斯多夫在警察局附近租房子住。他的臥室牆上漆著木蘭花，地上有塊床墊，再沒別的傢俱。那天我穿著一條藍色蕾絲邊內褲，他嘲笑我。「你為什麼要穿成這樣？」他說。我以為他希望我什麼都別穿，於是立刻將內褲扔到了房間的一角，鑽進厚實的羽絨被裡，把他遞給我的大麻扔進菸灰缸，開始等待。在某些方面我仍然在等。那個晚上什麼都沒發生，除了他的棕色長髮散在枕頭上，他輕撫我的手臂，直到我們倆都沉沉睡去。那似乎並沒什麼要緊。在那個時候，生活感覺就像是一件發生在將來而不是現在的事；彷彿你可以簡單地用一首詩來裝下整個宇宙。

我擦乾身體，跟克里斯多夫道了晚安，就坐在沙發上讀《永生的科學》。屋外黑暗寂靜，唯一能聽見的就是海鷗時不時發出的「咯咯」聲，還有山上人們從酒吧裡回到家用力關門的聲音。有時，遠處的海上會傳來輪船刺耳的霧號，不過今晚沒有。我很累，但很開心只剩下一章和後記還沒讀。在書的最後一章，凱爾西．紐曼討論了世界上各種宗教對天堂的描述，並指出，歐米伽點作為時間終結時產生的上帝，與我們所知道的上帝其實非常相似。他引用了《聖經》、《古蘭經》、《奧義書》、《摩西五書》以及佛經，試圖證明歷史上的先知都知道歐米伽點，知道它的永恆性與它的力量。印度教中的上帝存在於萬事萬物之間，那它和歐米伽點很不一樣嗎？佛教說一切生命相互聯繫，這與歐米伽點的概念有很大分別嗎？《聖經》裡說，上帝是「阿爾法和歐米伽」，是開始與結束，真是這個意思嗎？

讀紐曼的書的時候，我很想根據它來寫一部澤布．羅斯的小說。我想像一個女英雄在世界末日時想要拯救人類於這個虛假、用塑膠薄膜包起來的宇宙中。為了到達歐米伽點，她可能得先自殺，然後她必須打倒歐米伽點，或說服它放開這個宇宙。這肯定會被澤布．羅斯小說的編輯委員會拒絕，儘管我也是其中一員。首先，澤布．羅斯不會寫任何宇宙之外的未解之謎。所有情節，無論多麼令人費解，都必須得到清晰合理的解答，任何謎題最後都必須能以常識理解或是用高中程度的科學知識加以解釋。因此，比如，如果閣樓上有哭嚎，澤布．羅斯的主角會證明這並不是因為鬧鬼，而是天花板和閣樓之間有個隱蔽的房間，裡頭藏著一名躁動不安的青少年——他可能是主角失聯的表兄弟，於是他會搬進家裡的空房間、幫助主角融入學校生活。而且，澤布．羅斯小說的主角決不會自殺，哪怕你可以用高中程度的科學知識證明她終將自殺。除了自殺，澤布．羅斯小說也不允許涉及厭食症、吸食毒品、「操」或「逼」這樣的字眼、人吃人，或是自殘。還有其他一些東西，每一樣都列印在一張紙上交給新的槍手作家。

也許還有其他辦法來為世界末日小說設計情節；要是我現在還在寫紐托邦系列，就可以用紐曼的想法了。我懷念那些小說嗎？我不知道。我用鉛筆啪啪地敲打大腿，思緒也跟著「啪啪啪」地走，讀到後記的頭幾行時，我非常心煩意亂。我一直在想，要不乾脆就別讀了。但它還挺吸引人的。

「所以現在你不會介意，」紐曼寫道，「如果我告訴你一些令人震驚的事情。你已經死了。你在很久以前就死了，可能是上千億年前。事實上，你已經是不死之軀了，不過你可能需要再經歷幾次生命才會正確認識到這點。你現在正活著，並且再次活著，在這個我稱為**第二世界**的地方，歐米伽點為了讓你準備度過餘下的永生創造出這個世界。關於第一世界我們知之甚少。它可能和我們正在做的事情差異不大，我待會兒會解釋原因。這個世界的科學家先創造了歐米伽點的可能性，然後確定了這個世界的所有事物都將永生。你也曾是這些事物中的一員。我們如何才能確定自己是在第二世界而不是第一世界呢？記住，歐米伽點擁有無窮無盡的力量。它可以、也會，使用**能源**來創造無數的宇宙，它們會與你現在所處的宇宙一模一樣。所以，我們不是生活在歐米伽點所創造出的宇宙中的可能性是一比無限，因此從數學的角度來看，我們幾乎不可能不處在歐米伽點所創造的宇宙中。模擬出來的新宇宙將擁有無限的時間，與之相比，這個宇宙的自然時間只不過是打一個噴嚏的時間；更有可能的是，我們是處在一種永恆的後宇宙，而非有限的宇宙，有限宇宙已經走遠了。那我們為什麼會困在第二世界？我剛剛寫了一整本書告訴你，當你死的時候你會上天堂，而現在我告訴你，你已經死了，並且活在一個顯然不是天堂的地方。但就是在這裡，事情開始變得激勵人心。在我的下一本書中，我將仔細解釋如何最終離開第二世界並走上完美之路，這將帶你進入天堂，而我會從數學的角度來證明這不但可能，而且不可避免。現在，我會對第二世界的本質和它被創造出來的目的做一些評論。

「沒人知道，」他繼續寫道，「天堂是什麼樣子的。它不可想像。但有一點我們可以確定，我們所有人，所有這些終將腐朽的生物，還沒準備好。我們一開始來到這個地球，只得到了大約一百年的壽命，這就是我們開始不朽生命的時候——就像《聖經》所言。然而，你的人類大腦——我會在下一本書裡告訴你這背後的科學原理——可以容納一千年的記憶。歐米伽點甚至可以給它更多。完美之路就是你在第二世界最後一次死去後會去的地方。在那裡你開始收集這些記憶，完美之路可以是你想要的任何模樣。歐米伽點會為你找到一個完美伴侶，如果你想要的話，你們將一起踏上完美的旅程。在完美之路上，你會擁有一個嶄新的改良之軀，沒有痛苦，沒有煩惱，沒有缺陷。你將意識到自己是不朽且開悟的。但唯有正確『個體化』的自我才能應對這些。若想實現真正的個體化，並成功找到完美之路，你必須學會如何在這個世界變成英雄。簡言之，要離開第二世界，你需要成為真正的自己、戰勝所有的個人阻礙，這樣你才能開悟，才能變得超凡。

「在你的生命裡你會收到許多特別的邀請：你會受邀踏上探險之旅，彷彿宇宙用手指召喚你，對你說『過來，試試這個』。你會坐在沙發上一面吃披薩，一面思考這段旅程不正是為你而設的嗎？你會花上好長一段時間才能離開第二世界，第二世界絕不是個好地方，那裡有許多披薩控和其他許多還未脫俗的、毫無希望的人。認清你最渴求的是什麼、出發去尋找它。在我的下一本書裡，我會描述這些探求之旅的本質和可能的結構，還會給你一些提示，幫助你完成探求之旅。但同時，你要盡可能從經典神話、故事、童話裡學習瞭解什麼才是真正的英雄。」

我放下書開始織毛線，腦子裡一團混亂。只剩下一些青綠色毛線了，而直到午夜我都沒去睡，我一面一針又一針地繼續織兩針高兩針低的羅紋針，一邊思索我為什麼如此討厭這本書。毫無疑問，對於甫喪親或怕死的人來說這是莫大的安慰；可以說，這本書的論證條理清晰、數學計算符合邏輯。可能真正的科學家能指出紐曼的理論到底哪裡出了問題，我只是很想知道：在這一切中，歐米伽點的動機到底是什麼。

／

這捲青綠色毛線是法蘭克和薇送我的耶誕禮物。奧布圖書的出版總監克勞蒂亞是薇的雙胞胎姊妹，也和我們一起去了蘇格蘭的度假小屋。我們之間的關係有些尷尬，因為奧布圖書最近告訴我，他們希望我能將注意力更集中在澤布・羅斯上，所以不會與我續約紐托邦系列。耶誕節前一個禮拜的某天下午，我在度假小屋裡跟薇說了這件事，當時克勞蒂亞正躺著休息，我和薇在廚房煮甜菜湯。我解釋說奧布圖書覺得我的書不再那麼「商業化」，處理這種體裁的手法也已過於大膽，薇拍了拍我的背說：「這很好。去他們的。完成你自己的書。去他們的油。」

——這個典故出自於阿里斯托芬[3]的戲劇《蛙》，那個假期薇在重讀這本書，為她下一個題目做研究。在這齣戲裡，酒神戴歐尼修斯（Dionysus）在冥界舉辦了場比賽，以決定兩位死去的詩人埃斯庫羅斯（Aeschylus）和歐里庇得斯（Euripides）誰才是更出色的作家、誰應該回到人間拯救雅典。他們輪流評價對方的作品。歐里庇得斯說埃斯庫羅斯太陰鬱，神經過度緊張，埃斯庫羅斯則證明，歐里庇得斯的任何一個聰明但標準配方般的故事都是在講一個人丟了一瓶油。

薇在磨碎要加進湯裡的胡椒粒，我則負責把柳丁或去皮、或榨汁，或切瓣。法蘭克進廚房拿了杯雪利酒，然後回客廳看板球比賽。狗兒們圍坐在火爐前，法蘭克的鸚鵡塞巴斯蒂安在鋼琴上的籠子裡。他不時冒出幾句我一知半解的話，比如「他昨天真的中間了」，「休息之後見你，奶奶，」還有「一百八！」

「如果我們同意尼采的看法，藝術和寫作應該有更深遠的意義，而非簡簡單單只是一個人丟了一瓶油然後又找到它，那我們就會發現許多故事原來如此毫無意義。」薇邊說邊從研缽和杵中間抬起頭來。「他們只是在重複同樣的故事，同樣的白癡丟了同樣的油，然後，當然，又找回了這瓶油，從此過上幸福快樂的生活，不再是那樣一個白癡。但我仍不太確定，尼采如何、或者說是否，得出了這樣一個結論。我不太確定他關於悲劇的說法是否正確。我知道你覺得悲劇超越一切標準配方，但我不是百分百確定。」

「為什麼不呢？在悲劇裡，如果有人丟了一瓶油，那一定是瓶非常重要的油，他們也終將死去。」

「那仍是一種標準配方。」

「難道你不覺得，非大團圓的結局很有意義嗎？」

「但這對尼采來說很完滿。這就是我想說的。他喜歡每個人都陷入原始的無意識狀態。」

我想了一會兒說：「有點意思。」

廚房裡充滿了烤甜菜的香味。薇仍在磨胡椒粒，堅決而又溫柔地搗碎它們。

「我沒法不去想大家在療養院講的故事。」她說，「這些故事沒有開始，也沒有結尾——無論是

3 Aristophanes，古希臘喜劇作家，被視為古希臘喜劇、尤其是舊喜劇最重要的代表。相傳寫有四十四部喜劇，現存《阿哈奈人》、《騎士》、《和平》、《鳥》、《蛙》等十一部。有「喜劇之父」之稱。

快樂還是悲傷的。人們通常把自己以及他們的生活變成一種標準配方，但之後他們不願意顛覆它。一個和我一起工作的女人說，一天她和丈夫在客廳地板上做愛的時候，孩子闖了進來。『親愛的，等一下就好，』父親對孩子說，『我和你媽媽在愛愛。』」

我大笑：「這怎麼顛覆性了？」

「這原本應該是極富戲劇性的一刻，但結果不是。」

「原來如此。」

薇繼續講述療養院聽來的軼事，包括口交、假牙、結腸造瘺袋、真菌性口腔炎氾濫、九十多歲的老奶奶跳豔舞等，我在想用一瓶油這個概念在奧布圖書的培訓班上給學生們當練習。我想像讓新寫手假設他們的主角丟了一瓶油，在小說結尾的時候需要找回它，如果這樣情節佈局將變得多麼簡單。這當然不是薇所想的。她仍在探索如何解決「無故事的故事」這個理論，她所有的人類學著作都與這個理論有關。她相對晚了一點才獲得教授職稱——她現在六十四歲——她考慮在自己的就職講座上談論這個無故事的故事理論。我不再多想這件事，鑒於我的整個存在都取決於、我能夠將一個善良但不快樂的角色從不幸變成幸運，用一種可靠的方式，然後在結尾給他們一瓶油——如果這是他們想要的——作為獎品。我想讓我「真的」小說不那麼符合標準配方，還希望它能更具文學性，當然，但如果我聽從薇的理論，那我唯一的敘事方式就是「倒楣事天天有」。

與法蘭克、薇、克勞蒂亞一起在蘇格蘭的日子才像正常的假期。白天我們在海灘上遛狗、閱讀，或是各自在筆記本上寫東西；法蘭克要閱卷、克勞蒂亞在編輯一本澤布・羅斯小說，薇得為奧斯卡寫一個專題，奧斯卡就是那個要我給科學類書籍寫書評的編輯。晚上狗躺在火爐邊，塞巴斯蒂安在籠子裡跳來跳去，就像在家裡一樣，不停吐出一些別人教他的莎士比亞短句，或是他自己從板球比賽中學來的詞彙，再加上一些自己想出來的詞，比如「香蕉！」不論對著誰他都會說：「你的毛髮非常茂盛，法蘭克。」法蘭克的毛髮確實非常茂盛。他五十出頭，鬍子亂糟糟的，頭髮濃密，指甲參差不齊，有著一對銳利的綠眼睛，如同某種居住在深山裡的生物。薇就像是其中一座山：高大、起伏、恆久，但若走錯了路，你會跌入深淵。

一個寒冷的午後，法蘭克和克勞蒂亞出去買日用品，我要薇教我織毛線。我之前從未織過毛線，但是在早前十二月某個冰冷空虛的下午，我和克里斯多夫大吵了一架後，一時興起買了些毛線和棒針。有時與克里斯多夫的爭吵讓我覺得，自己是顆因為某種謎樣的宇宙活動而脫離了自轉軸的行星，哪怕最正常的自轉都會引起輻射風暴、板塊遷移和海嘯。我會站在廚房裡嚇得什麼都不敢做，因為最小聲的歎息或者朝窗外毫無意義的一瞥都會導致整個爭吵從頭來過。當我事後回想這些小聲歎息或是「無意義」的一瞥，才意識到其實這些動作並非毫無意義，於是懷疑起也許我與克里斯多夫間所有的問題其實都是因我而起。

那天我買完東西回家後，爭吵仍沒有結束。

「啊，我知道了。」克里斯多夫說，「當我坐在這裡擔心得要命，你一直在外面血拚。」

屋外颳著從海上吹來的凜冽刺骨寒風，到家時我根本感覺不到自己的腳趾和手指。不僅如此；我甚至感覺不到我自己。剛搬到達特茅斯時，我花了一整個下午逛街，假裝自己是個百萬富翁，要買這件喀什米爾毛衣、那條一百英鎊的破洞牛仔褲，跟這雙深紅色的繫帶靴。在達特茅斯，你可以在店裡瀏覽手提包、精裝書、房子、船、假期，甚至是晚宴用的劍魚。好幾個星期我都會去看一個黃色的木頭小麵包箱，售價超過五十英鎊。但這樣反而讓我意識到自己什麼都不要，並突然討厭起那些需要這些東西的人。*我們都會死，我想對著每個人大叫。為什麼我們要他媽的糾結這些愚蠢而又毫無意義的*

東西？因此我很少在逛街時感到愉快。無數次在精品店的鏡子裡看到自己驚恐的眼神和疲倦的皮膚之後，我決定找個沒有鏡子的地方，也就是針織店。我從未去過那裡，但是我喜歡它，因為它從不兜售任何東西，只有圖案、布料和可能性。店裡有個折價商品區，我在那裡找到了三捲紅色的毛線和棒針。

「我買了毛線，」我告訴克里斯多夫，「我要學會為你織襪子。」他把水壺放到爐子上，我哭了起來。「我只是想為你做一些美好的事，我知道為了你的工作，你最好有幾雙像樣的襪子……」泡茶間，他一直都在咬自己的嘴唇。「我真是個混蛋。」他邊說邊把茶遞給我。「請原諒我，寶貝。」

幾個星期後他問我還要多久才能織好襪子。我已經完全忘記這件事了。

「還要段時間，親愛的。」我說，「我還沒研究出來怎麼織披肩哩。」其實在蘇格蘭我有的是時間編織。薇和我蜷縮在客廳裡，書、鋼珠筆、鉛筆、筆記本散落我們身邊，地上還有克勞蒂亞的十字繡和法蘭克的「雨天板球」。火堆劈啪作響，貝絲和其他的狗一起躺在火堆前，狗兒們不時打著鼾，像支無聊的合唱團。我從扁扁的麻袋裡取出毛線給薇看。「你知道怎麼用這個嗎？」我問她。

「真酷！」她說，「我從沒見過你織毛線。你看起來會像個老奶奶。」

「嗯，可能我已經到了那個年紀。」

「哈，」薇說，「我小時候就開始織毛線了。克勞蒂亞織得比我還好，當然。我好多年沒織了。我有次在塔斯馬尼亞往返英格蘭的船上織了條羊毛毯，那時法蘭克在讀俄文版的《戰爭與和平》。我想我可以教你如何起針，克勞蒂亞教你剩下的。你知不知道她織了這些？」薇彎腰捲起牛仔褲的褲腳。一雙條紋襪從寬大破爛的馬汀大夫靴子裡露出來。「我從塔斯馬尼亞回來後，她竟然一一指出我的毛毯哪裡織錯了，這頭老母牛。一開始你可以學用平針織披肩，這樣只需要下針，不需要上針。然後你就可以用兩針上兩針下的羅紋針織披肩了。我可能也會織一條。你的毛線給了我織毛線的衝動。」

「我想織襪子，」我說，「給克里斯多夫。」

薇看上去有點驚恐。「為什麼？」

我聳聳肩。「我覺得親手織的襪子可能會讓他高興。」

「讓他自己去織。法蘭克自己也會織。這不難。」

我笑了。「我覺得是我為他織襪子這個想法讓他感到高興。」

「天啊。」

「這不是什麼凶兆啦。我只是覺得，如果我努力為他做些什麼，他就會感到自己正被人愛著。」

「但是手織的襪子？織雙襪子要花上千年。織給你自己吧。」

「克勞蒂亞就為你織了襪子。」

「對，但那個老傢伙不是在修改文章，就是在繡十字繡或織毛線。她得為大家準備禮物。而且她是我的姊妹。」

「對。」

「但織襪子對你而言太難了點。你得從織披肩開始。」

「好吧。織披肩難嗎？」

「如果你可以寫澤布．羅斯的小說，織披肩一定也沒問題。」

我們心不在焉地把弄針線，學習起針。薇教我如何用手指打活結和繫一種奇怪的套索。我看著她起了幾針，隨即把它們從棒針上滑出來再把毛線拉成一直線。這就像先施咒再解咒。大約模仿了一個小時這個動作後，我終於起了二十針，我的棒針上形成了一條長長的紅線，看上去像把滴血的劍。

「接下來呢？」我問她。

薇從我手上拿走棒針。「刺他。」她用另一根棒針穿過起好的第一針。「然後把他吊起來。」她把毛線繞到針上。「再扔掉他。」她將針移到下方、再移到上方，最後移走，新的一針就這樣完成了。「這是我們學織毛線的時候，克勞蒂亞教我的。她只記得住這種方法。」

我坐了一個多小時，一塊基本布料開始逐漸成形。薇在自己的筆記型電腦上打字，偶爾過來看看我的進展。

「做得很好，」薇說，「你很有這方面的天賦，就像你有治癒之手。」

「哈哈。我可沒有治癒之手。」

「你有。」

「我不相信世上真有這種東西。」

「是沒有。但你有。」

幾年前，薇和法蘭克還住在布萊頓，有人給了薇一本靈氣療法的書，我們找了個晚上試了一下。靈氣療法就是用雙手的力量來治療別人，哪怕你不接觸他們。當薇的雙手經過我那因為寫了太多東西而非常痠痛的肩膀時，它居然變暖了，我也確實感覺舒服了些。據法蘭克說，我的雙手比薇的雙手更具能量。在我的雙手經過他的拇囊腫後的一個禮拜，那囊腫就消失了。可那次之後我的肩膀更痠疼，所以也沒怎麼把靈氣療法當真。

我又織了幾行。

「我或許可以靠此維生，」我說，「就像我的朋友莉比。」

「為了放鬆而織毛線吧，」薇說，「不然你會毀了它。」

「對，可能吧。啊，這個讓我想起一個笑話；呃，實際上不能算是個笑話，而是故事。有群漁夫住在一座熱帶島嶼上。每天他們想起床時才起床，然後坐上小船出海捕魚，捉到足夠自己和家人吃的魚後就回家；當然，有時他們也會為因病不能出海的親朋好友捕魚。他們在園子裡種植其他的生活必須。打完漁，他們和孩子玩耍、打牌，在陽光下讀書。每天晚上他們吃魚，去別人家裡聊天、講故事、開派對。某天，一個美國人到這島上度假——他們那兒沒什麼遊客，不過一本名為《未開發的目的地》的書或差不多叫這個名字的書剛為此地做過專題報導。他瞭解了他們的生活，於是對其中一個帶他出海捕魚的男人說：『你知道嗎，你們錯過了大好商機。如果你們成立公司，再精心打理，就會有更多時間打漁，吃不完的魚可以出口到其他國家，這樣就能用賺來的錢造大房子、蓋自己的游泳池、給孩子買信託基金、添置華美的服飾，甚至環遊世界。很快你就不用自己捕魚了；可以雇傭其他人。最終——想像一下——退休時，你的銀行帳戶裡有一百萬，然後……』『然後，』漁夫總結，『我可以像你一樣有錢度假，簡簡單單地在陽光下釣魚，借此獲得真正的平靜和諧。』」

薇笑道：「我喜歡這個故事。這幾乎就是個無故事的故事。你也想過簡單的生活，對吧？你說這是你秋天不去希臘的原因。你說簡單的生活可以幫助你寫作。我是指你真正的寫作。也許織毛線對你有好處。」

我**真正的**寫作。我想了想我的紐托邦系列和澤布·羅斯小說到底有多真。走進幾乎任何一間書店，你就能觸摸到至少其中一本。我的文學小說仍只存在於我的腦袋裡。它的真實程度堪比我小時候相信的鬼魂。

「克里斯多夫想過**真正的**簡單生活，」我說，「可能比我想要的還簡單。最近他不打算再買新衣服了，只會縫補現有的衣物，我想這不太能幫他通過工作面試，不過仍是個不錯的想法。」

「只要他別指望你給他織這該死的襪子。」

我們都笑了。然後我又多織了幾行。

「我之前不敢承認，不過我還是覺得，要是當時能去希臘就好了，」我說。

薇從筆記型電腦上抬起頭來，慢慢露出一種表情，像在說：我早就這樣說過啦。

夏天的時候，我曾申請成功，可以在十月去希臘某個島上的藝術家村落寫我「真正的」小說。時機很好，因為我剛完成一部澤布．羅斯的小說，並與奧布圖書達成協議，一年內我都不用再寫新的。薇前一年去過希臘的這個藝術家村落，說那裡非常棒。真的，她提名我去，寫了推薦信，還幫我選了申請材料，後來這些東西大都被我刪掉了。她說那裡有一種「營火」的氛圍，你會在晚上遇到很投緣的人，和他們一起坐在露臺上喝酒聊天，但同時白天也可以不受干擾地寫作、游泳、散步或者思考。

這整個想法都令我恐懼。我不想遇到快樂的人，這樣反而會照亮我的不快樂。我也不想離開克里斯多夫，我怕不會再回到他身邊。那時離我和羅文接吻也沒多久。儘管我下定決心不在周日晚上去達特茅斯見他，但我想參加海事中心的開幕式，至少這樣可以再一次看到他的臉。我決定不去是因為擔心沒人會照顧貝絲，也因為我不想坐飛機增加自己的碳足跡。克里斯多夫會寂寞，會挨餓——他不喜歡去超市，還因此發誓自己在窗臺上種所需的水果和植物，結果只種出一顆番茄和一些羅勒。一如往常，我根本沒有閒錢。資助藝術家村落的基金會只提供機票和住宿，居住者要自己付錢吃飯。還有其他問題，比方要買拖鞋、防曬霜、比基尼、紗籠、驅蟲劑、太陽眼鏡，這些我一樣都沒有。

我覺得希臘之行不會帶來任何改變。需要各種新刺激的人只是不懂得好好利用既有的東西，也不懂創造新鮮事物。我很自豪可以從每天和貝絲在德文的海灘散步中獲得幾小時——或至少幾分鐘——的興奮。為什麼我還需要別的呢？那時我覺得再沒什麼會讓我驚奇了，可能除了那些大受歡迎的科學著作。小說根本引不起我的興趣，一旦讀過封底簡介，我很少會想讀完整本書。有時一本小說讀了四分之三後我就不讀了，因為我能猜到結局。我也養成了每一頁倒著讀的習慣，先讀每頁的最後一段，這樣在開始讀上面的內容之前我就已經知道結局了。我在腦海裡反覆預演了十月希臘之行的幾種不同結果，最後確信實在沒有必要去。我體驗過水的質感、感受過陽光的溫度，也不缺人聊天。我喝酒。那換一種些許不同的形式、在一個與英國相差沒幾個小時的地方做這些事情有什麼意義呢？我喜歡坐飛機：俯視地上那像是被人胡亂畫出來的世界，感覺自己是作畫者的朋友；但我也坐過飛機。我已經做出決定。

我覺得也許無論在哪兒我都無法完成那部小說，更別說在像希臘那樣陌生的地方。本來一九九九年我就該寫完，但打那時起，每年我都必須寫信給經紀人要求延期交稿。二〇〇二年，請我寫這本小說的編輯離開了那家出版商，接替她的編輯也在二〇〇四年辭職了。那家出版商被另一家出版商買下，成為了一間出版社。不久第二家出版商被一家媒體巨擘買走，這家出版社也因此改名換姓。偶爾我會收到一個新編輯發郵件問我書的進展如何，但自從二〇〇六年起我再沒收過任何信件。合約可能正待在某人的檔櫃裡等待處理。我也幾乎肯定我丟了我自己那份合約。我原來的經紀人也早就辭職了——去了康瓦爾當學校老師——所以我不知道該找誰問這本書的事情。

臨出發前的兩個禮拜我寄信去取消希臘之行。我以為這樣我就不會每天晚上在克里斯多夫睡著後躺在床上大聲喘氣、幾個小時都毫無睡意——沒想到情況反而更加惡化。整個十月我都在圖書館裡昏昏欲睡，一邊打呵欠一邊上谷歌查希臘的天氣。從那時到現在，我大約寫了兩千字，刪除了兩萬字，也就是說總共寫了負一萬八千字。我能不能交一份字數為負的小說？我也換了好幾次題目，目前的是《作者的死亡》。這真令人沮喪。我可以輕鬆寫出一百萬字的標準配方化類型小說，不須要刪除內容也不會更改題目。也許我只是一個標準配方化的類型小說寫手，這就是原因。

「你和克里斯多夫現在怎麼樣？」薇問，「老實說。」

「老樣子，」我歎了口氣，「我知道我得振作起來。我猜我可以從希臘之旅中學到點東西。下次要是有類似的機會我不會再錯過了，也許吧。但這和克里斯多夫沒關係。」

「只要別為他織襪子就行。」

「不會的。」

「我會為你調些花精。你看起來很累。」

「謝謝。」

第二天薇去了趟鎮上，給自己買了些黑色的羊駝毛線，打算織菱紋圍巾。克勞蒂亞在某個包裡藏了條織到一半的攝政時期風格的裙子，她找出來並坐在我們旁邊繼續織它。這真像在參加編織俱樂部。我的針織品在自己的手裡感覺如此真實，我只需要一針一針織下去，布料在手中愈來愈長。一開始每織完一行我都會停下來看看我的披肩有多長，然後計算半個小時或一天後它會有多長，但過了一段時間我就不這麼做了。薇教我把毛線繞在手指上，這樣更方便，每織完一行我只需要轉過棒針就可以開始下一行。要是我做錯了，克勞蒂亞會從我手上取走棒針，一一改正這些錯誤，她會說「對，這一針纏住了——薇，看她做了什麼——你忘了這一步，」她把針線給還我的時候，我告誡自己不能再犯了，但這些錯誤似乎很難修正。

我們織毛線時，法蘭克會為我們大聲朗讀俄羅斯童話。他正在為亞歷山大．阿法納西耶夫（Aleksandr Afanas'ev）十九世紀作品集的一個新版寫介紹，並且醉心於翻譯這些故事。平安夜那天他剛譯完一篇〈山羊回來了〉，便清清嗓子，對薇說：「你會喜歡這個故事，親愛的。卜羅普將對此無話可說。」於是他開始讀給我們聽。

比利山羊，比利山羊，你去哪裡了？
我去放馬了。
馬在哪裡？
被尼科爾卡帶走了。
尼科爾卡在哪裡？
去食物儲藏室了。
食物儲藏室在哪裡？
被水淹了。
水在哪裡？
被公牛喝了。
公牛在哪裡？
去山裡了。
山在哪裡？
被蠕蟲啃了。

蠕蟲在哪裡？

被鵝吃了。

鵝在哪裡？

去杜松樹那兒了。

杜松樹在哪裡？

被少女毀了。

少女在哪裡？

都去結婚了。

她們的丈夫在哪裡？

都死了。

他讀完後，我們都笑了。

「聽起來像是我的一個作者在解釋為什麼總是遲交稿件。」克勞蒂亞邊說，邊快速地織著毛線，動作就像一種新發明的舞蹈。

薇微笑不語。

「你能再讀一遍嗎，法蘭克？」我說，「再多讀幾遍。這個節奏很適合我織毛線。」

耶誕節那天我已經織完了所有的紅色毛線，不知道下一步該怎麼做——克勞蒂亞建議我開始寫一本新的澤布・羅斯小說。但我打開薇和法蘭克送我的禮物，發現了一本Moleskine手帳、一本契訶夫書信的新譯本，幾捲柔軟的藍綠色毛線，以及幾根美麗的紫檀木棒針。我們交換剩下的禮物，在大餐桌上吃了午餐。夜晚早些時候，我們發現一顆電視衛星掉進太平洋，引起潮汐，摧毀了一座叫孀婦岩的日本島嶼——薇幾年前寫過一篇關於這座島的文章。她在那裡的一間佛寺住了六個月。度假小屋裡沒有電視機，我們只能收聽廣播。薇聽了新聞後沉默良久，坐在我旁邊織了幾個小時的毛線，但是耶誕節次日的晚上，她決定談談這起事件。

「那麼多無辜的人因為油而死，」她一邊搖頭一邊說道。

克勞蒂亞哼了哼：「拜託，薇。沒人因此獲益。這只是場意外。陰謀論並不適用於所有事情。電視公司都說他們也因此蒙受了巨大損失。」

「這是殖民主義的再現，」薇說，「還會有下一次。甚至不會有最後一次。人們只會不停地鼓掌。」

「我都搞不懂你了，親愛的，」法蘭克說，「它可能在任何地方墜落，不是嗎？」

「可能吧。但你不覺得這一切雖富含詩意卻令人毛骨悚然嗎：一個無故事的國家因為其他人的『英雄』故事而滅亡？島上的居民從沒傷害過別人或是掠奪他人資源。一開始就不公平，一個十八世紀的探險者來到這座島嶼，他決定稱之為『羅得之妻』[4]，因為他覺得它看上去像聖經故事裡羅得的妻子變成的那根鹽柱。然後又是這件事，因為肥皂劇和美國電視連續劇而死。」

「一個國家怎麼可以是『無故事的』？」我問。

薇歎了口氣。「好吧。一個國家不可能毫無故事。只有一個故事可以無故事。孀婦岩的確有故事。但最近那裡只有禪宗故事，它們都是無故事的，因為這些故事編出來就是為了幫助你遠離戲劇情

4 孀婦岩的英文名直譯。——譯者注

節，遠離希望和欲望。其中有一些很好笑。你無法預測禪宗故事的走向。它們不是悲劇，不是喜劇，也不是史詩。它們甚至不是現代主義的反英雄故事，更不是實驗性故事或超小說；我已經不記得有多少次聽到別人說，『讓我告訴你一個故事，』接著你就會聽到一些類似荒誕主義的詩歌，既沒衝突也沒有解決方案。有一個『故事』是講一個禪宗和尚在臨死前寄了些明信片，他說：『我要離開這個世界了。這是我最後的宣言。』然後他死了。」

「這是不是定義的問題？」克勞蒂亞說，「顯然他們不是依照我們的理解來說『故事』。如果說，故事要有開始、中間和結尾，這三者緊密相連，故事還必須有至少一個主角，這樣別人就不能走過來說故事應該定義為『任何人說的任何事』。」

「如果我們重新定義『故事』呢？」法蘭克說，「要是一個故事僅僅只是任何對動作發出者的行為之描述呢？如果這就是它的一切呢？如果故事的形狀、前因後果、『好的』和『壞的』角色構建等等都有其文化特異呢？」

「正是如此，」薇說，「謝謝你，親愛的。那些愛反覆談論英雄之旅的眾多結構主義者，喜歡討論佛陀的故事，他在外出巡遊時見到了老人、病人和死人，深感人世間生老病死的痛苦，於是出發尋找解決之道，並最終開悟。但他們沒留意到，中國有個講猴子的故事——那是另一類佛教故事——在這個故事裡，一個荒唐愚蠢的無賴英雄，既沒有做正確的事也沒有問正確的問題，但他最終也開悟了。他們同樣也沒有留意到太平洋騙子毛伊，根據故事記載，他用祖母的下頜骨撈出了一部分紐西蘭。毛伊最終死在了死亡女神希內奴蒂布（Hine-nui-te-po）的身體裡，當時他試著在她的身體裡匍匐爬行，想要穿過她那與牙齒相連的陰道。他通常被視為英雄，試圖進入最深的洞穴——哈哈！——希望為每個人帶來永生。在他的探索之路上他帶了幾隻鳥陪他。但其中一隻，扇尾鴿，毛利名是皮瓦卡瓦卡（Piwakawaka），嘲笑毛伊並吵醒了女神，於是她用大腿夾死了他。這些是無故事的故事，因為它們不是亞里斯多德式的，甚至不是克勞蒂亞式的。」薇對著她的姊妹微笑，彷彿現在是她在指出克勞蒂亞織毛毯過程中犯的錯誤。「如果我們採取法蘭克的定義，那這些都是故事，但它們並不滿足西方世界裡大家對故事的期望。它們也讓我們重新思考我們說的『故事』究竟是什麼。」

「這是不是或多或少都算是個正常的悲劇？」我說，「沒有一個英雄可以在探索永恆的道路上獲勝。這太驕傲自大了。」

「沒錯，」薇點點頭，「我懂你的意思。但本質上，這個故事是在拿悲劇開玩笑，它荒謬可笑，然悲劇不應如此。對我來說這是無故事性的關鍵所在：所有的結構都必須有瓦解的可能性——有能解開自己的拉鍊。」她笑著說。「這些無故事的故事就是有牙齒的陰道。」

／

星期一早晨，河裡仍不見莉比車的蹤影。我有很多時間觀察河水，因為在等渡輪的隊伍裡被困了半個小時。我像往常一樣去圖書館，計畫完成《永生的科學》書評，還打算著手寫自己的小說。我很睏但很溫暖，身上裹著新的藍綠色菱紋披肩。克里斯多夫起床時我也已經醒了，五點鐘，從那時到他出門之間我只打了個小盹兒。我發現我一再夢到凱爾西．紐曼寫的東西——你已經死了，在夢裡我一直被歐米伽點追著跑，它變成一個青色的卡通人物，只會發出「哈、哈、哈」的笑聲並撚弄自己的鬍子。夢中還有別的他寫的東西，我記得有些話似乎與我相關：那些你已經開了頭的事情，你永遠也不會完成。你不會打敗怪物。最終，你將一無所有。我匆匆洗了個澡，然後帶貝絲去海灘散步。這是我每個冬日早晨的習慣，有時這樣會讓我精神抖擻，不過通常都辦不到。今天我一直盯著依附在岩石上的藤壺，達爾文描述過這種生物的進化過程，雌藤壺在某個階段「一個口袋一個丈夫」——和莉比一樣，我想到就會心一笑。如果我們真的活在某種第二世界，那進化論的意義是什麼？我猜紐曼會說第一世界的進化論的所有意義，就是最終產生了能製造出歐米伽點的科學家。我想知道上帝論者會怎麼看這個想法：進化論的最終目的是製造上帝。

我在看藤壺的時候，貝絲一直都在搜尋一塊大一些的石頭，她一次次撿回來、我一次次再扔向海裡。她總是趾高氣揚地帶回這塊石頭，彷彿這項工作非常重要。紐曼在描述來生時，似乎沒怎麼提及動物。我記得柏拉圖的書裡有提到動物。如果你厭倦了做人，你可以詢問命運女神的紡錘，來生是否可以把你變成一條狗、一匹馬或一隻麻雀，這樣生活就會簡單些。柏拉圖說，連奧德修斯都選擇來生當普通人，因為他不想再為探險煩惱。可紐曼似乎不會喜歡這種平靜的生活。如果坐著吃披薩能讓你開心、不再讓你受傷，這有什麼不好呢？為什麼這比殺死惡龍或是拯救少女要糟糕呢？一想到要經歷千年的探險，我就感到疲倦。

排了一會兒隊後我決定休息一下，於是開始做很久以前學的水車呼吸法。要像水車那樣呼吸，你得用鼻子呼吸，想像空氣從脊柱的底部進入身體，沿著脊柱慢慢上升，在喉嚨底部稍作停頓，然後突然貼著身體的前內壁降落，最後通過肚臍離開身體。水車呼吸法會讓你覺得呼氣和吸氣在同時進行，空氣如水般在你周圍持續流動。最終，你會感到放鬆且充滿活力。

我八歲時學會了水車呼吸法。那是一九七八年的十月初，學校因為罷工停課。弟弟托比那年剛出生，所以我們沒出去度假，但爸爸突然有天一半對著我、一半對著媽媽說：「梅格很想去度假，是吧？」第二天便我們開著老車往薩福克出發了。一開始不能算是度假。媽媽為了托比忙前忙後，爸爸在寫一篇很重要的論文，他非常擔心自己的升職申請。我們租了，也可能是借了森林邊的一間小屋。開始幾天我只是坐在床上看書，那些書裡的小主角總是在外出度假時發現城堡鬧鬼、山洞裡躲有罪犯或是地牢內藏有寶藏。爸爸媽媽有時建議我出去走走、呼吸一下新鮮空氣，可我覺得他們其實並不在意我做什麼。不過，把所有的書都看完之後，我決定去探索森林。也許我想要一場探險，就像書裡讀到的那樣。也許我只是真的需要新鮮空氣。

每天早上我會自己做醃黃瓜起士三明治、泡瓶茶，在外面待上一整天，幻想如果遇到精靈或怪物的巢穴我該怎麼辦。我知道我不會告訴爸爸。那個秋天明亮涼爽。清晨，低處樹杈間蜘蛛網上的露水發出白光，知更鳥和畫眉尖銳的歌聲在林間迴盪；銀綠色的松樹開始在枝梢處長出毬果，彷彿一顆顆小宇宙從一種爸爸有時會提到的多元宇宙中生長出來。有時我會在地上發現突然冒出來的、紅白相間的毒蘑菇，就像媽媽在星期日做給我吃的約克郡布丁。四處都是各種不同的蘑菇：有些長在樹幹底下，像巨大的海綿蛋糕；有些則很小，長有像義大利麵一般的蘑菇柄。晚些時候，在低低的太陽光下，蜘蛛網幾乎會變成半透明，我會注意到它們僅僅是因為這些網中間有如核一般的蜘蛛。有次我看見蜘蛛抓住黃蜂。我討厭黃蜂，所以當這隻黃蜂慢慢地、懶洋洋地飛離我然後被困在蛛網上，我很高興。就一秒的工夫，那隻胖蜘蛛靠近黃蜂，開始用白色的絲裹住牠。一開始黃蜂還掙扎了幾下，我為牠感到難過，但過了一會兒牠就不動了。蜘蛛繼續工作，牠把黃蜂翻轉過來、在牠身上結繭，蜘蛛細幼粗糙的腿挪來挪去，每一條都如縫紉機上的針一般精確。牠用前腿托起黃蜂，像人類抱起新生嬰兒那樣把黃蜂搬到網中央。我看了很久，但什麼事都沒有發生，第二天我回去的時候整個蜘蛛網都不見了。還有一天，我在潮濕破舊的度假屋裡發現一根繩子，於是替我的水瓶做了條肩帶。在森林裡，我用野花幫自己做了條項鍊，以拇指指甲刺透花梗，然後把下一朵花穿過去，就像別人用雛菊串成菊輪鍊那樣。我吃灌木叢裡的黑莓，雙手都被汁液染成了紫色。我不再梳頭。我變得野性，但似乎沒人注意到。

一個明亮寒冷的下午，我沿著小溪來到一間有茅草屋頂的石頭小屋，彷彿是從森林裡長出來的。密密麻麻的深紅色常春藤爬滿了小屋，僅有的洞是窗和門。它看上去就像是你在學校畫過的房子，因為你在圖畫書上看到過。那裡有個柵門，不過很容易打開，我走進花園，經過一口小井。小屋附近有座鐵涼亭，也爬滿了攀緣植物，涼亭有一半在老樹的樹蔭下，涼亭裡有兩張木頭搖椅和一張木桌，桌上放著六個杯子，有個男人在往杯子裡插花。我從未見過男人插花。事實上，我不認識任何會插花的人。

「啊哈！年輕的探險家，」他說，「不要站在那兒傻愣愣地看著。過來幫忙。」

我走近了點。他個子很小，長著濃密的、樹皮般的棕色鬍子，就像其他所有事物一樣是從森林裡長出來的。他身上是電子藍的麂皮靴和褪了色的紅褲。他還穿了件電子藍的背心。我喜歡這種顏色：和我戴著的髮箍顏色一樣。

「拿著這個，」他一邊說話一邊遞給我花。「如果你運氣好，我會展示魔法給你看，還會告訴你你的命運。」他眨了眨眼。我拿著幾束白花，他剪掉花梗，然後讓我和他一起去收集葉片。我不知道那是什麼，而且我一定看上去很為難，因為他說：「就是綠色的東西。走吧——快點——不然咒語就不靈啦。」

幫完他以後我說：「現在你可以展示魔法給我看了吧？」

他笑道：「我剛剛做過啦。」

「喔，」我失望地說。似乎沒有任何事有所改變。

「好吧，」他說，「看這個。」

他從口袋裡取出一個火柴盒放在木桌上。他坐在搖椅上看著火柴盒；它開始升上半空。我倒吸了口氣，火柴盒啰嗒一聲掉在桌上。

「這真的是魔法嗎？」我問。

「沒錯。」他微笑著說，「我想是。」

「你會教我怎麼做嗎？」

「再說吧。」

「那我的命運呢？」

他嚴肅地看著我。「我不確定讓人們知道自己的命運算不算是件好事。」

「但你答應過的。」我說。

他歎了口氣說道：「如果你想知道的話，明天過來吧。但得告訴你父母你在哪裡。」男人說他叫羅伯特，「就像香草」。他還說，在我學習魔法或是知道我自己的命運之前，我必須學會其他事情。他有個朋友叫貝瑟尼，明天也會在那兒，不過她很害羞，也不太願意被人打攪。他說她太害羞了，我可能根本看不見她，但她一定會在那兒。

第二天早上，我直接走回了那間奇怪的小屋。那兒有位美麗的年輕女子，身著一條酒紅色長裙。她似乎是羅伯特的妻子，不過有些時候我覺得她是他的女兒，甚至是孫女。她會整個早晨坐在那兒吹笛子，市集日的下午，她會把東西放在東口袋裡，然後到鎮上去。羅伯特教我的第一件事情就是水車呼吸法。我們坐在涼亭裡，貝瑟尼坐在屋裡吹笛，聽上去像是完成了一半的鳥鳴聲。「你這樣呼吸，」他說，「當你想集中精力，或是受到驚嚇的時候，或者，」他笑了，「當你想施展魔法的時候。」但他並沒有教我任何真正的魔法。

假期餘下的每一天都大同小異。我很早就來到小屋，羅伯特會給我安排一些任務，像是整理柴房或是給鳥的飼料槽添加飼料，因為，他說，貝瑟尼喜歡鳥，而且餵鳥「也會讓仙子們高興」。有天我們在花園裡種花：蛇頭貝母（snake』s-head fritillaries），鳶尾花，麝香蘭；另一天在屋子後面，我們在蒸餾器裡釀出了某種酒。還有一天，我和貝瑟尼一起摘黑莓、山楂果和玫瑰果。這是我第一次單獨和她在一起。她話不太多，但她突然微笑著說：「羅伯特對你很有好感。他一定覺得你是我們的一員。」然後她就溜到下一帶灌木叢中，再也不說話了。之後我們做了果醬。假期的最後一天，我問羅伯特是不是可以向我展示一點魔法，因為我不會再回來了。他歎了口氣說：「你確定你想學？」

「確定。」我說。

貝瑟尼仍在鎮上。我坐在客廳的大松木桌旁，一直在替她剝豌豆。銅製的平底鍋、煎鍋和篩子都掛在天花板上，後門上掛著一把斧頭。我在這張桌旁做了許多事，也已經習慣望著碗櫃上的各種奇怪物件，其中有只裝了小船的瓶子尤其叫我著迷。那艘船不可能穿過瓶頸。也許是魔法帶它來到了這裡。有次羅伯特出去採蘑菇，我偷偷拿起瓶子看裡面的船。船帆是白色的軟棉布，船身上寫著白色的白堊字；當我湊近仔細看，發現上面刻著「短襯衣」。船放在蠟做的藍色海洋上，瓶頸用軟木塞塞著。我很想拔走木塞，看看船會不會出來，但我沒那麼做。

「你信不信你已經擁有魔力？」羅伯特問我。

「信，」我嚴肅地說，「我相信我有。」

他笑了。「我也這麼覺得。貝瑟尼也是。你知道，不是所有人都見得到貝瑟尼。」他看著自己的手。「有人覺得必須有人教你，你才會魔法，你必須瞭解仙子世界、這個世界和上面的世界，這樣才能施展魔法。這是個巨大的承諾，一旦你打開了通向異世界的門，就回不來了。但我碰巧知道有很多魔法是可以自學的。有人說每次你煮東西或是替別人治病的時候，你就是在施展魔法，因為你通過改變能量的方向來改變事物的狀態。」

我咬了咬嘴唇說：「但那不是真正的魔法，不是嗎？」

「那取決於你怎麼看這個問題。要知道，好的魔法總是給世界帶來和諧，而非混亂。你也必須接受一個現實：魔法總是有後果的。你能理解嗎？」

我搖搖頭。「你是說招來麻煩？」

「當你施法，其實是在轉移能量。你可能會選擇把許多治療能量放在一個病人身上，或只是簡單地將幸運符縫入為朋友做的百納被裡；但你永遠不能輕率地做這些事，因為你總是從別處獲得能量。根據你施展的魔法不同，你會向地下的精靈——仙子們——尋求幫助；或是來自中土世界的精靈；或是在高處星辰間舞動的精靈。舉個例子，你可以請求上帝或是中土女王幫你治療生病的貓，或請仙子幫你解夢。有人相信這些魔法生物和神靈真的存在。另外有些人相信他們是一種能量的不同表現形式，而我們只能形而上地來理解這種能量，就像理解故事或圖畫。無論如何，比方說，當你用咒語向仙子尋求幫助時，總得做些事情以示回報。你可以在花園裡餵鳥、種花。仙子們喜歡大自然。真的。可我們對大自然做了那麼多壞事，他們不再常來我們的世界。如果你不達成你的承諾……我的意思是，用你所謂的『魔法』來轉移能量是件很簡單的事情，但得承受後果。」他皺了皺眉頭，然後又笑了。「喔，親愛的。你聽不太明白，是吧？貝瑟尼說你太小了。可能她是對的。」

我搖搖頭。「我不小了。」但我擔心起來。對「後果」是什麼我約略有些概念。總有那麼多壞事發生，比如玩火柴的時候燒到自己、過馬路不走斑馬線因而被車撞、被關在房間裡；被拖鞋揍、被罰抄寫。如果魔法會導致那麼多惡果，我不再那麼喜歡它了。我不想冒犯地下世界的仙子。萬一我忘了自己的承諾而他們在三更半夜過來找我怎麼辦？

「還有，」羅伯特說，「你做的每件事情都會回到你身上三次。也就是說，如果你施了魔法，你會得到它三次。問題是有些時候，你不知道你做的事情是好是壞。在魔法裡，沒有簡單的好壞定義，而你仍會犯錯。這很棘手。如果不小心，你會製造出怪物。如果你使用了很多能量但不能恰當地轉移它們，就會發現幽靈、惡鬼、各種魔法生物圍繞著你。發生這些事情很麻煩，只有擁有更強大能量的人才能讓一切恢復原狀。」

貓頭鷹在外面尖叫，我的胃突然很難受，就像是一塊冰冷的抹布在星期天晚上被擰乾。我望出窗外，暮色已經降臨。黃昏一天比一天來得早。「我要走了。」我說。

他大笑道：「親愛的，我把你嚇跑了。算了，你可能真的太小了。但我看得出來你擁有這種能力。可能等你長大點。你假期還會回來這裡嗎？貝瑟尼很樂意再見到你。」

「我不知道，」我說。

「如果你回到這裡附近，就來找我們。」

羅伯特開始往煙斗裡加煙草。

「我走之前你會告訴我我的命運嗎？」我說道，突然非常想哭。「你答應過的。」假期就要結束，我也不會再來森林了，而我膽子小得連魔法都不敢學。我真的很想改變主意，但我知道太遲了。我知道我們家不會再回來這裡。媽媽抱怨過房子太潮濕，爸爸說這裡太偏僻。我意識到自己會想念羅伯特和貝瑟尼，以及他們的生活。

羅伯特仍站在水槽邊。他放下煙斗，轉過身去對著窗外望了一分鐘。轉過來面對我的時候，他的眼睛帶有一種恐怖的亮綠色，臉也變成一種我不太熟悉的樣子。之前，他看上去像是一棵智慧的老樹，現在他的臉參差不齊，像一塊被起伏的海洋穿透的岩石。他彷彿陷入一種出神的狀態。

「那些你開了頭的事，你永遠也不會完成，」他用一種陌生的聲音說道，「你永遠不會打敗怪物。最終，你將一無所有。」

／

我知道這天跟其他的每一天一樣。因為太多人等候渡輪，今天開始得已經有點遲了。通常我遛完貝絲、開車穿過托貝的時候應該是十點鐘，但今天已經快十一點了我還在車上。這件事本身可以當成是好兆頭：有時候汽車引擎的散熱器過熱，我不得不停下來添加冷卻劑，這會更拖慢我的時間。通常上午我會工作一個小時，如果有很多電郵要讀，就會再少點時間，吃過午餐我要拖到兩點之後才會再重新開始工作；我會先做完上午未完成的事，然後做一些奧布圖書的行政工作，最後就差不多該去超市買東西回家了。我怎麼可能在沒有任何時間的情況下寫出一部小說呢？其實不必如此。當我那幾本已經出版的小說寫到一半的時候，時間像湧出來似的，哪怕是在最黑暗的角落。早上帶貝絲去散步前我可以在餐桌旁寫下至少五百字，吃午飯的時候我可以做無數的筆記。有時甚至在超市排隊時我都可以寫上一點，用手機的小鍵盤。有天我寫了七千字。但今天我可能不會寫太多我自己的小說，尤其因為有書評要寫。

我開車穿過托貝，收音機的音量調得很低，周圍的郊區景色在寒冷二月的陽光下顯得有些刺眼。我在思考如何開始寫書評。奧斯卡很喜歡我將一本書評價為垃圾，所以我確信他是故意挑一些他知道我會討厭的書。因此我決定認真對待《永生的科學》，儘管我不太知道該怎麼做。它貌似很容易遭人批判。我想過寫熟悉我的讀者會知道我從不會被無窮這個主題激怒，但這樣顯得有點自滿。我已經為這份報紙寫了很長時間的書評，所以現在可以不用第一人稱，不過仍有其他限制。也許我可以寫，如果人類隨意玩弄任何自然事物，他們會陷入麻煩，而拿無限這個概念開玩笑更是個餿主意。丁尼生有首詩在寫古希臘的提托諾斯（Tithonus），即黎明女神厄俄斯（Eos）的情人。生於人間的提托諾斯被賦予了永恆的生命，這樣他就可以永遠愛厄俄斯——但安排這件事情的人忘了給他永恆的青春。這首詩是這樣開頭的：樹木腐爛，樹木腐爛後倒下／蒸汽哭著向大地卸下自己的重量／人來了，耕作，最後躺在地底／多個夏天之後天鵝亦死去／我獨自承受著這殘酷的不朽／消耗著：在你的懷裡慢慢凋零。也許我可以用這個來開始我的書評。但這似乎也不太合適。

在紐曼永不停止的宇宙中，我會有足夠的時間寫無限多的小說，甚至可以讀完所有讀了一半的書，以及所有的書。但還有誰會在意小說呢？因為我們會死，所以我們才需要小說。我打開收音機，正好聽到一則新聞：一項研究表示，四千萬人（包括我弟弟托比）服用的抗抑鬱藥百憂解充其量只不過是安慰劑罷了。我開車經過海事中心，海在我的右邊，我又一次想起羅文。在你的懷裡慢慢凋零。即使我們都單身，他對我來說還是太老了。我們沒有互通郵件是件好事。但可能他今天早上傳了郵件過來；我說過他隨時可以寄信給我。然後我該怎麼做呢？我不可能再親吻他，因為我不可能就這樣下去。我無法再次承受親吻之後的痛苦煎熬。

把上個星期的一張停車單扔去回收之後，我整個上午都坐在圖書館那張我常用的桌子旁寫書評。這曾是羅文常坐的桌子，但我接手過來。奧斯卡只留給我八百字的空間，而且通常還會因為廣告的介入而再縮減。他的助手賈斯汀大多時間都在找配得上書評的便宜圖片。在我去年評論過的一本書裡，一位科學家用一片火腿來解釋空間維度。火腿是三維的，她說；而這片是二維的。這簡直令我生氣。二維「物體」根本不存在，不可能；無論一樣東西多麼薄，它仍是三維的。我花了一半的篇幅來解釋為什麼我們不可能經歷二維空間世界，尤其是當一個人嘗試從含有火腿的三維世界出發。賈斯汀最終找到一張漂亮的圖片，上面有一塊火腿，她把這張圖片和那位科學家的頭像放在一起，還在下面加了一段說明文字：「宇宙不是火腿」。我記得自己一再檢查那篇書評，擔心哪裡寫錯了，也害怕在批評一位真正的科學家時自己不夠科學。之後的幾個星期我都擔心她會寫信來糾正我。但什麼事也沒發生。我還想像爸讀了文章後會為我感到驕傲，但據我所知，他從來不會讀任何報紙的文學版。

評論紐曼的書比我想像中容易。我總結了他的觀點，就像大多數冗長複雜的事物，這其中包含了偉大的悲劇和人生故事，比起八萬字，在八百字裡這些東西似乎更誇張、更不真實。最終這本書自己抨擊了自己。我很高興終於寫完了；紐曼虛擬出來的後宇宙、時間盡頭的幽靈船，這些確實令我感到不安，但事實上，我還沒有完全與紐曼斷乾淨，因為我在考慮是否可以繼續在小說中抨擊他的觀點。後宇宙不可能出現在澤布．羅斯的小說裡，但它可以是我「真正」小說的次要情節。讓角色困在時間終結時的冰凍瞬間絕對比讓他們困在蒸氣室裡要好。

交了書評後，我到圖書館對面的廉價咖啡館吃午餐，吃完都已經兩點半了。我登錄奧布圖書的電子郵件帳戶，讀了兩份澤布．羅斯小說的提案。其中一份來自上一次托基培訓班的參加者，我記得他叫蒂姆．斯莫爾，看上去很蒼白，四十多歲，十年前和妻子海蒂一起搬來達特茅斯。海蒂在遊艇俱樂部當會計，有個長期偷情的對象。看到我貼在港口書店的海報而來參加培訓班的本地人，只需要上六天課，第七天我和那些槍手作者一對一地討論他們正在寫的東西，可能是一部澤布．羅斯小說，可能是一部佩珀．摩爾小說，也可能是吸血鬼島系列的下一集。頭六天所有人上的課都一樣：密集地介紹柏拉圖、亞里斯多德、弗拉基米爾・卜羅普[5]、諾思羅普・弗瑞[6]、喬瑟夫・坎伯[7]、榮格、羅伯特・麥基[8]等人的理論。我給每個學生一把奧布圖書剪刀，因為經常需要剪紙然後重新鋪排：總是要與原型、複雜的情況、解決方案及幫手打交道。剪刀是我的主意。整個吸血鬼島也是我的主意，雖然我並沒怎麼參與其創作。

本地學生中，只有蒂姆的想法可能符合澤布・羅斯小說的模式。他想寫達特莫爾野獸，不過一開始他設定的主角是個戴了綠帽子的中年男人，我把他拉到一旁告訴他，主角是個青少年我們才會考慮採用。全班都為蒂姆的野獸而激動。如何結束一個關於野獸的小說？我們討論了很久。契訶夫說，如果你的故事裡有一把槍，那它必須開火；如果故事裡有一頭野獸，它是不是也必須「開火」？什麼時候？怎麼開？我感到很不好意思，因為我喜歡這些討論，它們有條理清晰的敘事對稱性和聰明的表現手法，都是大作家贊同的東西。我自己的小說，我該死的負擔，《作家之死》，明顯沒有任何對稱性，我持續處於混亂中，因為有時它會有太多敘述：人們絕望地相愛、從昏迷中醒過來，躺在溝渠裡思考偉大的人生轉變，等等等等——就像標準配方化的類型小說——然後我會胡亂修改它，最後它就死了：一個物種，未開始就已滅絕。為了讓新物種進化，現有的物種必須一分為二，用某種方式——基於基因或地理原因——這兩部分必須遠遠分開，幾百幾千年間都不能約會也不能交配。如果我能讓我寫的標準配方化小說和它所有的主要基因都困在山脈的一邊，而我真正的小說在另一邊，那可能就會成功寫出真正的小說。我歎了口氣，拉直一個別人（可能是我自己）落在桌上的迴紋針。它斷了，我手上有兩段沒用的金屬，我又不想把它們扔在地上。我把它們放進口袋。蒂姆的提案看上去很不錯，所以我寄了一封簡短的信給克勞蒂亞，建議在下一次三月的編輯委員會上考慮這個提案。另一個提案的主角是個吃了自己父母的女孩，我否決了它。

三點左右，我的手機震動。我猜是奧斯卡從報社打來的，但螢幕顯示「來電號碼隱藏」，不知道究竟是誰。我匆匆跑出圖書館，擔心書評是不是出了什麼問題。奧斯卡只有五十出頭，但行為讓人覺得他是個壞脾氣的老頭子，而他所有的書評家都是他調皮的孫子孫女或者任性的寵物。他只有在出了問題的時候才會聯絡你。他總是一邊打電話一邊抽菸，吸一口菸，再吸一口，停頓，不過在我少數去過他辦公室的那幾次，卻根本找不到他抽菸的證據。

「我以為你不在，」他用溫柔清脆的加勒比嗓音說道，「我正打算掛電話。」

「我在圖書館。我不能在裡面接電話，不然圖書管理員會吼我。」

我們的對話通常都是這麼開始的，他責備我，然後我說一些圖書管理員的滑稽事情，而事實上他們從來沒做過任何滑稽事。出版業的很多對話都很老年癡呆，因為每個人都想得太多、讀得太多，而沒人會記得這是他今天第一次說話還是第十五次，也不知道一切真的發生還是自己假想出來的。你很容易辨認出一個人是不是在出版業工作，因為他們每講一件趣事都會像是第一次講那樣，而他們的表情就像有人給了你一張紙巾然後意識到這張紙巾可能已經用過了。

「算了，沒事。」他吸了口氣，然後停頓了一下，「這是你最奇怪的一次把戲。」

「什麼？」

---

5 Vladimir Propp, 1895-1970，蘇聯的文學結構主義學者，最重要的代表作為故事形態學。

6 Northrop Frye, 1912-1991，二十世紀加拿大著名的思想家和文學理論家。

7 Joseph John Campbell, 1904-1987，美國的神話學家，研究比較神話學和比較宗教學，《千面英雄》（*The Hero with a Thousand Faces*）即其重要代表作之一。

8 Robert McKee, 1941-，美國創意寫作指導者，以其在南加州大學舉辦之「故事研討會」而聞名。

「你寄給我的那篇書評。你到底在想什麼？」

「你不喜歡？」

「我喜歡。它很好。很有趣。這個凱爾西．紐曼真是個瘋子。」

「所以……？」

「你這次真讓我為難，」他說，「你們小說家都一樣。」

我不知道自己到底做了什麼。

「這本書是二〇〇六年出版的。我們有時是會遲點發表書評，但從不會遲過兩年；你從哪裡找到這本書的？」

「你寄給我的。不是嗎？」

顯然他沒有寄給我。

「別蠢了，」他說，「你們小說家不知道如何區分虛構與現實；我一直這麼說。但別擔心，這次我還不會把你當成瘋子。不管怎麼樣，這不是第一次有人評論錯書。不要再去評論我寄給你的那本書了。太遲了，接下來幾個星期已經進了一些新的廣告。」

「老天，真丟人。」我說，「非常抱歉。我不知道如何……我是說，這很奇怪。我不知道發生了什麼事。」感到丟人的同時，我還剛剛損失了四百英鎊，包括整個星期天的時間，我原本可以用來寫我自己的小說。

「這很遺憾，真的。這篇評論很好。不過，這給了我一個想法，你可能也會喜歡。我們應該把所有這些書放在顯微鏡下，我想。他媽有太多的人讀這些書了……我這兒有凱爾西．紐曼新書的樣稿。這個月就要出版了。通常我們不會評論這類書，但是既然你已經讀了一本……這本新書叫什麼來著？

簡介裡怎麼寫的？等一下。」電話裡傳來亂翻紙張的聲音，接著是更多的吸氣和停頓。「喔，這裡。《第二世界》。上面有些奇怪的人的評論，喔，其中一個是你的朋友薇．海斯。她說這本書『根據我們從最受喜愛的小說中學習到的東西，為我們提供了一張未來生活的藍圖。』你可以評論這本書——它和你今天發過來評論的那本風格差不多——或者，如果你喜歡，我可以寄給你我書櫃裡所有的新世紀類、勵志類、生活風格類書籍，你可以寫個兩千字的專題，關於這類現象以及這些瘋子的寫作方法……」

一種平靜的聲音開始在我的腦海深處對我說話，它像是從一幢高樓低處窄窄的窗臺上對我——或者，我猜，是我的自尊——說話。說不。說你寧願挨餓。寫你自己的小說。不要再將更多商業寫作加進這個脆弱的生態系統。說不。不！不！不！

「這真是個不錯的想法。」我說，「這個專題，我的意思是。這將會……」我記得上次我在大角星商店的情形，那是托特尼斯一家賣水晶和新世紀類圖書的店。我去那裡買生日禮物給喬許，然後決定既然已經到那兒了，就翻閱一下那些瘋狂的書。當時我正在寫紐托邦系列的第三本。這類小說的背景通常會設定在約五十年後，小說裡一家公司殖民了所有人的潛意識，所以每個人都有兩種生活：一個在「現實」世界，另一個在幻想的世界，你得透過鬧鐘的一塊晶片才能到達那個世界。這個另類世界有自己的貨幣、時尚、語言、習慣。很多年以前人們要註冊用戶名才能登錄那個世界，不過在我的小說發生的時代，人們沒有選擇：每個人在出生時就已被植入了晶片。沒人意識到自己有兩種生活。人們腦中的這塊晶片設定為可以最大程度利用思想休息的時間和腦波變慢的時候——睡覺的時候、喝咖啡休息的時候，或僅僅是兩個念頭的間隔——人們可以被轉換到這個另類世界，我稱之為紐托邦。

這整個系列是受到一則新聞的啟發。新聞裡，兩個現實生活中的胖子決定離婚，他們在網上是兩個瘦子，而這兩個瘦子在網上和另外兩個瘦子結了婚，而那兩個瘦子在現實生活中也是胖子。我當時就想，如果擁有這種雙重生活是如此正常，正常到人們甚至注意不到他們有雙重生活，那會發生什麼事？在我的紐托邦小說中，女主角發現，真相或多或少與一樣叫公司的東西有關，它殖民化了所有看得見和看不見的東西，於是她出發尋找其他發現真相的人。他們發現可以將潛意識裡的自己藏在手機網路內的單元邊緣，儘管每次被發現前他們都藏不了太久。他們在兩個世界中間的探險、戀愛、無意識的背叛、混亂的身分、覺醒、公司不斷上升的貪欲和力量都足以製造出許多故事。在第三本書裡，我覺得我已經解釋得很清楚這個潛意識世界是如何構成的，我還有一些瘋狂的想法，關於公司要殖民的其他東西，例如星界。我對這些東西一無所知，不過大角星商店裡都是關於星界的書。

有兩個女人跟在我後面進了商店。她們也在看關於星界的書，她們還繼續看了其他書，有的是寫關懷強迫症和「不要愛得太多」，也有的是教你如何拍攝自己的氣場或學習魔法。「我會買這本給你，親愛的，」年長的那個對著另一個三十多歲的女人說，她肯定是她的女兒。較年輕的那個女人拿著另外三本書，正打算打開錢包。「我這張信用卡裡還有五英鎊，」她說，「另外還有大約七英鎊半在這張裡面。所以如果你幫我買那本，那麼……」「我兩本都會幫你買，親愛的，」年長的女人說，「然後我們就坐公車回去。我知道你需要它們。」這四本改變人生的書到底是什麼？我永遠也不會知道。

「我明白了！」我對奧斯卡說，「我會使用第一人稱。」

「怎麼說？」

「寄給我這些書，我會大約挑出其中的四、五本。每一本都會教我做一些不同的事或者用不同方式思考，而且每一本書都會告訴我人生會因此而不同。我會遵照書上的建議，看看會發生什麼事情。

我會把一切寫下來。這就像新聞報導裡會用到的參與式寫作手法。幾乎是一本民族志，如果我遇到一些奇怪的人的話。」

「非常棒。我喜歡這個想法。」他停頓了一下，「寫得有趣點。」

「哦，我會的。」

「四月初交稿，」他說，「如果你願意，寫三千字。我們會用兩版對開的形式來發表，再配上插圖。保羅最近非常喜歡第一人稱的專題。」保羅是報紙的主編。

「好。那很好。謝謝，奧斯卡。對不起，我搞砸了之前的書評。」

「沒關係。我瞭解你們小說家。」

他掛了電話。收起電話之前我查了下餘額。只剩下十五便士。不管怎麼說，我的錯誤算是解決了。我失去了四百英鎊和一些週末的時間，不過獲得了一千五百英鎊，還有之後賣了這些新世紀小說的錢。但整件事的最後結果是，我會損失掉更多時間。你應該說不，我的腦子說。我大概應該為我的小說做些研究，以此彌補損失掉的時間。我可憐的主角，以前我曾用超小說的手法稱她為梅格，不過由於現在小說採用第一人稱，她沒有名字，她是否也可以做一個類似民族志的項目？這部小說總是會有新的層次，尤其是當我總在不停剔除舊的內容時。我非常相信層次，甚至在培訓班上花了一整天講解這個，對學生強調一個小說永遠不可能只有一條情節線索，而應該是由很多不同層面的情節線索疊加起來。民族志——我可以讓它成為小說的主軸——這能讓我的主角做些她通常不會做的事，這很好。最近我甚至不能讓她走出自己的房子。她或許可以是個反對異域主義的人類學家，因此決定就自己的故鄉寫一份民族志：這會給她藉口走出去參與生活，而我也不用去什麼熱帶雨林和部落的人打交道。但肯定已經有人這麼寫過了。很早以前我也意識到我需要加一個情人，但我的主角不會與任何正常人相愛。也許是個老一點的男人？

我想做些筆記，但打開筆蓋後，我就只能抓著筆蓋懸在半空中呆坐在那裡，我與奧斯卡的對話如液體般慢慢流出我的大腦。剛開始我以為這樣我就可以好好工作，可事實上我發現自己腦中剩下了一些殘渣：這本凱爾西．紐曼的書到底他媽的是從哪裡來的？我到底是怎麼評論了一本不是奧斯卡寄來的書？過去我搞砸過許多次書評，但從沒有搞錯過書。我歎了口氣。可能是薇寄來的。但又不太像；我懷疑薇是否會再寄任何東西給我。但她幫這本書寫過評論，一定讀過這本書。可是她怎麼會為這本書寫評論呢？這應該是她會討厭的書。另外，為什麼這本書裡會有奧斯卡的便條？下午餘下的時間，我的手機一直在震動，不管打來的人是誰，他一定留下了語音訊息，但我不夠錢聽電話，或是打回去。

／

耶誕節次日的晚上，在蘇格蘭的我們都早早上床睡覺。對禪宗故事的討論似乎變得討人厭起來，大家仍為孀婦岩的事情感到心煩意亂，尤其是在薇提到幾個在當地佛教寺廟裡認識的人以後。第二天我和薇、法蘭克早早地去了海灘。薇坐在岩石上，望向大海，法蘭克打太極。我獨自坐在另一塊岩石上，同時看著他們兩個。過了一會兒，薇脫得只剩下一套紅白條紋的舊泳衣，尖叫了一聲跳進冰冷的水裡，並繼續尖叫。接下來的幾分鐘，她像市集上賣的金魚那樣四處亂竄，不過她是比較特別的一條，因為她會說：「噢，噢，真冷，真他媽的冷！」隨後她開始以一種類似逆向蝶泳的姿勢游泳，這看上去既愚蠢又優美。我知道薇這樣做是在用她自己的方式與宇宙合為一體，宇宙也因此同時變得既愚蠢又優美。對我而言這樣的聯繫似乎是不可能的。我知道如果我嘗試與宇宙合為一體，它會拒絕我，就像大海拒絕那些沉沒後被沖上岸的船隻那樣。

「你沒事吧？」法蘭克大聲問我。

「沒事。只是有點冷，」我說，「尤其是看著薇。她讓我起雞皮疙瘩。」

「你想不想也來幾招？」他問。

「什麼？太極？」

「對。來吧。這會讓你暖和起來。」

我聳聳肩走向他。他示範了幾個動作，不過對我來說都太微妙了，難以理解。我照著他的樣子做了一會兒，但一點都不覺得暖和。我開始跳起來，同時看著他。

「我一直在和這招奮戰，」他邊說邊做了幾個流水般的動作給我看，「這叫『抱虎歸山』。」

我停下來，笑了笑。「這個名字很不錯。招式看起來很漂亮。」

「你最近也在和些什麼奮戰嗎？薇跟我說了點事情。」

薇的拍水聲現在輕了一點。她停止抱怨，開始游向遠處的燈塔。她的動作裡有種能量，而我似乎沒有。我沒有在和什麼奮戰。那似乎沒有任何意義。我應該反抗什麼？克里斯多夫？我媽？奧布圖書？我的小說？我自己？我會為羅文奮戰嗎？他對我來說太老了，而且他也不想要我。

「我想我只是有一點壓抑。我會好起來的。」

「你知道我們一直都會在你身邊。如果你願意，可以過來倫敦住。」

「謝謝，也許吧。」我說，儘管我知道我不可能付得起去倫敦的火車票，也無法向克里斯多夫解釋我為什麼要去。

「薇有次告訴我，如果你向大海尋求幫助，它永遠不會令你失望。我試了幾次。它確實讓你感覺好很多。你可以試試向大海尋求幫助，看看會發生什麼事，或者，換一種方法，把你的問題交給大海。它如此浩瀚，足以帶走你的問題。你可以選一些大的石頭，每一塊代表你的一個問題，然後把它們扔進水裡。」他聳聳肩，「可能對你而言有點嬉皮。我知道你比我們都腳踏實地——但有時候你只是需要一些東西幫你集中注意力，也幫你放開一些事。」

「謝謝，法蘭克。如果現在這麼做我會感到很不自然，不過要是事情愈來愈糟，我一定會考慮你的提議。回家後我會去斯拉普頓沙灘，那兒有許多大石頭。」

／

在蘇格蘭的最後一晚我們都被黑刺李杜松子酒灌醉了，克勞蒂亞和我開始回憶我們拒絕過的最荒謬的澤布．羅斯小說提案，其中一個是要寫一部由貓來講述的小說，另一個提案裡某人被設定成佛陀的化身。

「那份手稿裡那個非常奇怪的禪宗故事是什麼？」克勞蒂亞問我。

「有很多欸。」我說。

「關於一個精神病老太太燒了和尚屋子的。」

「噢，對，」我說，「這樣就縮小範圍了。那個故事說了什麼？」

「故事說有個老太太，在一個和尚二十年的修煉過程中一直照顧他，」薇說，「是這個嗎？她供他吃供他喝供他穿，最後還找了一個妓女勾引他，因為她想看看他會怎麼用他的智慧來應對。他已經發誓不會破色戒，但他會被勾引嗎？這個和尚對著妓女說了些很有詩意的話，關於一棵老樹生長在冰冷的岩石上，告訴她這裡沒有『溫暖』。被拒絕的妓女把這些話告訴了老太太，她非常生氣，因為她覺得自己照顧了他二十年，而他竟然一點都不懂得憐憫。最後她燒了他的房子走了。」

「對。我討厭這個故事。」克勞蒂亞說。

「為什麼？」我說，「我喜歡這個故事。」

「它沒告訴你任何有用的事，」她說。「它只是告訴我們這個神經病老太婆把這可憐的和尚緊緊拽在手心，最終使用了暴力，因為他不是她想要的那個樣子。這是個可怕的故事，真的，描述一個人如何毀了另一個人的生活，就像是鬼迷心竅的跟蹤狂那樣。」

「這只是站在和尚的角度來看，」我說。

我們又喝了些酒，克勞蒂亞提醒我還有篇稿子是寫一個女孩種植物卻意外種出了許多食人植物；它們和她說話，成了她僅有的朋友。我們都笑了，試圖回憶起其中一些可怕的句子，比如「自時間之初我們就開始生長啦，梅麗莎！」還有「你也嘗嘗藍瓶子裡精美的血液，這樣就可以變成我們當中的一員啦！」

然後，非常突然地，薇對我說：「天啊，梅格。你到底什麼時候才會開始意識到這個世界要比可以預測的標準配方複雜得多？你就是太害怕認真以對，才寫不出自己的小說。」

如果不是她一開始叫了我的名字，我可能會以為她是在對克勞蒂亞說話。這是她第一次對我說了不支持、不體貼也不縱容的話。我對此反應不良。

「我厭倦這些了，」我還嘴道，儘管我還沒想清楚應該說什麼。「你難道沒意識到任何人都可以拼湊出一個沒有形狀的故事嗎？**任何人**都可以編造出一些隨意的行為並把它們串起來。孩子們一直都在這麼做。真正的技巧就像是克勞蒂亞說的：你得會用最原始的方法，做任何亞里斯多德建議你做的事情，但這並不容易，不是僅僅依照他的指示就可以辦到。很多東西都是需要花許多功夫才寫得出來的：比如寫出一個不俗氣的大逆轉情節、不基於任何象徵而獲得認可、『突然覺醒』，或是揭露主角自始至終都知道的東西——不過是在整個情節中的上升階段和緊張氣氛時才揭露。你應該再讀讀亞里斯多德，因為他不僅僅告訴你怎麼寫油瓶故事，也告訴你如何正確寫出有意義的悲劇。對，它們也是可預測的，某種程度上。但是他說過，作家的一項主要任務就是讓聽到或讀到故事的人感到震驚，哪怕這故事本身有一條標準配方，哪怕它是根據可能性和因果關係來寫的。這是門偉大的藝術，讓看到畫的人感到驚訝，當他們意識到他們自始至終都擁有所有的畫時，他們會更驚訝。」

「但這是個詭計，」薇說，「讓人們在聽到同一個故事時感到驚訝，這就如同讓人們每隔兩年就想要新廚房、新衣服或新裝修。人們總是忘了他們『曾經聽過這個』。這些故事無法讓他們看見新事物。人們不懂得從陌生的角度看待生活中習以為常的東西。」

「隨意把一些東西放在一起扔給別人，就會讓他們看到新事物？每次出門我都會看見許多隨意的事情在發生。這不是藝術。藝術需要精湛的技藝。」

「沒有人說在標準配方般的故事和完全隨意的活動這兩者間的巨大空間中什麼都沒有，」薇說，「生活最不藝術的地方就是生活試圖跟隨某種標準配方般的故事。你不覺得嗎？」

我不太明白她的意思，所以我說：「不。」我頓了頓，但是她沒有說話，所以我繼續。「你覺得契訶夫很偉大……」我也這麼覺得，當然，她很清楚。「可是甚至契訶夫都無法完成一部長篇小說。他發現這太困難了。為了寫出長篇小說，他保留了自己最好的觀察和圖像，但結果一無所有，因為事實上，將小說情節架於八萬或者更多字上簡直不可能辦到。」

「他忙著藉由短篇小說和喜劇賺錢，」法蘭克說，「他要養家糊口。」

「我們不都是嗎，」我說。

契訶夫的長篇小說計畫很簡單。他在一八八八年寫的一封信裡描述道：「這部小說會涉及幾個家庭和一整片區域，有森林、河流、渡輪、火車。風景之中是兩個主要人物，一個男人，一個女人，其他的個體像小兵一樣圍繞在他們周圍。我不奢求形成一種貫穿政治、宗教、哲學的世界觀；我的觀點每個月都在改變，因此必須限制自己只去描述我筆下的角色如何相戀、結婚、生子、死亡，以及他們如何說話。」寫出一個長篇小說，你可能需要有完整的世界觀，即使它是錯的。但我也沒有形成自己的世界觀，連錯的也沒有。

「你只是在找藉口，」薇歎氣道，「你不能等一切都太遲了才開始認真寫作。至少契訶夫在沒寫長篇小說的時候創作了許多經典短篇故事。到目前為止，你只是寫了些向天真的年輕人宣傳新自由主義道德觀的、薄薄的小說。你告訴他們，如果找到一種自己的方式擁有這個世界，控制它並且賦予它以『自己的』理解，那其實這個世界還是不錯的。你告訴他們——不是直接地——所有事情都能嵌入某種事先決定好的故事結構中，在那裡你可以做任何你想做的，只要你是主角；你告訴他們完滿的結局永遠都是由個人的成功所構成。你告訴他們這個世界上不存在不合理之物，但這是騙人；你告訴他們衝突之所以存在，就是為了被巧妙解決；所有的窮人都想變得有錢，所有的病人都想恢復健康，所有罪犯最終都沒好結果，愛情必須是純潔的。你告訴他們儘管如此，他們仍然很特別，這個世界仍圍繞著他們轉……」

「看在上帝的份上，」我說，「這沒有那麼簡單，你知道。我不是說澤布・羅斯系列小說是高級藝術，但其中有些也寫到了邊緣人物，他們知道做自己就很好……」

「要接受自己的命運，不要大驚小怪……」

「而他們確實大驚小怪。每則故事都是小題大做。你似乎覺得寫一則三幕的故事就像織圍巾一樣簡單，但不是那樣的。這工作非常艱難。你試過沒有？沒有，你當然沒試過。你甚至都沒試過寫一個鬆垮垮、沒有情節的故事，你還覺得這些故事比較高級，但任何一個六歲的孩子都可以在五分鐘內拼湊出一篇來。你的寫作方式很簡單，到一個地方、做一點事情，然後把它記下來。但寫小說不一樣。寫小說該死的非常難，但至少我嘗試去做了，比你只會說要強。」

我起身離開房間，法蘭克走向薇，把手放在她的肩膀上。第二天早上離開的時候，我只見到克勞蒂亞，她說：「天啊。這麼多年來我一直想說那些話。真有你的，小妞。」我走的時候塞巴斯蒂安還在說「真有你的，小妞」，克勞蒂亞試著用香蕉賄賂他，好讓他在法蘭克和薇起床的時候說回那些莎士比亞。從那以後我就沒再跟法蘭克和薇說過話。

差不多過了一個星期，新年第一天，我在達特茅斯的家裡醒來，我的腿壓著克里斯多夫的腿，我看著他起身，看也不看我一眼就離開房間。他的耶誕節顯然也不太好過，不過還沒告訴我發生了什麼事。接下來的一天如同黑洞般。我不能去圖書館，因為它沒開。我不能讀書，因為克里斯多夫覺得只有生病的時候你才可以花一整天讀書，或者如果有人花錢請你這麼做。他從布萊頓回來以後就沒怎麼說話，但前一天曾嘟囔著要做一個新櫥櫃。我想像他拿著釘子，用砂紙磨光表面，等著櫥櫃從牆上掉下來。

這不是克里斯多夫的錯：東西之所以會從我們的牆上掉下來，是因為白色牆粉的表面下是泥笆牆，這種建築方式在我們的屋子建造的十九世紀很常見，不過現在早已過時。歷史頻道的紀錄片裡提到，泥笆牆是由細木條編牆，然後塗以稻草和動物糞便混合成的草泥。當例如櫥櫃這樣的東西從牆上跌落時，克里斯多夫會坐在沙發上流淚，我會為他泡杯茶，告訴他他並不失敗，然後我們一起看電視裡的歷史節目。我很想逃去浴室一邊泡澡一邊讀書，但結果總是會看一些關於古老的切達人[9]、博阿迪西亞女王[10]、冰川或是巨石陣的紀錄片，並告訴自己這不是在浪費時間，因為它們總是可以用在澤布．羅斯的小說裡，或者甚至在我自己的小說裡——在我覺得需要刪除它們之前。之後我就會開始咳，因為屋子太潮濕，我的肺會自動進入某種奇怪的安全模式，除非我再次走到室外。我從來沒有直接告訴克里斯多夫房間裡的濕氣讓我的哮喘加劇，因為我覺得只有白癡才發現不了這一點。這其實挺被動的，就像我總是在爭吵時咳嗽那樣。有時我會從肺裡咳出一點東西，它們似乎一開始就在我的肺裡。

新年第一天的黑洞開始將我吸進去，一如所有的黑洞。克里斯多夫大聲刷牙、上廁所時，我滴了四滴薇在蘇格蘭為我調的花精，然後望著窗外的屋頂。我想像起遠處的大海和城堡。城堡對我而言只是明信片上的圖片。大海永遠不會消失。我突然覺得，今後每天早晨起床後我都可以這樣看著屋頂，很有可能什麼都不會改變。如果什麼都不會變，那我還不如死了算了。可能有人每天早上都這麼想，但這對我而言還是第一次。我還以為自己已經夠抑鬱的了。於是我有了一種不太領情的感覺，儘管不知道是對什麼東西或者什麼人。站在窗邊時，我甚至都不知道除了錢我還能渴求什麼。我已經不再想要得到羅文了。我真的很想向薇道歉，雖然不知道該怎麼做。三月的時候她應該會來這裡為迷宮的開幕剪綵。那時我知道他們在建迷宮，還想找個名人來剪綵，就推薦了薇。她上過幾次電視、出過一本

9 Cheddar Man，一九〇三年於英格蘭薩默塞特郡（Somerset）的切達峽谷（Cheddar Gorge）發現出土。

10 Boadicea，英格蘭古代愛西尼部落的王后暨女王，曾領導不列顛諸部落反抗羅馬帝國，一直是英國重要的文化標誌。

暢銷書，而且我覺得她可能會喜歡這個迷宮。我知道我應該想辦法在那之前道歉。

最後我決定開車帶貝絲去斯拉普頓沙灘。我站在布滿小圓石的沙灘上，想像如果就這樣走進平靜的藍色大海裡再也不出來會是什麼感覺。當然，我不會走進去。我低頭看著，無論你怎麼調整這些石頭它們還是原來的樣子。天本來應該很冷，但是空氣濕黏，我的頭髮上有些許溫暖的水汽。在斯拉普頓沙灘，貝絲高度警惕，哪怕是在冬天。她用爪子輕輕觸碰小圓石，彷彿它們是扎手的碎玻璃。我感到非常無望，在達特茅斯買毛線的那次我也同樣有這種感受，和貝絲一起從蘇格蘭開長途回來的路上也是。這次我真的向大海尋求幫助了。我站在那裡，看著浪花說：「幫幫我吧。」然後加了一句：「拜託。」藉由這樣的方式尋求說明讓我眼眶泛淚。但大海什麼也沒說，只是讓更多的波浪湧向我。於是我決定挑些大石頭，把每一塊都當做我的一個問題。我和薇的爭吵。我一直都缺錢。克里斯多夫的絕望。我的絕望。潮濕的房子。我的小說。性。還可以繼續，但我覺得應該要停止了。我把石頭扔向大海，又並不覺得我把它們扔走了，反而覺得自己應該跟隨它們而去。假如我這麼做，在我的葬禮上克里斯多夫會覺得丟人嗎？我會有訃聞嗎？

淺淺的，淺淺的。大海很深。在大海的孤寂中／遠離人類的虛榮／遠離塑造了她的生命之驕傲，她躺著。這是我最喜歡的詩，也是唯一一首能背出來的，它描述了鐵達尼號的沉沒。我大聲對著大海背出餘下的詩句，就像我曾對羅文做的那樣。有一會兒，我想像大海聽見我了。我很想知道它是否會對這首詩產生太多聯想，在詩裡它既不是主角也不是對手，只是中立的、流動的液體，冰山和鐵達尼號註定要在其中相撞，鐵達尼號的殘骸也長眠於此，被魚兒睜大著眼睛凝望。然後，非常出人意料，在這個溫暖潮濕的二〇〇八年的第一天，大海真的吐出了一點東西。那是一隻瓶中船，一艘完美的小船裝在一只帶有缺口但磨得光滑的瓶子裡，就在我的腳邊登陸了。它在大海中漂浮了許久，但我認得它。我閉上眼睛，再睜開。它還在那兒。我簡直不敢相信。這就是大海所謂的幫助？「這到底是什麼意思？」我問大海。沒有回答。我顫抖著撿起瓶中船，把它帶回家。從那時起它就躺在書架上，我則一直試圖弄明白箇中含義；還有，我可以找誰來幫我解釋？我不再跟薇講話，也想不出還有誰會相信發生的這一切。

／

週一晚上漲潮的時候我正沿著托基的海邊開車，有點希望海浪能打在車上，但這種事只會在有暴風雨的日子裡或漲大潮的時候才會發生。如果車被海水捲走，我可能會逃出來，這樣就可以用保險的賠款買輛新車。也許我應該學莉比把車推進河裡。通往佩恩頓的路上有個公車站，那兒的大看板上還貼著去年十月海事中心剛啟用時刊的廣告，只是已經很破舊了。我沒有參加開幕典禮，甚至根本沒收到邀請。佩恩頓其他的一切都和一如往常：兩家當地旅行社推出了神祕之旅，真話夫人算命館緊鄰著寵物美容店。風愈颳愈兇，稀薄的雲朵在空中移動，像是正在被分液器抽走。在等海爾渡輪將我帶到河對岸的達特茅斯時，我收到莉比的簡訊：警察完全相信汽車的故事，鮑勃也是。你這個週六能過來吃午飯嗎？馬克也來！！！啊！你週五能出來喝一杯嗎？

我把車違規停在雷格的店前面，反正地上的黃線已經被磨得快看不見了。踏上臺階時我有一點透不過氣來。也許我需要補鐵或者多吃點綠色蔬菜？我媽非常相信鐵的力量。如果有人病了，永遠都是因為貧血。也許我需要一罐麥盧卡蜂蜜。我打開前門，貝絲在等我。我一點也不出名，但我沒死，不久前還出版過書，所以經常有年輕女人把新寫的科幻小說樣稿寄給我，同時附上套用信函請我寫評語。貝絲總會把這些樣稿吃掉。或者說得更準確一點，是咬碎以後再吐出來。有一次她竟然對奧斯卡要我評論的書也施此暴行。從那以後，所有重要的信件都會寄到托特尼斯的郵政信箱，克里斯多夫下班回家途中會去幫我收郵件。奧斯卡的口頭禪之一就是，像我這樣的小說家應該能想出比「被狗吃了」更好的藉口。貝絲喜歡書，尤其喜歡用便宜的反光紙列印出來的樣稿，她喜歡它們甚至超過週六市場上賣的肉餡骨頭。有時候我會想像在她的屎裡發現幾頁小說，而且總覺得那是我自己的；但她肯定不會吃掉它，因為它根本還沒完成。我在一個網站上看過各種夾在狗屎裡被拉出來的東西：芭比娃娃的頭、玩具車、樂高積木、調羹。貝絲喜歡書，也喜歡氣泡信封裡面的那層氣泡紙，但她從不會碰信件，可能是因為它們太薄了，我看見地上有張完好無缺的銀行對帳單；它應該和其他信件放在一起。噢——還有張看上去像是支票的紙。太棒了。另外有封隨樣稿寄來的套用信函。顯然，貝絲這次吃掉的書叫「獻給後MTV後朋克一代的未來黑色」。

為了慶祝上一本澤布・羅斯小說帶來的收入，我買了一把手提式吸塵器，對付貝絲咬碎的紙和克里斯多夫鋸出來的木屑。現在我從包裝裡取出吸塵器，開始慢慢吸紙屑。這本書已經面目全非，我根本看不出來它原來有多厚，但到處是雜亂無章的奇怪段落：一個女人用鑲有鑽石的槍打穿自己的身體；在走廊那兒我又發現一個場景，我猜是同一個女人，她開得飛快，同時讓一個男人把雞巴放在她的乳房間揉搓。清理完書之後，我去客廳處理克里斯多夫鋸出來的碎屑。房間裡充滿一股濃重的腐臭，我又想起紐曼的書。如果不是奧斯卡寄的，那它又是從哪裡來的？這裡從來不會收到寄給克里斯多夫的信件，從不。他心裡仍有一部分覺得自己從未正式搬來布萊頓，更別說搬進來跟我住，我想他所有的信件應該還是寄到他父親在托特尼斯的住處。如果有給他的書寄到這兒來，貝絲肯定也吃掉了。倒不是說克里斯多夫會讀書。儘管他每天都會從頭到尾讀一遍《衛報》，但所有別人給他的關於迴圈利用、古蹟和全球化的書他都只是粗略翻翻。他母親去世的時候他正在攻讀政治學學位。那個時候他一定讀書，不過我想像不出會是些什麼書。

帶貝絲出去散步前我去了趟書房，打算騰出點空間以便一會兒可以好好寫作。我插上筆記型電腦的電源、打開燈。屋裡的東西都亮了起來，包括我的元素週期表海報——無論住在哪裡我都會貼上它。它能安撫我：如果生活變得複雜，我就會看著它，提醒自己宇宙間的一切都可以根據這些小格子分解、分類。藍色的架子上堆滿了沒被吃掉的我自己的書的樣稿，以及這些書的成品和手稿，還有我做過的訪問報導的影本，這些報導大多刊登在小型科幻雜誌上。採訪的記者一部分喜歡在凌晨一點寄電子郵件採訪我，另一部分則蓄著鬍子，一看就是宅男，總愛問一些例如「女性在科幻小說中扮演什麼樣的角色」或者「你有沒有看過電影《駭客任務》」之類的問題；他們還會告訴我，我的作者照對我沒有任何幫助。我從來不太擅長接受採訪，我精心準備的答案賦予我的真實感和澤布．羅斯這個人的差不多；好像我一路都在杜撰自己，除了我寫的小說——至少當我寫它們的時候。我不喜歡科幻小說。我從沒承認過這一點；相反地，我偶爾會讀上一部科幻經典的四分之三，這樣在受訪時我就有話可講。我確實喜歡《駭客任務》，當然，我還讀了所有研究、評論這部電影的文章，包括布希亞說的這電影根本沒有反映他的思想[11]；事實上，這部電影只是對柏拉圖的《洞穴寓言》（*Simile of the Cave*）的再加工。我回答了這個問題長達半個小時，連最極客的記者都傻眼了。

澤布．羅斯還沒有任何的公眾形象，奧布圖書覺得這樣不太好。他是西方世界裡少數幾個沒有臉

11 Jean Baudrillard, 1929-2007，法國社會學家、哲學家，被稱為知識的恐怖主義者、後現代主義牧師、後現代大祭司。美國兄弟檔導演沃卓斯基兄弟自稱受布希亞的著作《擬像與模擬》影響，拍出《駭客任務》第一集。

書頁面或是MySpace帳戶的人，他連電子信箱都沒有。他有充分的理由解釋這些，因為他根本不存在；可我們不想讓讀者知道這點。因此我們決定雇人為他創建社交媒體頁面、在非戀童癖的聊天室裡假扮他，我已經答應在下一次的編輯委員會上推薦克里斯多夫的弟弟喬許負責這項工作。

藍色架子的最頂層放著我的瓶中船，上面蒙了一層灰。我還不知道該拿它怎麼辦。我想過拿去海事中心給羅文看，不過應該不會這麼做。有時候，在夜晚，我會想像自己去找他，但不會告訴羅文我是怎麼得到它的，或為什麼它很重要。我的幻想總是以我們再次親吻對方結束，這是另一個我不去找他的理由。我還考慮過直接把這些幻想放進小說，去掉親吻那部分。可能這該死的船被沖上岸的原因就是因為它想出現在我的小說裡。但它會有什麼用呢？我已經寫了又刪了很多麥高芬（MacGuffins）母題了，包括一張祕密地圖和一座神祕的雕像，但現在想起這兩樣東西我都覺得臉紅。我在培訓班上教過麥高芬母題，這就意味著我不應該在自己那本寫真實世界的嚴肅小說中用到這個技巧，因為在嚴肅小說裡人們得寫有意義的對象（這種說法可能有問題），不能只是為了服務讀者而用隨意的事物推動故事發展。「麥高芬母題」出自希區考克，指一個本身沒有意義的對象，但是因為許多角色想要得到它，從而推動了情節的發展。它可以是一個檔案、一把鑰匙、一顆鑽石、一座雕塑或者任何東西，甚至是一瓶油。亞里斯多德說，靠隨意的物件激發行動或是得到認同是懶惰的情節設計方式，我同意這點。我倒不是懶得設計情節，只是我寫的東西總是不成功。我懷疑是不是大家都只想要麥高芬母題，但這種想法太令人沮喪了，我又決定不這麼想。

我拿起瓶中船，用袖子拂去表面的灰塵。沒有人想要它；我自己都不想要。我歎了口氣。在架子的最頂層，我放著讓人難以理解的事物，或者說是以各種不同的方式令我難以理解的東西，從報稅單到版稅聲明；那裡還有張裱框起來的照片，上面是張棕色的、蘑菇般的十英鎊紙鈔。二十多年前的一場大雨中，我在一些樹葉裡找到了這張紙鈔。當時我請求宇宙給我一些錢，因為我要坐火車去埃塞克斯看望朋友麗莎，她剛和男友分手。那裡還有一張小紙片，上面寫著德魯的電話號碼，我曾弄丟這張紙片，不過後來在距離遺失處五英里的地方找到了它。還有一只繡花錢包，裡面曾裝著菸絲。幾年前我還抽菸的時候，有次在丹伯里森林裡，一個鳥不生蛋的地方，我發現自己把菸絲忘在家裡，隨後就撿到了這個錢包。我曾打算為一本科幻雜誌做個專題，解釋所有這些看起來似乎是因為「運氣」而發生的事，其實只是普通的機率問題。有不少類似的例子，譬如有人發現他們的結婚鑽戒被沖上海灘，而那兒離它們丟戒指的地方有三百英里之遙；還有人在街邊電話亭接電話，發現對方是失去聯繫的親人。我不喜歡這些東西，所以也從不打算把它們編進我的小說。為此，我一直都想寫點和幻想性錯覺有關的東西，也就是把不存在的聯繫當成是有意義的。但請我寫這個專題的編輯離開了那本雜誌，因此我寫不了。

我有兩張書桌，一張上面現在放著我的筆記型電腦、一個空的檔架、幾種不同的腕墊和手臂墊，都是媽送的，用來預防重複施緊傷害[12]。另一張書桌上放滿了還沒整理好的銀行對帳單、與被貝絲吃了的樣稿一起寄過來的信、書的合約、面額為五塊五英鎊或是七塊九五英鎊的支票；如果我把它們兌換，我的透支額將被用光；還有稅務局寄過來的愈來愈令人討厭的信件、未處理的奧布圖書的文書工作、兩本活頁簿，以及克里斯多夫幫我拿回來的那些寄到我郵政信箱的書和樣稿。很多東西之所以出現在書桌上，是因為每當我不在的時候，克里斯多夫就會在房子裡亂轉，找出任何屬於我的東西並放

12 Repetitive Strain Injury, RSI，諸如手腕神經壓迫症、脊椎神經傷害、頸部及腰部僵硬疲痛等長時間重複使用某組肌肉所造成的損傷。

到這張桌上。我應該評論的那本書在哪裡？那個週六下午我上來拿凱爾西．紐曼的書時，克里斯多夫正好離開，要送喬許去車站。當然，因為我急於查看交稿日期，反而沒去檢查出版日期。交稿日期寫在一張插在紐曼書裡的便條上，所以我讀了這本書並寫下書評。

現在我好好看了看書桌，在黃金比例的位置發現了一本書，它裡面有篇新聞稿，出版日期是「三月八日」。應該就是這本。如果我自己打開信件，一切就不會搞成這樣，但克里斯多夫總是在我看見之前就將所有的氣泡信封拿去回收。我告訴過他我討厭這些亂七八糟的東西出現在我桌上，也說過希望他不要打開我的信件。他說如果我希望事情有所不同，就該更加整潔、有條理，像別的作家那樣整天待在家裡、上網做研究，而不是待在圖書館；我還要學會管好我的狗。我想在這些問題上他可能是對的，所以我沒有堅持，也沒告訴他我不能整天待在房子裡是因為我難以呼吸。我不該那樣責怪他：透過他擔任志工時認識的朋友道奇，他以很便宜的價格租到了這間房子，道奇既不需要銀行證明信也不需要訂金。那我該怎麼開口問他這件事呢？我很想知道他怎麼可以完全不為那張便條出現在另一本書裡負責。還有這本該死的紐曼到底從何而來？

／

我沿著每晚的固定路線帶貝絲散步：下樓梯、穿過市集廣場、穿過皇家大道公園、下到河堤、繞著遊艇停泊處轉一圈，再去加冕公園。我想像不出來迷宮完成後會是什麼樣子的。今天那兒有兩台黃色的挖土機，洞邊的泥地上有幾排履帶輾過的痕跡，還有幾堆灰色的石板被某種塑膠覆蓋著。我的樹還在那兒。我想知道這是哪種樹，儘管過去幾年都坐在圖書館的生物類書籍區，我一直不記得查一下這是什麼樹。它是棕色的，有樹幹和枝條。我甚至都不知道該怎麼查。冬天它會長出一些小東西，念書時我們總是稱它們「直升機」。貝絲在嗅石板的時候我的手機響了。是我媽。

「你在呀！」她說，彷彿她是透過靈媒才找到我的。

「我一直都在啊，」我笑著說，「我以前就跟你說過直接打我手機，尤其是如果你不想跟克里斯多夫說話。」

「我知道。我總是忘了記過你的手機號碼。」

「你怎麼樣？」

「我們很好，」她說，「很忙。你那邊是什麼聲音？」

「風聲。我在遛狗。對了，那種會長出小直升機的樹叫什麼名字？」

「直升機？」

「對。就是一顆小種子被一個長尾巴的東西包著，如果把它扔出去，那個小尾巴會像直升機那樣轉啊轉啊。」

「懸鈴木？」

「對，當然了。謝謝。」

「這是為了你的新小說嗎？」

「不全是。**貝絲！**對不起。這狗想跳進一個大坑裡。」

「她怎麼樣？」

「她很好。」媽媽總是問我怎麼樣、貝絲怎麼樣，但從不會過問克里斯多夫。我勉強負擔得起幾個月和貝絲一起坐火車去倫敦一趟，跟媽和繼父塔茲共度週末，但媽從來不會來看我。我會趁去倫敦出差的時候拜訪他們，這樣就可以報銷旅費，儘管編輯委員會開會的時候我總是去和法蘭克及薇住，這樣我們就可以一起嘲笑克勞蒂亞對澤布・羅斯系列的最新計畫。上一次去倫敦是在耶誕節前，我見了一個叫弗雷德的女人，她是一間叫丑角娛樂的製作公司的老闆，他們在考慮將我的紐托邦系列改編成電視連續劇。那次見面把我嚇壞了。我有沒有想過要繼續寫這個系列？如果他們只是用了其中幾個人物和故事背景，然後編出完全不同的故事，我會不會介意？它讓我覺得我好像要簽訂協定、換一種身分活在這個世界上。當時我告訴我的經紀人，如果他們給錢我會收下。我還向媽描述了弗雷德帶我去吃午餐的那間華麗餐廳，我們吃了白醬旗魚。從那之後我再也沒有收到任何來自弗雷德的消息。

「你的資料庫進展如何？」輪到我問媽了。

媽正在用她的新筆電為我們家族的所有相片建立一個資料庫。其中一些照片是電子檔，其他的則必須寄到某個地方、讓他們轉成電子檔、燒錄進光碟再寄回來。她還在利用人口普查網站和英國祖先網站的摩門教徒記錄來構建家譜。我弟弟托比有回指出，我們倆可能是我們家族的最後一代，因為兩人都不打算要生小孩。我們家族因此要滅亡了。我想媽媽清楚這一點，這就是她要建立家族相片資料庫和家譜的原因。每次我們討論她的研究時，我都會想起我沒填二〇〇一年的人口普查表，甚至在委員會追我填表之後都沒填。我仍感到內疚，儘管我不知道為什麼。我想到未來的某一天，我的子孫絕望地面對一堆檔案，因為他們找不到我的；但很快我就會提醒自己，我不會有子孫後代，未來也不會有人介意我在二〇〇一年做了什麼或沒做什麼。

「我快完成一九八二年的了，」她說，「你得過來瞧瞧。」

「我會的。應該很快。我馬上要參加一個編輯委員會會議。」

「你不是應該住在朋友那兒嗎？法蘭克，和那個誰？」

「不。他們到時不在倫敦。」

「哦，這倒提醒我了。你最近看了報紙嗎？」

「沒。也不是。我只看《觀察家報》的填字遊戲。怎麼了？」

「上個週末有篇羅莎的採訪報導。」

「天啊，」我的語氣比我想像的要冷漠得多。最近我從媽那兒知道了許多羅莎的新聞。我好多年沒見過羅莎了，但在埃塞克斯的時候我們是鄰居，甚至在我搬去倫敦時都還是好朋友。但接近十八歲時，我們漸漸疏遠了。我本來想學戲劇，但最終念了比較文學；她本來也想讀戲劇，但最後去了藝術學院。我們曾打算一起去讀皇家戲劇學院，成為著名的方法演技派女演員，而這些都沒能實現。我在蘇塞克斯的第一年羅莎來看過我。她出現在火車站的時候，看上去蒼白、魂不守舍，穿著一襲紅色連衣裙，貼著假睫毛；一個看上去一團亂的男的跟著她下了月臺，求她嫁給他，但是她微笑道：「不，親愛的，不過你這麼問真好。」她回過頭看看他，不時放慢腳步好讓他追上來。週末剩下的日子裡她只吃了另一個男的在火車上給她的某種酸酸的東西，還不停講述她要去印度清理自己的七輪。那時候還沒有人知道什麼是七輪，但是羅莎的哥哥凱萊布去過印度，這就意味著在所有與之有關的事務上她就是專家。她和我男友上床、和我室友的男友上床，然後她痛苦不堪，自覺會因此永遠和我們疏遠，於是凌晨三點，她被人發現打算在當地公園的鴨子池塘裡淹死自己。不久之後，她在漢普斯特德荒野（Hampstead Heath）被一個製作人看中。她向他的狗扔樹枝，他則邀請她參加一個試鏡。那是部重要的電視劇，講述某英格蘭村莊裡發生的超自然事件。傳聞說，羅莎覺得他不是認真的，所以沒去試鏡，但他找到她、當場給了她一個角色。她飾演女主角：她的父親是位有通靈能力的牧師，而她和一個研究超自然現象的男人相愛。羅莎因為這部電視劇獲得英國電影和電視藝術學院獎，隨後成為英國最炙手可熱的女演員之一。我的前未婚夫德魯曾花了一個月讓我介紹他們認識，以便「說明他的事業發展」。

「我想你會覺得那個採訪很有趣。」媽說。

「我很懷疑。」

「現在你不會再為這種事犯傻了，對吧？」

「什麼意思？」

「你知道我是什麼意思。我不會告訴你如果你不想知道。」

「你已經告訴我一半了。」

「好吧。她馬上就要在好萊塢重拍的《安娜．卡列尼娜》裡擔任女主角了。傳言她會獲得上百萬的報酬。」

「哦，對羅莎來說很好。」

「梅格……」

「什麼？」

「你可以再為她高興一點。」

「為什麼？我不為她感到高興。我不在乎。我的意思是，如果她過得不好，我會在意；我會為她難過、希望她過得好些。從這點來講，我很高興她過得很好。但我討厭名流文化；這是另一種形式的老套敘事性娛樂節目，只不過主角換成真人罷了。別忘了，我在德魯那兒見識過。他是如此想參與其中，但我不想。這根本就是空話。還有，為什麼要讓她演安娜？她太不適合了。安娜是黑暗的、謎一般的；羅莎就像一口煙、一根羽毛、一顆剛被吹出來的肥皂泡；她太不實在了，還很自戀。她可以演好貝特西公爵夫人，但演不好安娜。老實說，我覺得這應該是一部很差的好萊塢改編電影……」

媽大笑。

「怎麼了？」我說。

「這是在嫉妒嗎？」

「看在老天的份上，不。我更喜歡現在的生活。如果我想當演員，當初我就會去讀戲劇學校。我不想要百萬英鎊。我不知道該拿它們怎麼辦。我會整天擔心頭髮有沒有梳好、穿著打扮有沒有問題。我要過那樣的生活肯定得耗費上百萬。拜託，媽，我們可以換個話題嗎？」

我媽還在笑。「我不該取笑你，」她說，「你知道我非常以你為榮。我寧願有個寫書的女兒，就算沒人買她的書，也不要一個整天走紅地毯、登上八卦小報的……」

「你把事情弄得更糟了。」我說。

「我知道。對不起。」

我們倆都忍不住大笑起來。

「噢，天啊，」我說，「去他的羅莎。塔茲怎麼樣？托比怎麼樣？還有狗呢？」

剩下的遛狗時間裡，媽告訴我，塔茲要為新的聖潘克拉斯車站工作，托比奇怪的男朋友堅持要像飯前禱告那樣在吃飯前說「格蕾絲」，還有條狗試著追自己的尾巴而且真的給他咬到了，結果搞得到處都是血，只能等塔茲回來清理乾淨。我們道了再見後，我望著河對岸。暮色剛剛降臨，深粉色的土地看著像是某種睡在河邊的神祕巨獸大腿內側的柔軟肌膚，深綠色的樹林像是覆蓋在上面的陰毛，而道路就是疤痕和妊娠紋。如果河的那一邊是這種沉睡巨獸的大腿，那麼金斯韋爾就是它細長的腳趾，懶散地浸在水裡。山愈來愈黑，走回家的路上，我的腦中思緒萬千：這寂靜現在怎麼感覺那麼陰森恐怖；如果我更像羅莎，媽的資料庫該有多好看；如果我有孩子，她的家譜一定更有意義。

／

週五晚上下著大雨。我早早離開了圖書館，回家接貝絲，這樣就能在克里斯多夫回家前和她散步去三船酒吧。他週一晚上回來的時候，我問了他弄錯書的事。他沒有好好聽我說到底發生了什麼，而是建議我整理一下空著的那張書桌，並善用他為我做的那兩個檔案櫃：一個給梅格．卡朋特，一個給澤布．羅斯。當然，我一直在問他紐曼書的事情，譬如他記不記得拆開過信封、有沒有可能他把包裹裡的什麼給弄丟了，像是一封信或一張卡片，也許是來自薇的，但這引發了一場爭執，最後克里斯多夫吵著說如果我不喜歡他這麼做，那我就應該自己去郵政信箱拿我那些「該死的書」。這場爭吵給剩下的一個星期蒙上了陰影，我們兩個都還沒能從中走出來。我決定，如果他先道歉，我會為自己的那部分過錯道歉。

貝絲萎靡地躺在酒吧的桌子底下，只要有人走進來她就亂叫一通。但她的叫聲只有被叫的對象才會聽到，而其他人，比方店主托尼——他大部分時間都在和酒吧的熟客聊天——或酒吧的貓喬治都聽不到。喬治是隻年紀很大的髒兮兮虎斑貓，要是讓他知道貝絲在這裡，他一定會用爪子抓她的眼睛。喬治的視力不是很好，貝絲似乎也知道，所以她藏在桌子的陰影下，躲在我的腿後面。我得為要寫的專題做些研究調查，一併思索如何也把它們用在自己的小說裡。我的無名主角什麼都不相信，或許該讓她去探一次險，去一個充滿了茶葉占卜、用意念彎曲叉子和各種戲法騙局的世界，這能讓她對物質世界多一點信心。但我不知道自己是否對物質世界有信心，甚或對任何一種世界。

我帶上了筆記，一邊讀著一個又一個被我否決的想法，比如危險的煞車片、可以鎖上的蒸氣浴室，以及其他各種令人汗顏的東西，突然我有了個驚人的想法：也許這個**筆記本**本身就是部小說；也許整個小說可以發生在它自己的構建過程中，我們的女主角嘗試在筆記本裡寫出她的小說，但一次次失敗。這將像一棟由鷹架搭出來的建築，或者接縫露在外面的裙子。我立刻寫下了一行筆記——「筆記本可能是小說嗎？」——然後意識到如果筆記本就是小說，那麼這個筆記本，就是小說的筆記，也將是小說的一部分，接著我就有點暈了。我嘗試過用超小說的手法來寫這部小說，不過，筆記本的想法更好一點。但有一個嚴重的問題：所有我想寫的東西都在禁區裡，我得虛構些東西出來。我很樂意研究我和德魯的分手以及我和克里斯多夫的關係。我想寫莉比還有她的婚外情。我父母的離婚有一點俗氣，不過仍很有趣，至少對我而言。我還有一點想寫羅莎，以及她對她哥哥凱萊布奇怪的依戀。

我試過一些比較明顯的方法，比如更改每個人的姓名和髮色，但萬一這些故事和角色——或者非常接近的角色——像小幽靈船那樣在筆記與筆記之間的模糊地帶顯現出一些模糊的輪廓怎麼辦？萬一我的主角——這個筆記本的作者——試圖寫一部糟糕的類型小說，而現實生活不停地闖進來，該怎麼辦？她還會記下其他事情，比方購物清單，以及其他能夠透露出她生活面貌的東西；舉個例子，清單上有些東西顯然是買給她男朋友的，一些便宜但很男性化的東西，比如烤豆子，或是許多經濟包裝衛生紙，這些東西會在之後的清單上消失。也許他們分手了，但我不想明寫。事實上，她甚至可以用這本筆記來反映一個現實問題，即她不能寫她真正想寫的東西。我有一堆被否決掉的澤布．羅斯系列故事情節——是真正的筆記——可以用來構建背景雜音，當成她失敗的想法。或許她也想寫一個在時間末點被模擬出來的宇宙。這樣我就能把紐曼扯進來了，也可以確保讀他書的時間沒有白白浪費掉。事實上，我可以利用所有我曾經寫過但沒被發表的文字。我的女主角可以是個心有不甘的科幻小說家，總是情不自禁地想把一切都變成科幻小說。也許本子上還會有些塗鴉：太空船與等式。但這一切都漸漸消失了，因為她和一個老男人相愛，隨後她發展了一套密碼符號，這樣就能在筆記本上隨意抒發感情，沒人會知道其中的具體內容。讀者會得到一些線索來解開這套密碼，而克里斯多夫永遠也猜不出來。整部小說可以是它自己留下的痕跡；一個海市蜃樓；一個只記得一半的夢。我真是個天才。但這也意味我得從頭開始寫，又一次。我歎了口氣。《筆記本》。這也是一個好的題目。或者《做筆記》。

剛過七點莉比就進來了，頭頂黃色漁夫帽，身穿藍色防風衣和紅色防水褲。我正在喝血腥瑪麗，裡面有一大塊芹菜，我想如果我這樣喝上兩杯，就可以不用吃晚飯了。前一天，我拿著剛收到的支票去了佩恩頓的快錢公司，離開的時候手頭有四百六十三英鎊。如果我不是快錢公司的客戶，這個地方還是很有趣的。事實上，我還在試圖忘記自己帶著歉意、像鬼一般從那裡飄進飄出的樣子，我看上去一點也不像牆上海報裡那些衣著光鮮亮麗、生著一口白牙的人。我想，只要克里斯多夫下個星期帶道奇去喝上一品脫酒，房租就可以再拖一拖，但還有幾份帳單已經開始被追討了。等這些帳單付清，我還剩下兩百三十英鎊。這意味著二十天的食物開銷、汽油錢和渡輪費，這樣還多出三十英鎊。這三十英鎊是我給自己的「獎賞」：它可以為每天只花十英鎊的無聊生活帶來一絲生機。我打算今晚花上十英鎊，明天去買洗髮水和毛線。我還沒想好接下來要織什麼，但是在店裡看那些圖案、觸摸不同的毛線球讓我很興奮。貝絲看見莉比，發出了快樂的叫聲，跑了出去，等待自己的頭被輕撫，然後她看看四周，發現喬治在吧臺上，又跑回了桌子底下。

「好主意，」莉比脫掉了她所有的防水裝備，然後對我說，「可以當飲料也可以當食物。」她看上去有些蒼白，當她用手指梳理潮濕的髮端時我發現她的手在顫抖。

「我就是這麼打算的，」我說，「用芹菜來當晚餐。我確定有一本節食書在寫這個；或者我們可以寫一本。倒不是說我對節食有興趣，不過人們就是這樣寫出暢銷書的。你還好吧？」

「一般般。我覺得我可以吃點芹菜。你還要一杯嗎？」

「好，謝謝。就一杯伏特加，隨便托尼怎麼說。」

莉比站在吧台旁，看著像是一副剛完成的畫，還沒乾透卻又被人匆忙添了幾筆。我想像她像米羅畫中的顏料一樣慢慢融進畫布，或者凝固成塔茲很喜歡的透納畫中的一滴紅色汙點。

「你確定你沒事嗎？」她回來的時候我問她。

「我不知道。」

她皺眉，低頭看自己的酒。我們第一次見面是在五年前，我在本地書店簽名賣書。當時我的紐托邦系列出了兩本，莉比全都讀完了，這點讓我感到非常神奇，因為我覺得沒人會這麼做，除了我自己，可能還有喬許，他有強迫症，如果讀了某個作者的一本書，就一定要讀完其他的。簽名賣書後的第二天，我和莉比一起去喝咖啡，從那時起我們就成了好朋友。我把所有澤布·羅斯的祕密都告訴了她，她則跟我講她如何為了鮑勃離開那個談了很久的男朋友理查。鮑勃是個金斯韋爾的有錢人家子弟，在樂隊當吉他手，打算開一家自己的漫畫書店。她談論了針織、食物和閱讀，我講了大眾科學、食物與寫作。去年耶誕節，我送給她自製的果醬，她為我織了一塊「宇宙之布」：一塊用十字繡織成的喀什米爾，上面點綴以銀色星星。我有次用這塊布向克里斯多夫展示什麼是重力，他說：「這真蠢。」可能他是對的。當時我還用了被貝絲咬爛的橡膠球來充當臨時宇宙裡唯一的行星，不過這也絲毫幫不上忙。

「出了什麼事？」我問莉比。

她四下看了看。我特意選了門口的紅色雅座，因為它離吧台最遠，別人聽不到我們在說什麼。魚販瓊尼站在我們對面的自動售菸機前，用冰島語對機器說著什麼。

「我一會兒就告訴你，」莉比說，「你怎麼樣？」

「我還行，」我說，「我的小說可能會有重大突破。」

「什麼，你**新的**小說嗎？你真正的那個？」

「對。你看這酷不酷：我打算把整件事變成一個作家的筆記本，就像我自己的那本。這會是非直線、實驗性的，讀者必須自己把整個故事串起來。我想這意味著我得又一次從頭開始——又一次——但我剛剛想到，我有許多寫過的東西可以運用，有一點像筆記本裡記下的『草稿材料』；事實上，我想讓那個作家掛掉。或許她的筆記本就像瓶中信或其他什麼一樣被沖上岸，於是讀者必須從她各種支離破碎、或真實或虛構的描述中找出事情的來龍去脈。」我一面思考一面說，一如往常，思緒總是帶我去到我不願去的地方。「可是不對，這樣又太被情節拖著走了。可能不完全是這樣。不過，我很喜歡筆記本這個想法。你覺得呢？」

莉比皺眉。「就是說不會有任何故事，只有筆記？」

「對，但整本筆記連在一起就成了故事，或許有兩個故事。我猜這很難描述，但是我完全可以預見是怎麼一回事。可以有許多故事。我希望它能像真實的生活，所以把整件事變成某種人工製品也許真的行得通。」

「但是它會是一件虛構的人工製品？」

「對。」

「聽上去有點意思。」

門開了，一個穿著黑色連帽全身雨衣的男人走進來。貝絲叫了幾聲。他舉起手向我打招呼，然後走向吧台。他脫下濕漉漉的雨衣，我這才發現原來是蒂姆．斯莫爾，我已經好久沒見到他了。貝絲又叫了幾聲，打了個哈欠，在桌子底下把頭枕在我的腳上睡著了。

「那是誰？」莉比問道。

「蒂姆．斯莫爾。他在寫一個澤布．羅斯系列小說，關於達特莫爾野獸。他是唯一一個有可能寫澤布小說的本地人。那本小說還沒完成，但我很激動。別告訴別人。」

「我不會的。」她咬了咬指甲。「真的有達特莫爾野獸嗎？」

「我覺得沒有。它可以算是以博多明怪獸[13]為原型；不過當然，我們不希望博多明怪獸起訴我們，所以……不，認真說，蒂姆很瞭解達特莫爾，所以這很容易理解。我覺得很好。他是去年來參加培訓班的。那個班上有些很不錯的想法——但不完全都適合澤布．羅斯。你認識霧號酒吧的安德魯．格拉斯嗎？他正在寫一本精彩的回憶錄，關於諾曼地登陸演習在托克羅斯出了意外的事。」

人們說斯拉普頓（Slapton）和托克羅斯（Torcross）有鬼，海灘上和海裡都有：他們是為諾曼地登陸受訓的美、英兩國士兵。在六〇年代，當安德魯．格拉斯還是個孩子時，他開始聽到海上傳來尖叫聲。那時他就覺得，在二戰期間斯拉普頓肯定出過一次可怕的事故，但是沒有人相信他。後來他長大了，自己以海軍醫官的身分出海。現在大家都知道曾進行過諾曼地登陸演習，德國魚雷艇接收到了那個區域所有的無線電活動、超過七百人遭到魚雷艇襲擊，一天之內全部喪命。一九八四年，有個當地人挖出了一艘坦克，黑乎乎的，像一大塊柏油，在托克羅斯停車場的一個角落，斯拉普頓萊湖就在

---

13 Beast Of Bodmin Moor，據稱出現在英格蘭西南部康瓦爾郡的博多明荒原，看起來像黑豹或深色的山獅，有雙黃白色的大眼睛，身長約一至一．五公尺，還有條大約五、六十公分長的尾巴。

那後面。

「這怎麼會是一本傳記？」莉比說，「他都不在那兒，不是嗎？」

「沒錯，但他的一生都與之有關。他在做第一人稱調查研究，把自己放進故事裡，看故事會把他帶去哪兒。我想他還會把其他故事寫進去，比如他在海軍服役期間的一些經歷。有次在船上，指揮官看見了一隻海怪，只向安德魯承認這件事。他告訴大家他只是神志不清，並要求安德魯給他一些藥。我記得安德魯給了他一些糖衣藥丸或是安慰劑，因為海軍不允許帶鎮定劑上船，而且他也沒什麼大礙。整個故事都在寫想像和信仰，當然還有海洋。」我回頭看了一下。瓊尼仍在附近，在撕下萬寶路包裝上的玻璃紙。我啜了一口我的酒，繼續聊天。

「另一個女人，來自金斯布里奇，叫克雷爾，正在寫一個覺得自己太醜、不能離開家的女人。她想死，但不能自殺，所以打算做所有危險的事情，希望藉此可以死於意外而不用自己負責任。她開始做許多ＤＩＹ來嘗試製造居家意外，結果只砍掉了一根拇指，於是她決定去外面的世界，徒步穿越叢林、做各種極限運動。她不停失去身體的某些部分，但在這過程中也慢慢找到了自己。這很有趣。我希望她能找到一個出版商。它會非常邪典。」

莉比啜了口酒，扮了個鬼臉。

「我那天想過讓自己被火車輾死。」

「什麼火車？」

「蒸汽火車。」

「為什麼？」

「因為它最近。」

「你得有一張冬季時刻表。這些和旅遊業相關的東西非常隨機。我最近想過走進海裡。海永遠在那兒。」

「你不需要走進海裡。你是知名作家。」

「許多作家把自己淹死。而且，我不出名。」

「你在這兒很出名。」

「這兒是個小鎮。小鎮上每個人都很出名。」

我環顧了酒吧。在一個角落，雷格正用雙臂比劃著什麼東西的大小。雷格厭惡海鷗，在研發一種裝置好趕走牠們。他在跟瓊尼說話，瓊尼的牡蠣很出名；還有羅布，他總是在參加者需自己搭建划艇的划船賽中獲勝，並因此出名。蒂姆找了另一個角落坐下，拿著一品脫健力士啤酒和一本書。他還沒有因為任何事而出名。莉比因為她的針織披肩、襪子和毛毯出名，她在熟食店裡賣這些東西，一起賣的還有我做的果醬和鮑勃媽媽做的浮木雕塑。她還想過賣馬克織的毛衣和帽子，但這樣鮑勃就會問很多問題。鎮上的人總是問我什麼時候再做大黃醬。

「海裡一定很濕又冷，」莉比說。

「我知道。我也這麼想。火車會很吵很亂。為什麼你想讓自己被火車輾過？這似乎不是很有趣。」

「我真的把事情搞砸了，」她說。「我跟馬克結束了。昨天的事。我唯一能做的可能就是殺了我自己。」

「天啊。噢，莉比。靠。我以為你是在開玩笑……」

「但他下周仍會過來吃晚飯。這是個很長的故事。汽車的事情也該死的令我心煩。」

「為什麼？」

「員警昨天來過，他說皇家城堡酒店有個女人在周日晚上看見有人把車推進河裡。她沒戴眼鏡，所以看不太清楚。他說車一般不會被沖上岸，但如果沖上岸了，警方發現通常都是車主推下水的，這樣他們就可以申請保險理賠。哈、哈！我們都為這個想法笑了。我指出我不會把那麼好的一輛車推進河裡，我甚至根本不需要保險理賠，我還給了他一些餅乾。但如果車被沖上岸我就死定了。」

「為什麼？說是孩子們幹的不就行了？」

「對。不過德文郡和康瓦爾的警方正在試行一種新的指紋採集辦法，它可以從曾浸在水裡的物件上採到指紋。到目前為止都很成功。員警說這很令人振奮，因為如果車露出水面，他們就可以找出有多少人推過車，甚至是誰推的。我說這聽上去很棒很高科技，但我其實是在胡扯。」

「我肯定你的車不會浮上來。即使浮上來了，我打賭他們的方法不會成功。只要一口咬定你的故事就行。馬克怎麼了？」

「也是因為車的事情。一部分。還有戒指。我們大吵了一架。」

馬克存錢為莉比買了一只黑色珍珠母銀戒作為耶誕禮物，她不怎麼戴它。她為自己買首飾，但不會買戒指，也知道如果鮑勃看見了會起疑心，所以把戒指放在海邊小屋裡，決定只有和馬克在一起的時候才戴。他在一個暴風雨的週三晚上把戒指扔進了河裡，在那之前他以為她忘了拿戒指，所以把它帶去了達特茅斯。

「你覺得我應該離開鮑勃嗎？」莉比說。

「我回答不了，」我說。

「馬克說我應該。而不是……」

「車？」

「對。」她皺眉。「你告訴我的那個關於馬的故事是什麼？」

「馬？噢，那個塞翁失馬的故事？」

「對，就是那個。再講一次。我覺得它可能會幫上忙，但我不記得內容了。」

「好，這故事是講一對中國父子和他們最好的一匹馬。馬跑走了，沒有任何原因，跑去和胡人一起住在邊塞。兒子對此感到非常煩惱，父親對他說，『此何遽不為福乎？』幾月之後馬跑回來了，還帶回一隻非常漂亮的胡人的種馬。兒子非常高興，但是父親又對他說，『此何遽不為禍乎？』兒子很喜歡騎那匹新來的馬，結果有天從馬上摔下來，還摔斷了條腿。大家都為他感到難過，但他父親又說——聽好了——『此何遽不為福乎？』過了段時間胡人入侵中原，所有身強力壯的年輕人都被徵去當兵；大部分士兵都被胡人殺死了，但這個兒子沒事，因為他瘸了腿。他和他的父親相依為命地活了下去。」

「如果你有這樣一個自以為是的父親，你肯定氣死了。」莉比說。

我大笑。「對，我知道。」

「我喜歡這個故事。儘管我不知道它是不是和我想的一樣有用。」

「什麼？幫你決定是不是要離開鮑勃？」

「對。我愈仔細想，愈覺得我不能讓事情就這樣發生。不是現在。這是馬克說的。他對汽車的事非常生氣。他說他無法相信我會為了逃避現實做出那種事來。他說那是個絕佳的機會向鮑勃坦白，然後搬去和他住。」

「搬去海灘小屋？」

「對，完全正確。」她歎了口氣。「我想我們不會住在海灘小屋。但是如果我和鮑勃分開我會很窮。這倒不是問題。這不應該是個問題。」

「它可能會變成一個問題。」

我從沒正式和莉比談論我的經濟問題，但我猜她知道。每次我們出去吃飯，她會說，「這次一定得由我來埋單。」儘管每次都是她付錢。我有幾次和她還有鮑勃坐遊艇出海，每次他們都會從熟食店帶一大籃子食物，告訴我什麼都不需要準備。她碰巧有一件「多餘的」救生衣讓我穿，鮑勃則聲稱在船上某處找到件狗的救生衣，「也許是之前的船主留下的」，但是根本沒有之前的船主，因為他爸爸親自設計並造了那艘遊艇。

「你怎麼會變窮呢？」我說。「這沒有道理。你擁有一半的房子和熟食店，不是嗎？」

「對，當然，但如果我離開鮑勃，我不會要求他變賣家產，好分我一半。我做不到。你知道我們最近去了義大利嗎？我們在一個市集裡，鮑勃在嘗番茄乾。他轉過來在人群中找我，一看見我他就微笑了，很快樂很舒服地笑了。他看上去就跟平常一樣，穿著肥大的牛仔褲和愚蠢的紅色伐木工襯衫，鬍子亂糟糟的，我當時就想，我怎麼可能還會想再和他上床——這想法令我感到噁心——但是我愛他，很愛他，像愛兄長那樣。那一刻我意識到我永遠都不想做任何會讓他哭泣的事。我永遠都不想坐在那裡看著他為我大哭、為我崩潰。他不應該承受這些。我不能毀了他的生活、拿走所有對他而言有意義的東西，僅僅因為我覺得我找到了我的靈魂伴侶。」

「對，但是……」

「對，**但是**。我知道。找到我的靈魂伴侶，對我來說繼續和鮑勃一起生活是多麼殘忍，假裝我比實際上要愛他、防止他出去找到一個像我愛馬克一樣愛他的人？」

「你不能為其他人的感受負責，」我說。這是我媽在離開我爸後常說的。我不太確定這是什麼意思，也不知道這對不對。

「如果你對著某人扔磚頭，想必你應該對他們的疼痛負責吧，」莉比說。

「但如果你做的事情是正確的，而某人仍因此難過，這不應該是他們自己的問題嗎？而且，你怎麼知道什麼事才是正確的？該由誰來決定？」

「這好混亂。我很確定對馬克的感情，但在這之前我也很確定對鮑勃的感情，而再之前是理查。可能我對馬克的感情也不會長久，也許只是因為現在我無法擁有他。我必須正視自己的問題。我總是就那樣愛上一個人。」她按了按手指。「我總是這樣。對其他人而言，愛情就像稀有的蘭花，只會在某些條件下才會生長在某處。對我而言它就像旋花類植物。它的生長不需要任何刺激、可以在任何條件下生長，還會扼制其他生物。很好的比喻，是吧？」

「也許你應該寫小說。」我笑著說。

「噢，對，我現在可以教你織襪子，」她說，「我會有很多時間。」從蘇格蘭回來以後我就一直求莉比教我織襪子。「我想馬克說得沒錯。我還沒準備好，也不夠堅定。但當我想到和鮑勃在一起——只有鮑勃、永遠在一起——我現在就想殺了我自己。這很棒，不是嗎？我才三十八歲。我不能現在就毀了自己的生活，對吧？」

「我想這件事過段時間就會好了，無論發生什麼，不管你最終是和馬克還是鮑勃在一起。」

「我們可以織襪子，」她說，「這樣可以讓我暫時忘記一切。襪子很難織。」

「好啊。可能我有點急。我還不太確定我是不是可以同時操作四根棒針，」我說，「連兩根我都織得不太好了。」我圍著我的藍綠色圍巾，織的時候我胡亂收了針。我用了一個活結起針，織完以後，我按照薇教我的方法幫兩頭收針。但是那個結還在，像布料的痂一樣突出來。「老實說，我現在織下針和上針都很熟練了，但我也許應該嘗試一下其他針法，那些放針、減針之類的——以及嘗試織一個真正的圖案。我明天會買些毛線和圖案。我很激動。然後我再學織襪子。」

「你到底為什麼會想織襪子？」

「一開始我是打算替克里斯多夫織，但現在我不知道了。我知道這會花很長時間，但我仍很喜歡這個想法。它好像是一件你可以一直做的事，而且似乎很容易隨身攜帶。我有次看見有人在火車上織襪子，感覺很舒心。我喜歡一次織完一件東西這個想法。也許我可以靠織名牌襪子賺錢，可以一邊織襪子一邊構思我的小說——或者甚至用答錄機記錄下來。我在圖書館翻過一本書，裡頭介紹了許多針法，雖然我不太喜歡它們的樣子。理想的話，我希望能把織襪子寫進小說裡；也許放一個圖案或是別的東西；也許我可以讓一個男人織毛線，這樣就不會看上去太老土。我打算在你教我之前再多練習一番。改正錯誤不是我的強項。我應該故意犯一些錯，這樣就可以改正它們。現在我必須非常小心，因為我知道如果搞砸了，就得從頭來過。」

「我可以改正織毛線上的錯誤，」莉比說，「但不能改正現實生活中的錯誤。如果可以，我想從頭來過。你知道怎麼才可以從頭來過嗎？」

「根據我的經驗，你要先拉動末尾，看著一切慢慢展開，砰，砰，砰，但之後，如果你想把拉開的捲曲的毛線再變成一個球，就非常麻煩。」我大笑道。這就是我的藍綠色圍巾如何開始的。「對不起。我不知道這有沒有用。我最近讀了一本書說我們全都不會死，只是我們還沒有意識到。我們有許多機會去過完美的生活，但我不知道這樣是不是真的很好。誰知道完美的生活是什麼樣子的呢？」

莉比問起那本書，我用了寫書評的方法總結了紐曼的觀點。

「這聽上去不太像是真的。」她說。

「其中科學的部分是正確的，」我說，「至少在我看來是。這就像有一塊編織圖案，所有的指示都無誤，但你織出來的東西非常可怕，因為它困住了你。」

「就像是把自己織進一個大麻袋裡。」

「對，就是這樣。」

「但如果我真的殺了自己，然後又有了新的生命，如此往復，直到我找到正確的方法，我就會進入天堂？」她說，「這聽上去似乎也挺好的，儘管它是一個大麻袋，不是嗎？」

「對，也是。當然，這取決於這個理論是否正確。」

「老天。我覺得事情最後會變成這樣：我離開鮑勃，主要是因為性，我失去一切，他非常寬宏大量，但心都碎了；他號啕大哭、我和馬克一起離開，穩定下來以後，我們開始厭煩對方，沒有共同話題，他每天和朋友一起看足球比賽，我沒有朋友，我們不再做愛，我患上了經前症候群，最終決定臥軌自殺。這根本就是《安娜．卡列尼娜》的情節。也許我是個悲劇女主角。但這有什麼用呢。所以我還是現在就去臥軌比較好，一了百了。」

「照這種邏輯，我們所有人都應該現在就自殺。另外，我覺得托爾斯泰沒暗示過安娜有經前症候群。」幾年前我在莉比的生日送了本《安娜．卡列尼娜》給她，還擔心她不會讀完，因為她讀的淨是些可怕的科幻小說、奇幻故事和恐怖小說。但她竟然讀了兩遍，還經常能總結出一些新的理論。

「坦白說，梅格，那根本就是經前症候群。你再讀一遍。她非常易怒、總是『莫名其妙地嫉妒』；她討厭油漆的氣味；她討厭所有人所有事，在去火車站的路上想要成為『骯髒的霜淇淋』。別告訴我你在小月來之前不會有這種感覺。好吧，我假設這個叫紐曼的傢伙是正確的，那如果我現在就臥軌自殺，我就可以乾乾淨淨地重新開始。新生活，新災難。也許如果我重新開始，我就會找到正確的方法。」

「我媽昨天打來告訴我羅莎的事。她將在一部好萊塢大製作的改編電影裡扮演安娜．卡列尼娜；也許我該發個信提醒她安娜有經前症候群。」

「不用擔心，」莉比說，「那部電影也許會很失敗。」

「噢，事實上我不太希望它失敗。但是世界上有那麼多書，為什麼偏偏要選中我最愛的呢？我媽覺得我是在嫉妒，也許她是對的，儘管我不知道為什麼我會嫉妒一些我不想要的東西。有誰敢說因為羅莎那麼成功，她的人生就比其他人的要正確呢？她哥哥是家慈善機構的會計，我打賭沒什麼人會在乎他，但也許他這種平靜的生活方式使他的生活更美好呢，誰知道呢？我覺得，正確的生活本身就是一個謎。」

「安娜．卡列尼娜的生活肯定不正確。」

「真的嗎？」我挑高了眉毛。

「你這什麼意思？她的生活怎麼可能正確？」

「我不是很清楚。但她看見了光，」我說，「至少她看見了光，在她死之前。她的熱情使她領悟到了其他角色領悟不到的東西。要知道，那之後是無窮無盡的黑暗。」我喝了口酒。「天啊，我才不會想成為羅莎，要演那樣一個角色。」我也不想成為現在的自己，我寫的東西深度和分量都不及《安娜．卡列尼娜》的一半。

大學時我第一次讀《安娜．卡列尼娜》，但在我們搬到德文的第三年，我又重新讀了一遍。當時我和克里斯多夫的弟弟喬許偶爾會調個情，我以為這本書會勸我別這麼做。他那時剛滿二十八，沒有女朋友。他一直說如果能找到一個像我一樣會彈吉他、讀書、在公園踢足球的女朋友一切就完美了。「我需要一個作家。」他說。我回答說大部分作家都是怪人，他們從來不做任何實際的事。我告訴他，他可能需要一個瑜伽導師，或者一個決定在讀書期間休假一年的大學生。那些日子他常跟我們玩，我很高興可以和別人確認，克里斯多夫在過去的二十四個小時裡幾乎沒怎麼說話；他對打翻咖啡杯的反應很不正常，如果一個觀點是由我提出而不是電視上的某人，他就一定會反對。克里斯多夫反覆無常且不理性的地方，喬許總是非常理性，甚至過於理性。他隨身攜帶捲尺，部分原因是他不能買一本和他已經擁有的書尺寸不一樣的書，但也是因為有時候，如果沒有人看見，他會測量牆壁和門道，「只是為了知道」它們有多高或多寬。他有次告訴我，每次洗手他都必須數到三十二才會停。如果數著數著忘記了，或是沒能及時關上水龍頭，他就會從頭開始。泡茶的時候他會在杯子裡擠茶包八次。他身上只穿偶數件的衣服。如果他正在讀一本書，他不會在第六、十五或二十三頁停下，因為這些是壞數字。他不會讀任何一本書的第十三或三十六頁，他說這意味著他通常不會錯過太多內容。他以前甚至都不能讀任何質數頁的內容，但這樣就永遠讀不到開頭，後來他終於克服了這個問題。

我確信喬許從小就有強迫症，尤其是當他告訴我，他不得不去讀斯泰納學校，因為圓周率會讓他在普通學校的數學課上嘔吐，而他們家裡的其他人則認為，是他母親過世才讓他產生這些習慣。我有次發現他筋疲力盡而且快要哭了，還不停打開又關上臥室的燈。他說他已經這樣做了一千兩百次，而且還要繼續，直到第五千次。我不能說服他停下來。之後我問他為什麼要這麼做，他回答如果不這麼做，有人就會死去，或者生很嚴重的病：也許是他爸，也許甚至是我。我感到很榮幸，他為了救我願意開燈關燈五千次。有回我覺得屋裡有賊，而克里斯多夫甚至一次都不願意開燈。喬許相信，並不是有類似「上帝」的物質想要傷害我或他父親，而是一種複雜的、由能量和宇宙制衡構成的網絡；他留意到某種振動，表示某些壞事情將發生，而開關燈這種行為可以讓他把能量集中起來，從而防止壞事發生。喬許小時候是個出色的足球運動員，還曾入選一家倫敦足球俱樂部的十三歲以下兒童隊。但他母親不想他離家太遠，也不想他變成職業足球運動員；她希望他成為一名作家或是畫家。自從我認識他起他就沒有工作，因為他的情緒仍不夠穩定，不能好好工作。我幻想自己可以幫到他，所以我們經常混在一起。

重讀《安娜．卡列尼娜》的時候，我開始對悲劇產生很大的興趣。我在培訓班上分析了索福克勒斯的戲劇《俄底浦斯王》（*Oedipus Rex*），因為我們的主要文本亞里斯多德的《詩學》裡總是提到它。《俄底浦斯王》幾乎是一個討論決定論和基於因果關係的情節的完美例子，也就是說，Y之所以會發生只是因為X先發生了，我就是這樣用這故事來講課。但每次重讀，我總是對一個故事如何可以做到不僅僅只是講一個令人滿意的、有開頭、中間、結尾的故事而感到吃驚，因為我總是在培訓班上教學員寫那樣的故事，而且我自己也總是寫這樣的故事。然而，《俄底浦斯王》似乎誇大了人類存在的基本謎題。《安娜．卡列尼娜》也是如此。《哈姆雷特》亦然。我讀了尼采討論悲劇的書，但這讓我在喬許的事情上處境更糟，因為我開始幻想自己是一無所有的悲劇女主角。悲劇講的不是人們從此過上幸福卻乏味的家庭生活，而是講人們在通往不可避免的死亡之路上超越理性，從而獲得某種不同的智識。我最終成功抗拒了喬許，主要是因為如果我們倆之間真的發生什麼，我會非常害怕克里斯多夫的反應，於是我就嘗試把自己的小說變成一齣偉大的悲劇。但結果它只是令人抑鬱罷了。我知道大多數故事是條平衡等式，一個所有遊戲參與者的損、益相加總和永遠為零的零和遊戲，悲劇卻非常特別，因為你從這條等式裡得到的東西比原先放進去的要多，我卻不知道怎樣才能寫出這種故事。《俄底浦斯王》的技巧淺顯易懂，但其中所有的感覺又從何而來？

我曾猜想澤布．羅斯會如何寫《哈姆雷特》。首先，故事裡不會有鬼魂。或者至少，鬼魂會只是一個迷途少年的幻覺，而哈姆雷特，藉由他勇敢的愛人奧菲莉亞的幫助，會意識到他的繼父並沒有做那些不太可信的蠢事，例如往他父親的耳朵裡灌毒藥，事實上他是想救他！哈姆雷特會開始看心理諮詢師——可能是波洛尼厄斯，他涉獵勵志產業，會推薦某人給哈姆雷特認識，於是哈姆雷特打算接受喪親的事實，還會相信她母親和新的丈夫做愛沒有問題（儘管不會有「被汗水浸透了的溫床」或者任何類似的、令人作嘔的東西），他會高高興興回到大學、接受家庭的變故，有奧菲莉亞相隨。然後我意識到，如果是由我來寫《哈姆雷特》可能也會寫成這樣。

「有時候我希望自己從沒讀過《安娜．卡列尼娜》。」莉比說。

「為什麼？」

「因為這結局如此完美，但對安娜而言如此悲傷。現在，每當我想像和馬克之間會怎麼樣時，我就覺得結果一定是個悲劇，因為我活該，而且似乎故事就應該這麼發展。但是萬一我們真的從此幸福快樂地在一起了怎麼辦？」

／

十點的時候雨還沒停，雨滴像爬蟲般沿著彩色玻璃窗緩緩滑下，貝絲在我腳邊打鼾。莉比一直在歎氣，不時看看手機裡有沒有馬克傳來的簡訊。我們一直在喝血腥瑪麗。

「克里斯多夫怎麼樣？」莉比把手機扔到一邊，問道，「還在生悶氣？」

「什麼？噢，可能吧。你上次見到他是什麼時候？」

「老天，那是……應該是耶誕節前在我們家吃晚飯那天。不過感覺上好像更近一點。」

「他那個時候在生悶氣？」

「對，」莉比撥開眼睛前面的頭髮，「是為了什麼呢？噢，對了，他以為他可以當上那個遺址工程的主管，結果沒成功。」

「噢，天啊。那件事讓他很受打擊。要知道，他本來真的可以成為主管。」

「他還在那堵牆那兒工作？」

「還要再做幾個月，直到完工。」

「但他申請別的工作了嗎？比方，一份正職？」

「申請了。但競爭都很激烈。不過沒關係啦。」

我知道莉比很疑惑，只是她沒問出口，為什麼克里斯多夫不能像其他人一樣好好找份工作。她又看看手機，揉了揉眼睛，對著我搖搖頭。

「什麼都沒有？」我說。

「什麼都沒有。如果我們有孩子……」莉比開始了。

「我知道，」我說，「那我們就沒有時間去為一切一一操心。多好。」

「接著這就會變成災難。我們就會變得只為子孫著迷。」

「而不是只為自己著迷。」

莉比拿起電話，快速翻看一下，又放下。

「對了，我有沒有告訴你馬克簽到了一個大案子？」

「什麼案子？船？」

「對。非常棒。那筆收入可以供他一年生活；但你猜是誰和他簽的約？」

我想了一下。「鮑勃的爸爸？」我說。

「完全正確。」

我叫了一聲。「所以這就是為什麼馬克下週六要去吃晚飯？」我問道。

「對。我、鮑勃，我的公公婆婆、鮑勃的姑姑姑父，以及我的前任情人。鮑勃的爸媽本來想安排在他們自己家吃飯，但他們房子還沒裝修完；顯然壁爐還要再等一個月才能放回去。你一定得來。我會喝得酩酊大醉，我需要有人可以在我吐的時候幫我抓著頭髮。」

「我怎麼會錯過呢？」

「他媽的，梅格，為什麼這種事情不會發生在你身上？」

「過去發生過。比方說，我再也不可能回布萊頓了。」

「但現在你已經穩定下來了。」

「我猜是吧。」她是對的。過去七年間，我沒接近過其他男人；不完全是，除非把親吻羅文也算上。「我不知道，」我說，「我也不是一直都很快樂，不過也許過了七年這樣也很正常。而且我也不覺得別的男人能和克里斯多夫有多不一樣。我想只有在真正瞭解一個男人之前，我才會覺得他有趣。看看我，我已經不再美豔動人了，不像是……」

「你看上去有點像是克里斯多夫想要的那個樣子。」

嚴格來說這並不正確。我出於自己的原因拒絕時尚。我覺得穿著現有的衣服看上去已經很不錯了，這包括：三條褪色的破牛仔褲、一件牛仔裙、四件有機棉襯衫，一些黑色T恤和幾件黑色羊毛衫。冬天我穿運動鞋，夏天穿人字拖。如果想讓自己精神一點，我會戴上小鳥造型的銀耳墜，如果要參加晚宴，我會穿一條黑色的拼布長裙，並帶上宇宙之布——用來當披肩。儘管我的衣櫃不大，我會熨燙每一件衣服，周日晚上則會仔細計畫下星期要穿什麼。這幾年我都沒有修眉毛，因為有天克里斯多夫看見我拔眉毛時說道：「我希望你不是為了我做這些。」我問他什麼意思，他說看上去「自然」是件多麼性感的事情，廣告裡的女人——當然也暗指我——看上去多麼浮華而錯誤，他理想中的女人應該要穿鬆垮的棉布或牛仔服飾，下班之後不需要立刻匆匆換身衣服，從例如果園或者歷史保護區等地方趕去酒吧。他也不喜歡香水和化妝品。「我想要真實的你，梅格。而不是什麼紙板人。」最後那句是他說的，還是我想像出來的？不管怎麼樣，第一次在圖書館見到羅文之後，我又開始修眉毛了。不是為了他，而是出於一些莫名的原因。

「你好。」蒂姆離開他的角落，站到我們桌邊，手上拿著一本書。我看出來那是契訶夫書信集，去年培訓班上，學員不停追問我最喜歡哪本關於寫作的書，我說是這一本。貝絲醒過來，慵懶地嗅著他的腳，然後翻個身繼續睡。我想她可能覺得既然自己已經對著他叫過幾次，她的任務算是完成了。

「嗨，」我說，「我就猜那個穿著大雨衣的人是你。這是莉比。莉比，這是蒂姆．斯莫爾。」

「我能請你們喝酒嗎？」他說。

「當然。我要伏特加加通寧。」莉比說，「如果你不介意。我不能再喝番茄汁了。梅格你呢？」

「一樣。你真好。謝謝。」

蒂姆拿來我們的酒，自己又點了杯健力士啤酒，坐到了莉比身邊。他穿了件褪色的藍色橄欖球衫，牛仔褲的膝蓋處有磨損。蒂姆總是需要用膝蓋工作。他是勤雜工，提供組裝傢俱和櫃子的服務。他在業餘時間蒔花種草或在荒野漫步，他的臉也因此變得粗獷暗淡。去年培訓班的第一天，我們花了幾乎一整天在討論組裝傢俱。克雷爾，她已經知道自己要寫什麼但還沒有故事結構，這也是她參加培訓班的原因，她問了他許多關於奇怪ＤＩＹ事故，另外有一些人說他們從來都弄不明白如何處置組裝傢俱，其他人則紛紛表示同意。

「但它們完全符合邏輯。」蒂姆當時說，「當然，我不是在抱怨大部分人無法理解它們。不管怎樣，這樣我才有工作。但組裝傢俱是二十世紀最偉大的發明。一切都在盒子裡，盒子上有傢俱的圖片，你需要用來組裝的所有東西都在盒子裡。你跟著指示一步步做，最後傢俱就完成了。」他看著我。「請告訴我寫小說也是那樣，」他說。我搖搖頭，我們都笑了。不過我沒有說出自己真實的想法，其實一旦你知道怎麼做，澤布．羅斯小說也是這麼一回事。我還想到，儘管我不願意對自己承認：我的紐托邦小說、我寫過的一切，都是組裝傢俱，我所做的一切就是按照大家的期待、用螺絲拼接起每一部分。幾乎所有來托基酒店度過那個星期的人似乎都抱持同樣看法，所有的小說都擁有同一種價值，寫每一本小說需要的精力也都差不多，托爾斯泰是「小說家」，而最新的女性都會小說作者也是「小說家」，兩者區別不大。「你究竟是怎麼開始寫八萬字的？」經常會有人帶著崇拜的口吻這麼問道。我總是要解釋八萬字不是很多，真的，如果你真的很想寫，只要八個週末就可以完成——以亞里斯多德的《詩學》為指導手冊。最難的是如何寫出品質很高的八萬字：它們得真的非常重要。但在奧布圖書的培訓班上，我不需要談論重要性，所以取而代之，我總是談論一元化情節，告訴參加者有時如何照亞里斯多德說的，以決定論的、三幕式的情節結構將這八萬字放在一起是多麼困難。在培訓班上我沒有提到，他說過之所以要創作模仿生活的小說，就是為了方便人們檢閱生活。

「嘿，」蒂姆對我說，「猜我在復活節會做什麼？」

「做什麼？」

「研究旅行。在達特莫爾露營。我買了一個新的帳篷。網上買的。你相信嗎，他們現在連帳篷都送？直接送到家門口？太棒了。」

「復活節的時候會非常冷，」莉比說，「今年復活節特別早。」

「但聽上去很有趣，」我說，「你會和誰一起去？」

「就我自己。海蒂不會去。海蒂會非常開心有機會讓她的情人到家裡來，我保證。」他帶著憂傷的微笑看著莉比，「我老婆在偷情。有時候我甚至得方便她偷情。我猜這是種妥協，也是那些地方報紙上老夫妻說的維持五十年婚姻的祕訣。」他聳聳肩，喝了口酒。

莉比的眉毛快挑到髮線上了。「真的？你們的關係是開放式的？你對此完全沒有問題？」

「我就告訴你們吧。剛開始發現的時候，我想殺了他。我從來都不喜歡使用暴力，但我想像過用無數種方法殺他。彎刀，鏈鋸，牙籤。牙籤的方法最好，雖然聽上去不太可行，但如果戳進眼睛或卡在喉嚨裡……我常在工作間在貨車裡哭泣，想到一切都結束了，我們會離婚，我必須去參加快速約會之類、亂七八糟的東西。」他笑了，「我想了很多很多。但後來我意識到，也許我最好什麼都別說。如果她想離開我，她就會那麼做。而顯然她不想離開我。我想我還愛著她。我們在一起的時候她對我很好，也許從某些方面來講我已經過時了，所以——這可能聽上去很糟糕——我想，為什麼不讓他為她提供所有想要的、製造所有的浪漫？我對那些不太在行；我很清楚。所以現在我有時間寫小說、去露營，這些她都沒興趣，我還可以安安靜靜地在花園裡忙。這樣很好。在做出決定之前，你還得顧及每件事。每年耶誕我們都去我父母那兒過，她和我媽準備晚餐，大家在一起很開心。新年的時候我就假裝頭疼得厲害，這樣她就可以和他出去了。」他也結婚了。這是功能性的。現代的。」他笑道：「我的婚姻基本上就是一件傢俱。也許太大了所以扔不掉。也許後面被釘子固定住了。」

「她知道你知道嗎？」

「老天，不。不，她一直都很內疚。所以她……」

「什麼？」

「我有一點醉了。對不起；我不應該再說了。你會覺得我……」

「不，繼續。說吧。什麼？她非常內疚，所以只要你想要她就會為你口交？為你準備洗澡水？按摩你粗糙起繭的雙腳？」莉比低頭看著桌子，「老天，我覺得我也醉了。該死。對不起，鮑勃。」

「是蒂姆，」他臉紅地說道，「不過你是對的。對。我是個混蛋。」

／

哪一個更糟糕？第一個到家，還是第二個？如果我是第一個，就要等克里斯多夫發脾氣；如果我是第二個，就得走進他的脾氣。克里斯多夫——還有別人，包括我弟托比和我爸——是這類人，他們會將自己的情緒充滿整個房間。當克里斯多夫開心的時候，每個人都會很開心，但如果他不開心，事情就很恐怖了。有時候會有些跡象：鋸東西、大聲踩樓梯、歎氣，把電視音調得很大。但有時候如果什麼都很糟糕，那什麼跡象都不會有，只有一種情緒化的隆隆聲，就好像你想睡覺、思考或什麼都不幹的時候，窗外有柴油機一遍又一遍地發出震動聲。有時候那隆隆聲和震動聲會強烈到像有架運輸直升機在屋子上方盤旋。

有一次我稍稍跟他談到這件事情，他說：「你怎麼知道不是你的問題？」

他是對的。通常是我的緣故。也許那是我在震動，不是他。不管怎麼樣，我也曾很明顯地把自己的情緒充滿整個房間。有時候我會懷疑克里斯多夫所有的問題可能都是因我而起。

第二天早上就要收每週垃圾了，所以我走回家的時候大部分屋子門口都放著黑色垃圾袋，海鷗逐一啄破這些袋子，在雨中發出「嗒、嗒、嗒」的聲響。達特茅斯的海鷗很胖。牠們長著黃色的喙、紅色的蹼、白色的頭和脖子、黑白色的翼尖，還有一雙刻薄的眼睛。不發出「嗒嗒」聲的時候，牠們會在灰色的天空中發出「喲、喲」的叫聲，如同悲劇裡的合唱團。我必須把貝絲拉走；她為這些巨大、醜陋的生物著迷，但牠們對她一點興趣也沒有。走到布朗山下的臺階時，我見到雷格，他剛從酒吧回來，穿著全套防水衣物，正往一個木盒裡裝他的垃圾，他自己做的盒子，用來防止海鷗啄他的垃圾袋。臺階上到處都是別人家被撕爛的垃圾袋裡掉出的垃圾。在達特茅斯你有三種方法對付垃圾：在收垃圾的人抵達前五分鐘把垃圾拿出來、放進有鎖有蓋的木箱裡，或者確保自己扔出來的東西不是你希望鄰居會從他們家門口看見的。但布朗山上的一間小屋裡來了一戶新人家，我的面前有衛生棉、速食塑膠盒、外賣披薩盒、空的狗糧罐頭、一雙兩腳鞋底都有洞的舊布鞋。

可是看見那雙布鞋和那些因為太麻煩沒被回收的狗罐頭時，我意識到至少有一部分垃圾是我們家的，克里斯多夫一點也不在乎海鷗製造出來的尷尬局面，又一次太早把垃圾拿了出來。我希望他沒發現那雙運動鞋。那是他的鞋子，它們已經發出惡臭了。我把它們扔出來，因為實在無法忍受臥室衣櫃裡傳出的臭味。他自己是絕不會扔掉它們的。他從來不扔東西。我突然想到他也會這麼說我，我懷疑我們是否需要彼此，哪怕只是在彼此的生命裡扮演輔助的角色。

「真噁心。」雷格在雨中對著地上的殘骸點點頭說。

「我知道，」我說，「討厭的海鷗。」

「我會把牠們全部消滅掉的，」他說，「牠們是這座小鎮的瘟疫。牠們就是長著翅膀的老鼠。」

這樣的對話我們已經進行過很多次了。

「我想，牠們只是想活下去，就像我們一樣，」我說，「冬天對海鷗來說應該不容易。當然，牠們也令我心煩，但我可以理解牠們為什麼要這麼做。牠們可能以為我們是特意為了牠們而把垃圾放在外頭。」

「呸！你們年輕人。你也太他媽善解人意了。你等著瞧。需要有人打敗這些怪獸。牠們是寄生蟲、是害蟲。如果我趕走牠們，大家都會感謝我。當然，這事應該由地方議會負責，但是他們把錢都用在公園裡那個愚蠢的迷宮上了。山上的摩根太太說如果我能把海鷗趕走，她就會舉辦一場大派對來慶祝。你知道有隻海鷗搶走了她的貓嗎？把牠抓起來、往海飛去，就是這樣。」

我知道這件事。但我不知道是不是該相信。

「好吧，祝你好運。」我邊說邊跨過一隻布鞋。我知道我不會對克里斯多夫提起任何關於垃圾的事。我爬上剩餘幾級潮濕的臺階，打算一到家就檢查電子郵箱。也許會有些奇妙的事情發生在我身上。這似乎不太可能；奇妙的事情從沒在我身上發生過，而且就算發生了，我也不會知道。當然，如果是和奧布圖書有關的事我應該會知道。我進不了自己的私人電子郵箱，因為我已經很久沒有繳錢給我的電郵服務供應商了，雖然他們在學生時代和克里斯多夫是好朋友，他們還是在幾個月前暫時關閉了我的郵箱。不過如果我直接去書房，就可以避免談論垃圾的事，而如果我把注意力放在新的小說提案和行政工作上，就不會去想莉比一路哭回家的情景，也不用去思考所有破碎的關係，這樣一切就都沒事了。也許薇會寫信到我奧布圖書的電子信箱，講紐曼的書；也許克勞蒂亞會發信告訴我薇一直想聯繫我、希望我能原諒她。也許櫥櫃裡會有可可粉。我會先查郵件，等克里斯多夫上床睡覺，再沖杯熱可可、讀讀報紙。在這個世界以外還有一個世界，一切都會沒事的。也許我還會完成填字遊戲，再想想明天要買哪種編織圖案。

我一打開房門就意識到出事了。屋裡有股東西燒焦的氣味，走廊裡傳出啪嗒的聲響。啪嗒，啪嗒，啪嗒。怎麼回事？

「克里斯多夫？」

我把傘放在門邊晾乾，外套和皮包掛在欄杆上。我解開貝絲的狗鏈，她跑上樓坐在浴室門口，等我用毛巾擦乾牠。如果我不幫牠擦，她就會把毛巾拽到地上，在毛巾上滾來滾去直到自己乾了為止。她討厭自己濕漉漉的。

「甜心？」有些液體滴在我的脖子上。我低下頭，發現自己踩在水坑裡。剛才聽到的啪嗒聲是雨水不停滴在走廊地板上，地毯都被雨水浸濕了。我走進廚房，找出我們最不常用的鍋：一個我在我們僅有的一次假期之後買的煮蛋鍋。我終於發現克里斯多夫蜷縮在沙發上，空氣裡彌漫絕望的氣息。目前最理智的做法就是先解決漏水的問題。

「你在幹什麼？」他死氣沉沉地說。

「只是找個鍋放在地上。天花板又漏水了。沒什麼大事。」

「達特茅斯的蕩婦怎麼樣了？」

「不要這樣叫她。」

「為什麼不？這是事實。如果你像她那樣我會殺了你。」

我把鍋放在地上的時候不小心滑倒了，膝蓋浸在水裡，感覺就像跪在一塊冰冷的海綿上。「幹。」我罵道。

「什麼事讓你今晚心情這麼差？」他說。

我站起來。在牛仔褲裡我還加了一條厚羊毛褲襪，所以現在有兩層濕乎乎的布料貼在我的皮膚上。我得換褲子，但如果現在上樓，一定會被指責是氣呼呼地離開，因此我必須暫時先忍受一條腿是濕的。

「老實說，克里斯多夫，今晚我不打算就『誰不開心』這個問題爭吵。顯然是你有問題，但我不打算在你開口之前先花上一個小時說服你我沒有問題。我倒杯水就上樓工作。」

他什麼都沒說。回到廚房的時候焦味更重了。燒烤鍋在外面，兩條烤得像木炭一樣的香腸在鍋子裡，就像燒焦的手指。我找出一條乾淨的毛巾擦膝蓋。如果克里斯多夫看見我這樣，他會不會覺得我是在對漏水小題大做？他會不會覺得我在責怪他為什麼不把鍋放在地上接水？我這樣做會不會顯得太懷有敵意了？突然我好想大聲尖叫。這個想法充斥了我的腦海。我必須停止思考，做正常人該做的事，不應該一直胡思亂想。我往水壺加滿水，放在爐子上煮水。

「發生了什麼事情？」我看著燒烤鍋說，「克里斯多夫？對不起我剛才太嚴厲了。我有點累。一切都好嗎？」

桌上有一封拆開來的信，顯然它曾被揉作一團，現在又平攤了開來。信的一角被弄濕了，應該是之前克里斯多夫泡咖啡時弄到的。好像有人給了我線索：你在兒童遊戲節目或是假日活動裡會得到的那種東西。就是說，他晚上先烤了香腸，後來不要了。他沒有清理乾淨，這平時很少發生。他不理會天花板漏水，把自己縮成一團躺在沙發上。我拿信讀了起來。又是一封拒絕信，這一次是來自非營利機構莫爾樹林的。他兩個星期前參加了面試，雖然不太確定自己想不想要這份工作。比起樹他更喜歡牆和舊建築，不過大多數歷史保護區都沒給他面試機會。

「噢，親愛的，對不起。」我說。

我走過去坐在沙發邊緣，把手放在他背上。我發現他在靜靜抽泣，他的身體上下抽動，如同一艘被暴風雨摧毀了的小船漂浮在平靜的海面上。他聳了聳肩，試圖擺脫我的手，我又歎了口氣。

「我真他媽的失敗，」他說，「我最好還是承認這個事實吧。我連烤個香腸都不會。我甚至都不知道要把鍋放在地上接水。我爸就要和一個二十五歲的服務生住在一起了，我弟弟瘋了，我姊姊耶誕節的時候告訴我她『就是不再喜歡我了』。一切都跟屎一樣。我做什麼都一團糟。」

「不，不是這樣的，」我說，「貝卡不是那個意思；她就是想傷害你。以前耶誕節的時候，她總是容易緊張、脾氣暴躁。振作起來。你為什麼不坐起來？」

「我坐不起來。你不會理解的。一切都停止了。」

「好吧，你就這樣躺著吧。也許我們可以看看電視。」

「我不想看電視。」

「如果你想一個人待著，我可以離開。」

「別走，」他緊緊抓住我的手，「你怎麼忍受得了我？」

「親愛的……」

「我剛才都是亂說的。我不會殺了你。我甚至都不會怪你。我不討厭莉比。不完全是。老天，我的頭好疼。我動不了。」

「你要止痛藥嗎？」

「好。」

「要不要喝茶？」

「好，」但他沒有鬆開我的手，「怎麼回事，寶貝？」

「啊？」

「我們之間是怎麼回事？我都不知道我還配不配得上你。我他媽的什麼都做不好。你寫錯了書評都是因為我。」

「我去泡茶。」

「梅格？」

「怎麼了？」

「沒事。對不起。對不起我弄錯了書。」

「沒關係。那不是你的錯。我也得道歉。聽著，我一會兒就回來。我得換身衣服，然後給你泡杯茶。」

我換了第二天要穿的牛仔褲，站在廚房一邊吃橘子一邊等水燒開。如果是平常，我為了泡一杯茶而把同一壺水燒開兩次，克里斯多夫一定會對此大發議論。他一直說要減少自己對環境造成的碳足跡，但有時我懷疑，他會不會其實是不想環境在踏入未知的未來時在他身上留下足跡。如果他決定和我分手，會發生什麼事？我看著他消瘦的後背，黑色的頭髮散落在肩上。過去我們常說要永遠在一起。我們不會像其他情侶那樣。絕不落入俗套，我們向對方保證。無論發生什麼，我們都不會像貝卡和安特或者其他我們認識的情侶那樣。那現在呢？

外面仍下著大雨，雨滴時不時落在走廊的鍋裡，發出金屬的聲響。貝絲輕輕走下樓梯，蜷縮在扶手椅裡，不看我們兩個。

「如果我找不到工作怎麼辦？」克里斯多夫說。

他在沙發上坐了起來，喝他的茶。

「你會找到的。」我說。

「但是……」

「你可以去其他地方找。我們可以搬家。我不介意。」

他皺眉頭。「你以前從來沒這麼說過。我以為你喜歡住在這兒。」

「我確實喜歡。只不過……」我開始咳嗽，於是去拿吸入器。

「什麼？」我放下吸入器後克里斯多夫問我。

「沒事。聽著，就像我說的，一切都會好起來。」

「認真說，我們永遠不會夠錢離開這裡，不是嗎？除非我真的找到一份好工作，或者除非你的書大賣。即使那樣，我們也負擔不起房屋貸款，他們總是審查這審查那，所以租房子也不太可能。寶貝，別忘了，我還有犯罪紀錄。我們倆都拿不到銀行證明，我們沒有存款，也沒有傢俱。但我可以在這裡胡亂找個工作。也許我應該這麼做：在一間米色牆壁的辦公室裡工作，朝九晚五，對著老闆和影印機。」

「不，親愛的。沒關係。我們說過我們不會那樣。」

我們剛搬來德文郡時計畫得很簡單。在布萊頓發生了那麼多事情，我們決定在這兒就只做自己，沒有老闆、不要朝九晚五。在我們認識前的那幾年，我做過一些糟糕的工作，實在沒有辦法，我還可以再做那種工作，但如果有人想讓克里斯多夫那麼做，他會大哭大叫，還會捶牆。我剛認識克里斯多夫時，他的全身家當就只有一條牛仔褲和兩件T恤，他把所有的失業救濟金都花在了大麻上。但在我們一起度過了第一晚後，他送了我一盆植物，詳細向我介紹應該如何照顧它，他讓我覺得，如果我弄死了它，就等於摧毀了我們倆。這盆植物，我的白鶴芋，現在終於快在這間房子裡死去了，而我不想弄清楚如何可以救活它。只是因為這裡太潮濕、太缺乏陽光，就是這樣，當然，還因為它喜歡被澆水的次數多過我能記得給它澆水的次數，所以它一直都半死不活的。

他是對的。這裡確實比較奇怪。這裡真實，也很便宜，離他家很近。儘管如此，我還是只能勉強付得起每天的渡輪費，我不知道除了白天過河晚上再回來以外，我是不是可以更自由一點。但看落日是免費的，早上在海灘散步也是免費的，在書報攤買杯茶只要三十五便士，雖然克里斯多夫不喜歡泡沫塑膠杯。以前我想當大學講師，像我父親那樣，我想像擁有自己的辦公室，有一間帶露臺的小房子，在一座擁有綠蔭街道和大教堂的城市；夏末時，那裡有長長的樹蔭，人們騎自行車回家，經過我的房子，看見窗內滿屋子的書和茂盛的植物。現在這一切都不會發生。不過我確實在教書，算是吧。這裡的河和海都很美，也沒有老闆一直管我。無論你身處何處，只要開心就行了，真的是這樣嗎？

「得不到申請的工作不能算是失敗，」我說，「我一直都很失敗，雖然不那麼明顯。比方說，沒人買我的書。但成功不是生活的全部。我們沒必要都變成羅莎・庫珀。就像現在這樣也沒有問題。這就是我們正在做的，不是嗎？」

「我只是想問心無愧地工作賺錢，寶貝。我只要這些。存點錢，也許買一塊便宜的土地。我們可以建自己的農場，以此維生。這樣什麼都不用擔心了。你還想這樣嗎？」

「當然。不過……」

「什麼？」

「你最近完全將我排拒在外。拜託——我們必須試著更常溝通，也許不要經常指責對方。我們能不能先試一下，看看會怎麼樣？如果我們要一起住在農場，我們必須停止所有愚蠢的爭論，也不能一直以冷暴力相待。」

我沒有說出來，但我突然想到寫一部小說的第二稿的過程。那正是我們所需要的：我們的關係的第二稿，將所有衝突放進第一幕，把我們現有的問題都變成已克服的障礙。我們會因為這樣的關係而幸福快樂地生活在一起，而不是儘管我們的關係如此這般，我們仍生活在一起。如果我們不再爭吵，我能和他一起在農場生活嗎？要是他開始讀書了呢？也許他只是需要稍微調整一下自己的性格。也許是我需要調整自己的性格。克里斯多夫一直都不怎麼需要性，但我經常想要。可自從吻了羅文以後，我就再也沒有提出過了。我們該如何解決這個問題？

克里斯多夫又哭了起來。「我是個怪獸。該死。我以前說我不是，但實際上我是。寶貝，你能原諒我嗎？我有時候真的很差勁，但是我愛你。」

「噓，」我說，「沒關係的。」

「我配不上你。」

「別傻了。」

我伸了個懶腰。隨即我就很為此擔心。但什麼都沒有發生。他沒有責怪我不把他當回事，也沒有責怪我毫無理由地感到疲倦。取而代之的是，他靠了過來親吻我的脖子。

「你累了，」他說，「我們去睡吧。」

我這輩子沒有用過「做愛」的任何版本。我自己意識到的，但一直不清楚為什麼。我有些男朋友用這個詞，但我總是會用「性交」或者「操」來代替。是不是因為做愛聽上去像是我爸媽那個年代的嬉皮會用的詞？在我感到更抑鬱的時候，我會問自己是不是僅僅因為我從來都沒有真正愛過？有時候莉比談到她對馬克的感覺，我就是不能理解。似乎她需要的是**他**，而不是他給她的東西。性交，當它發生時，對我來說只是生理上的快感，就像吃東西和做運動，甚至和打噴嚏一樣。這個晚上，在開始性交之前，我們用了三個保險套。克里斯多夫討厭保險套，因為他從來沒辦法好好套上它們，我也不太喜歡它們。不過我們很少上床，所以似乎完全沒有必要採取其他避孕措施。最後我終於成功給他套上了一個，克里斯多夫把我拉到他上面，開始試圖進入我的身體。「你太乾了，寶貝。」他說。所以我做了件從沒做過的事：我開始想羅文，直到我的身體有了應有的反應。然後我們開始性交。

結束後我起床去了廚房，找出一些可可粉。我感到陣陣噁心，彷彿克里斯多夫是某個我在派對上搭訕的陌生人，我們在廁所操了對方，而我真正的伴侶此時正在家中睡覺。我喝不下熱可可，所以喝了杯水。我把燒焦了的香腸拿去餵貝絲，洗乾淨了燒烤鍋，坐下做了一會兒填字遊戲，希望可以瞞著克里斯多夫洗個澡。回到床上前我去了趟樓上的書房，看了一會兒瓶中船，嘗試弄明白它是如何被沖到我腳邊的。有那麼一瞬間，似乎全世界就只剩下我和這艘船，在我們的瓶子裡，外面什麼都沒有。沒有銀行對帳單，沒有灰塵，沒有忽視，沒有那個睡在樓下、需要我但並不真正愛我的人。

／

我九歲的時候庫珀一家搬到我家隔壁。我家在街尾，靠近教堂，隔壁空了很久。庫珀先生留著大鬍子，和我父親在同一間大學教書，不過教的是人文學科，不是理科。每天早上，他踩著自行車離開家門，身揹棕色大書包，帶著滿滿一罐牛尾湯。庫珀夫人總是穿牛仔褲，一頭紅髮剪得很短。她是大學的成人學生，學心理。他們有一雙兒女，凱萊布十幾歲，蓄著長髮，只要不在學校他就不穿鞋；羅莎小我一歲，全身上下的顏色都很淺：她皮膚亮白，頭髮淺紅，雀斑的顏色就像是泡得很淡的茶。庫珀一家有幾隻貓，他們搬來沒多久我就看見庫珀太太跪在地上給後門裝貓洞。開始的幾個星期總是有撞擊聲和電鑽聲。爸說我們應該體諒他們，媽則一直抱怨那些聲音吵醒了托比。不過，我們兩家很快就熟稔起來。出於某些原因我們很少去他們家，但我們家總會有庫珀家的成員在，有時甚至只是他們的一隻貓。每週二下午我和羅莎一起放學回家，她在我們家喝茶，因為庫珀太太晚一點要上研討班。每週五晚上，我爸爸和庫珀先生會一起在餐廳下國際象棋，一邊談論大學的事情：各個院長的優點、副校長不為人知的動機、哪個公共休息室的起司捲最好吃。凱萊布會過來跟我爸討論宇宙的本質，我爸總是借給他各種充滿了等式的書。

庫珀家搬來一個月之後，怪事開始發生。每天晚上差不多九點多，我剛上床，就會聽到隔壁傳來劇烈的碰撞聲，隨後是一系列連續的砰砰聲，像是書掉落地板上。之後就會傳來腳步聲，有時會聽到有人在哭：我知道那是羅莎，但我一直沒說破。這時貓就會不停喵喵亂叫，同時先後啪嗒啪嗒跳出貓洞，就像在被狗群追趕。這樣一直持續到大約凌晨一點，然後我終於可以睡上一個小時，直到托比醒過來。於是我又只能乾躺在那兒，聽見媽輕輕走到他的房間，站在走廊裡抱著他上下晃動，試圖安撫他。有時爸會走出來提醒她，應付哭泣嬰孩最好的辦法就是任由他哭。我這樣幾乎不可能睡得著。

父母就隔壁的噪音問題談了很久。他們該不該和庫珀家談談這件事呢？如果他們說了，會不會很尷尬？會不會讓人覺得他們是在干預別人的家事？我媽覺得也許那是溫順的庫珀先生在毆打妻子。我爸覺得我們聽到的可能只是收音機的聲音，或是凱萊布在做些瘋狂的事，甚至可能只是我們的幻想。那個十一月很冷，空氣裡有煙草、蘋果和煙火的氣味。罷工結束後我回到學校，仍不時想起在森林裡遇到羅伯特和貝瑟尼的事。每天晚上睡覺時，我都會想像怪獸來了，而我打敗不了它。有一次我告訴自己，除非我能看見怪獸，不然它也不看見我。我用毯子蒙住頭，雖然這樣很熱也有點透不過氣來，卻能幫我盡快入睡。當然，隔壁的雜訊使一切變得更加糟糕，很快我開始在課堂上打瞌睡，每次有拼寫測驗我就會難過得大哭。

我當時的老師是斯科特小姐，大家都很喜歡她。她年輕貌美，常常穿顏色柔和的長裙。其他班養沙鼠和天竺鼠，但我們養了一隻叫赫爾曼的白老鼠。別的班用石蕊試紙和檸檬汁做實驗，斯科特小姐有次則帶來了一套露營爐來煮雞蛋，她告訴我們這整個過程就是科學，不過她讓一切看上去像魔法一樣。有天，其他同學都在遊戲時間出去玩了，她卻把我留在教室裡。

「梅格，」她說，「你看起來很不快樂。」

我無法控制自己，又哭了起來。「我確實不快樂。」我說。

「想和我說說嗎？」她說。

我搖頭。

「你需要找人傾訴。比方你的爸媽？」

「他們會生氣的。」

「我不會生氣。我發誓。」

她的眼神讓我覺得可以信任她，所以我告訴了她一切，包括我在森林裡遇見了羅伯特和貝瑟尼，我太膽小不敢學魔法，還有羅伯特告訴我的預言。

「現在我害怕怪物，」我說，「我不知道它什麼時候會來抓住我。如果我學了魔法，也許我可以打敗它，但現在不行。我睡不著覺，一切都讓人害怕。隔壁總是有奇怪的聲音，我相信那是因為怪物要過來抓我。」

「天啊，」她說，「這聽上去真的挺嚇人的。」

「你生氣了？」我問道。

「為什麼我要生氣？」她拿起一枝紅色粉筆又放下來。「梅格，你知道謊言和故事的分別嗎？」

「我沒撒謊！而且這也不是故事。」

「沒關係。我不是說你在撒謊。但你很擅長編故事——你曾因為講故事而得到一個特別獎不是嗎？擅長編故事不是壞事，從某些方面講，所有我們說的東西都是故事，但有時候我們應該記得哪些故事是真的，哪些是編出來的。」

「你不相信我，」我說，「全都是真的。真的都發生過。我很確定。」

「我相信你。我只是……」斯科特小姐皺起眉，「噢，親愛的。」

我又開始哭。「我想告訴媽媽，」我說，「但是爸爸……」

「你爸爸怎麼了？」

「沒什麼。他總是對這些事情感到氣憤。他是唯物論者。」

幾年前，我坐在爸爸的大腿上，問他每天都在大學做什麼。他告訴我大部分時間裡他都面對一堆數字、做計算，想要算出宇宙的年齡。他說他的工作和偵探差不多，你面對一堆線索，試圖找出東西的年齡或者組成部分。我問他為什麼想知道宇宙有多大年紀，他說我提了個好問題，但很難回答。我想起學校朝會時的一些事，提議說也許他想知道更多有關上帝的事；他板起面孔，抱起我放到地上，告訴我是時候上床睡覺了。

斯科特小姐笑了。「聽著，」她說，「讓我們假設一切就像你說的。羅伯特是對的，不是所有人都該知道自己的命運。首先，你的命運不是刻在石頭上不變的。比起將來你會發生什麼事，命運更多時候其實是在說你的性格。我想羅伯特想告訴你的是：你不是那種會打敗怪物的人。這是件好事，不是嗎？記不記得美女與野獸的故事？野獸看上去像個怪物，但他只是需要愛，當美女真的愛上了他，他就變成了王子。在這個故事裡，美女也沒有打敗怪物，她愛他，他們從此幸福快樂地生活在一起。看看赫爾曼。」我朝教室的角落望去，赫爾曼在紙板做的通道裡跑來跑去。「許多人會覺得赫爾曼是個怪物。他們會說，『呃！老鼠！』也許他們想用老鼠藥『打敗』牠。那不太好，對吧？」

我搖頭。「不好。」

「你有沒有聽說過越南戰爭？」斯科特小姐問我。

「我不知道那是什麼，」我說。我聽說過這個詞，但不知道它是什麼意思。

「美國是個很強大的國家，她決定要打敗共產主義這個『怪物』，」她說。然後她大笑起來。

「噢，親愛的，我想這個比喻太複雜了。不過到目前為止你能明白我在說什麼嗎？」

我點了點頭。

「結論是，我認為世界上沒有怪物這種東西。」斯科特小姐說。

「所有的大人都這麼說。」

「啊——對，我明白你的意思。但我想說的是，如果有怪物，或者你稱之為怪物的東西，來到你面前，要是你能和它成為朋友，它就不再是怪物了，至少對你而言不是。從這個角度來說，不一定要存在像怪物這樣的東西。在一樣東西成為怪物之前，你必須先決定它是不是怪物。」

「萬一這個怪物不想和你做朋友呢？」

「好吧，那我覺得，在理想的情況下，你們會走不同的道路，不再打攪對方。主要問題是，你不能僅僅因為你不喜歡一樣東西就對它施以暴力。我想這就是你朋友羅伯特想說的。我猜他的意思是，你天生就是個很善良的人。這是件好事。」

「但他也說我將一無所有。」

「這個更加複雜了，」斯科特小姐說，「我同意。他是怎麼說的？」

「他的臉很可怕，眼睛也是。」

「他的聲音是怎麼樣的？」

我試圖回想起來。「他的聲音倒沒那麼可怕。」

「你覺不覺得他可能也是在說，這是件好事？」

「這怎麼可能是件好事呢？」

斯科特小姐笑了。「在某些宗教裡，『無』是世上最好的東西。」

「他們怎麼會那麼覺得？」

「我知道這聽上去有點奇怪。但是我想他們所謂的『無』更像是個謎而不是虛無。離開物質世界、擁抱一些更接近精神層面的東西。你聽過道教嗎？」

「到教？」我重複道。

「比起宗教它更像一條『道路』。道教說，是『無』賦予了所有事物意義。比如，一個杯子之所以有用是因為它擁有空間可以讓你泡茶。一間屋子最好的部分不是牆壁或天花板，而是裡面的空間，你住在其中。《道德經》——『道路之書』——裡有一段很好的文章，講世界是由『空』構成的。你看見的所有物質都是從一大塊材料裡切割出來的，這塊材料就是『無』，或者『空』。道教說你應該使用這些東西，但要記住『空』的必要。我不知道這是不是你朋友的意思，但還是那樣，『一無所有』可以是指抵達一個簡單而寧靜的地方，一個你可以理解整個宇宙而不僅僅是從中切割出來的圖案的地方。又或者它的意思是從傳統角度來講，你不會成功……」

「你用了很多深奧的詞。」我說。

「對不起。」她微微笑了笑，「你說得沒錯。聽著，我有個好朋友，我沒法不想起他。有人也曾經告訴他，他將一無所有。他讀的學校非常嚴格，有用來打人的藤條和冰涼的洗澡水，他的校長有天對他說，他實在太懶了，將來『不會有任何成就』。你聽過這種說法嗎？」

我點點頭說：「我猜有。」

「大人們這樣說通常是指你不會出名或成功。你不會成為首相，甚至找不到一份不錯的銀行工作。你會——在一定程度上——一無所有。從某方面來講，校長是對的。我的朋友住在一輛拖車裡，每天下午讀書，晚上去工廠工作，白天就睡覺。他有次坐公車繞著印度旅行！從某些角度來說他沒有任何成就，因為他沒錢沒名，沒有家庭也沒有房子，但是他有簡單快樂的生活。他從書上學到了許多知識。他學會了如何自己釀葡萄酒，如何修理汽車引擎，都是從書本上學到的。」

我無法想像出斯科特小姐講的一切，但不知怎麼的，和她聊了以後我感覺好多了。遊戲時間結束的鈴聲響起前，她走到自己的桌旁，拿出一個帶有吸管的小瓶子，裡面有一些液體。她讓我張開嘴，在我的舌頭上滴了兩滴那液體。

「這會讓你感覺好很多。」她說。

隔壁仍傳來奇怪的聲響，但它沒那麼困擾我了。我睡得更踏實，但我爸媽沒有。有時晚上醒過來，我會聽到一些聲音。有天晚上我媽哭著說：「我受不了了。我們該拿孩子怎麼辦？」另一個晚上她說：「你真冷漠。」一次又一次，音調很高，她聽上去像是要喘不過氣來。我試著不去想這些。每天晚上喝過茶後，我就被趕到自己房間獨自讀上一小時書。這是為家庭作業做準備，第二年我就要開始做家庭作業了。這個小時是我的魔法訓練時間。如果斯科特小姐是對的，羅伯特想告訴我的是好事，那麼試著使用一點魔法肯定沒什麼壞處。如果我會魔法，我就可以讓一切恢復正常，讓我的父母停止爭吵。我想做一些能讓他們輕鬆點的事，比方讓托比睡得更好，或治好爸爸的頭疼。我從樓下拿了火柴盒，放在書桌裡。我打算集中精神在它上面，可每當我試著讓它漂浮，就無法集中注意力，腦中淨是些亂七八糟的事，所以它當然升不起來。

一個週六，媽媽帶我和羅莎去了在街尾教堂舉辦的舊物義賣。我穿的衣服都是在那兒買的。我需要新的牛仔褲。托比坐在嬰兒車裡，吸吮一塊甜餅乾。媽媽給了我和羅莎各二十便士，讓我們想買什麼就買什麼，不過我們知道付錢之前要先問過她。我們認識的孩子總會在舊物義賣中買到各種兒童不宜的東西，例如玩具手槍、寶石、香味橡皮、鼻煙，還有顯然是從一個半盲老女人那裡買到的《性的樂趣》。我們直接跑到圖書攤位，找那些不允許我們買的書，因為根據經驗，我們可以在回家之前讀上許多下流的東西。當羅莎津津有味地讀著一本叫《自學密宗性愛》的書時，我看到了它：一本薄薄的紅色封面平裝書《超感官知覺：第六感》。這是麥當勞指南書系列中的一本，可怕的封面上畫了一隻巨大的眼睛，裡面有個像鬼一樣的女人。書裡有張世界知名魔術師尤里·蓋勒掰彎勺子的照片，還有其他各種照片，上面都是降神會、人們穿越火堆、夢的符號、用占卜棒尋找水或礦、意念治療之類的東西。雖然封面上的照片恐怖到讓你不會想多看一眼，但讀到剩下的內容時，我感到身體裡有東西在攪動。最後一章告訴你如何培養自己的超能力。我一定要得到這本書。它價值十五便士。我拿起一本我沒有的伊妮·布來敦[14]走向我媽，她正和一個鄰居聊得起勁。

「媽媽，我可以買這些嗎？」我說。

她看都沒看藏在伊妮·布來敦下面的那本。

「當然，親愛的。」她說。

晚些時候在我的臥室裡，我完全被我的書所吸引，而羅莎剛看完她的《祕密七人團》。她原本蜷縮在懶骨頭上，然後站起來，來回走了幾下，伸了個懶腰。隨後她爬上床，坐在我身邊，又跳了幾下。

「別跳啦，」我說，「我在讀書。」

「什麼書？」

「寫超感官知覺的，」我說，「但這是祕密，別告訴別人。」

「這是什麼東西？」她指著我身後的一張圖說道。

「那是關於喧鬧鬼的。」我略帶含糊地說出這個詞。

「噢，」她若無其事地說，「我們家已經有這麼一張了。」

／

「我告訴過你渡輪經常出事。」我對羅文說。

這是週二上午，海爾渡輪，又被稱為浮橋，發生故障。船上所有的本地人都走出車子，打電話、抽菸，查看他們覺得渡輪壞掉的地方。小部分遊客和外地人坐在車裡看著工作人員。羅文通常不會在這個時間搭渡輪，他剛才一直靠在安全欄杆上看水車，不過現在他看著我。我也看著他。突然間我們的眼神出事了：它們相遇了。在我倆之間的空氣裡，我們雖然沒有碰到對方，但仍觸到了對方。我不想停止，或許他也不想，因為我們凝望著對方長達十秒。似乎我們又要親吻對方了。

「你也告訴我不要去坐婁爾渡輪。」他眼睛移開看別處。

「那更差。」我也移開了目光，看了一會兒河面，又望向遠處的大海。你該怎麼描述這樣一個瞬

---

14 Enid Blyton, 1897-1968，英國一九四〇年代的著名兒童文學家。

間？你如何清楚瞭解所有發生過的事？

羅文摘下眼鏡，揉了揉眼睛。他眼睛四周的皮膚堆成薄薄的褶皺，如同一排排營養不良的鯊魚。他的臉則略顯淺灰色，就像月光下海洋的顏色。他看著像是一個星期沒睡了，而一如往常，他穿了粗呢外套和牛仔褲，頭髮蓬亂。

「但是這艘渡輪似乎總是在故障。」他說，同時身子又一次趴在安全欄杆上，手裡提著眼鏡。

「這是維多利亞時代的偉大工程之一。」我說。

「很正確，」羅文說，「這是哪一年建造的？」

「跳過，」我說，「不過這個想法是本地工程師從一名蘇格蘭學生那偷來的。」

「一八三一，」羅文說，「至少這是它啟用的時間。工程師叫詹姆斯．任德爾，蘇格蘭學生叫詹姆斯．內史密斯。他不完全算是『偷了』這個想法。或許他真的偷了。遇到任德爾時，內史密斯是個工程師，他在學生時代就想到可以把船連上纜繩，於是把這個瘋狂的想法告訴了任德爾，任德爾決定試試。」

「啊哈，」我說，「這就是為什麼你是歷史學家而我是小說家。我知道大部分事情，但總是會忘記。你怎麼會知道這麼多關於海爾渡輪的事情？」

「因為格林威計畫，」羅文說，「阿嘉莎．克莉絲蒂和她丈夫住在這兒之前，那房子的主人叫詹姆斯．馬伍德．艾爾頓，也是德文郡的郡長。他不想造橋，所以人們得找其他辦法過河。浮橋一開始是由馬來拉動的。阿嘉莎．克莉絲蒂可能也搭過這艘渡輪。」

「在她消失那陣子？」

羅文曾告訴我，阿嘉莎．克莉絲蒂得知她丈夫有外遇後非常生氣，還因此假裝失蹤；她把車扔在礦坑裡，跑去哈洛格特（Harrogate）做水療，以假名登記入住，我記得可能甚至是用她丈夫情婦的名字。報紙披露之後，大家都非常關注，阿嘉莎．克莉絲蒂不得不假扮自己精神崩潰。一年多以後她離婚，跑去參加一個考古挖掘，並認識了那個後來成為他第二任丈夫的男人。他比她小十四歲，當她八十五歲自然老死的時候，他一直陪在她身邊，為她推輪椅。我記得羅文告訴我這個故事時，帶著一種很悲觀的笑容。

「不，」他說，「她是在和馬克斯．馬婁溫，那個考古學家，結婚以後才搬到格林威的。」他重新戴上眼鏡，倚著安全欄杆，面對我。「顯然在衛星導航器上，海爾渡輪會是車流較少的B級公路。」

「我聽說有些衛星導航會在你過河的時候發神經。我不知道這算不算是個都市傳說。莉比的一個外地朋友說，當她開進婁爾渡輪，衛星導航會開始說：『請立即掉頭！你將陷入危險！你已駛入河流。』諸如此類的話。」我看著他的車。「你想必也裝了衛星導航？」

「是啊，莉絲裝的，」他說，「但我一直沒用過。我想大部分時間我都知道自己要去哪裡。」他又朝渡輪的一邊看過去。「你覺得那些繩索在哪裡？」

我走過去站在他身旁，我們的上半身都越過了欄杆。我們的手臂之間至少隔了四層衣物和兩英寸空氣。

「下面吧，我猜。它們肯定橫穿過河床。」

「有次渡輪沉沒，船上有一群乳牛，牠們不得不游向安全的地方，」他停了一下，「是不是你告訴我這件事的？」

「對。還有在八〇年代，繩索斷了，渡輪被沖到下游；就像去年發生的那樣，不過情況更糟。它撞毀了十二艘遊艇。當時上面還有一輛救護車，準備載一個女人去醫院，後來她死了。有人說在暴風雨的夜晚，你會看見渡輪上有救護車的模糊輪廓，甚至聽到那女人虛弱的哭聲。」

羅文臉色有點蒼白。「天啊，」他說，「這太可怕了。」

他轉過身去面對上游，我不知道他在看什麼。

「你文章寫得怎麼樣了？」我問道。

「哦。我可能做太多研究，但寫得太少了。」

「你之前提到過文化預言，」我說，「我一直想找些例子，因為我對此很好奇。但我後來忘了。」

「好吧，最著名的例子發生在一八九八年、鐵達尼號沉沒前的十四年，一位叫摩根．羅伯遜的作家寫了一本小說，叫《泰坦的沉沒》。小說描述了一艘本以為不會沉沒的船是如何在首航時撞上冰山；兩千五百名乘客淹死，因為船上救生衣不夠，就和真正的鐵達尼號發生的事情一樣。他們不想多準備救生衣，因為顯然那艘船堅不可摧。」

「但你認為這不是一種預言？」

「不，當然不是。在我的文章裡，我的看法是，如果你是個小說家，想要寫一艘不會沉沒的輪船，你為之命名的思路很有可能和想給一艘真船起名的人差不多。泰坦（Titan），鐵達尼（Titanic）：小說家和替船命名的人想法可能很接近。『titanic』這個詞在船出現之前就已經頻繁使用了，它總是用來形容一些偉大但終將被打敗的事物。拜倫用這個詞來形容滅亡前的羅馬帝國。『在同一種塵土與黑暗中，我們通過／她泰坦般龐大的軀體骨架／另一個世界的殘骸，在那兒灰燼仍留有餘溫。』如果有事故發生，如果這樣一艘船沉沒了，人們通常會淹死，因為當局覺得既然這船堅不可摧，就不應該採取適當的預防措施，也不需要安裝充足的救生艇。這些理由都不牽強。所以這並不是什麼超自然的未來預言，而是一種不一樣的預言，或者預測，基於文化因素以及其他一些人們有理由知道或猜到的事情。」

我從防風衣口袋裡掏出一個橘子剝了起來。「很有意思，不管是誰為真正的鐵達尼號命名，它都會叫這個名字。我從來沒想到這點。好像他們希望它沉沒似的，或者說他們知道它會沉沒。泰坦諸神敗給了奧林匹亞諸神，不是嗎？因此『鐵達尼』這個詞在一開始就帶有悲劇色彩和命中註定的意味。它帶有哈代所描述的自負：『疑惑的魚兒睜大雙眼／凝視這鍍金的東西／問道：『這自負的東西到底是個什麼玩意兒？』」

「這就是我之前想跟你說的，」他說，「我很想告訴你我的悲劇理論，想聽聽你的看法。你介不介意我現在就告訴你？看樣子我們還要繼續困在這裡一會兒。我無法和別人談論這些。」

甚至不能和莉絲談？我想。但這並不奇怪，因為似乎沒人會和他們的長期伴侶談論他們真正感興趣的東西。鮑勃不太知道莉比編織的細節；而她也不太清楚吉他有多少根弦。每當塔茲畫完一幅畫，我媽會說，這真美，但要她正確理解箇中含義就太困難了。這似乎是現代生活中的一種小悲傷，總是有人在辦公室、在路上、在河對岸，比你的伴侶更瞭解你的內在靈魂。不過這倒不是說我已經遇見了這樣一個人。我記得克里斯多夫曾經很瞭解我的內在靈魂，但現在他早就跟不上我了。我甚至都不確定他知不知道我出版過多少本書。但我在開什麼玩笑？莉絲或許不知道**鐵達尼號**，但她知道羅文其他重要的事情：他最喜歡的顏色、他的全名、他喜歡喝什麼茶、他睡覺打不打鼾，為什麼他們沒有孩子。這個清單可以很長很長。羅文不可能一直想找我說話。畢竟他到現在連信都沒發給我過。

「我不介意，」我說，「我正在考慮把有關鐵達尼號的東西放進我的小說裡。我想或許可以用哈代的詩開頭，或者在別處引用它，所以和你談談也算是做研究。當我們等著被淹沒，這也是個有趣的話題。」

羅文挺直身子，雙手撐在安全欄杆上，上半身前傾並越過了渡輪的邊緣；有那麼一瞬間我覺得他會跌下河。他雙腳騰空、轉身、撐高自己，坐在安全欄杆上，他的背後只有空氣，腳下只有水。

「好，所以這整本書——我的書——是在寫災難。顯然是寫沉船和海難，但我也有點想透過**影響**這個概念來構建我的理論，不過也會圍繞災難的構建。我想知道，是不是災難『就這樣發生了』，於是人們變得不快樂，或是說還有別的東西。也許事實正好相反：人們變得不快樂，災難因此發生了。當我開始寫《鐵達尼號》那一章，我想套用哲學家布希亞的觀點，證明沒辦法找出虛構的災難和真實災難間的區別。關於這一章，我一開始的計畫是提出文化預言就是模擬，它有點像以沉船為主題的狄斯奈樂園，它們的存在就是為了掩蓋這樣一個現實：這些災難是真實且不可避免的。」

「我也讀過一點布希亞的理論，」我說，「《駭客任務》聲稱改編自他的思想，但按照他的理論，那種改編不太成功，因為他約略說過，如果一切都變成暗指其他符號的符號，我們將無路可逃，但在《駭客任務》裡，主角們找到了出路。大概就是這樣。」

「對。他說過，像地圖這種東西如果太詳細，就會變成它們本應該表現的東西。這其實是在討論我們如何表現現實，以及這會不會從某些方面影響現實。比方說，如果你把一切都虛構化，那一切是不是都變成虛構的了？如果你組織一場假搶劫，而人們真的被它嚇到了，他們覺得它是真的，並感受到真正的恐懼，在這種時候你該如何讓這場假搶劫維持『假的』狀態？對我而言，這是在用不熟悉的方式來思考熟悉之物——不過這很有幫助。後來我開始閱讀保羅·維希留寫的有關災難的文章。他說，每一個人造系統裡都應包括災難，所以我開始想，對於每種技術，我們能期待的不只是災難，還有對災難的預言，這也就是**為什麼**它們無可避免。這有點像，自我實現預言，但更複雜一點。」

我吃了一瓣橘子。「聽上去很有趣。你是想把自己扔進水裡嗎？」

羅文看著我，他似乎忘了自己正坐在欄杆上。他轉過頭看自己身後，然後又看著我。他更用力地抓住欄杆，手上那串常常戴著的木質手鏈——取自他祖父擱淺在加拉巴哥群島的船隻殘骸——滑到了手腕上。他笑了。「這也不算是個壞主意。」

「但那真的會是場災難。」我靜靜地說。

他聳聳肩。「也許每一件事情裡都有災難。不管怎樣，沒關係；我抓得很穩。」

「那悲劇是如何進入這一切的？」我問道。

「維希留把人造事故和自然事故區分開來。他說，每當你建造一些東西，諸如不會沉沒的船，也同時創造出了它沉沒的可能性。我的觀點是，這樣預言就完全合理且理性了，因為人們覺得技術是具有悲劇性的。從某些角度看，大家都知道技術註定會出事。無論如何驕傲自大，所有『不會沉沒』的都註定要沉沒。」

「這也許是真的，」我說，「所以在第一幕，你有一些宏大、閃亮、驕傲的東西。對。到了第三幕，它一定會被安排沉沒，不然沒辦法推進故事。」

「但為什麼就得這樣呢？」羅文說。

我聳聳肩。「因為故事寫的是改變。所有成功的故事都以失敗開始，反之亦然。愛情故事以寂寞開始；寂寞的故事以愛情開始。」

「但是生活和故事一樣嗎？」

如果是的話，那我是在愛情故事裡，還是寂寞的故事裡？抑或兩者皆是？

我大笑道：「好吧，根據定義，不是。不過也根據定義，就是。」

「因為……？」

「好吧，就像你說的，所有的故事都是模擬。故事是一種描繪、一種擬像、一種模仿——它代替一種不是它的東西。你的鐵達尼號預言是種似乎和『真的』故事差不多的故事，但根據定義，哪怕『真實的故事』也不能算是生活。生活就是生活。但從另一方面來說，我們對生活所有的認知都以故事的形式存在。對我們而言，與鐵達尼號有關的預言故事和真實事件間唯一的區別，想必只是時機和其他一些細節，因為我想我們倆誰都沒有見過鐵達尼號，也沒遇到過那艘船上的人。對我們而言，鐵達尼號也只是一則故事，因為我們是通過故事而非經驗來瞭解有關它的一切。對不起；我想到什麼就說什麼了。我想說的是，故事必須有一定的模式，不然它就不是故事，而生活則不一定要有模式。一旦我們透過故事表達生活，生活就必須有模式；它必須合理。因此我們把模式強加於生活上，這樣我們就可以藉由故事來表達生活。舉個例子，每當有好事發生，我們就開始期待它結束。」

「那詩歌呢？雕塑呢？它們不是故事，但它們也告訴我們生活。生活不一定只有通過故事才有意義，不是嗎？」

「我仍覺得詩歌和雕塑中暗含著故事。你得到一塊『碎片』或一個『瞬間』，並試圖將它放入某種整體中。像拼圖一樣。比方說，安迪．沃荷的布里洛盒（Brillo Pad boxes），只有在你從已有的線索中重新構建出一個和這些盒子有關的故事時，它才有意義。當你把它們放在一起近看時，你會發現，儘管它們試圖代表或者模仿大量生產的東西，但顯然它們不是批量生產出來的，因為每一個都不相同，而且顯然都是手繪的。所以你問自己，『為什麼有人要費神做這種事？為什麼有人要花時間在這堆破爛玩意兒上？』這就提出了一個戲劇性的問題，你自己也在這個問題之中，因為只有當意識到你在仔細檢查這些盒子時，你才會意識到，你並不介意它們是不是大量生產的，你發現自己對待藝術家的勞力和對待工廠工人的勞力的看法有所不同；你也會意識到，有好多東西你甚至都不想仔細檢查。每個物件的包裝都講述了一個故事，但我們太視這些為理所當然了，而忘記該如何從陌生的角度看待它們。故事通常以提出問題開始。它是一個需要被解開的結……天啊，對不起。我也從來沒有說過這些，除非在課堂上，但即使在課堂上我都不能說出我真正想說的。我只是在碎碎念。」

「不，這很有趣。所以你是在說，在故事裡，因此也是在生活中，每一刻都可以被解讀成一個更大故事的一部分，而在那故事裡，所有的成功都註定會以失敗收場，所有宏大、閃亮的東西最終都將落得破碎與毀滅，所有的窮光蛋都會變成富人，但又因此會再變成窮光蛋，然後繼續這樣下去？」

「對。或多或少就是這樣。但是不需要都在同一個故事裡。」

「那既然這可能是真的，那麼：預言是指人們預測故事，而非時間。在悲劇故事裡，悲劇似乎不可避免。在比較故事──『虛構的』故事和『真實的』故事──裡，它們便很相似，因為它們都是故事。」

「我打賭，所有提到船的故事裡都有海難，就像在所有有動物的故事裡，動物都會陷入危難。在故事中，所有的平衡都必須變成不平衡。所有的故事都涉及從一個狀態變成另一種狀態：從快樂到憂傷，或者通常是從憂傷到快樂。但它可以是從活著到死去，從破碎到修補，從迷惑到解惑，從分離到團聚──任何事。」

「每一艘船都在等待失事。」

「對。畢竟，所有的船最終都將被摧毀，哪怕是故意的，在它的使用壽命結束的時候。但悲劇之所以如此神祕，就是因為它完全無法預測。在悲劇中，總有那麼一刻災難是可避免的，看著主角為什麼不在這一刻採取行動是件很有趣的事。這不僅僅是一種模式。此外，人們或許會覺得不會沉沒的船終將沉沒，因為這看起來似乎是一種很好的故事模式，儘管許多人都會登上不會沉沒的船。人們不是只相信模式而不相信其他東西。」

他看上去似乎又要哭了，雖然也許是因為雲剛好遮住昏暗的太陽。

「所以預言既存在又不存在？」

「也許。另外，我也不知道這是不是有關，但有次我讀到一篇關於火車相撞事故的研究。一個研究人員發現，撞車的火車上乘客比其他的火車要少。他覺得這是因為人們『感覺到』即將要發生事故。還有，損壞最嚴重的車廂裡的乘客也是最少的，顯然也說明了同一件事。但誰知道這個研究是怎麼做的呢。它本身就是一則故事。」

「不過這聽上去很值得再深入研究，」羅文說，「你在哪兒讀到的？」

「一本七〇年代出版、關於超感官知覺的蠢書，」我說，「或許不是一個可靠的資料來源。」

「哦。那真遺憾。不過你能告訴我書名嗎？」

「我想不起來了。不過我可以找一下。」我吃完了橘子，把橘子皮扔進河裡。「我再寄電子郵件給你。」

「不，不用麻煩了，」他很快地說，「下次見到我的時候再告訴我就行了。下次我們遇上輪船事故的時候。」

我聳聳肩。「好吧。」

「我有沒有跟你說過鐵達尼號上的巫師？」羅文說。我搖搖頭，他繼續道：「W．T．斯特德。他在登船的幾年前畫過遠洋客輪，還畫了自己淹死的景象。他也寫到過海難。他幫助婦孺登上救生艇，然後到頭等艙的吸菸室讀書、等待自己溺死。雖然我不知道人們究竟是怎麼知道這一切的，但我想知道他在讀哪本書。」

渡輪輕微向前挪動了一下，有些人喊道：「哦，老天。」羅文爬下了安全欄杆，一半是因為渡輪在動。如果渡輪是朝另一個方向挪動，恐怕他已經掉進水裡了。我想拉住他的手臂，或他的手，但沒那麼做。

「你覺得其他留在鐵達尼號上的人，在船下沉時會不會談論沉船和災難理論呢？」我說。

羅文笑道：「我們非常勇敢。」

渡輪突然震動起來，伴隨著引擎啟動的聲音，一個工作人員走過來說：「大夥兒，問題解決了。」於是大家紛紛回到自己的車裡。羅文和我最後進到車上。我差點就要提到我的瓶中船了。我臨時決定要給羅文看那艘船，但不知道怎麼在走回車上的幾秒間解釋清楚整件事。因此，在羅文回到車裡之前，也在我停止思考我在做什麼之前，我略顯緊張地問他想不想過幾天一起吃午飯。他轉過身來，停止看手機，抬起頭來。

「我覺得在這個時候，這麼做不太好，」他一邊說話一邊回避我的眼睛，「對不起。」

／

今天我有個很長的清單，列出我要做的事，包括開始為我的小說重起草稿。但幾個小時裡我一直都無法集中注意力。我打開筆記本，也許這樣才適合一個需要重新虛構她自己的人。我像發瘋了似在筆記本上亂塗亂畫：似乎我在做一個可怕的「自動寫作」練習。最後筆記本上有好幾頁這樣的東西：主角覺得被愛慕對象拒絕了。需要理解這種真實、可觸及、痛苦的感覺。用行動來表現？什麼樣的行動？她不能坐在圖書館裡哭上一整天。還有——他的拒絕中有一絲希望，因為顯然他對她有感覺。

不然吃一頓午餐有什麼問題。那她應該如何回應呢？也許寫在她的筆記本裡？（哈，哈！我的寫作是不是陷入了超小說的危險境地？）主角寫了一張很長的清單列出為什麼她不應該愛他，比如他年紀很大，他很陰鬱，他有伴侶。她無法相信他拒絕了她。他能承擔這樣拒絕她的後果嗎？他還會有其他機會嗎？也許女人們一直都主動獻身於他。也許他永遠都不會和他真正的伴侶分開，儘管他顯然不愛她。或許他會離開她，但他會和徵婚廣告上認識的灰白頭髮、附庸風雅的寡婦一起在鄉間散步，因為主角**太年輕了**。但也得弄清楚他們之間的心靈感應，除了年齡的差異，他的眼睛對她所做的一切，他身體的所有可能性，以及……這時我停了下來。除了他的黑髮、他強壯的手臂、他穿著破牛仔褲站在那兒的樣子，我無法想像出其他東西。也許我不會在小說裡加入對他外貌的描寫。可能人們不會在筆記本裡記下這些東西，尤其是如果他們有一個隨時會讀到這本筆記本的伴侶。

午餐前，我查看了奧布圖書的信箱，一如往常，沒有薇的消息。也許她發信去了我的另一個信箱，也許沒有。不管怎樣，有好多奧布圖書的東西要讀。上回編輯委員會的尾聲，我們瘋狂討論了澤布．羅斯的形象，以便更完整地在網路上塑造他。克勞蒂亞打出了他的人物簡介，我記得我們決定讓澤布成為神祕的隱士，他上網，但不會出現在雜誌上，也不會以真人的形象出現。他在網上的模糊形象是：黑髮藍眼、中等身材，總是穿牛仔褲和T恤。他小學讀的是諾丁罕的一間男校，獨來獨往，喜歡科學和英文；爸媽住在郊區，不務正業，希望他能進入金融或保險業工作，但澤布想做別的事。在某間書店打工時，他覺得自己也可以輕而易舉地寫出小說，而且真的辦到了。最後，克勞蒂亞要大家提出更多建議。為什麼澤布是個隱士？他是否身體有所殘缺，如果是的話，又是怎樣的殘缺？我們能不能為他編造一場事故？請別讓澤布顯得那麼乏味！建議，拜託！

我的午餐是沙拉三明治、湯和橘子，幾乎整頓飯裡我都在思考怎麼讓澤布的身體有所殘缺。我想像他掉入一缸酸液、撞壞了他的跑車、遭人持刀襲擊、試圖拆炸彈卻剪錯了線、撞破一塊玻璃——或者，他是少數幾個決定坐上一節會出軌火車車廂的乘客，車廂掉下堤岸起火，唯一的出路就是用小斧鑿開窗戶。我想像他墜入大海，行將溺斃。但溺斃就是溺斃。你不會只溺斃一半、留下傷疤，來日藉此向別人證明你曾差點淹死；事情不會這樣發生。我想像澤布失事，很好奇為什麼「失事」這個詞用在人身上就暗指他倖存了：我想像他獨自一人去到荒無人煙之處，活了下來。

吃完午飯，我打開剩下的小說草稿，看看有什麼可以存檔的。上面只有：超過三萬字熟悉而又無聊的文字，和冬日早晨我自己那張毫無生氣的臉一樣。這開頭我已經讀過上千遍；都會背了。這兩年裡它都沒怎麼變過，現在該是時候放它走了。我建立一個新文字檔，所有的格式都和舊的一樣，在第一頁的開頭，我打出了筆記本幾個字。我計畫將一切有用的東西都複製貼進這個檔案，再據此構建筆記本的內容，或許甚至可以加入我早上寫的東西。一個鐘頭之後，我沒有找到任何想保留的東西。這很讓我擔憂，於是我又新建了一個檔案，列出清單：《這部小說的問題（又來）》。清單內容包括：很無聊。沒有重點。自我放縱。我討厭主角。太抑鬱。沒有人想要任何東西。沒有人做任何事。沒有解決任何問題。太多敘述。我覺得也許對《筆記本》來說，這是個很好的開頭，於是將整份清單複製到了第一頁。我超高興自己竟如此大膽。我敢肯定沒有人、哪怕是最超小說和最後現代主義的作家，都不會用一部小說自身的問題清單來開頭吧？

電腦顯示我的小說現在字數是五十六。我覺得自己像是剛剛浣了腸。接下來的一個小時我讀了自己真正的筆記本，想著如果把它拿去出版會怎麼樣。然後我意識到，我上午寫的東西裡有某種敘事動力，所以我把它也放進了《這部小說的問題（又來）》裡。我看著手頭的文字。到目前為止，我的小說是一部俗氣的言情小說，含有一些詭異的超小說元素。我刪掉了有關愛慕對象那部分，但把它複製到另一個新建的文字檔《其他部分》裡。我又看了看字數統計：現在又回到了容易控制的五十六。我不知道接下來該做什麼，決定離開圖書館，去托特尼斯的郵政信箱取件，這是我和克里斯多夫新達成的協議。五十六字肯定創了單日寫作的又一新低，哪怕最沉悶的現代主義派也比不上我。澤布的身體殘缺可不可以是出自某種早年的寫作障礙——在他發現自己可以奇蹟般地一年寫上四部小說之前。也許他用鉛筆戳瞎了自己的雙眼。

/

奧斯卡寄來了他提到的書。它們在托特尼斯的郵局裡。一大包，還有一封似乎是經紀公司寄來、還沒拿到錢的版稅聲明，因為趕時間我沒立即打開來看。它們形成了奇怪的對比，薄薄的信封和灰色的大包裹。下山的路上，我覺得自己像個提著道歉信去歸還贓物的小偷。這讓我想起另一則禪宗故事：強盜拜訪了禪宗大師的家。大師家徒四壁，所有的財產就是身上的衣服。大師為強盜感到惋惜，因為他千里迢迢過來，於是把衣服送給了強盜。強盜拿了衣服，立刻遁入夜色之中。大師抬頭看著天空，說道：「可憐的人啊。我多麼希望還能把這美麗的月色送給他。」

把書放到車裡時都快四點了，我發現如果再閒蕩上四十五分鐘，就可以在公車站接克里斯多夫，給他一個驚喜。我走上山，在書店裡看了一會兒書，尋找與鐵達尼號有關的書，試圖找到羅文提到的那首拜倫的詩。我翻看了《唐璜》和《恰爾德．哈洛德遊記》[15]。差不多翻到第四次的時候，我在《恰爾德．哈洛德遊記》裡找到了那段引文。我想過買下這本書，但它要價十英鎊，而且似乎是在以詩歌講述一個悲傷冗長的故事。這屬於我一直想讀但從來沒真正讀過的東西；畢竟，我連一本對羅文而言很重要的阿嘉莎・克莉絲蒂的書都還沒讀過。

我打算去快樂蘋果那兒買點東西當晚餐；我的閒錢不多了，可我還是去了木桶屋咖啡館買了一大杯豆漿拿鐵。我猜家裡的櫥櫃應該還有一罐豆子。咖啡館角落裡的桌上有一大疊報紙，包括最新的《星期日泰晤士報》。頭版是羅莎的照片：她坐在木桌旁，雙腿交疊，用她那黯淡恍惚的雙眼盡可能深邃地望著鏡頭。

她的訪問登在副刊上，橫跨兩版，上面還引用了她的一句話：「我當然相信有鬼。」我從沒想過她會把家裡遇到喧鬧鬼的事公諸於世，但在這篇訪問裡，她描述了每天晚上大家是如何驚恐地看著書到處亂飛，還說自己到現在都不敢買易碎的首飾，以防萬一。她談到了那時為扮演《夜深人不靜》裡的角色做的研究，並更加確信這個世上有無法解釋的東西。「過去，點火都被認為是魔法，」她說，「或者聽收音機、講電話、用遙控鑰匙鎖車門。如果我們無法理解事情背後的作用力，它們就會看起來像魔法一般。」這篇訪問回顧了羅莎糾結的職涯與生涯，將超自然因素作為兩條道路的重點。只有最後一段是關於《安娜・卡列尼娜》，影片將於五月開始拍攝。我草草讀過這篇文章，發現了媽很清楚知道不能告訴我的細節：飾演渥倫斯基的演員是安德魯・格雷。德魯。所以他們最終還是在一起了。或者說他們將要在一起了。當然，我知道為什麼媽沒提到這點，但不知道她為什麼不告訴我有關鬧鬼的那部分。然後我意識到，自從一九八〇年起，在它奇怪地變成導致我父母離婚的「水火不相容的差異」之一後，我們就再也沒有聊過這件事。

克里斯多夫不在公車站，我去了他工作的遺址那兒，但也沒找到他人。夜幕降臨，我經過那片

15《唐璜》（*Don Juan*）、《恰爾德・哈洛德遊記》（*Childe Harold's Pilgrimage*）皆為英國詩人拜倫的作品。

被稱為小巷區的街道開車回達特茅斯。那些都是古老的小徑，人們在編《末日審判書》（*Domesday Book*）的時候可能就走過這裡。道路兩旁有灌木籬牆和類似女巫住的小屋，煙囪裡冒出縷縷青煙。在小巷區的時候，我有種奇怪的感覺，彷彿我回到了一九七八年的那座神祕森林，儘管我始終無法確定那是不是我想像出來的。我好像變成了虛構的人物，在我所在的世界裡，除了有物理學標準模型和進化論外，還有許多其他東西，這裡什麼都有可能發生，一切都很不同，而且很神祕。我納悶克里斯多夫人在哪裡。他可能在家，並納悶我去哪裡了。如果我告訴他我打算去接他，他一定會很開心，但隨後他會意識到我沒接到他，於是他會很難過。也許他已經死於工作意外了，因此沒有出現在公車站。如果他死了，我發現自己對自己說：那我就自由了。我從腦中剔除了這個想法，但沒辦法剔除這個事實，那就是我有過這樣一個想法。

／

克里斯多夫通常在五點半到家，但今天快六點了都還沒有他的影子。我直到這一刻才發現他還沒回來，因為我一直忙著處理奧斯卡的那一大包書。如果有人這時走進客廳，一定會覺得我瘋了。三大落新世紀、玄祕與勵志類書籍聳立在我面前，我將它們大約分成三類：「愚蠢類」，「侮辱人智商類」和「荒謬但充滿善意類」。像《新科學人》那樣理智的書在我需要的時候都跑哪兒去了？現在，面對那麼多各式各樣的瘋書，我都快喘不過氣來了。連貝絲看上去都很疑惑，她已經搖著尾巴推倒了一次「愚蠢類」。貝絲這種特別的搖尾巴方式在我看來是在問：「你到底在做什麼？」那是半搖不搖的樣子，低低地搖著，像沒發動的螺旋槳那樣搖搖停停。我一邊重新堆起「愚蠢類」，一邊在想，現代生活是不是真的讓那麼多人都叫苦不迭？生活中有電磁場、會議、嗷嗷待哺的孩子、汙染、輻射、手機信號發射臺、咖啡因、糖、味精、講邏輯的丈夫和情緒化的妻子，所以他們需要一本書，或者幾本書，來幫助他們度過難關，教他們如何放慢速度、過有機生活、從正面思考問題、對人說不、擺脫焦慮、無條件去愛、建立邊界、堅持己見、正確呼吸。

「荒謬但充滿善意類」的書最少，貝絲跑去躺在扶手椅上時撞倒了這一落。除了凱爾西・紐曼的《第二世界》，這一落還有：一本講狗狗心理學的《狗語者》，貝絲經過的時候我還用這本書稍稍威脅了她一下；一本看上去很學術的書，叫《基本治療》；附贈一套塔羅牌的《愚者和他的旅途》；《繪製星界》；還有一本我專門挑出來給自己也給蒂姆的《馴服野獸》。我想，用這些書可以寫一個不錯的專題。

相較之下，「侮辱人智商類」則高高聳起，裡面有不少大部頭的書，但它們的內容通常很淺薄，作者不是電視通靈師，就是長著一口白牙、出版了至少二十本書的所謂大師。這些書大多封面豔俗，字印得很大，上面總會有海灘、棕櫚樹、天使或者月亮的照片，簡介裡充滿了感嘆號。很明顯它們的目標讀者是能像認出老朋友那樣認出電視通靈師的人，以及想要利用任何宇宙提供的東西來中彩券或和更多人上床的人。這堆書還包括：ＤＩＹ工具包，好讓你與自己的守護天使或是精神嚮導搭上線；愛情咒語；教你如何使用古代字元、易經和占星術的書；教你如何找到自己前世的參考書，這樣你就知道自己上輩子是埃及豔后、莎士比亞還是伊莉莎白一世；以及——天啊——向宇宙下訂單。那本講向宇宙下訂單的書上還引用了一個過氣的八〇年代遊戲節目主持人的話。這些玄祕的東西已經很可怕地變成了主流。我撥通莉比的電話。

「我受不了了。」我說。

「受不了什麼？」

我咯咯笑道：「我這兒有一本書說，如果我想要某樣東西，我只需要向宇宙下訂單。你甚至可以『快速追蹤』你的訂單。我有差不多五十本類似的書。我要為報紙寫篇關於這些書的專題；我一定是瘋了。」

「也許你可以要求宇宙幫你寫這篇專題。」

「好主意。對了，這本書只有五十頁厚，卻上過某個午後電視節目。『你也可以得到你想要的一切！』封底這麼說。顯然這個作者利用這個方法從『一無所有變成了應有盡有』，還賺了許多許多的錢。」

「我猜從來沒有人想要世界和平之類的東西。」

「確實沒有。」

「或者親手織的襪子。」

「那會很有用，真的。對了，你怎麼樣？」

「哦，很差。老樣子。」

「能聊聊嗎？」

「不太行。」

「鮑勃在？」

「對。鮑勃買了一本即興吉他的新書，正要啟動他的音箱好好搖滾一把；是吧，親愛的？」

「哦，好吧，替我向他問好。」

「梅格向你問好。」莉比說。我能聽到鮑勃興高采烈地回了幾句。

「你一定猜不到。」我說。

「猜不到什麼？」

「德魯要在《安娜．卡列尼娜》裡飾演男主角沃倫斯基。和羅莎一起。」

「什麼？德魯，你的前男友？」

「對。這真讓人噁心。他一直很喜歡她。」

「老天，」她歎了口氣，「為什麼人生總是如此複雜？」

「不要問我。我該拿這些書怎麼辦？」

「我不知道。所有這些都會讓我頭疼。」莉比說。

「它們已經讓我頭疼了，」我說，「它們真讓人難受，但我不知道為什麼。其實我知道為什麼。過去我總是對大報上那些懷疑論者感到生氣，他們靠批判順勢療法、上帝、共時性原則維生，他們似乎無法控制自己的情緒，在他們的憤怒中，他們也為信仰所驅動，就和他們所批判的東西一樣。我總是說他們在抹黑科學家。畢竟，科學得提出別人想不到的問題，而不是結束爭論。但現在我可以看清楚他們從何而來。我的意思是，顯然這些新世紀的東西裡很多完全只是偷竊。一半的書想誘騙你付錢加入某個高級網站，如果你想讀到更多內容的話；這就像那些八卦星座運程，它們告訴你幾句你的工作運勢，然後你必須打電話才能知道這星期的愛情運好不好。人們怎麼可以對其他人做出這種事？他們怎麼可以這樣利用脆弱的人的希望和夢想呢？」

「也許人們享受這些。也許他們不相信這是真的。」

「這些書大多都聲稱可以改善人們的情感生活和職業前途，所以它們鼓勵大家相信這些是真的。」

「真差勁。」

「確實非常差勁。」

「你覺不覺得其實你是在因為德魯和羅莎的事生氣，只不過把這種情緒轉移到這些書上？」

「我不知道。也許吧。克里斯多夫也不見了。不過老實講，這些書真的很恐怖。如果你也能讀一讀……」

「好吧，沒事。讓我們向宇宙訂點什麼吧，」莉比說。

我笑道：「我們還不知道怎麼訂呢。」

「這不會很難，如果那本書真如你所說的那麼薄。書上說你該怎麼做？」

我大概流覽了一下。「嗯。好吧，至少這對我的專題有用。我有沒有說過這是一個參與式的專題？」

「那是什麼？」

「就是你真的去做那些你會寫到的東西。如果你要寫摔角，你得真的去摔角。又或者，假如你要寫村民園遊會，你不能只是跑過去看看然後寫下來，而是要親自種出一個會得獎的南瓜。這有點像寫遊記，作者總是在故事裡。我不知道自己是不是想置身於這樣的故事裡。那樣我得先變成一個十足的白癡。」

「這樣做究竟有什麼意義？」

「你可以看清事物的本來面目，而不是根據假設進行推斷。我有個朋友說人類是一部大電腦，可以算出所有機器算不出的東西——感覺、情感，諸如此類。對人類而言，不存在什麼特別龐大的運算。這是真的。你不能靠讀書學會什麼是愛。你必須體驗它，尤其是如果你想描寫愛的時候。」

「如果你只能通過經驗而非書來體驗事物，那為什麼要寫下你的經驗呢？」

「我想這是因為有些經驗你一生只能擁有一次，大家體驗到不同的東西、寫下各自的經歷。也許體驗過某一種愛恨情仇之後，人們還想透過閱讀知道這些情感還會有哪些可能性。你總是問這麼艱深的問題。」

「對不起。所以……向宇宙下訂單？」

我繼續往後流覽那本書。

「對。你必須相信人們彼此相連。這不難理解，因為我們都有共同的祖先。然後，扯淡、扯淡，就是向宇宙索取東西。好多廢話。你必須啟動你的宇宙眼。」

「你的什麼？」

「它在你的額頭中間。」

「好吧。結束了嗎？我已經受不了了。那你想要什麼？」

我也不知道自己要什麼，不過我說：「錢。」我深深吸了口氣，感覺到肺裡因為哮喘發出劈啪聲。「你知道嗎？」我說，咳了一下，「我還想搬出這間該死、潮濕的房子，想要克里斯多夫重新對我感興趣，想要生活多一點激情。我想知道如何寫好我的小說。噢，我也很想學會織襪子。」

莉比笑了。「放輕鬆點。好吧，那我想要什麼呢？」

「我不知道。你想要什麼？」

她歎了口氣。「老天，這真難。」

「你想要馬克？」

「我不知道，我想是吧。」她降低音量輕聲地說。我能聽見吉他聲從電話那頭傳過來。接著我聽到門關上的聲音，吉他聲變輕了。莉比的音量恢復正常。「我在廚房，」她歎氣道，「對，我想要馬克。但我不想鮑勃恨我。希望星期六晚上不會變成一場災難。我也非常希望我的毛線能快點到，這樣我就可以開始織迷宮……」

「我以為是那些大傢伙在建迷宮。」

「哈，哈。我有沒有告訴你我買了本瘋狂的書？它叫《編織你自己的異想故事》。老瑪麗在編織俱樂部看到我的這本書，決定從中尋找抽獎禮品的靈感。你知不知道迷宮開幕的時候會有抽獎？她研究出來，我們可以根據迷宮的圖案簡單織出一個迷宮，然後把它編織進一個大背景裡；她還想織魔法森林和神祕的動物。我負責織迷宮和一些樹。老瑪麗織背景和其餘的森林。我不知道為什麼我們要織森林，但老瑪麗說她想要試看看。對了你收到你的毛線了嗎？」

「收到了。混了馬海毛的藍灰色。我買了針織拖鞋的圖案，可是不知道何時才有空織它們，因為我要寫一篇專題，還要寫我自己的小說。最後應該要整燙它們。我應該要整燙我的圍巾。值不值得花時間這麼做？」

「值得。」

「噢。聽上去有點遜。真的必須拿大頭針把毛線釘在板子上？」

「有時候要。我通常會先用毛巾塑形，再把毛線放在空桌子或其他地方晾乾。」

「我沒有空桌子。等一下。」

我把電話放在沙發扶手上，脫下毛衣。這屋子從來都不會暖和起來，連在夏天也是，但我和莉比說話時，我感到愈來愈潮濕，似乎暴風雨就要來了。我拿起電話，外面開始閃電。「天啊，」我對莉比說，「閃電了。」

「哪裡？」

「你沒看見？」

「沒有。」

「你一定有看到。」

「可能是你想像出來的。那我應該向宇宙索求什麼呢？」

「我不知道。真愛？」

「靠。你先要了錢；我要愛，但如果能有一些自己的錢我也不會拒絕。我還想在園藝上更進一步。除了錢、愛和創意，還可以索求什麼呢？」

「世界和平？」

「如果大家都有錢有愛有創意，那就不需要世界和平了。好吧。對，我要愛。我要馬克。嘿——如果鮑勃發現了這本書，並且向宇宙要求我愛他多過愛馬克怎麼辦？」

「世界大概會滅亡吧。」我說。

／

八點的時候不再閃電了，克里斯多夫還是沒有回家。他沒有行動電話，而我想過打給他爸，不過也沒那麼做。我坐著看了會兒編織圖案，開始織拖鞋，先從腳趾開始起了三針，織了一排。這花了大約一分鐘。第二排需要加一針，我不得不上樓拿那本《如何織毛線》，好根據示意圖研究如何加針。我沖了杯咖啡試圖自己學加針，結果以失敗告終，只好拆了已經織好的部分從頭來過。漂亮的銀灰色毛線已經有點爛了，還髒兮兮的。我剪掉那部分，重新開始。

這就像我那該死的小說。我有過的各種想法似乎曾經都是好主意，直到我有了另一個「好主意」，必須刪除之前所寫的。現在我不知道到底該怎麼使用這些新世紀類書籍。好吧，這個專題為我的主角提供了結構與中心，還給了她活動空間，但我該怎麼透過筆記本告訴讀者，她是在為寫專題作準備而不是在亂讀一通？這些書該如何改變我的主角呢？她會發現科學勝於非理性之物還是反過來？有沒有其他選擇？我歎了口氣，又一次拆掉織好的毛線。克里斯多夫還沒回來；我餓了。

我拿出了零錢罐，想著也許那兒會有幾鎊，這樣我就可以買炸魚薯條當晚飯，而不用吃豆子和不新鮮的吐司。但是零錢罐裡只有幾個一便士和二便士，我實在不好意思拿著這一堆硬幣去薯條店。如果克里斯多夫回來問我晚上吃什麼——他很有可能會這麼做——我想我會爆炸的。他就不能決定晚上吃什麼嗎？最後，我就著一杯濃咖啡咽下了豆子配吐司。吃飯的時候，我在餐桌上攤開了《第二世界》，邊吃邊讀。我對紐曼的新書極感興趣，尤其是因為上面引用了薇的話。之前那本書是她寄給我的嗎？如果想知道答案，我得重新聯絡她，而我仍不知道該怎麼做。

我吃晚飯的時候貝絲也在吃。每天晚上，我會給她倒一些狗乾糧，再開一個小的狗罐頭。她總是狼吞虎嚥地吃完狗罐頭，然後用前牙咬起一塊鵝卵石大小的狗餅乾，啣著跑進走廊、把餅乾往上拋，跳起來咬住它，最後吃掉，嘎吱，嘎吱，就像人走過沙礫。接著她會回來再拿一塊。這樣一次又一次。有時她會「埋」一塊狗餅乾或是狗咬膠。她從來不會真的埋什麼東西，當然，因為我們的地上根本沒土，她只是從一系列看上去很原始的動作來表示自己在「埋」東西。通常她的最後一個動作像是在用自己的鼻子推泥土，好掩蓋餅乾。她小心翼翼，眼神恍惚，彷彿在想像自己是某個狗故事裡的女主角。

我和貝絲吃飯的時候，海鷗在外面咯咯叫嚷，寂寞的風兒獨自跳著華爾滋，它滑下布朗山的臺階，走遍整個城鎮，最後來到河邊，在那兒它可以與船隻翩翩起舞。一切都在叮叮作響。

《第二世界》共有兩部。第一部是「第二世界的科學」，概括了之前的觀點：世界末日的時候，我們會轉世進入一個由歐米伽點創造、並被由能源構成的歐米伽點包圍的世界。第二部是「英雄旅程」，似乎參照了許多約瑟夫・坎伯和卡爾・榮格的文章。紐曼引用了他們兩個。有一處他寫道：「榮格稱之為『集體潛意識』的東西我稱之為歐米伽點，不過當然，我已經用了法蘭克・提普勒的科學理論進一步假定了一種有意識的無窮實體，而榮格所謂的原型就是由此發展而來。在歐米伽點裡，我們都是剽竊者：我們認出了基本原型，並在我們或虛構或真實的夢裡和戲劇裡使用它們。有沒有這樣一種可能，歐米伽點製造了第一批故事，告訴我們應該或不應該如何生活？當我們在某條冒險之路上遇到一位智慧的老者，他會不會其實就是歐米伽點？」

紐曼的論點很耳熟。人生是一場探求之旅，他說，而你就是英雄。人生的目的就是完成這場探求之旅。為了達到目的，你必須弄清楚自己最想要的東西在遠方的哪個山洞裡，帶上武器、找到山洞，得到那樣東西。所有阻擋你前進的都是怪物。這一切多麼簡單，那個山洞也不太可能是一個連著牙齒的陰道，而你也不會因為某隻大笑的鳥而以失敗告終。不過不管怎樣，紐曼沒有解決、甚至沒有理會他的主要悖論。他沒有解釋你如何知道自己是英雄還是怪物。總有一些人得成為怪物，不然你如何把其他人定義為英雄？紐曼沒有解決這個問題，倒是花了很多時間批評希臘悲劇是「墮落的」而現代主義是「可悲的」。他對《俄底浦斯王》的解讀尤其令人費解。俄底浦斯不再徹底象徵知識與欲望的詛咒，在紐曼的世界裡，他變成了一個失敗的計畫、一場終結了的遊戲，一趟流產的探求之旅。為了得到快樂的結局，俄底浦斯必須去死，接著他會重生，然後從頭來過。你不可能發現自己是怪物然後打敗自己：怪物必須是你之外的其他東西，你得殺了怪物繼續前進，得到寶藏和公主、開悟，最後走上完美之路。這根本就是對悲劇徹頭徹尾的誤解，我多麼想寫封電子郵件找人抱怨啊。但我可以寫給誰呢？只有羅文。我歎了口氣。

紐曼的書讓我想遞出辭呈不當作家。他對於探求之旅、喜劇和言情小說中的傳統敘事結構的言論都基本正確：即使是那部寫禪宗小說的奧布圖書提案，它的發展動力也是對改變的渴求以及主角對美好生活的嚮往。一開始主角想離開那座島嶼，後來他們意識到，如果留下來，他們就會開悟，這樣就能擺脫所有的欲望——所以，自相矛盾的是，他們開始想要得到這些東西。所有故事都是在講人們希望自己過得更好，而這個希望總會破滅，要麼是被主角自己徹底毀掉，要麼就暫時被主角的父母——或者差不多的事物給破壞。我會告訴培訓班上的寫手，你只需要找到一條這樣的繩子，打個結、放在你的故事中間，然後根據自己的喜好添加其他繩子，再把所有的繩子編起來，織出一塊看似完整的布料。說這些的時候，我想的是莉比做過的雙色編織。我甚至給槍手作家看了雙色編織的圖片讓他們理解。他們總是一起嘲笑那些有巨大雪花和馴鹿圖案的毛衣，這讓大家有了共同話題。

闔上書後我又沖了點咖啡，吃了顆橘子。這粒橘子裡有顆非常小的小橘子，在大橘子的頂端，就好像它掛在樹上的時候生了一個微型版的自己。克里斯多夫在哪裡？我現在應該打電話給他爸爸才對。那個愚蠢的版稅聲明在水壺旁。我討厭這些東西：它們難以理解，又不會帶來錢。有時候它們告訴我，我的書在南非賣了三本，在加拿大賣了十一本。哇哈！好像生活還不夠令人失望似的。但我還是打開了，通常最後都會這麼做，我想也許它至少會告訴我，某一本書賣得不太差，儘管它可能已經絕版了。取出那張紙的時候我發現它不是什麼版稅聲明。這是我的文學經紀人寄來的匯款通知。丑角娛樂，上面寫著。兩萬八千英鎊，扣除兩千八百英鎊代理手續費。匯入銀行：兩萬五千兩百英鎊。

「怎麼回事？」我輕聲對自己說道。如果這是真的——這不太可能——那就意味著我可以下山買炸魚薯條，我可以想買多少橘子就買多少橘子，週六去莉比那兒的時候還可以帶一束花和一瓶酒；我可以買些衣服，還能去修車，天曉得還有多少事情可以做。我也不用擔心三月去倫敦參加編輯委員會的車錢。我可以買一枝新的鋼筆；為手機儲值；重新開啟電子信箱。我可以提早支付幾個月的房租，這樣或許就能難得地睡個好覺。也許我可以請媽媽和塔茲去度個假。他們一直被迫抵押房子來幫助托比，雖然塔茲有時候可以靠創作賺很多錢，但有時候幾個月都賺不到一塊。我終於可以去希臘了，用自己的錢，甚至可以先買一套比基尼。我終於可以毫不分心地寫自己的小說了。或許白天我可以租個辦公室來工作，這樣就不用去圖書館了。但也許這不是真的。可能根本沒有錢。不過話說回來，我確實見過弗雷德，她給了我許多承諾，只是我沒相信過它們罷了。

國家樂透彩開始發行的那年我在布萊頓拿學位，週末通常會回倫敦，因為可以在媽媽家蹭飯，而且冬天那兒更暖和。塔茲覺得買樂透是浪費時間，樂觀點來看，樂透收入是稅收之一。不過我和媽都買了第一期。抽獎前，我們花了幾乎一整個下午盤算如果贏了彩券，會拿那百萬獎金做些什麼。我們想買帶游泳池的大房子、去旅行，還想了許多通常人們會想到的東西。但更有趣的是想像我們該怎麼捐錢。媽說她會建一間婦女之家，裡面有名牌傢俱和豪華化妝品。我說想找和我當時處境差不多的學生——努力想考第一，但沒什麼職業前景、沒有穩定收入、沒有房子——然後給他們十萬英鎊。自從搬到達特茅斯，我好多年沒有買過彩券了，但仍想知道為什麼愈來愈多人會在連續幾周沒人中獎的時候買彩券。除非你已經是百萬富翁，不然五百萬為生活帶來的改變並不會比一百萬帶來的多到哪裡去。當然一百萬還是很值得贏。但如果這是事實，為什麼我不再買了呢？

我上樓去書房，登錄網上銀行帳戶。我不敢相信也許這一切都是真的。但事實就是這樣：我的商業帳戶的新餘額是兩萬兩千三百四十英鎊。我的透支欠款也還清了。我轉了一些錢去我的私人帳戶，還清那邊的透支欠款，還給了自己一些零用金。一切完成的時候，我的私人帳戶裡有大約五千英鎊，商業帳戶裡有一萬五千英鎊。我一輩子都沒有過這麼多錢。我用網上支付平臺PayPal付了錢給電郵服務供應商。替手機加值後，我終於看到新的經紀人發來的簡訊，他通知我說他們已經收到錢，正在安排匯款。他說他很擔心，因為關於這筆錢，他發來的郵件我一封都沒回，希望我不介意他代表我簽了合約。他還問我有沒有機會見面討論一下目前及將來的寫作計畫。

剛準備回覆他，樓下便傳來刮擦聲：強烈而堅持不懈。貝絲經常把自己關在浴室，然後刮門通知我，要我放她出去，但我到了浴室，發現門是打開的，她也不在那兒。我下樓看見貝絲在沙發上睡覺，那刮擦聲則消失了。

第二部

如果我的小獵犬肚子不餓，卻得到一塊餅乾（我也聽過類似的例子），她會先把它拋向空中，再一口咬住它，彷彿那是隻老鼠或其他某種獵物；接著她會小心翼翼地在餅乾上滾來滾去，就好像那是獵物的屍體；最後她會吃掉它。似乎這塊乏味的餅乾被賦予了一種想像出來的美妙滋味；而為了讓這一切發生，狗以自己的習性行事，彷彿這塊餅乾是活物，或聞起來像屍體，儘管她比誰都清楚，事實並非如此。

——查爾斯·達爾文，《人與動物的情緒表達》

十點多的時候電話響了。是喬許。

「你能來爸這兒嗎？」他說，「克里斯多夫在這裡，他在發神經。」

原來他在那裡。

「發生什麼事了？」我說，「為什麼他在發神經？」

「因為米莉要搬過來住。你能過來嗎？」

「好，當然。一會兒見。」

我先去加油，買了兩瓶新的冷卻劑，其中一瓶倒進散熱器，經小巷區開往托特尼斯。我兩隻手充滿引擎的氣味，它們一點都不像冷卻劑包裝上那雙強壯的大手。晚上的小巷區你可以開得很快，那兒太暗了，頭燈能照亮前方好幾英里；你得小心夜間動物，當然還有不打手電筒的行人。但我不想開得很快。我以白天的速度行駛。這是個美麗的夜晚，清朗、漆黑的夜空中灑滿無數星星。當然，我能看見的星星都死去很久了，除非我們活在第二世界，如果那樣它們又會如何呢？復活？變成虛構的東西？還是成為英雄之旅的背景？但今晚我沒想太多星星的事。有時在晚上，獾會從小巷區的灌木叢中突然竄出來。我很好奇如果進入獾的世界會怎麼樣？如果車壞了，我爬進一個獾窩，牠們會接受我嗎？也許克里斯多夫和他的家人最終會忘記他們在等我。當然，我還是會去他爸爸那兒，把問題解決。克里斯多夫會很高興我去救他，視之為愛的壯舉，然後我會告訴他我們有錢了，可以搬去農場了，這樣他會更高興。突然我覺得呼吸困難，不得不停下車。我關掉大燈，在一片漆黑中坐了幾秒鐘。我意識到：我不會告訴他錢的事。我會說我得到了一筆錢，但帳戶上其餘的數字將是個祕密。不會有農場。

克里斯多夫的爸爸彼得在托特尼斯開了間素食咖啡館，樓上就是住家。喬許仍住在那裡的閣樓，他的房間四四方方，裡面有好幾書架的書，根據高低排列，還有一套鼓和一張非常乾淨的書桌，桌上只有一台筆記型電腦。除去閣樓，這屋子一共有兩層，每層的地板都經過精心打蠟，鋪上了大地毯。牆上許多掛飾，房間裡還放了不少植物與雕塑。到達之後，我發現現在還多了一架豎琴——米莉的——放在如洞穴般深紅色的客廳正中間。

只有彼得在家。他讓我從咖啡館直接上樓。他站在豎琴旁，手捋過他白色的捲髮。他剛才已經謝過我了，現在問起喬許有沒有告訴我發生了什麼事。

「沒說得很詳細，」我說，「克里斯多夫在哪裡？」

「男孩們去醫院了。喬許開我的車載克里斯多夫去。」

「醫院？」

「克里斯多夫弄傷了自己的手。挺嚴重的，我想。」

「他……？」

「用拳頭打牆壁。」彼得不再看我，手撫過豎琴。「米莉也走了。」

這很難理解。「不是去醫院？」

「不。我是說她走了。不知道去哪裡。」

「她會回來，對吧？」

「我不知道。」他聳了聳肩，身子如同一隻被掏空了的麻袋，快要跌到地上。過了一會兒他說：

「你也會去醫院吧？」

「嗯，我想是。你沒事吧？」

「你們會在急診室待上很久。上次我帶喬許去那兒看腳就花了大概三個小時。我忘了提醒他們得帶夠零錢去投自動販賣機。喬許一緊張就會口渴。」

彼得又說了等照X光要多久、他和喬許上次等了多久、晚上會不會要等更長時間，克里斯多夫手壞了就不能去工作了。整個過程中他的手一直放在豎琴上，有那麼一會兒他輕輕撫摸其中一根弦，不過沒發出聲音。

「到底發生了什麼事？」他說完以後我問道。

「我想讓男孩們自己告訴你。克里斯多夫會告訴你的。倒不是說我也不清楚發生了什麼事，但我實在疲於弄清楚。」

「他最近情緒低落。」我說。

「他一直情緒低落。即便在他媽媽去世前也是。她過去叫他小熊維尼裡的驢子咿唷，咿唷總是心情不好。我打賭他從來沒告訴過你這個。也許每個家庭都有個咿唷。有一次，當……」但是彼得沒有講完；他歎了口氣，又開始撫摸豎琴。「我去收銀機拿點零錢給你，」他說，「你帶著。」

我們下樓回到咖啡館，餐廳散發著優質咖啡和全麥糕點的味道。收銀機旁有個告示欄，刊登了些托特尼斯特產的廣告和房屋租售的消息。旁邊還有張幾星期後的演講海報，題目是「在第二世界獲勝」。講者是凱爾西．紐曼。什麼？凱爾西．紐曼要來托特尼斯？這有點像被鬼纏身了。我眨眨眼，但等我重新睜開眼睛，海報還在那兒。我不再看海報，而是看著彼得從收銀機裡拿出五個一英鎊和一些五十便士的硬幣，他把錢重重按在我手上。幾個小時前這對我來說也算是一筆小財富，現在這只是用來在自動販賣機上買東西的零錢。

「麻煩你了，梅格，」他說，「能幫我帶句話給克里斯多夫嗎？」

「當然。」我說。

「就是……」彼得望出窗外，沉默了很長一段時間。一個女人經過，穿著黑色長裙，披著灰色羊毛披肩。她走遠了以後彼得又看著我。「想了想，還是算啦。」

「無論是什麼我都可以轉告他。」我說。

「不。我本來是想說我很抱歉，希望他的手快點好起來，但事實上我一點也不抱歉，而且希望他的手斷掉。噢，聽著，我什麼都沒說。算了。」

彼得總是如此溫順，時刻都在為他的兒子擔心。他從來沒對我說過這樣的話。

「我能理解，」我說，「如果我是你，我也不會感到抱歉。」

他皺了皺眉頭說：「真的？」

「對。我一定不會感到抱歉。我希望米莉快點回來。」

我們交換了個眼神，我想他明白我是認真的。

「為什麼年齡是個罪名？」彼得說，「人們覺得，如果年輕的女人和年長的男人在一起，這男人想要的肯定只有性，而女人想要的只有錢。年齡可以買到美貌。但我不富有，米莉也不美麗。」他的臉微微紅了。「在我看來她當然很美，不過像她那樣的女孩絕不會登上時尚雜誌。」他歎了口氣。

「也許你可以讓克里斯多夫別再叫她『二十五歲的服務生』，她都已經二十八了，還擁有音樂系博士學位。老天，她在咖啡館工作只是為了幫我。如果你跟他講起這件事，告訴他再也不要回來了。這次我真的受夠了。」他停下來，又大聲歎了口氣。「當然，你不能跟他說那些。我會找個機會再跟他談。對不起，梅格，跟你這麼大聲抱怨。我真不應該。」

「我真的不介意，」我說，「我也覺得克里斯多夫很不好相處。我一直以為是我的錯。」

「不是你的錯。他一直是這樣。」

／

我看見喬許坐在托貝醫院急診室前的長椅上。他穿著淺藍色喇叭褲，黑色T恤，灰色拉鍊羊毛衫，看上去就像要在一齣講述毒品、滑板或非主流有多危險的醫學劇裡扮演一名學生。他的頭髮和我的一樣長，不過紮了個馬尾辮。我坐到他身旁，從包裡拿出一只橘子開始剝。我分了一半給喬許，他搖搖頭。

「怎麼了？」我說。

「他在裡面。還是非常憤怒。」

「噢。」

「我說我要出來等你，以防你不知道去哪裡找我們。如果你想，我們可以再多等一會兒。爸告訴你發生了什麼事嗎？」

「沒全說。只告訴了我他用拳頭打牆壁。」

「他有時候是個十足的混蛋，」喬許看著我們前方的地面，「我不懂。」

「米莉搬進來有什麼問題？」

「爸想騰出克里斯多夫原本的房間，重新裝修整間屋子。克里斯多夫這些年很少回自己的房間，除了你和我們住在一起的那段時間。要是你還記得，一九九六年歐洲盃的海報和綠洲樂團的錄音帶都還在那裡。米莉打算把那裡改成書房、寫她的音樂書——這是爸出的好主意。他一定知道克里斯多夫會為壁畫的事大發雷霆。今天克里斯多夫突然出現，當時米莉正在煮晚餐，爸就問他要不要留下來吃飯。晚飯以後，他們提起他的房間，接著他就揍了天花板。我猜我大概知道為什麼。爸選那間房間時，也考慮得太不周詳了吧。」

那壁畫是克里斯多夫的母親在他出生前為他畫的：一片森林、遠處高山上的魔法城堡，以及前方一條棕色的泥土路。前景是一頭獨角獸，低著頭，彷彿在等人撫摸。幾年前，當我們等著搬進現在的住處時，克里斯多夫、我，與喬許、彼得一起住了幾個禮拜。我們倆睡在克里斯多夫老舊、粗笨的單人床上，雖然彼得提議可以去住多出來的那間房。每天晚上我在壁畫前脫下衣服，想像懷孕生子、為孩子和自己做夢祈願是什麼感覺。我從來沒有過想要孩子的衝動，我看著壁畫，想讓自己產生這種衝動，還是失敗了。就算我真的憑想像讓自己生出這種衝動也沒用。克里斯多夫不想要孩子；我們很少上床，即便是在那個時候。

「我有一次問了他壁畫的事，」我告訴喬許，「他沒有說太多。顯然這又是一件我應該知道不能提的事。」

「那壁畫已經搞出很多麻煩了，」喬許說，「克里斯多夫十幾歲的時候，他覺得那很幼稚，就用海報遮住了壁畫。我記得我曾想搬進他的房間、擁有那幅壁畫，但他說：『這是我的，』然後遮住它。媽去世以後，他回來撕下所有的海報。只有海報：他沒有改變房間裡其他東西的擺設。我也喜歡那壁畫，但日子必須向前進。我想爸只是想繼續自己的生活。你不能那樣永遠保留一樣東西。如果我們賣了房子，或它遇上祝融，壁畫也會消失。或許記憶獨自存在會更好。爸提過可以用高清相機拍下壁畫，裱起來送給克里斯多夫。」

「嗯。我可以理解他為什麼會大發雷霆。」

「他平靜地走上樓，接著我們就聽到一堆撕東西、摔東西的聲音；我們衝上樓，發現他已經開始打碎房間裡的東西、撕爛海報，把東西扔得到處都是。最後他一拳打在牆壁上，就打在獨角獸旁邊，我覺得那是一種象徵，不過沒人在意我想什麼。他看著米莉說：『你他媽的又不是我媽，』就好像那跟這一切有關似的。最後他離開了。我就是在那個時候打電話給你。我在酒吧裡找到他，他的手鮮血直流，有些人擔心愛滋病毒正打算把他趕出去。實在太恐怖了。我討厭血，你知道的。為他包紮好傷口後，我開了爸的車把他載到這兒來照X光。那裡面簡直是個噩夢。都是鐘，太混亂了。」

「我都不知道他今天晚上到你們那兒去了，」我說。

「嗯。他突然出現的。他總是這樣，通常是在午飯的時候。」

「你沒事吧。」

「沒事。不過爸不太好。」

「我知道。他說米莉走了。」

「她會回來的。不過他們應該禁止克里斯多夫過來，直到他走出自己的陰影。米莉很好。她不應該忍受這些。」

「他這個星期過得很糟糕。申請的工作又被拒絕了。」

「總是有些事。」

彼得或多或少也這麼說過。但這是不是真的呢？我肯定有很長一段時間，克里斯多夫的生活裡沒有任何事情困擾他。我試圖回憶起那些日子。也許是去年耶誕前夕，我們決定親手製作每一件禮物，那是個美好的週末，我縫製長方形的小袋子，克里斯多夫用自製的漏斗往裡面裝薰衣草，雖然那漏斗老是破掉。我突然想起他眼睛不太好，這就是漏斗破掉的原因。他從不戴眼鏡，又老是說看東西很模糊。我們甚至沒錢去驗光、配鏡，不過我算過，如果我們從耶誕節開銷中拿出一小部分，每天花九鎊而不是十鎊，那就應該沒什麼問題。我幫他洗了眼睛。當他因為看不見按鈕而把遙控器扔到房間另一頭的時候，我也沒多說什麼。我想，等他的眼睛好起來，我們就會恢復正常；如果不是因為眼睛的事煩擾他，那個週末會很完美。也許喬許是對的。總是有些事。

我望向天空。現在沒有星星，只有托貝橙色的迷霧。

「對了，」喬許說，「你拿到那本我留給你的書了嗎？」

「什麼書？」

「凱爾西．紐曼的書。《永生的科學》。我叫克里斯多夫帶給你的。」

「啊，」我揉了揉眼睛，笑著說，「一切都解釋得通了。」

「什麼意思？」

「噢，我不小心評論了這本書，把它和另一本弄混了。」

「和另一本書弄混了？」喬許揚起眉毛。

我大笑：「對啊。我以為報社編輯寄了這本書給我，所以像個機器人一樣評論了它。」

「你這個笨蛋。」

「當然，克里斯多夫壓根沒告訴我是你要給我這本書；他只是把它放在我桌上，裡面還夾了張編輯給我的便條。就是這樣。」

「他真是個混蛋。我打賭他是故意的。」

「誰知道呢。也許它們都掉在地上，他只是在撿起來的時候把便條塞錯了地方。我永遠也不會知道，因為我不能再問他這件事。你知不知道，同一個問題你只能和克里斯多夫談一次，如果你再提起他就會抓狂。我們已經因為書的事情大吵了一架。」

「你覺得這本書怎麼樣？」喬許問道。

「我不知道。你呢？」

急診室的入口處有兩扇自動門。門開了，克里斯多夫走出來。他的手包紮得很好，不過除此以外他看上去一團糟。他的頭髮亂七八糟，身上還穿著在遺址工作的衣服：寬鬆的運動長褲和濺滿油漆的T恤。

「怎麼了？」他說，先看看喬許再看看我。

「沒事，」喬許站起來說道，「梅格剛到。」

「好吧，為什麼你們坐在外頭？」

「我剛吃完橘子，」我說，同時也站了起來，「你怎麼樣？」

「你就不能吃完再來嗎？我現在得去放射科。我已經看過護士了。」

喬許說：「我得告訴梅格發生了什麼事。」

「你就不能在裡面告訴她？隨便。來吧，我們得走了。」

站起來的時候我想起彼得給我的零錢。

「我從你爸那兒拿了這些過來，」我邊說邊把錢遞給克里斯多夫，「你們可以用來投自動販賣機。」

「這個現在非常有用。」

／

醫院地板上塗了條紅線，放射科的等候室就在紅線末端。那裡除了我們只有三個人：坐在輪椅裡、看上去好像死了的乾癟男人，跟帶著大約十一歲兒子的母親。很快就叫號到那對母子，只剩我們和乾癟的男人。

克里斯多夫用沒受傷的那隻手顫抖著拿他的文件。

「你還好嗎？」喬許問他。他的聲音在空蕩蕩的空間裡發出回聲。這裡的東西都是各種深淺的藍色。一盞燈閃個不停。

「像屎。」他說。

喬許聳聳肩，彎下腰隔著他拿起一本以奇怪姿勢躺在木桌上的雜誌。

「該死！」克里斯多夫大喊，還把檔案掉到了地上。乾癟的男人在輪椅裡扭動了幾下。

「怎麼了？」喬許說。

「我的手。老天。小心一點。」

我俯身拿起克里斯多夫落在地上的檔案。

「我覺得我們應該盡量小聲點。」我說。

喬許站起來，拿著雜誌走到房間的另一頭，那兒有張一模一樣的桌子，上頭胡亂堆疊著雜誌。他把手裡的雜誌放在上面，數了數一共多少本，然後把它們攏整齊。他又看了看，把雜誌分成兩堆。我專心地看他做這些事，沒留意到克里斯多夫一邊歎息一邊揉眼睛。等雜誌看上去整齊對稱之後，他走回來。我們安靜地坐著，直到克里斯多夫被叫去拍X光。

「你沒事吧？」克里斯多夫走了以後我問喬許。

「沒事。我一直在回憶一些關於醫院的笑話，好讓氣氛輕鬆點，」他說，「我唯一能想起來的是分析師告訴我的笑話，不過那有點噁心，所以我想還是別跟克里斯多夫說。不過……」

「說吧。」我說。

「好吧。瑪麗和約翰是一家精神病院的病人。某天他們經過游泳池，不會游泳的約翰跳進了深水池，打算淹死自己。瑪麗跳下去救出了約翰。醫生見到瑪麗的所作所為，覺得她可以離開醫院了，因為此番壯舉表明她的精神已經非常穩定。他把她叫進辦公室，對她說：『有一個好消息和一個壞消息。好消息是你可以出院了。你救了人，顯然你已經準備好回歸社會。不過還有個壞消息。你救的那個人，約翰，被救上來不久後就把自己吊死了。我很抱歉。』『噢，』瑪麗說，『他不是自己吊的。是我把他吊起來晾乾。』看吧，我跟你說過很噁心。」

我大笑完以後對他說：「為什麼你的分析師要講這個？」

「她說了一堆笑話和故事，」喬許說，「我似乎應該好好思考一下它們。」

「那你從中學到了什麼？」

「我想我學到的是，並非只有一種方法理解你的行為。」

「或者，我猜，是理解其他人的行為。」

「對。那你怎麼看凱爾西．紐曼書裡的科學部分？它們令我印象深刻。我還有法蘭克．提普勒的原著。都在那兒。我是指其中的科學。很說得通，儘管提普勒的書裡沒有說明在歐米伽點運行之前，人類是如何征服整個宇宙的。四十八頁上他提到在其他星系裡，試管嬰兒從人造子宮中生出來、被機器保姆帶大；那一定會是個充滿心理失調的精神病人的宇宙。或者已經是了，如果他是對的。他們當然將控制一切。」

我笑了。喬許總是記得哪一頁寫了什麼。幾年前我曾偷偷讓他免費參加澤布．羅斯培訓班，也是在那時候我知道了許多喬許和數字的事情——那是在我們開始調情之前。我常在下午講敘事中的數學，我們先看整體，再討論配對，然後是數字三在童話和神話中的影響，以及榮格的四位一體理論等等。對各種數字在各種情況下的例子，喬許擁有百科全書般的知識，因此帶來了許多討論內容，包括一個驚人的、有關數字三的清單：從三隻小豬開始，一共有大約五十樣東西，最後以三智者告終；他甚至談到了塔羅牌中三的意思：權杖三、聖杯三、寶劍三、五芒星三。直到後來我才發現，他在利用他對數字三的知識來當擋箭牌，以避免討論數字六。

九一一事件後，尤里．蓋勒提出過一個理論，這次恐怖攻擊冥冥中與數字十一有關，比方雙子星大樓看上去就像阿拉伯數字十一，紐約州是第十一個加入美國聯邦的州，航班號為十一的飛機上載有九十二名乘客，九加二等於十一。他甚至在自己網站的相關頁面上列了一串名單，其中的人名都有十一個字母，包括Tutankhamen（法老王圖坦卡門）、Harry Potter（小說主角哈利．波特）、Nostradamus（煉金術士諾斯特拉達姆）和Josef Stalin（獨裁者約瑟夫．史達林）。喬許寫了篇很長的部落格文章來說明你可以選擇任何數字來做類似的愚蠢推論，如果你遵循聖經密碼裡的法則，就可以推測或確認任何事、使用任何文本。只要喬許願意，他可以是一個十足的懷疑論者，不過更有趣的是，他相信外星人和海怪。

「你怎麼看紐曼的觀點？」我說。

「我覺得除了機器保姆那一部分外都很精彩。它很符合邏輯。我覺得它還很安撫人心。」

「因為你媽媽的事情？」

「對，不過也因為這意味著我不像自己認為的那樣瘋癲。許多我一直相信的東西在紐曼的系統裡都可能發生，可能性還很大，同時完全符合物理學定律；它證明宇宙是設計出來的——由人設計的。這多棒呀？」

我微微聳了聳肩。在紐曼出現之前，喬許覺得他和天文學家弗雷德．霍伊爾（Fred Hoyle）持相同看法：人類的DNA基因不是進化而來，而是來自外太空。

「歐米伽點讓一切都合理了，」喬許說，「任何我遇到過的、以為是非理性的東西——鬼魂、心靈感應、魔法、占星術、轉世、塔羅牌、形態共振（morphic resonance）——在紐曼的宇宙裡完全符合邏輯。如果我們已經超越了時間的末點、生活在這第二世界，一個永遠不會結束的來生，那一切都合情合理。如果歐米伽點能想到所有可能的腳本，那當然你會見到鬼魂和怪物。這就意味著，宇宙，靠能源而非物質來運作的宇宙，將會比我們想像中還要強大。如果這樣的未來已經發生，或至少，如果它是可以計算出來的，那你當然可以預測未來。如果我們的意識都在同一個系統裡、如果我們都以某種方式與歐米伽點，以及與彼此共用某種意識，那為什麼你不能知道別人在想什麼呢？你可以對能源施展魔法。為什麼不能呢？在這樣的系統裡施展魔法，就和在電腦桌面設置快捷鍵一樣。」

喬許一直在收集能證明魔法和心靈感應的證據。他非常喜歡貝絲。當我們住在他們家時，貝絲似乎總能提前知道有人要到家了，喬許對此很感興趣。這會傳染：彼得和我——有段時間甚至連克里斯多夫都對此很感興趣。一開始我們假設貝絲是聽到汽車駛近的聲音，相信她的聽力超乎尋常，尤其是當我們必須把車停在離家一百碼外的小街上時。但她甚至連有人走路回家都知道。有一次，彼得坐火車回家，他本來應該讓我們知道他的火車什麼時候抵達，這樣才會有人去接他，可他決定自己從火車站走回來。在他到家前三分鐘，貝絲開始在房子裡跑來跑去，不停地搖尾巴、望出窗外，最後當她嘴裡叼著最喜歡的球待在前門口時，彼得剛剛好把鑰匙插進鎖孔裡。每當有類似的事發生，待在家裡的人就會想讓剛到家的人相信貝絲知道他們要回來。如果你是那個剛回到家的人，你會很難相信，但當你看著她在有可能聽到他們的腳步聲、咳嗽聲，或甚至聞到他們氣味前的幾分鐘裡，就特意做了那麼多準備工作來歡迎他們回來，你很難不信。喬許知道魯珀特．謝德瑞克[16]做的實驗（找出狗是不是真的知道有人要回家）。謝德瑞克認為，宇宙有形態場和形態共振，也就是說記憶並非儲存於個體中，而是外在的、和其他每個人一起。如果真是如此，那就很容易啟動你與其他事物間的心靈感應，因為如果一個人的思想不是存在他的腦中，而是外在的集體空間，那麼任何人都可以得到這些思想。我從來不認同這點，確信一定能用更傳統的科學理論來解釋這個現象，但貝絲真的有心電感應——或其他什麼的，遛狗的時候如果我只是想到「松鼠」這個詞，她就會跑出去追牠；如果我在心裡對自己說：「也許我們一會兒會經過寵物店，順便買一些牛肉條，」那麼貝絲就似乎會開始期待這件事，並把我拉往那個方向。謝德瑞克的理論，喬許說，還能解釋為什麼我週四做填字遊戲，感覺要比它出版的那個周日做要容易得多。到了週四，他說，會有很多人得到答案，他們就是形態共振裡氛氣，在一些附近的空間裡發亮。一到週四，我就可以輕易從空氣中得到答案。喬許後來還詳細記錄了貝絲的心電感應情況，並且寄給謝德瑞克——雖然我不知道他會怎麼利用這些記錄，如果他有用的話。

「如果是這樣，那為什麼不是每個人都能使用魔法或預測未來？」我問。

「我想是因為有些東西不想讓我們相信這些事有可能發生。也許歐米伽點阻止了人類。這一部分我不是很肯定。」

「還有，為什麼有那麼多騙局，例如假裝可以掰彎勺子？為什麼所有你看見的舞臺魔術顯然都沒有用到魔法？如果真的有魔法，我相信會有人使用它的。你會看到別人用魔法。人們會真的掰彎勺子。」

「也許真正會使用魔法的人都做得很不聲張。還有，我覺得，錯誤的人能感受到世上有比他們已得到的更強大的力量，而他們假裝自己得到了它們。不過我還是不太確定。可是第二世界很吸引我，我覺得它也許可以解答許多類似的疑問。對了，凱爾西．紐曼就要來托特尼斯演講，我打算問他這些問題。我想你或許也想去，哪怕是告訴我他的回應哪裡出了問題。你可以是我的魔鬼發言人或者類似的角色。」

「我在咖啡館看到海報了，」我說，「為什麼他要來托特尼斯？」

「他之前就來過。他與達汀頓有某種聯繫。他上次來的時候我見過他；我是在那時候知道他的理論。」

我歎了口氣。「噢，好吧，至少凱爾西．紐曼沒叫你捐款給他的基金會或是加入他的網站會員，也沒推出一系列『招好運』的衣服或首飾。」

「你今天真的非常鄙視這些人，」喬許說，「比以往更嚴重。」

「哦——我正在替報紙寫一個專題，關於新世紀類勵志書籍。編輯看了我對紐曼的書評以後覺得這想法很不賴。我完全不知道市面上到底有多少這樣的鬼話；你知道我不能理解的是什麼嗎？假如真有神祕的生命力量，諸如能量、氣、能源，或者任何能讓你治癒病人、預知未來的東西——假設你知道如何利用這些，那你肯定已經開悟了、與萬物同調——你還會需要向大眾兜售與此相關的書嗎？如果你真的寫了一本如何與宇宙同調的書，你肯定會免費發放，不是嗎？或者至少在你寫完以後就結束了——而不是就同一個主題炮製出另外十本書，只因為編輯發現你的狗屁言論非常有市場所以逼你繼續寫；事實上，如果你與宇宙同調，你或許能寫出精彩的小說或別的什麼、畫出偉大的畫——而不是寫勵志類書籍。我讀了一本關於向宇宙下訂單的書，顯然這本書帶給作者的錢遠遠多過他從宇宙那兒

---

16 Rupert Sheldrake，英國劍橋大學生物學家，試圖從科學實驗證明心靈感應或預感等可以在生物角度得到解釋。

訂來的。那只是展示給人看的。而且這些人根本一個句子都不會寫。」

「哎喲，」喬許說，「你當然是對的。但是所有這一切，都是為了把你的注意力從真正重要的東西上移開。」

「什麼？像騙局那樣？」

「不絕對是。只是你總會在街上遇到各種騙子和耍花招的人，兜售販賣他們的東西，因為他們沒有別的辦法賺錢生活。我想，如果你真的會魔法，你不需要站在舞臺上展示，或者寫一本相關的書。你會安靜地在小屋裡生活，沒人會知道。看不見並不代表它們不存在：想想基因，舉個例子，或者聲波。每一百本講塔羅牌或驅魔人的恐怖書中，總有一本或多或少增加了你對世界的認識。你只是需要知道哪裡可以找到那一本。」

「但這到底有什麼意義？」我說，「一個只有資料的宇宙。假如說你是對的，只要我們懂得魔法，施展它就和在桌面上設置快捷鍵一樣簡單；再假如紐曼是對的，你必須經歷英雄之旅才能證明自己、獲得想要之物；這其中的目的到底是什麼？即使永生裡有魔法、飛龍、魔毯冒險，還有完美的靈魂伴侶——人們還需要為什麼而煩惱？為什麼人們還要做任何事情？如果沒有事物**是**物質，那事物怎麼可能重要呢？如果沒有事物是具有物質性的，也就是所有東西都是非物質性的——如果你能明白我在說什麼。生命必須由死亡定義，因為所謂活著的東西就是那些終有一死但還沒死的東西。」

當我說這些時，腦海中浮現的是達特茅斯：那是耶誕前夕我第一次買毛線時看見的冬日景象。我看見人們在黑暗中長途跋涉來到商店，想要買一些能奇蹟般驅趕黑暗的東西。我還看見了這些人的樣子，像雜誌裡已經破爛的圖片，漸漸老去、破損、瀕臨死亡，沒有任何原因，就像他們買的所有東西一樣。不久之後，我寫了一個類似科幻小說的草稿，故事裡一個社會中的所有人都被下了詛咒，一切在他們眼中都比實際更令人振奮，所以每當兩個人在舞廳裡接吻，他們會想像自己正踏上一條完美的愛情之路。他們每天的生活就是買賣那些他們覺得很複雜的東西。人們會撒謊、殺戮或是偷竊，以獲得他們認為是春藥、美容膏、通往成功的靈丹甚或自己組裝的精靈城堡。但事實上，他們買賣的只是空的硬紙板盒，然後堆在家裡，直到太多必須丟棄一些。

喬許歪著頭問道：「你是什麼意思？為什麼你要選擇去死——當還有其他選擇的時候？」

「我不知道。但人生的意義一定不止在山洞裡打敗怪物然後回來以其他方式做類似的事情。」

坐在輪椅裡的乾癟男人突然大聲吸了一口氣，同時把頭往後一甩，就好像他快死了：現實的死亡。如果真的發生，這將不是出自我的想像或假設。我站起來，朝他邁近幾步，緊接著就不知道該做什麼了。他的頭以一種奇怪的角度僵住，嘴巴張開。我看著喬許，可他已經看向另外一邊。我踮起腳尖輕聲走向那個男人，但他的頭又往前一衝，伴隨著後一半的鼾聲。我坐了回去，喬許咯咯直笑。

「真不可思議，」他說，「我以為他死了。」

「我也是。我的老天。」

「這是我聽過的最棒的鼾聲。」

「你應該聽聽克里斯多夫的。」

「我聽過，」他說，「小時候在假日去參加的無聊露營。我一直覺得我的心理問題很大程度上因此而起。」他伸懶腰。「無論如何，我覺得關於所有的一切，你都是錯的。紐曼應該會在他的新書裡解答所有疑問。」

「他沒有。我讀過了。新書裡寫了更多諸如『你的人生是一場重大的探求之旅』這樣的廢話。他花了很多篇幅說明我們要做英雄而不是坐著吃披薩。記不記得我教過的、有關受人尊敬的主角和角色弧線的敘事理論？基本上他講的就是這麼一回事，只不過是發生在時間末點罷了。」

「你怎麼會讀過？不是還要再一個月才會出版嗎？」

「我手上有一本未校對的樣稿，」我說，「報社給我的。如果你要看我可以借你。」

喬許微笑。「謝謝，」他說，「我等這本書等好久。我相信它的內容肯定比你說的豐富得多。」

他看了看剛才克里斯多夫走過的門，又看著我說：「那麼，就算你對紐曼的說法有所保留，你會去嗎？」

「去哪裡？聽紐曼的演講？」

「對。我覺得那肯定會很有趣。上一次就很有趣。他解釋得很清楚。」

「我不知道。也許吧。究竟是哪一天？」

「三月二十日。」

那是迷宮開幕的前一天。我本來打算那個晚上帶法蘭克和薇出去玩的，不過這些計畫如今當然都泡湯了。

「我得看看行事曆。」

「好吧，決定了就告訴我。我們可以一起去。也許先吃點東西，比方在流言餐廳吃披薩？」

「好，我再告訴你。」

「噢——還有件事，澤布·羅斯的工作有沒有新消息？」

「據我所知結果會在三月中旬出來，」我說，「祝你好運。你——或無論哪個得到這工作的人——將會成為一個身體有所殘缺的隱士。我目前只知道這些。」

「哪一種身體殘缺？」

「我們正試著解決這個問題。」

「像是一個真的身體殘缺？我不會要動手術吧？」

我大笑。「你這個白癡，」我說，「當然不會。」

喬許也笑了。事實上，當克里斯多夫拿著X光報告出來的時候，我們倆都在大笑。報告顯示他的手有三處骨折，至少六個星期不能從事任何體力勞動。

／

晚上渡輪應該已經停駛了，我得先開回托特尼斯，再沿著小巷區回到達特茅斯。只要一有顛簸，克里斯多夫就會嗚咽幾聲，同時緊緊抓住自己的手，除此以外便一言不發。我有點想說抱歉，但沒說出口，因為我還有點想衝著他尖叫，告訴他這全是他自找的，所有困擾他的事都是他自己一手造成的。我知道他可能會想跟我說點兒喬許的事。我又跟他調情了嗎？為什麼我們一起大笑？不，我沒有和你弟弟墜入愛河；我奇怪地愛上了一個大我二十五歲而我永遠也不可能得到的男人。但不管怎樣我很確定自己不再愛你了，今天晚上我一點兒都不想靠近你，因為你他媽的就是個瘋子。這樣的想法像一群拿著乾草叉的暴徒一樣攻占了我的腦袋。他到底在想什麼？一拳打在牆上，還毀了所有人的夜晚？他現在怎麼敢沉默不語？如果他想說些關於喬許的蠢話，為什麼不直接說出來？但是過了一會兒我讓這些憤怒的暴徒自己離開了。我累了，小巷區的灌木叢讓我莫名地充滿安全感。我又一次想像爬進獾窩，不過這次有羅文一起。我們成了獾先生和獾太太，從此幸福快樂地生活在舒適安逸的地底。

不敢相信我對羅文提到了那本超感官知覺的書。那本書後面還寫著我小時候做過的事。我隱約記得羅莎對我只用意念就移動了玻璃罩裡鐘擺感到吃驚，我想如果羅文知道了一定會覺得我是個白癡。一個下雨的週六下午，羅莎和我在卡片上畫符號，輪流猜測對方正在看哪張卡片。我們還練習過遙視（remote viewing），也經常在公園裡輪流蒙上雙眼，跟著另一個人發出的心靈感應指示抵達某處記號。我記得我們得到了一些驚人的結果，或至少當時我們覺得自己得到了。

有時，我們一邊在我的臥室喝汽水吃餅乾，一邊愉悅地輕聲討論羅莎的喧鬧鬼。它沒有傷害到任何人，這很明顯，只是每晚把東西扔得到處都是。她爸媽已經預約了驅魔人，但她要我發誓不告訴我爸媽。顯然他爸說我爸一定不會同意。當然，我爸還是發現了，可能是從凱萊布那兒聽到的。他一點也不反對；不完全反對。他說喧鬧鬼是庫珀家想像出來的，如果他們相信驅魔人可以趕走喧鬧鬼，從而把它從他們的想像中趕走，那請驅魔人也許就是個好主意。媽媽問想像如何能讓書從書架上掉下來，還飛得滿屋子都是，他只是輕描淡寫地說根本沒這回事。媽說：「但我們每晚都會聽到那些聲音。」他回答說：「我們不知道聽到的是什麼。」穿過小巷區的時候我的思緒仍沒停止。那兒沒有車，沒有人，沒有動物。我記得有次外出度假，我們也沿著類似的路開車，爸爸突然停下、關掉頭燈，要我們望著黑暗。「我打賭你們從沒這樣看過黑暗。」他說。我們走出車子抬頭看星星，爸把手叉在口袋裡，身子往後傾，說道：「這就是生活在星球上的感覺呀！」

我已經超過十年沒和爸說過話了，倒是聽說他終於升上了教授。當他發現我的超感官知覺書和我的實驗以後，他並沒有像我害怕的那樣大發雷霆。相反的，他坐下來講課，一講好幾個小時，遠遠過了我應該睡覺的時間。他列舉了很多原因，解釋為什麼相信超自然能力很愚蠢。我也給予反擊。我告訴他，中國人用動物的預知能力來預測會不會發生地震，女王還請了順勢療法醫師。他問我為什麼在歷史上、世界各地都沒能總結證明出任何超自然現象，我小聲把我從超感官知覺書上讀到的東西告訴了他：受到觀察和測試的時候，超自然現象通常不會成功。這番討論最終讓我筋疲力盡，我大哭起來。我以為爸會安撫我，但他沒有，只是冷冷地對我說：「你就跟你媽一樣。」然後起身離開了房間。那個時候我知道，我永遠失去了他。

不久後，凱萊布讀到一本書，說我們都是「上帝的舞蹈」，接著就宣布要轉信印度教。庫珀太太和我媽媽完全不同意，還在喝下午茶的時候討論了許多黑暗的東西，比如壓迫婦女、種姓制度，以及必須嫁給學歷比你更高的男人，就算你已經是個博士。但我爸總是時刻準備著興高采烈討論宇宙的意義——只要是和凱萊布一起。有一天，我看見凱萊布和我爸躺在庫珀家的露臺上，凝望著貓洞。羅莎後來告訴我，他們在做實驗。凱萊布說，人們目前對宇宙的認識，就像通過小洞看貓從面前經過，你會先看見頭，然後身體，最後是尾巴，但不是一次看見整隻貓。所以你相信是頭導致身體出現、而身體導致尾巴出現，而事實上，除了簡單的「貓性」外，一整隻貓是沒有因果關係的。我爸耐心解釋說，從這個角度看，頭確實導致了身體出現，如果你通過小洞看見貓從面前經過，肯定不會先看見身體，然後才是頭和尾巴，不是因為什麼神祕的「貓性」，而是因為貓沿直線走路，所以總是頭先行。因此，貓的運動、牠的面貌、牠腿的結構等等，都導致頭先出現，這也確實從某些方面來講、導致了剩下的事情「發生」。就是這個討論讓凱萊布和我爸躺在那裡望著貓洞，雙方都希望能找到實例來證明自己的觀點。然而，那些貓都在樓上的洗衣籃裡酣然入睡，我爸和凱萊布只能在足球比賽開始之前，望了一會兒空空的廚房。

小巷區仍十分安靜。我一路顛簸著往下開，經過夏普罕地產，下了山繼續駛向弓溪（Bow Creek）。當我們經過船夫之臂客棧附近的拱橋時，克里斯多夫十指緊扣。過了摩絲特之臂酒館和塔肯黑磨坊之後，我們又經過了一段無比顛簸的道路。克里斯多夫又開始嗚咽了。

「**拜託**你開車小心一點，行嗎？」他問道。

「我又不能找來壓路機把所有不平坦的路面壓平。」

「你可以走大路的。」

我歎了口氣。對，我是可以走大路。我還可以讓他高興起來，告訴他半個真相，我的銀行帳戶裡突然多了三千英鎊。我們可以還清債務，他可以買新衣服，也許還可以念一個文物研究或保護的短期課程，或可以幫他找到想做工作的類似課程。我知道，如果他每天可以做自己熱愛的工作，他會感覺好很多。也許那樣我們之間就沒事了。但出於某種原因，我什麼都沒說。我仍在想羅莎在採訪裡說的話。當然，他們最終還是找來了驅魔人，而他什麼都沒辦法解決。他解釋了為什麼會發生這些事。幾乎在所有情況下，之所以會出現像他們家裡的那種喧鬧鬼，是由於附近某個兒童紊亂的能量場所致。真正的鬼魂應該被送到了冥界，或任何鬼魂應該去的地方，而不是成為喧鬧鬼。喧鬧鬼是痛苦、憤怒和童年的不確定性的表現，要等兒童長大成人或者變得快樂起來，喧鬧鬼才會停止騷擾別人。可憐的羅莎立即被質問所有發生在她身上的惱人事情，但一直到托比和我跟著媽媽離開後，喧鬧鬼才消失；這是大約六個月以後的事了。

／

第二天早上仍下著雨。克里斯多夫躺在床上，醫院開的強力止痛藥讓他不太正常，不過他乞求我不要留下他獨自一人。我打算晚上去見莉比，似乎不太可能。雨水使外面的一切都汩汩流動起來，克里斯多夫睡覺的時候我坐在沙發上用筆記型電腦重啟個人電子郵件帳戶。沒有薇的消息。倒是有許多關於這筆電視劇交易的郵件。新經紀人還問了我許多小說的問題，想知道今年會不會寫完。我回給他一封很長的郵件，詳述筆記本這個概念，不過看起來似乎不太對勁，就全部刪掉了。我又寫了一封很長的郵件，說明我有多希望自己的職業生涯從此能朝最初計畫的方向前進。我暗示自己不太好意思提起紐托邦系列，還問他如果真的拍成電視劇，我的名字會不會出現在最後的鳴謝名單上。我解釋自己不想再寫類型小說，想成為嚴肅的文學作家。再一次試圖總結筆記本的概念。我看著自己寫的東西，發現我想說一些目前還不能說的話，就像在設計我自己的來生。我又把寫的東西全刪了，寫了幾句話，保證今年會完成這部小說。我要寫完它，讓它為自己發聲。

就在我開始上網查希臘小島的資料時，電腦「嗶」了一聲，通知我有新郵件。經紀人那麼快就回覆我了？我從網頁流覽器切到收件匣，發現是羅文寄來的，主旨是「午餐？」信件本身很簡短，讀的時候我的身體裡卻像有輪狀煙火在轉。他說對自己那天在渡輪上的「奇怪」行為感到抱歉，問我下個星期能否找天一起吃午餐？我不知道該怎麼回覆。有空？還是沒空？我是不是該插入一段亞里斯多德式的逆轉，告訴他我覺得這不是個好主意；還是應該乾脆接受邀請，並當作帶上瓶中船的藉口？

奧布圖書的帳戶裡有許多來自編輯委員會和固定槍手作家的郵件，全在討論澤布的殘疾問題。一切開始變得非常愚蠢，克勞蒂亞發了一封新郵件責備大家都很幼稚，提醒我們澤布需要一條合適的角色弧線，有因有果，而不是簡單地「被長得像水龍頭的外星人劫持」。他能從自己的殘疾中學到些什麼嗎？他的殘疾如何幫助他寫作？他每天要應付哪些日常生活行為，這又如何幫助他塑造自己的性格？有人很快回覆道：好吧，在九〇年代，澤布是個開保時捷的低能富二代。某天他和美女吃完午飯、開車前往健身房打算鍛煉自己閃閃發光的腹肌，汽車卻在途中爆胎。他把車停在路邊打算換輪胎，突然聽見附近的發電機裡傳出輕微的叫聲。噢，不！是隻小狗！澤布跳進去救小狗，被幾千伏特

／安培／任何你在發電機內會得到的東西擊倒，因此永久癱瘓。在醫院裡他聽有聲書，這些書幫助了他，所以他決心靠寫作來幫助別人，而現在他只能靠他的**眼睫毛**來寫，或者靠聽寫，但也許他已經不太能說話了……有人回覆道：很好——但是爆胎實在太尋常了。也許應該多一點偶然性？為什麼澤布覺得一定要救那條狗？在富二代之類的設定讓他變得膚淺之前，他是不是擁有過像自己孩子似的狗？他是不是想找回那種狀態？然後克勞蒂亞提醒大家這種殘疾最好只是簡單的身體殘缺，就像原先提議的那樣，而且必須吸引人。應該更像哈利・波特的傷疤，而不是巴黎聖母院裡的駝背，人類！她說。是那種你會填在簽證申請表特徵欄裡的東西。澤布「絕對不可能」靠他的眼睫毛來寫小說。

吃過午餐後我有點睏，而且也已經盯著電腦螢幕太久。我還沒有回覆羅文，小說仍停留在五十六字。我蓋上筆記型電腦，把它放在桌上。克里斯多夫在的時候我很少玩吉他，不過既然他仍在熟睡，我就拿起吉他，拂去表面的灰塵，調了調音，開始彈一些我最喜歡的和絃：B7，E7，A小調，D7。手指有點疼，不過我沒停下。上次彈吉他還是耶誕節前的事。鮑勃可能會在週六晚上找時間拿出吉他，提議大家彈上幾曲，我不想到時顯得太生疏。他喜歡精心編排的藍調語句，每天都練習音階。我完全不懂音階，喜歡和絃多過單音。我喜歡從E7轉到B7那種幾乎不和諧的音色，而從C小調升轉到G#發出的聲音總是讓我歎息。不知怎的，我和喬許搭檔就是比和鮑勃好。喬許和我都喜歡計數——他當然是有意為之，我不是。我彈節奏吉他，他打鼓；我們從不會錯拍，他也不介意我偶爾有些奇怪的和絃變化。只要我們遵循節拍，他就沒有問題。但克里斯多夫不喜歡我們一起玩音樂，所以我們就不玩了。

晚些時候我穿上雨衣，帶貝絲去皇家大道花園散步，還走到了河堤。我去了趟自動提款機，提了一百英鎊。之後我走進莉比的店。我微微推開門，探頭進去。

「我們能進來嗎？」我說，「狗都濕了。」

「當然。健康安全局的官員昨天來過，我想他今天應該不會再來了。他跟我說了一些可怕的故事，一隻靠近食物、淋濕的狗在他的世界裡簡直不值一提；到後面來吧，我去找條毛巾。」

熟食店的裡屋充滿了濃咖啡、起司、義大利臘腸和生絲的氣味。那兒有兩把非常老舊的印花扶手椅、一張土耳其毛毯，還有一個水槽，裡面放著電熱水壺。莉比曾用十字繡把她最喜歡的書摘繡出來，有幾幅就掛在這裡的牆上。最長的那段是摘自《安娜．卡列尼娜》。上面寫著：第一次清楚認識到，對每個男人而言，包括他自己，前方除了折磨、死亡和永恆的遺忘之外，一無所有，他於是決定，不能過那樣的生活，他要麼解釋清楚自己的人生，讓它看起來不那麼像是某種魔鬼邪惡的嘲弄，要麼就一槍斃了自己。

暖氣片上掛著兩條舊毛巾。莉比拿起其中一條，高高舉起，就好像她是鬥牛士而貝絲是頭公牛。

「我可以幫她擦乾嗎？」她邊說邊抖動毛巾，「過來，貝絲！誰最乖啊？來莉比阿姨這兒。」

我解開貝絲的狗鏈，她跑向莉比，不僅搖著尾巴，還搖著自己的整個後半身，這讓她看上去像是在橫著爬行，和螃蟹一樣。莉比開始擦貝絲的臉，她知道貝絲最喜歡這樣了。然後她讓貝絲轉過身去，為她擦乾肚子和腳爪。

「今天很忙？」我問道。

「不。生意清淡。該死的雨。要來杯咖啡嗎？」

「好，謝謝。我自己泡就好？對了，健康安全局的官員有對水槽裡的電熱水壺說什麼嗎？」

她笑了。「噢，他來之前我把水壺拿開了。」

「所以你也同意這很危險？」

「我還活著。」

水壺裡灌滿自來水後，我把它放回了水槽裡；它確實沒有別的地方可待，因為電線太短了。我先關掉牆上的電源開關、打開電熱水壺的，最後才打開牆上的電源。它慢慢開始燒水。我坐到椅子上。

「你怎麼樣？」我問道，「除了還活著以外。」

「非常糟。我一直跑去廁所偷哭。你呢？」

「一樣。克里斯多夫拿拳頭揍牆壁，把手給弄傷了。昨天大半個晚上我都在急診室陪他。回家以後我也在廁所哭了一會兒。」

莉比氣憤地罵了一聲：「該死。」

「我知道。我不能待太久。他吃了止痛藥，現在昏睡著，等醒來一定會想知道我在哪裡。對不起，我覺得我今晚應該出不來了，這很糟，因為我一點也不想待在家裡。下雨讓房間更潮了。」

「別擔心；你就算出來我也不能陪你好好玩。不過你週六還是會過來吧？」

「當然。」

「我不能沒有你。我會煮九條魚。在我的廚房。你不知道我有多害怕這整件事。」

「我會早點過去幫你。」我望著牆壁，又讀了一遍莉比的十字繡。「莉比？」我說。

她在用勺子從咖啡壺裡舀咖啡粉。「怎麼？」她看著我，「你沒事吧？」

「我不知道。」

「發生什麼事情了？」

「我不知道。噢，別理我。這很蠢。」

「拜託。你可以告訴我的。」

「好吧，向宇宙下訂單居然成功了。那個晚上跟你講完電話以後，我打開一個信封，本來以為裡面是版稅聲明，結果是一家電視製作公司買了我所有科幻小說的版權。我賺了不少錢。」

「那太棒了！」她走過來擁抱我，「但那不是宇宙的訂單，你這個白癡。克里斯多夫說了什麼？」

「我還沒有告訴他。」

「啊。有意思。」

「對。我知道。所以你會不會……你會不會覺得因為我向宇宙訂了這些東西，就會導致某種不平衡發生？」

「別傻了。那不是真的。我沒得到我想要的；還是沒有馬克的任何音訊。我想這次真的結束了。」

「噢，莉比。我真為你難過。」

「沒關係。我沒事，除了一直在廁所哭。事實上，我覺得這也許是最好的結果。上個週末鮑勃非常貼心。我經痛得厲害，但我什麼也沒說他就跑出去幫我買了ＤＶＤ、雜誌、止痛藥和一個新的熱水袋。」她望出窗外，小小的窗上都是雨水，她轉過頭來望著我。「嘿——你想不想聽一個非常噁心的故事？」

「說吧。」

「那個健康安全局的檢查員前天去了達特莫爾的一間酒吧。他看到廚房的爐子下面有一些羽毛，於是問店主是不是讓他養的小公雞或鴨子進過廚房。他說沒有，當然沒有，緊接著就看到一隻公雞跑了進來，後面跟著一頭嘴裡叼著鴨子的狐狸，牠背上還有一隻公雞，因為狐狸殺死鴨子的時候，公雞在不停啄狐狸的眼睛；然後狐狸——我猜牠這時已經瞎了——又殺死了公雞。到處都是血。檢查員關閉了廚房。」

「喔，真討厭，」我說，「可憐的公雞。可憐的狐狸。可憐的鴨子。」

「如果有機會，貝絲也會這麼做。」

「她不會的。有次她在野外逮住她追了很久的松鼠，可接下來她就不知道該怎麼辦了。牠們看著對方，然後轉身跑走。從那以後她甚至都不再追松鼠了。」

莉比摸摸貝絲的頭。「你真是被人類馴服了，對吧？」她說，「哦，對了，提起達特莫爾發生的瘋狂事，你是不是說過那個叫蒂姆的傢伙在寫一部關於野獸的小說？」

「對。」

「那你聽說了真的野獸的新聞了嗎？你應該告訴他。」

「什麼新聞？」

「健康安全局的檢查員告訴我的，它同時也是今天早上當地新聞的『有趣』報導。嚎叫聲、奇怪的足印、好幾大堆特臭的糞便，各種各樣的怪事。人們看見『某樣東西』，比周圍跑來跑去的貓狗要大很多，有個當地人拍了張照片，上頭那團黑色的東西看上去有點像尼斯湖水怪，只不過出現在田裡。他們認為那可能是狼或美洲獅，是被人棄養的寵物。一個女人說她擺在花園裡的狗糧昨晚一夜之間消失，起床後只見花園裡到處都是空袋子。她說那花了她差不多一百英鎊。想想，花那麼多錢在狗食上。」

離開熟食店時，夜色已經籠罩了整座城鎮，到處浮著層來自車頭燈和昏暗閃爍街燈的反光。在這樣的夜晚，如果你獨自走在街上，聽到別人家的電視聲，你會希望自己也在家裡。我慢慢穿過市集廣場，一點也不想回家。走到布朗山時，我想起來，如果我每跨一步前進的距離是我與家之間的距離的一半，那我永遠都到不了家；這值不值得一試？有沒有可能像羅文和薇模擬歷史事件那樣，模擬出一個悖論？還是說人們其實一直在模擬悖論及歷史事件？

週四早上電話響了。是蒂姆．斯莫爾。

「對不起打電話到你家來，」他說，「你在忙嗎？」

我忙嗎？很快就要餵克里斯多夫止痛藥了，因為他不能自己用左手取出藥片。他起床了，這意味著他需要我把所有注意力都放在他身上。他要吃午餐，還要新的抗過敏綁帶，我得出門去買再幫他換上。他要我一直撫慰他，不止是太痛了，也因為這種由無良企業靠著從某部落偷來的配方所生產的止痛藥，給了他難以忍受的副作用，包括頭暈和輕微的幻覺。我向他保證我會看看《基本治療》上有沒有解決辦法，然後下午去托特尼斯買上面建議的精油，還有繃帶。我一邊寫專題一邊照顧克里斯多夫。我不知道這還要持續多久。醫生說過要六個星期，不過克里斯多夫肯定在那之前就會好起來。

這一切讓我想起一個關於醫院的笑話，我應該在週二晚上告訴喬許的。有名妻子被叫到醫生辦公室。他告訴她：「你丈夫得了一種嚴重的怪病，除非你願意為他做任何事情——煮飯、打掃、擦屁股、洗澡等等——不然他就會死。如果你能做這所有事情，差不多一年後他就會痊癒，但在那之前，你必須得做到這一切。」妻子走出去找到丈夫。「醫生說了什麼？」他問。「對不起，親愛的，」她回答，「已經是末期了。」當然，還是有人這樣照顧別人，甚至照顧好多年。我到底出了什麼問題，連一天都不能忍受？我不能停止想羅文，想他邀請我吃午餐的事，而我還沒有回覆他。我甚至不知道下次離開家的時間夠不夠吃頓午餐。

「不，不怎麼忙，」我告訴蒂姆，「我猜你已經看到新聞了。」

「對，」他說，「我很擔心。」

我沒想到會是這樣。「為什麼？」

「我收到一封信，說我的提案會被送到某個編輯委員會，這顯然非常棒，因為只有百分之一的提案能通過。我一直都很興奮。但現在我很擔心編輯委員會會認為我的想法是從現實生活中抄來的。我的意思是，現在已經有一個真的怪獸了，我還能寫它嗎？」

「沒有關係，」我說，「不用擔心。我是編輯委員會的一員。不用擔心怪獸是不是真的。我的意思是，已經有了《巴斯克維爾獵犬》，但這不能說明沒有人可以另外寫一個關於達特莫爾的超自然生物的小說。不過我想你得寫點不一樣的東西，表示你知道以前發生過什麼；我們先前討論過這個了。」

「所以我根本不應該擔心？」

「對，」我大笑道，「可是我能理解。我過去也為類似的事擔心過。事實上，有次我發現自己的書和另一本書書名相同，還以為會從書架上撤下來，但原來書名是沒有版權的。」

「那真奇怪。」

「我知道。」

「好吧，謝謝，」他說，「我感覺好多了。」

「真好。」

「我一直在研究其他虛構的和真實的野獸，」蒂姆說，「我想你會認同我的做法吧？」

「當然。不過別做過頭。切記，你的讀者群是青少年，他們的注意力集中時間很短。」

「羅伯特．路易斯．史蒂文森的《偕驢同行》[17]裡有一頭非常棒的野獸。」他說。我可以聽見背景奧斯卡式的紙張移動和翻頁的聲音。「你知道那本書嗎？」

「不知道。」

「它很有趣。史蒂文森和一頭叫莫德斯蒂納的驢子一同在法國的塞凡斯山區旅行；真的有這頭驢子。他們去了一個地方，那兒有隻著名的野獸；我可以讀一段給你聽嗎？」

克里斯多夫在沙發上喊我。他似乎把遙控器掉在地上了，但我不懂他為什麼不能用好的那隻手去撿。我轉過身，假裝望著廚房的窗外。

「好啊，繼續。」

「『啊，狼！像土匪般，似乎逃到了旅行者的前頭；你也許徒步穿越過我們舒適的歐洲大陸，也不曾經歷過值得一提的冒險。但站在這裡，就是站在了希望的前沿。這裡是值得紀念的野獸的土地，拿破崙·波拿巴的狼群。他的工作多偉大呀！他在熱沃當（Gévaudan）和維瓦黑（Vivarais）的自由營地裡住了十個月；他吃女人、小孩，還有『慶祝她們美貌的牧羊女』；他追擊武裝騎士；有人目擊他在正午沿著國王的大道追逐驛馬車和警衛……』後面還有一些。」蒂姆說。「後來史蒂文森迷路了，遇到兩個不肯為他指路的年輕女孩，其中一個對他吐舌頭，另一個告訴他跟著乳牛走。他說：『熱沃當怪獸吃了大約一百個當地孩童；我開始同情他了。』」

我大笑道：「我不覺得達特莫爾野獸吃了任何人，不過我想到一些他可以吃的人。」

「好吧，」他說，「希望我不是第一個。我打算自己尋找它，看看它到底是什麼；事實上，我已

---

17 *Travels with a Donkey*，全名為 *Travels with a Donkey in the Cevennes*（《賽凡斯山偕驢同行》），為 Robert Louis Stevenson 一八七九年的作品。

經在計畫了，哪怕最終把整部小說都搞砸了。我打算提前開始我的野營之旅。」

「真的嗎？真勇敢。你打算什麼時候出發？」

「愈早愈好。得先和海蒂講清楚，還要調動一些工作。不過我已經拿到了帳篷。我會生起營火，等它來找我。我還會帶上一部好一點的相機。」

我不能告訴他我在想什麼。我覺得蒂姆應該忘掉要為奧布圖書寫小說的事，重新把主角改回戴綠帽子的中年人，寫部正常的小說。一想到他為了澤布．羅斯系列搞得這麼麻煩，我就覺得很愧疚，因為是我提議他寫的。

我聽到砰的一聲巨響，於是轉過身去。克里斯多夫從沙發上摔下來。

「謝謝，」蒂姆說，「你幫了我很多。」

「不會，祝你好運，」我說，「再跟我說你什麼時候出發。」

「你可以為我祈禱。」

「當然。」

我放下電話，走到沙發那兒。克里斯多夫躺在他摔下的地方。有那麼一瞬間我以為他死了。

「克里斯多夫？」

「那是誰？」他問道。

「一個奧布圖書的作者，」我說，「為什麼你在地上？發生什麼事了？」

「你們在講什麼？我聽到野獸什麼的。我以為我又有幻覺了。」

「那只是工作。別擔心。」

「你剛才在大笑。」

「好吧，工作有時候也很有趣。」我歎氣道。

「寶貝，我頭好暈，」他說，「我在哪兒？」

「你在地上。你從沙發上摔下來了？」

「我記不得了。一切都一片模糊。」

「拜託，我覺得你應該起來。你想要毯子嗎？」

「好，謝謝。」

「要不要喝杯茶？」

「好。梅格？」

「怎麼了？」

「請別留下我一個人。世界好像在顫動。」

我替克里斯多夫找了條只沾上少量狗毛的毯子，幫他重新在沙發上安頓好，給了他遙控器和茶。我希望電話能再響起。但它沒有。接下來的幾個小時我坐在廚房桌旁讀《基本治療》，克里斯多夫把電視音量調得很大，他先看了一個關於阿茲特克文明的節目，然後是關於巨石陣的，我確定這兩部他都已經看過了。早春微弱的陽光灑在桌上，貝絲自己玩了起來，她爬上樓梯頂端，扔下網球、追回球，再回到樓梯上。如果把我看到的和聽到的結合起來，事情就是這樣：先是一陣很有規律的網球拍打在樓梯上的「砰，砰，砰」，緊接著光禿禿的網球出現——表面的綠色毛呢早已不見——網球跳了幾下滾進走廊。於是我聽到貝絲跑下樓梯，發出輕微的飛馳聲，接著會看見她黑色的身體；她抓住球、一個轉身跑上樓梯，「啪，啪，啪」，因為咬著球，所以速度比較慢。她會在樓梯頂端咬上網球一會兒，接著所有事情就會再發生一遍。克里斯多夫先看著她，再看著我，最後他就乾脆把電視音量調高了。他第二次看我的時候我正好開始咳嗽，不得不喝了三杯水才上樓拿我的吸入器。

《基本治療》和我想像的不太一樣，我不明白奧斯卡會把它歸類到書架上的新世紀勵志系列。它似乎不太能幫到克里斯多夫。這是本合集，收錄了講安慰劑效應以及思想如何控制身體的文章，應該被歸為大眾科學或是醫藥史。其中有一篇節選自描寫巫術的中世紀書《女巫之錘》，節選文章裡討論了女巫如何去掉男人身上「最陽剛的器官」。這本書的中世紀作者認為，女巫事實上不是去掉那個器官，而是讓男人覺得自己失去了它。節選文章還討論了陽痿，原文寫道：「如果那個器官不能活動，不能進行性交，這是天然冷淡的徵兆；但如果它能活動，還能挺起來，卻仍無法正常表現，這就是巫術。」另外有一篇寫順勢療法裡用的糖衣藥丸 *Sac Lac* 作用的文章，作者是位十九世紀的順勢療法醫師，他認為如果病人不相信自己可以被很少劑量的「真正」藥物治癒，那就可以為病人提供這種藥。還有不少醫藥史學家和人類學家的文章，討論安慰劑效應的歷史，以及長久以來安慰劑如何影響不同群的人。一項研究表明，如果該文化的成員相信所受醫療是現有最好的，該處通常也較繁榮，而如果只有有權勢者才能得到醫療則否。

第二部分講的是現代人對安慰劑效應的看法。某篇文章引用的研究結果表示藍色藥丸令人放鬆，而粉色藥丸有助清醒，哪怕這些藥丸沒有任何藥效；另一項研究證明，動物和植物對安慰劑也有反應。倒數第二章問道，如果動、植物都對安慰劑有反應，那可不可以說，安慰劑其實是對人腦中控制治癒的那部分有效果，而非對病人本身？那這意味著什麼呢？最後一章的作者是位略有名氣的科學家克勞德．杜波依斯（Claude Dubois），因為做了一項研究證明順勢療法的藥物確實有可感知的療效而聲名狼藉。當時他的實驗看上去並沒有太大問題，《自然》雜誌公布了研究結果，引發一堆懷疑該研究的知名人士跑去他的實驗室進行調查。他們嘗試重複他的實驗，但失敗了，還在原來的研究中找出各種錯誤。他們的結論是杜波依斯有意或無意篡改了他的研究結果，使得該研究錯誤百出。他發表在《基本治療》裡的文章，杜波依斯不僅從人本身的疾病、也從科學實驗來研究人腦的效果。你可以「透過意志」獲得你想要的研究結果、一如透過意志讓自己更出色嗎？如果這是真的，他寫道，那反過來肯定也有可能。他得到的肯定結果和懷疑者得到的否定結果，又是否其實都沒有證明到任何自然事實，而只是證明了他們自己的信念？

讀完這本書後，我替克里斯多夫準備了午餐、洗好碗，確保他有一切所需，才穿上外套拿齊東西，其中包括我藏在手提袋裡、打算拿給喬許的《第二世界》樣稿。克里斯多夫正在看講述失落的亞特蘭提斯節目，似乎只是根據柏拉圖和其他人的描述，以動畫重新構建該文明的始末。現在，他們剛剛進入西元前八千年，那塊巨大、看上去很假的土地分裂成了兩部分。電視螢幕上是一個拼接畫面，包括鑲滿寶石的宮殿、長長的石頭路、一條巨大的護城河、畫有聖眼的廟宇、顴骨很高的橄欖色皮膚的人。突然間，大地震動。一場大地震，緊接而來的是海浪和爆炸。旁白說道：「這是否即亞特蘭提斯的終結？」然後進廣告。

「那時候就有攝影機了。真好，不是嗎？」我說。

「那只是動畫重現而已。」克里斯多夫回答。

「我知道。我是在開玩笑。」

「我知道，」他轉過身來，「你要去哪裡？」

「幫你買些精油，順便遛狗。她需要一點運動。我也需要些新鮮空氣。」

貝絲躺在扶手椅上睡著了，頭靠著她的網球，那樣躺了快一個小時。但我一洗完碗她就跳起來，從那時起就跟在我腳邊打轉。現在她站在門邊，嘴裡叼著球，看看我再看看克里斯多夫，然後再看著我。我咳了幾聲。

「你在那本書裡找到了有用的東西？」

「對，我想是吧。也許有點難找，不過我會試試。」

「別離開太久，寶貝。我沒辦法自己一個人待著。」

「我會盡快回來。」

他微微笑了一下。「謝謝你幫我。對不起，我一團糟。」

「別擔心，」我說，「你現在感覺怎麼樣？」

「如果我不去想它就好一點。」

「好吧。那我走了，你自己慢慢看亞特蘭提斯人是不是真的建造了石頭陣，還有麝鼠跳下懸崖以後是不是真的一直想再回去。」

「別拿這個開玩笑。我看得正開心。它讓我覺得好很多。」

我真是個掃興的人。而且，我還沒有告訴他錢的事情。

／

我把收音機調到當地電臺。達特莫爾的野獸仍是新聞話題，主持人正就德文郡歷來的野獸採訪埃克塞特的歷史學家，我希望蒂姆也在聽。教授正談起一度很著名的惡魔足印，那是一八五五年二月八日的晚上，雪地裡出現了一串不知名動物的足印——據說很像驢的、但是裂開，而且似乎屬於同一種生物。足印蔓延超過二十英里，從埃克斯茅斯到林浦斯通、波德漢姆、斯塔克羅斯、道利士、廷茅斯和托特尼斯；它們爬過屋頂，似乎也穿過了牆壁和茅草堆。這在當時一直是報紙關注的焦點，特別是《倫敦新聞畫報》。人們認為這些足印是獾或鳥的，甚至是袋鼠的，之前不久當地剛好有兩隻袋鼠逃跑；教授說事情從來沒有得到滿意的解釋。

「所以沒有人知道到底發生了什麼事？」主持人問道。

「對。目前最令人信服的解釋是說：這些足印是惡作劇。」

「什麼，為了搞笑？」

「正是。但是沒有找到任何人類的腳印。也許這些惡作劇的人訂製了特別的鞋子；誰知道呢？但很有趣的一點是，二月七號晚上，廷茅斯的有用知識協會成員聽了來自道利士的普倫特里先生的演講，演講主題是『自然史上的迷信之影響』。G．A．家用——這個主題上的唯一權威機構——將此描述為一場『引人注意的巧合』。我相信這場演講和那些足印之間有關，但我還沒辦法證明。」

「那關於這頭據說現在在達特莫爾遊走的野獸——你覺得會不會也是場惡作劇？是捏造出來的？」

「什麼都有可能。」

／

斯拉普頓沙灘沒什麼人，除了幾個穿黑色雨衣的漁夫，跟一個在刷洗黃色小漁船的男人。遠處的海平面迷霧籠罩，看得見大船黑色的輪廓。我把車停在托克羅斯那邊，下車和貝絲一起散步，頭頂是淺灰色的天空，右邊就是大海。這麼多年遛狗的日子裡，我思考了許多自然界的事物，當貝絲在它們上面撒尿、嗅來嗅去檢查是不是有其他狗撒過尿、走在它們上面、跳上它們、咬它們、跑離它們或是拎給我好讓我再扔出去的時候。我也會注視遠處的其他動物、鳥或樹木，想些我爸肯定會覺得反感的東西：鳥在天上飛時一定很快樂；或那棵奇怪的植物一定很喜歡長在沙子裡。

我有次拿了最普通的長頸鹿的例子，嘗試向克里斯多夫解釋進化論和物競天擇。我不想陷入關於物種形成要素的爭執，也想過他應該很難相信這些，所以就跟他講了一個簡單版：在長頸鹿沒有長出很長的脖子以前，牠們還只是像馬或驢子那樣的東西，我告訴他，突然牠們當中的一員長出了很長很長的脖子，長得可以搆到樹頂的葉子。牠因此成了森林之王，突變的基因很容易遺傳下來因為所有母長頸鹿都想和牠交配，牠的子女透過遺傳得到了進化優勢，因此也可以吃到最高的樹葉。最終，其他的長頸鹿都滅亡了，也許是因為太過悲傷，因為吃不到最高處的樹葉——這些事情發生在很久很久以前，所以你看不到中間的長頸鹿，只有那些「完成進化」的。「這很酷，寶貝。」克里斯多夫說。因為這是他第一次理解科學知識，我沒指出這意味著現在的長頸鹿還沒有完全完成進化，因為進化一直在進行，直至世界末日，但那永遠不會是明天，雖然我們都覺得也許會是。我也很疑惑，除了樹頂的樹葉，長頸鹿還需要什麼；牠們想要月亮嗎？還是牠們什麼都不要？

我不能相信克里斯多夫只是覺得進化論很「酷」，而一點都不覺得它很驚人。不管怎樣，長頸鹿的——還有你和我的——所有組成部分都躺在宇宙間這件事，與我們真實、完整、正常地生活在這裡這件事之間，還是有很大分別的。當然任何活著、會思考的東西都會覺得自己很驚人。不過我們一個禮拜前才為光速大吵一架，克里斯多夫可能只是在遷就我。快到書報攤的時候，我又想到了凱爾西．紐曼的後宇宙，那裡什麼都不會再進化了。每個人都是英雄，毫無目的地為性與勝利奮鬥。一切都可以預測，沒有任何事物會讓人驚喜。

到了書報攤後我替自己點了炸魚薯條，貝絲的則是香腸。我坐在長椅上望著海，考慮該給克里斯多夫買什麼精油。如果書上寫的是對的，那什麼都有用，只要他——也許是我——相信它。天很冷，我想我應該衝進霧號酒吧快快喝上半品脫酒，坐在火邊取暖。當我把垃圾拿回書報攤的時候，注意到那兒新豎起一塊招牌：漁夫之屋。冬季出租。每月三百英鎊。這真便宜；我一直想花差不多的錢租一間辦公室。

「請問，」我問書報攤的女孩，「這個我該問誰？」

「安德魯．格拉斯，」她說，「在霧號酒吧。」

「噢，我正打算去那兒。謝謝。」

我沿著海邊步道往前走，直到看見一扇褪色的紅色木門，上頭掛著老舊的蟹籠、繩子和漁網。如果你不知道霧號酒吧在哪裡，很容易就會錯過它；是有塊木招牌，不過即使在冬天它四周也是雜草叢生。我覺得安德魯喜歡這樣：如此一來他只需要招待本地人和常客，不必和遊客打交道。附近有足夠的客源，大家都知道，如果他們想喝真正的麥芽酒，或吃上一些直接從附近海裡打撈上來的蝦、魚或牡蠣，就應該來霧號酒吧。紅色木門打開，伴隨叮噹一聲。裡面總是在播一些有趣的音樂：通常是來自某張我熟知的專輯，或是很久以後再次聽到突然覺得很好聽的歌。上次來的時候——和莉比一起吃牡蠣，她請客——播的是一張當代水手船歌選集，我們坐在火堆旁唱湯姆．維茨（Tom Waits）的歌，之後莉比就告訴我她遇見了一個叫馬克的人，他有著世上最迷人的雙眼，她一見到他就想吻他。他參加了她的編織小組，也是有史以來第一位男性成員。雖然莉比已經編織了很多年，她不知道原來從毛線球的中間抽出毛線，要比從邊緣開始要方便得多。馬克教了她這個技巧，還有其他一些東西。作為回報，她教了他全下針的段對段縫合。馬克織毛線的時候會把一根針塞在手臂下面，像吹風笛那樣。他說他在諾森伯蘭的男性祖先都這麼織毛線。

今天播的是木匠兄妹的〈超級巨星〉。安德魯．格拉斯大約五十歲，像塊木板一樣瘦，長著一張飽經風霜的臉，金髮，深藏青色的眼睛從圓形絲框眼鏡後面透出光來。他倚在吧臺上讀《衛報》，手肘邊有一落雜誌：《經濟學人》、《新科學人》、《旁觀者》、《私家偵探》；你通常不會在德文郡的酒吧裡看見這些東西。酒館裡只有幾個客人，各據一角或吃或喝著一品脫的東西。一個男人正在火堆旁讀一本平裝本驚悚小說，貝絲跑過去嗅他的腿。他甚至沒有抬頭看一眼。那本書他大約讀了三分之二，一副如果有人阻止他讀下去、世界就會滅亡的樣子。我靠在吧臺上把貝絲叫回來。

「安德魯，」我說，「你好。可以來一品脫的野獸嗎？」野獸是埃克斯莫爾的麥芽酒，今天來喝似乎比平時更適合。安德魯的視線離開報紙，抬起頭來。

「梅格，」他微笑道，過來隔著吧台跟我握手，「好久不見。」

「是啊。書寫得怎麼樣了？」

他嘟囔了一聲。「這兒簡直忙翻了。從海軍退休下來到有時間寫作之間有太多事情得做。下個星期會有新的服務生來，到時情況就會好點。你怎麼樣？你的寫作進展如何？」

「我想我剛剛刪掉了一整本書，不過除此之外還挺好的。我似乎不太能好好開頭。我有點羨慕你；你已經寫超過兩萬字了？」

「差不多。順帶一提，我是照你說的去做。」

「我說了什麼？希望是好建議。」

「加入更多個人經驗、使用傳統的敘事結構；不僅要講災難本身，還要講我發現它的經歷，再多加一點我的海上生涯。在我剛開始修改第一部分的時候，軍方來徵召丹尼——你知道嗎，他要跟地方自衛隊去伊拉克。」他把我點的酒遞過來。「免費招待。不管怎樣，等新的服務生到，我又要全力寫作了。」

「謝謝。哦，對了，我喝野獸有部分是為了慶祝。」

「你一向喝這個。」

「對，好吧。但是你記得蒂姆．斯莫爾嗎？他的小說提案進展不錯，奧布圖書打算請他寫本書。不僅僅是這個，聽說真的有野獸，蒂姆已經出發去找牠了。」

「好吧，敬蒂姆。」安德魯舉起他的杯子。

我舉起我的。「當然。噢，還有，那個冬季出租是怎麼回事？書報攤那裡的廣告。」

「噢，貝殼小屋。對啊，你有興趣？」

「我不確定。在哪裡？什麼樣子的？潮濕嗎？」

「就在隔壁。只有一些基本設備，不過風景不錯。不潮濕。想看看嗎？」

「好啊。我在找一間可以白天工作的辦公室。」

「你知道那是棟小屋吧？」

「知道。我可以先看看嗎？」

「沒問題。我先把收銀機鎖上。」他環顧酒吧，「我確定短時間內不會有人需要我。來吧，趁現在比較安靜我們快過去，回來再喝你的酒。」

貝殼小屋確實只有基本設備。一樓是客廳和廚房，臥室和浴室在樓上。地上鋪了簡單的木地板，只有廚房的地板是灰色石頭。牆面一律漆成白色。然而客廳有個很大的開放式壁爐，而且就像安德魯說的，能看到不錯的海景。客廳中間有座大沙發，面向壁爐，窗前有張小書桌和椅子。我深深吸了口氣。空氣乾燥、清冷、乾淨，帶一點點灰塵。

「清理房屋的人什麼都拿走了，」安德魯說，「如果你不阻止他們，連門把都會不保。我讓他們把沙發和書桌留下，想說可能有用。如果你不想要，我可以把它們搬走。」

「這房子是誰的？你的？」

「對。原本是我叔叔在住，酒吧也是他的。他去世後我嬸嬸繼續住著，把這裡完全變成了自己的天地。那時屋子裡面和現在很不一樣。不過當然，她現在也去世了。」我記得安德魯在書裡描述過這個嬸嬸，她是唯一一個相信他聽到海上幽靈之聲的人。

「很遺憾。」我說。

「最後幾年她待在安養院裡。她真的很討厭那個地方；我內疚得要命。她現在應該快樂多了。我繼承了這間屋子，這意味著我得對它做點什麼。」

「你不想住這兒？」我說。

「不想。對我而言太大了。我很喜歡住在酒吧樓上。海軍讓我習慣待在狹窄的空間。」

我四處走了一下，好奇清理房屋的人來之前這裡都有些什麼。他們很專業；這屋子還真是清潔溜溜。

「壁爐還能用嗎？」我問。

「可以。剛清理過煙囪。要是你想，每個月加二十英鎊，我可以提供木柴給你，」他說，「你得自己去酒吧後面的倉庫拿。你也可以使用酒吧的無線網路。」

貝絲在壁爐附近嗅來嗅去，不停搖著尾巴。

「這狗很喜歡這兒。」安德魯說。

我也是。我想像起坐在窗前的書桌旁，用羅文送給我的鋼筆寫作，看遠方的船隻。貝絲可以過來和我一起工作。我不會再經常哮喘發作。我們可以早上過來、生火，在沙灘上散步、午餐吃炸魚薯條，甚至可以去酒吧吃牡蠣。除了書桌，我還需要一些書架和幾條毯子。我已經覺得這裡是我的了。我已經不想回家了。

「我喜歡這裡，」我說，「可以考慮一下嗎？」

「當然，不過今天下午四點還有別人要來看房子。我想我可以告訴他們你有優先權，不過明早你就得回覆我。很抱歉催你，但這類事情似乎都發生得很快。」

「事實上，我不太需要考慮，」我說，「你願意把房子租給我嗎？」

「很樂意。」他咧嘴一笑。

「你需要存款證明之類的東西嗎？」

「不用。我認識你。你可以預付一個月的房租嗎？」

「當然。我還需要木柴。我現在就開張支票給你，如何？」

我們走回酒吧。我開了張支票。安德魯把鑰匙給我。

「我廣告上寫的是『冬季出租』，儘管我不太知道該拿那個地方怎麼辦，」他說，「直到六月那裡都是你的，你還可以再住久一點。過幾年我可能會把它賣掉，或改成度假小屋，不過目前我可以按月租給你。」

「太棒了。這真的太棒了。謝謝。」

我把鑰匙放進防風外套口袋。酒還在吧臺上原來的地方。我喝了一口，嘗起來有麝香和泥土的氣味。

「哦，安德魯，」我說。「趁我正好在這兒，我想問你件事，如果你有時間的話。」

「什麼事？」

「安慰劑效應；我記得你提過這個……」

他點頭。「沒錯，你想問什麼？」

「嗯，我剛讀到一本書，它主要在說，如果你相信它的療效，不管什麼藥都會更有效。我只是想知道這件事有多少是真的。」

「我猜你聽過百憂解的事了？」他說，「轟動一時的新聞。」

「有。我覺得那非常奇怪。我弟在用這個，他說那藥完全改變了他的人生；這一切怎麼可能只是因為他心裡覺得有效？」

安德魯聳聳肩。「我想許多疾病從一開始就只是發生在腦海中。尤其是憂鬱症。最新一期的《新科學人》上有篇文章，說煩寧（Valium）只有在人們知道自己在服用它時才有效。」他說。「愈來愈多的證據支持安慰劑效應。我在海軍裡就見過不少實例。有次，一名中士肺部感染，指揮官告訴我，我們正在試用一種新的抗生素，它應該更好也更有效果——我們經常有些類似的奇怪新鮮玩意。我給了那位中士一些藥片，它們徹底醫好了他。直到很久以後指揮官才告訴我，事實上有人忘了帶那盒抗生素上船，而我給那位中士的只是過期的維生素錠。天知道我們為什麼會有那些東西，而且後來我發現船上有好多盒。那是我第一次接觸安慰劑效應，之後就再也甩不掉它了。當然，通常不能告訴別人你做過這種事，他們會覺得你瘋了；還有一種反安慰劑效應，你聽說過嗎？」

「沒有，那是什麼？像是安慰劑效應的反面？」

「對，差不多。就是人們覺得自己病了，但實際上沒有。人們說巫毒詛咒就是這麼運作的，如果有人相信他們真的將死於詛咒，就會死；有許多相關研究。」

「這種事怎麼可能有人搞得懂？」我說，喝了口啤酒。

「哈，」安德魯說，「也許這就是關鍵。」

「什麼？就讓它不知所以然嗎？」

「嗯哼，也許。可是這樣你就會碰到該如何使用藥物的問題。如果給人化學藥物根本沒有意義，如果一切只是人們的心理作用……或者也許只是部分作用。我聽說過一項實驗，拿看似是兩種藥片中的一片給害了頭疼的人，但其實一共有四種：品牌阿司匹林、普通阿司匹林、品牌安慰劑──當然，刻上了和品牌阿司匹林一樣的牌子──以及沒刻上牌子的安慰劑。普通阿司匹林當然比安慰劑更有效，但普通阿司匹林和品牌安慰劑間的效果只差一點點。在治療過程中品牌的影響確實很顯著。只是為了展現心理作用對治療過程到底有多少影響。但是你不能在人們覺得自己需要抗抑鬱藥的時候讓他們去祈禱或和著邦哥鼓（bongo）的音樂起舞，在今天這個時代可不行。你打算寫這本書的書評嗎？」

「不知道，」我說，「我應該要寫。還有一本向宇宙下訂單的書，一本關於狗心理學，以及一本寫塔羅牌的書。但我想在自己身上做點實驗；我只是不知道怎麼做。」

「什麼樣的實驗？」

「我想試著用安慰劑效應治療某人。」

他大笑道：「好吧，祝你好運。你需要運氣。」

「你不是說你親眼見過它治癒人嗎？」

「但大多數時候沒有啊。你只會把特殊案例拿出來講，而非普通的那些，不是嗎？有一半的時候，哪怕是真的藥物都幫不上忙。沒有安慰劑效應。什麼都沒有。兩種可能都會發生。而且我覺得那也幫不上忙，如果你知道自己提供的東西不大管用。這就是為什麼那時我的指揮官要我去拿維生素錠給那個中士。我想他知道，如果我也相信，效果會更好。」

「書裡還有另一篇文章是討論這個的，」我說，「雖然那段我只是粗略地讀過去。你把這樣的訊息傳遞給了你的病人——你知道他們根本沒有得到治療，或相信給的藥物有用。顯然這些都是微妙的肢體語言。」

「對。除非是你的心理在做這件事。」

「啊？」

「在安慰劑效應裡，也許不是病人的心理作用，而是你的。」

「什麼？我相信什麼有用，結果事實上沒有？」

「不——你用你的心理在治療。」

「聽上去有點像巫師。」

「或者就是一個巫師。沒錯。」

我皺眉。我想問安德魯，一個被硬漢和戰爭包圍的海軍醫官怎麼會相信也許真有巫術，但其實我知道答案；那全寫在他的書裡了。當你聽到海上傳來死人的尖叫聲，肯定會相信別人無法相信的東西。

有人來吧臺點了一品脫老貓。

「我得走了，」我說，「非常感謝你租給我房子。」

「希望你能好好欣賞海景、享受這一切，寫出好文章，」安德魯重新戴上眼鏡，「同時也祝你做實驗好運。」

「嗯，就像你說的，我需要運氣，」我歎氣道，「我想我不會利用安慰劑效應治療別人，對吧？」

「如果你稱之為安慰劑效應，」安德魯說，「如果你不相信它，那就無法治療。」

「我不信。」

安德魯給了那位顧客他點的啤酒，收下錢。「乾杯，老兄，」他說。然後他問我：「是什麼病？你想治療什麼？」

「噢，我男朋友弄傷了手。止痛藥對他沒效，他說他想要一些更天然的東西。我不知道怎麼開始，這些安慰劑效應的東西似乎很簡單，真的。給別人任何東西，他們都會好起來。但我知道其實沒那麼簡單。如果真那麼簡單，每個人都會這麼做。」

「如果你想要天然止痛藥，」安德魯說，「試試白柳皮。阿司匹林就是從那個提煉出來的。很有用。健康食品店有藥片裝。我就用這個，因為阿司匹林會讓我消化不良。」

「白柳皮？」

「沒錯。」

／

駛向托特尼斯之前我發了簡訊給喬許：拿到書了。你在家嗎？托特尼斯像是陷入了沉睡，非常安靜，我把車停在福爾街上，就在綠色生活商店前面。貝絲在後座睡覺了，不過車一停她便醒過來，起身伸了個懶腰，望出窗外。一路上我都在看儀表板上的時間，每分鐘都在想回家以後我該怎麼解釋自己都做了什麼。離開家的時候是兩點；現在已經四點了，天色開始變暗，空中形成一塊塊即將變黑的灰色。嘴裡仍有野獸的味道。克里斯多夫會聞出我去過酒吧。我得吃點薄荷糖。但更糟的是：該怎麼解釋口袋裡的房屋鑰匙？我永遠也解釋不了。比起為什麼口袋裡有房屋鑰匙，解釋為什麼外出了那麼長時間還容易得多。

貝絲伸懶腰的時候我計算了一下，我可以花個五分鐘幫克里斯多夫買白柳皮、給自己買薄荷糖，然後開上山、違停，速速把書丟給喬許，半個小時之後就能回到家。這也意味著回家的時候大概快五點了。那應該沒什麼問題，我大可說下午大多數時間都在銀行處理錢的事。我可以提議他上一些課程、買新衣服，甚至是參加環保假日遊，也許那樣生活就會重新閃亮起來。但實際上我一點都不想回家。我想回去貝殼小屋、在霧號酒吧喝酒，一個人睡覺。

我很快就在綠色生活裡找到了白柳皮，但一瓶藥並不夠我在外頭花上三小時，所以我又逛了一會兒，挑了一些山金車花沐浴露，包裝說它對瘀傷、扭傷和骨折有益。一時興起，我還買了一套巴哈花精與一本配套的書。我想像自己站在廚房裡，像薇那樣為克里斯多夫調製花精。我翻閱那本書，看見幾個名字，都是薇為我調配的花精成分，每個條目都長達兩、三頁。山楂，我沒有這個，這是用來幫助壓力很大、在小事上斤斤計較的人，他們總是把一切整理得乾乾淨淨，害怕汙垢。不曉得「我的」花精會怎麼說。我在櫃檯結帳時，手機震動。喬許的簡訊：危機。我在紙品店。壞數字。幫個忙？我大概明白這是什麼意思，於是回到車上、開車上山。貝絲對我擺了個臉色，我的理解是：「我們**現在**到底在做什麼？」所以我解釋給她聽我們要去救喬許，再開車回達特茅斯的家；我們也許會在小巷區看見一些松鼠，回去的時候肯定已經到了她的晚餐時間。每當她辨認出一些詞：喬許，家，松鼠，晚餐，她就會猛地豎起頭來。我在想，如果我只用名詞、根據它們大概會發生的時間把它們串起來，和貝絲的交流會不會更有效？貝絲的世界是不是就是這樣的，只有在時間線上的名詞？應該比這個還要再複雜一點：她常常一想到松鼠就很幸福，雖然，就像我告訴莉比的，她不再追松鼠了。她看上去確實有一些困惑，因為松鼠出現在家和晚餐之間，所以我把順序改成了喬許，松鼠，家，晚餐。這次，每當我說出一個詞，她就輕輕叫一聲。我意識到，經過這些年的研究，也許我自己都可以寫一本狗心理學的書了。

喬許是紙品店裡唯一的顧客。那是一個很小、有點逼仄的地方，賣紙、鋼筆、自動鉛筆、藝術家用品和筆記本。他背對著入口，似乎在看二〇〇八年的日誌，它們在做特價。看得出來他在發抖，我想拍拍他的背，又害怕那會嚇得他跳起來。他站在那裡，穿著仔細熨燙過的牛仔褲和紅色門薩套頭T恤，看上去很脆弱。

「嘿。」我輕聲招呼。

「我不能轉過身，」他說，「但除此以外我大概表現得很正常。還沒有人想把我扔出去。你怎麼樣？」

「我很好。發生什麼事了？」

「看門那兒。」

我望過去。那兒有個旋轉金屬架，上面放滿了小孩子的生日卡片。我立刻看出了問題：擺放賀卡的人似乎精心設計了這一切，以引起喬許最大程度的不適。離開商店前必須經過一架直立排放的卡片，上面有巨大的彩色數字，標明它們適合送給哪個年紀的小孩。從最頂端開始，是數字六、六、六、一、三和七——六六六對喬許來說是最可怕的數字，緊接著就是十三。

「至少那兒還有個七。」我告訴喬許。

「那一點用都沒有。噢，老天。為什麼要這樣？我只是想幫爸買張生日卡片。這裡通常不賣兒童生日卡，所以我才來這兒，結果現在出不去了。我也許得永遠待在這裡。我有想過把架子轉過去，但我知道它們依然在那裡。而且我根本不能靠近它們。為什麼我進來的時候沒看見？我真是個白癡。」

「不要緊，」我說，「我來移走它們。」

「你要碰它們？」

「對，沒關係。」

「它們會害你倒楣。」

「不會的，」我想到反安慰劑效應，「我想如果你不相信它們會帶來厄運，它們就不能傷害你。」

「我不能不相信。」

「我知道。但總有一天你會的。」

喬許歎了口氣。「謝謝你過來幫我。我很感激。」

「別在意。」

「我也傳了簡訊給米莉，但或許她不會過來了；之前總是她來幫我。」

我歎了口氣。「是啊。我想一切都有點太複雜了，她都已經搬走了。」

「是啊。」

「這種事經常發生嗎？」我說。

他聳聳肩。「最近好一點了，不過通常一個星期一次。」

「而你總是找米莉？」

「對。她很有同情心。她能理解。我不知道她走了以後我該怎麼辦。」

「走了？我還以為她已經……」

「我是說等她去了倫敦之後。」

「我不知道她要去倫敦。」

「她要去倫敦。回到爸媽那兒。克里斯多夫會很開心。」

「老天。」

我們站在那兒看了一會兒日記本。其中一本上有所有異教徒的節日，還有月相；另一本上有蘑菇的圖片，還告訴你什麼時候可以摘到哪種蘑菇；還有一本上有德文郡海岸線的潮汐表。我拿起了有蘑菇的那本，打開來隨便看看。十月分的那頁講了死帽蕈[18]，它看起來很像野蘑菇，不過有白色的菌褶。野蘑菇烤起來很美味，但如果吃了死帽蕈，你就會沒命。我已經知道這些了，因為有次我和莉比、鮑勃一起在野外覓食，為了擔心摘到死帽蕈，鮑勃有條規矩就是不要摘任何有白色菌褶的東西；但莉比聲稱自己知道哪些有白色菌褶的蘑菇有毒、哪些沒毒，所以她想摘什麼就摘什麼。結果他們的一個朋友跑去洗腎，因為他吃的蘑菇看上去像雞油菌但實際上是致命的帽蕈。這個消息完全沒有困擾到莉比。我不能想像死於吃蘑菇。我把日記本放回去。

「好吧，」我說，「我想我要去把……」

喬許在發抖。「你介意我們再在這裡站上一分鐘，你再去碰它們嗎？我得作好準備。我想我們可以再多看一會兒這些日記本。」

「好吧，你準備好了就告訴我。」

「我跟你說過關於洪水的那個笑話嗎？」

「沒。我想沒有。是什麼？」

18 即毒鵝膏或鬼筆鵝膏（Amanita phalloides），又稱死帽蕈（Death cap），菌傘一般呈綠色，有白色的菌柄和菌褶，是已知毒菇中最毒的一種。

「一個非常虔誠的男人聽說洪水就要來了，他所在的村子被疏散，每個人都走了；有人問他為什麼不走，他說：『上帝會救我的。』洪水來了，水愈漲愈高。男人爬上了自家屋頂。一艘船過來救他，但他拒絕上船。『上帝會救我的，』他說。於是船開走了。水漲得更高了，他的屋頂只剩下很小一塊冒出水面。直升機也到了，上頭的人放下繩梯，但男人揮手要他們走。『沒關係，』他說，『上帝會救我的。』最後他淹死了。他上了天堂，非常生氣，直接跑到上帝跟前質問祂為什麼看著他死。『我相信你會救我！』他說。『好吧，』上帝說，『我確實試過了。我給了你警告，還給了你船和直升機；你還想要什麼？』」

我大笑。「這個笑話不錯。哦——說到天堂，我帶了《第二世界》給你。」

「謝謝。」

「書和貝絲一起在車裡。希望她別吃了它。」

「我也這麼希望。」

門叮噹一聲打開，我轉過頭去。是米莉。

「嗨。」她跟我打招呼。

「米莉，」喬許背對著她說，「對不起又找你了。非常感謝……你還好嗎？」

在他講話的時候，米莉皺著眉頭示意問我問題在哪裡，我偏著頭比向那堆賀卡。她點點頭。她也看出問題了。她比我年輕，甚至比我弟托比還年輕，看上去卻不像有年紀。她的紅髮很有光澤，眼睛是淺灰色；她沒有皺紋，但也不像個孩子。我們大約是一年前認識的，在彼得六十五歲的生日派對上。克里斯多夫當時病得很嚴重，沒能去成，所以我自己去幫喬許和彼得準備食物。米莉一直在彈豎琴。其他客人走了以後，我們四個坐在那裡喝濃縮咖啡、笑喬許的笑話，討論來年的計畫。彼得要考五級樂理，還要在晚上開咖啡館、喬許打算寫下他所有的理論，還要試圖多跟一個數字和平交往。米莉說她打算學縫紉，替自己做新衣服。那感覺更像除夕夜，而非某人的生日。我說我打算寫完自己的小說，至於其他的就想不出來了。那次之後我掙扎了很久，要不要打電話給米莉約她喝咖啡或是吃午飯，但我從來沒那麼做過，因為我不想瞞著克里斯多夫。而且，我從來都沒錢喝咖啡或吃午餐。

「我好很多了，」她開口。然後她對著我說：「克里斯多夫的手怎麼樣？」

「骨折。不過那都是他自找的。」

「對。」她說。眼睛裡噙滿了淚水。

「你沒事吧？」我問道。

「我不知道。噢，別理我。我們得把這些愚蠢的賀卡挪走。」

「喬許不想我們碰它們。」我說。

米莉揉揉眼睛，走向櫃檯，店員在那兒看書。我不太能聽清楚他們的輕聲對話，不過說完之後，米莉歎了口氣，走到門邊的金屬架那兒，開始取走所有帶數字的賀卡。她走回櫃檯，把它們扔在桌上，從手提袋裡取出錢包。整個過程中喬許的眼睛一直閉著，當他聽到米莉再次歎息時，他拉住了我的手。

「你知道這一共是三十八鎊四十便士嗎？」店員說。

「沒問題，」米莉說，「你們應該接受信用卡吧？」

幾分鐘後米莉拿著個大袋子經過我們。喬許仍緊閉著眼睛。叮噹一聲門開了，她走出去。

「發生什麼事？」喬許說。

「沒事了。數字都不見了。」我說。

他睜開眼睛。「感謝老天。米莉在哪裡？」

「我想她應該是去扔那些賀卡了。」

「那花了她好多錢；我得還給她。她一定還為她和爸的事心煩意亂……噢——我真是個白癡。」

「沒事了，」我又說了一次，「別擔心。」

我們走出商店的時候喬許還在發抖。「米莉回來的時候你能幫我謝謝她嗎？」他說，「我現在沒臉見任何人，特別是她。我想我要直接回家躺下。真不敢相信自己該死的這麼可悲。」

「你沒有啦，」我說，「每個人都有自己難以應對的事情。等等，我要把書給你。到家後你能傳個簡訊給我報平安嗎？」

「好。謝謝，梅格。我真的欠你一個人情。我很抱歉。」

貝絲剛醒過來，趴在窗口對著喬許尖叫，他似乎沒注意到。書仍在厚紙袋裡，放在儀表板上，沒被咬過。我把紙袋給喬許，他便沿著上坡路離開了，手臂下夾著紙袋，就好像那是一張他已經查看過的地圖。

他走了沒多久，米莉就回來了。

「你怎麼處置那些賀卡？」我問道。

「慈善商店，」她說，「可憐的喬許。」她低頭看著自己的手。

「嘿——你沒事吧？」

她皺眉頭。「你要是有空我想和你喝杯咖啡。」

「當然。」我沒看錶，但是覺得就簡單把事情推給車出了問題也說得過去。車老是出問題。

「我不會回到彼得身邊了，」米莉說，「我要搬去倫敦。」

我們坐在木桶屋咖啡館外喝拿鐵，儘管天很冷，貝絲卻不肯待在車裡。她現在在桌子底下嗅來嗅去，也許是在找松鼠。米莉戴著藍綠色的無指手套，雙手捧著咖啡，就好像這是她生命中唯一能帶給她溫暖的東西。

「但是……」

「我愛他，」她說，「但我們不可能在一起。」

她開始哭，我遞上紙巾。

「老天，我連好好講話都沒辦法。你還好嗎？那次派對之後我一直想再見你一面，卻沒那麼做——也許之後也沒有機會了；真可惜，我一直覺得我們會成為朋友。噢，我在胡言亂語，對不起。」

我微笑著看她。「我自己的生活也有點複雜。不過沒事，真的。那次派對以後我也想見你。但是，嘿，也許不會變成那樣。也許你不會離開。」

她繼續哭，我讓她幫忙拉著貝絲的牽繩，自己進店裡幫她多拿些紙巾。回來的時候，貝絲已經跳上米莉的大腿，正在舔她的臉。她討厭看見別人哭，總是想把他們的眼淚舔走。

「下來，」我對貝絲說，「下來，你這隻笨狗。」

「沒關係，」米莉說，「她讓我感覺好多了。」

「哦，好吧，如果你受夠了就把她推開。」

「能不被人評斷真好，」擤完鼻子、鎮定下來之後她說道。「動物就不會評斷你。你知道，不僅是克里斯多夫。貝卡也是。一切開始變得難以忍受了。」

「噢，我一直是貝卡攻擊的對象，」我說，「過去七年她沒跟我說過話。但你會熬過去的。」

「我不知道彼得會不會。他那麼善良、體貼，但你怎麼可能同時對你的孩子和他們討厭的女人同樣善良、體貼呢？喬許一直都很好，但另外兩個……好吧，現在都結束了。我要回去倫敦和我爸媽住。我想大約要一年後我才會忘掉彼得，也許之後我會找個有抱負的年輕指揮家，或是其他我媽會喜歡的人。但我不會像愛彼得那樣愛別人了。這很荒謬。他六十五歲而我二十八。如果他年輕個十歲而我老個十歲就好了。那樣或許還好一點。又或者他是女方我是男方，就沒那麼俗氣了。」

「我想是那樣沒錯，」我說，「我有些朋友就是這樣，有點像。她六十多了，而他才過五十三。她一直開玩笑說他是她的小情人，大家都只是笑笑而已。這很不公平，這樣可以，但反過來就不行。不過要知道：不是每個人都會評斷你。每個人都隱瞞了一些別人知道後會覺得很可怕的事，而人們喜歡攻擊那些不能或不會隱藏的人，因為那也是他們自己的偽裝之一。」

米莉喝了口咖啡。「貝卡週末回來的時候，我可以理解不能讓她看見我。你知道我正打算搬去和彼得同居嗎？彼得在想，我們能否暫時『對貝卡保密』個一、兩年；他還想知道，如果她週末過來住，我能否去倫敦避一避，並把我的東西都藏起來。他沒辦法拒絕他的任何一個孩子，所以你會看到，基本上她只需要打個電話說她要來了，就是那樣——我就得改變自己的計畫。他不太確定我是不是該把豎琴搬進去，因為如果貝卡真的過來，豎琴不太容易藏。我只是受夠了，不想再覺得自己見不得人。你知道嗎，貝卡上次來那天剛好是我的生日，彼得原本在達特莫爾的餐廳訂了位子，後來只好取消，告訴我他很抱歉，問我可不可以另外找一天慶生。最糟糕的是我沒有自己的兒孫——永遠不會有，如果我和彼得在一起——我的生命裡就只有他，而我只是他生命中的一小部分。這永遠不會改變。我甚至不會是他生命裡最重要的人，儘管只有我一直陪著他，而且真心對他和他的生活感興趣：關心咖啡館的運作、他薩克斯風課程的進度、最近讀了什麼書。是我要他練習音階，是我在他不舒服的時候為他準備洗澡水，貝卡只是在她需要什麼或是跟丈夫吵架後需要清淨幾天、才會打電話過來。她對彼得幾乎沒什麼興趣。但他們之間的一些事情讓他很驚慌。他不想傷害我，又確實傷害了，而且不曾停過，因為他一直把自己放在這種位置。比方說，他甚至不能告訴貝卡那天是我生日，要她改天再來，因為他知道貝卡會回嘴說：『她今年幾歲了？十七嗎？』」

「我就是不懂為什麼他們對你們的關係要這樣大做文章，」我說，「他們的媽又不是上周才去世；他們當然得讓他繼續生活。」

一陣狂風吹起，我拉上外套拉鍊。貝絲仍蜷在米莉的大腿上。米莉現在一手拿著咖啡一手撫摸貝絲。如果貝絲是隻貓，她一定會開心得呼嚕直響。

「他們不喜歡我們在一起，因為這很丟人，」她說，「他們不想因為想到我和他們的父親上床而毀了生日和耶誕節。總而言之就是這樣。我們的世界非常保守，真的。貝卡是權威，因為她是主流，有間漂亮的大房子——我猜還有清潔工——有高級傢俱，有丈夫和三個可愛的孩子，這賦予她權利來評斷我、決定我該如何生活。你知道，真正令人傷感的是，她和克里斯多夫不明白精神是不老的。到了你六十五歲時，你其實還是二十八歲時候的你，真的，只是多了一些經驗和智慧。彼得有時可以非常天真，儘管他比我更有歷練，當我們討論非常重要的事情時，我們完全平等。當然，當我們討論起音樂，我就是那個智慧的老女人，而他是個孩子。他甚至還奏不出小調。不是一切都那樣想當然耳。等貝卡和安特到了六十五歲，他們仍是二十八歲時候的自己，或多或少。所以如果他們其中之一現在

二十八、另一個六十五，這不會有任何不同。克里斯多夫也是。如果你是六十歲或者二十歲，他會拒絕你嗎？」

我想像和克里斯多夫一直處到我們都六十歲，明白我大概會殺了自己。我沒告訴米莉，但如果我或克里斯多夫比另一方年長或年輕很多，或許根本就不會在一塊。我們少數的幾個共通點就是都年近四十；另一個事實是我們已經在一起了，惰性贏過了熵。我記得和羅文第一次到幸運餐館，他那曬成棕色、不顯老的手臂放在桌上，我突然很想摸摸它們。那時我很驚訝，因為我從來不覺得老男人有多吸引我。當我注意到他的手臂不那麼顯老時，才第一次意識到他是個男人，就和其他男人一樣也有感情、記憶、希望、心和赤裸的身體——就在他的衣服底下。

「你知道嗎，彼得告訴我，他打算跟克里斯多夫說不准他再回去了。」我說。

「真的嗎？」

「對。」

米莉抬起頭看著正在變黑的天空，然後看著我。

「那他真的對他說了嗎？」

我想到那天早上收到祝他早日康復的卡片，以及隨卡片一起寄來的二十英鎊。克里斯多夫撕掉了卡片，但留下了那張二十英鎊。他把錢給我拿去買花精，我收下了，因為不知道還可以怎麼做。

「我不知道。」我說。

／

我到家時已經六點了。離開托特尼斯前，我打了電話回家，但沒人接聽。克里斯多夫應該能用左手聽電話吧？我想像他吃了太多止痛藥，昏倒在地板上；或是在床上靠自己的意志戰勝疼痛；又或者只是聽不到電話鈴聲，因為他的絕望跳動得太大聲了。在小巷區，我感到一陣胃酸上湧，彷彿體內有隻怪獸想一路吃掉我的內臟。但我打開前門時，唯一聽到的跳動聲是某種嘻哈樂的低音。我隱約記得那是九〇代初的音樂。

「親愛的？」我說，「你不會相信……」

沙發上的克里斯多夫一邊咧著嘴笑，一邊像在跳舞。《永生的科學》放在他面前的茶几上。我不記得把書放在那裡。

「嗨，寶貝，」他說，「我找到新頻道。老派嘻哈。過來跟我一起看吧，勾起了好多回憶啊。」

「好，我先燒點水。你不會相信我過了怎樣的一個下午。」

「也許我可以幫你燒水。你看上去累壞了。」

「不，不要緊。我自己來吧。要喝杯茶嗎？你吃止痛藥了嗎？如果沒有，先別吃，因為我買了一些白柳皮給你。我花了很久才找到，它似乎很管用，而且……」

「謝謝，寶貝。我想喝杯茶，如果可以，我也要一些新藥片。你確實在照顧我。對不起，我最近一直都是個混蛋。」

「你不是……」

「不。我是。我整個下午都在想這個問題。對不起。我讀了喬許給你的那本書。它真棒。我們都會永生！我簡直不敢相信你沒告訴我這個，雖然你可能認為我無法理解。我過去一直都不懂科學，但這就像是生活為我重新開啟了一扇門。我想從現在開始，我要多讀一點科學類書籍。」

電視上，一個穿著亮面尼龍運動服的男人指著掛在自己脖子上的鐘。

「真的？」我說，一邊灌滿水壺，「哇。」

「對。我很容易就開始想人生真是毫無意義。我沒有告訴過你，媽去世後有段時間裡，我晚上總是盜汗，經常又冷又抖地醒來，想著外面那片黑壓壓的虛無。小時候，我覺得死亡會發生在別人身上，但不會在我身上。後來我長大了，意識到每個人都無法避免死亡；然後媽去世，那該死的真令人沮喪，你知道嗎？這本書讓我覺得自己又變成了小孩。我想我可能會寫封感謝信給凱爾西．紐曼。他讓科學也變得這麼容易理解。我完全能明白塌陷的宇宙會提供所有能量、創造出歐米伽點；這完全講得通；我唯一不太明白的就是第二世界。你是不是已經拿到新書了？奧斯卡寄給你了，對吧？我很想讀一讀。」

「對不起，甜心，我借給別人了。不過等他們讀完了就可以給你。我不知道你會感興趣，不然我肯定會留給你。」

一陣沉默。然後他說：「誰？」

水開了，我往杯子裡倒水。現在我有了些錢，我們可以每個人用一包茶包，而不是兩個人合用一包。克里斯多夫從不會留意這樣的事，這一直讓我很煩惱。如果他有錢的時候泡的茶更好，我一定會注意到。但他從來不會關心我泡什麼茶，甚至不知道櫃子裡有多少茶包。羅文會留意到這種事嗎？一面泡茶，我一面打開買回來的東西：白柳皮藥片、山金車花沐浴露跟其他東西。克里斯多夫關掉電視，廚房裡迴響著一種空蕩蕩的聲音。

「你借給誰了？」他說。

「啊？就是喬許。」

「你見過喬許了？什麼時候？」

「嗯哼，我去托特尼斯幫你買花精，回來的路上順便把書拿去借他。」

「所以你今天見過他了。」

「這沒有問題吧？」

又是一陣沉默。克里斯多夫望向別處。

「為什麼會有問題？」他說。

「我不知道。是你在小題大做。」

「我沒有在小題大做。他怎麼樣？」

「看上去不錯。」

「那你也見到我爸了？」

「沒有。」

貝絲剛才一直趴在扶手椅上撓耳背，等待晚餐。現在她爬下來，溜上了樓梯。也許她從我的聲音裡聽出熟悉的東西，知道我們要吵架了。但事實上沒有。克里斯多夫離開沙發，過來親吻我的臉頰。

「別緊張，寶貝。這是什麼？」他拿起白柳皮。

「噢，這是天然止痛劑。來自某種樹。」

「太棒了。我要吃多少？」

我從他手中拿過瓶子，讀了上面的標籤。

「兩片。一天最多四片。」

克里斯多夫拿了杯子倒滿自來水，吞下兩片藥。

我把瓶子還給他。

「我已經覺得好多了，」他說，「其他的是什麼？」

「這也有助於你的手傷痊癒。山金車花沐浴露，我想聽名字就能明白。山金車花可以治療瘀傷什麼的，運動員經常使用它。還有這些花精，我想，它們其實主要是心理作用。我得做些研究，好為你特製一種花精，不過你可以先用一些急救花精。我會在你的水裡滴幾滴。」

耶誕節的時候我問薇，調給我的花精裡有什麼，於是她在我的棕色小瓶子上寫了標籤：龍膽花，冬青，角樹，甜栗，野燕麥，野玫瑰。她也是最近才開始瞭解巴哈花精，在療養院學的。她告訴我這些花精裡什麼也沒有，只有「植物的脈動」。我記得問過她，什麼都沒有的話怎麼治療。她沒有說任何與安慰劑效應有關的事。她談了陽性和陰性的理性系統，她說，非理性的陰性世界不但存在，事實上還是一種空的世界，是黑洞、是精神洞穴、是「宇宙陰道」，在那裡你能感受到無法理解的黑暗能量，它和宇宙的存在，和你能看見、能摸到、能數數的陽性物質世界同等重要。自然數——所有正負整數——都是陽性的，但是虛數——負數的平方根——直到虛無窮，都是陰性。常識是陽性，悖論為陰性。

「謝謝，寶貝。」克里斯多夫說。

「你到底在想什麼？」我小心翼翼地用滴管在他的水裡滴了四滴急救花精，然後問道。「給你。慢慢喝。」我把杯子遞給他。

「啊？」

「你說這個下午除了看書，你還一直在想一個問題。」

他喝了一大口水。「噢，就一些事。」

「什麼事？」

「只是，好吧，事情可以變得更好。我們、將來，還有一切。」

「為什麼你要想這個？」

和貝絲一樣，他也從我的語氣裡聽到了什麼，皺起眉頭。

「我就是想了。有什麼問題嗎？」

我重重歎了口氣。「為什麼事情總是要有問題？」

「來吧，寶貝。放鬆一下。你已經在冷颼颼的外頭忙了一個下午。我來泡茶吧。」

「不用，沒關係。茶已經泡好了。」

我泡好茶，剝了只橘子來吃，克里斯多夫說他知道一切都會好轉，因為他在免費報紙上看到一則招聘廣告，遺址工程的米克也打來，說如果他申請那份工作一定會成功——德文遺產在找人復原海邊的一座舊城堡，克里斯多夫的工作經驗剛好符合條件，而米克會領導那個團隊。

「哪座城堡？」我問。

他說了。我大約知道是哪座。它離托克羅斯不太遠，差不多就是個廢墟；如果我沒記錯，它一直就是個廢墟，因為它是故意建成那個樣子的。

「那不就是個裝飾建築嗎？」我說。

南德文郡有許多裝飾建築，特別是在達特茅斯港的港口。真正的城堡有上千年的歷史，而這些裝飾建築大多建於十八、十九世紀。我對舊建築和牆沒太大興趣，但我喜歡裝飾建築。它們基本上就是沒用的建築，但看上去就像那些真的有用的東西，比方瞭望塔或燈塔。有些人甚至在他們郊區房子的庭院裡建造廢墟，好讓房子有一種「歷史感」。我覺得克里斯多夫說的那座建築就像這樣。我不記得自己是怎麼知道的，但莉比對德文郡的城堡很有研究，當時她決定要在其中一座城堡裡結婚。她甚至考慮過廢墟，因為既然就像她自己說的，她都毀了自己。她還考慮了裝飾建築，認為也比較適合她的情況。

「不，寶貝，」克里斯多夫說，「那是座真的城堡的廢墟。」

「噢。」

「這麼說吧，我不會為裝飾建築工作，對吧？」

我聳肩。「我不知道。它們也有歷史的重要性，不是嗎？」

他大笑道：「別傻了。」

「那為什麼很傻？你不覺得這很有趣嗎？人們花了許多時間和金錢建造這些建築，不為別的，只是想逗自己開心，或是因為這樣就可以比鄰居有更好的東西，或是假裝自己住在過去或童話故事裡。我的意思是，歷史當然很有趣，因為它告訴我們人的事情？我覺得建造裝飾建築的人可能比建造城堡的人更有趣。」

「你把我搞糊塗了。不管怎樣，米克發現時間剛好能配合上遺址牆的工程項目。我們可以先完成那邊的工作，再一起直接去城堡，我們會有收入。雖然合約也只是臨時的，但那會讓我的簡歷非常漂亮。」

克里斯多夫繼續說著，而我的思緒已經漂向了他方。他沒有對任何事感到抱歉，包括拿拳頭打牆壁、讓我三更半夜在德文郡開車、在醫院裡那麼粗魯，回程又不發一語。我又吃了瓣橘子，想著錢的問題，以及我該不該告訴克里斯多夫錢的事。但最後我只是偶爾合適地應上一聲「嗯」或「那太棒了」，一邊幻想獨自一人和貝絲在貝殼小屋裡彈吉他、織拖鞋、寫小說。我到底怎麼了？這些年來我一直都希望克里斯多夫能讀本有趣的書，和我談談他的心得；我一直都希望他能道歉，就像他自己說的，「因為他是個混蛋」。但是現在，我根本一點也不在乎。

克里斯多夫上床睡覺以後，我坐在沙發上翻看那本講花精的書。我該挑哪些給他？栗子芽適合一次又一次重複犯錯的人。菊苣適合任性、剛愎自用還愛評論別人的人。忍冬適合活在過去、不能從巨大創傷中走出來的人。岩水適合喜歡站在道德制高點的人。柳樹適合陰鬱、敏感、總是破壞別人好事的人。克里斯多夫真的是這樣，抑或這些只是我對他的看法？這本書說你不能為別人開處方，除非你可以非常客觀地看待他們。根本沒有可能。當我從盒子裡拿出那一瓶瓶棕色瓶子時，眼眶就濕了。我想念薇、受夠了克里斯多夫，一點也不想治好他；我想上樓悶死他。我還沒回信給羅文，因為不知該說什麼。每天我都在草擬給他的回覆，每天我都會認真構思給薇的道歉信，但依舊什麼也沒做。我給克里斯多夫的花精貼上標籤，將花精和使用手冊留在廚房裡給他。我想賦予這瓶花精安慰劑效應，卻根本心不在焉。

我泡了杯茶，擦乾眼睛，重新坐在沙發上看那本花精的書，想瞧瞧薇幫我挑的組合說了些什麼。龍膽花適合沒有信仰的懷疑論者。冬青適合心腸硬、不快樂的人。甜粟適合筋疲力竭、看不見生活意義的人。野燕麥適合沒有明確目標、不能穩定下來、對任何事都沒辦法下定決心的人。野玫瑰適合沒能力得到正確「宇宙能量」的人。我翻回龍膽花那頁。「這是一個想相信但無法相信的人，」上面寫道，「他或她覺得需要信仰——某事或某物——但需要這種花精來擁抱那信仰。」

我打開收音機，開始為自己調製一瓶新的花精。達特莫爾野獸現在是當地的重點新聞。波斯特布里奇有個女人聲稱看到牠在她的花園裡走動，並形容為黑色的狼，是德國牧羊犬的兩倍大，有雙「發光」的黃眼睛。「我一點都不想出門，」她說，「除了在動物園，我從沒見過那麼大的動物。從現在起，我打算一直待在屋子裡，直到牠被抓住為止。」我看著貝絲，她躺在客廳的椅子上。那聽起來像個巨大版的她，雖然她眼睛是棕色的。電臺還訪問了當地警方和佩恩頓動物園的工作人員。貝絲爬上沙發，蜷縮在我身邊，我繼續織起毛線，直到外面突然又傳來刮擦聲——這回是在前門。貝絲沒被它煩到，這說明沒什麼大事。不過我還是上了床，用羽絨被遮住頭，試著想工作，和日光。那可能是隻海鷗或老鼠，甚至是獾，但我不願去猜測牠為什麼要刮我的門，而非其他人的。

／

週六起床時，外面傳來很響但不太熟悉的鳥叫聲。我躺著聽了一會兒，然後起床尋找那隻鳥。窗外只有熟悉的屋頂，太陽像湯似的滴下薄薄一層光在屋頂上。儘管非常渴望，但我看不見那隻鳥，那叫聲聽上去像在模仿一種電子遊戲：乒，乒，乒，叭，叭，嘀，嘀，嘀，嗚，嗚，乒，乒，乒，嘀，嘀，乒，乒，乒，叭。然後，一模一樣或者差不多的聲音從頭來過。我在哪裡讀到過，或是有人告訴過我，鳥愈老，牠們的叫聲愈是複雜動聽。這個叫聲很複雜，但不太動聽；這是一隻幼鳥在嘗試各種聲音的可能性呢，還是一隻老鳥在經歷中年危機？我站在窗邊思索這個問題，克里斯多夫走了過來站在我身後，用他的身體緊緊壓著我。他的右手無用地掛在一側，但他用左手撫摸我的大腿。他身上散發沒洗過頭的氣味。

「回床上來，寶貝。」他說，因為剛起床聲音聽起來很粗啞。

我突然覺得好像有人要餵我吃沙或逼我喝海水。

「噢，親愛的，你的手沒事了？」

「人有兩隻手。」

「我知道，但……」

他把左手從我大腿上挪開。「好吧，算了。」

幾分鐘過去。鳥停止鳴叫。克里斯多夫已經回到床上。他在被子裡，沒有動。空氣很凝重。這可能是我第一次在性事上拒絕他，但他是個成年人，不是嗎？他一直都拒絕我。他過去七年都在拒絕我。

「你知道今晚我們要去莉比和鮑勃家嗎？」我說。

被子下傳來不太清楚的回應。「什麼？」

「莉比和鮑勃家？今晚。我不知道你還記不記得。」

「噢，幹，」他坐了起來，「該死。」

「你幹麼講髒話？手怎麼了嗎？」

「不，我的手沒問題。我只是不想去而已，不想和莉比還有該死的鮑勃一起扮演幸福家庭，特別還是在她和別人有一腿的時候。而且，我們也買不起酒或之類的東西。我沒有合適的衣服穿。你就不能編個藉口嗎？」

「不，」我話中帶刺地還口，「我要去。我只是想知道你會做什麼。碰巧我買得起酒。我也對指責我的朋友、或我家人的品行沒興趣。」

「什麼……」他用顫抖的左手梳過頭頂的亂髮，「這**他媽的**到底是什麼意思？」

「沒什麼。」我雙臂抱胸地看著窗外。烏還沒有開始唱歌，像湯的太陽已經完全被雲團吸走了。

「對不起。聽著，我有一些錢。昨天收到的。我想給你個驚喜，但我搞砸了。我想是不是……」

「不，你說的什麼朋友和家人的到底是什麼意思？」

我歎了口氣，說道：「我昨天見到米莉。」

「噢。那頭肥母牛。我一點都不訝異是她在背後搞鬼。」

「看在老天的份上，克里斯多夫，不要那樣叫她。沒人在背後搞鬼。」

「她把我家弄得一團糟。」

「不，是你和貝卡把你家弄得一團糟。喬許不覺得這有什麼問題；為什麼你們不能讓你爸開心一點？」

「哦。我知道了。現在這更明顯了：原來一切是想證明喬許有多棒。」

「別蠢了。」

「不管怎樣，我和貝卡代表家裡的一半。另一半瘋了。我們有責任好好看著爸，確保他沒有毀掉自己的生活。媽去世後他一直很脆弱。」

「所以當你和貝卡過著自己的生活，你希望你爸做什麼？等你們打電話回家，還是貝卡一年回家住上幾個週末，通常不是因為想見他，而是發現安特又上了個倫敦的酒吧女侍，或是安特發現她又在網上對某個在佛羅里達的男人傳自己的裸照？除此以外，你們就想他整天在咖啡館工作、晚上自己一個人盯著電視看，直到他無聊的生活又一次被喬許的精神病發打破？」

「我爸的事和你無關。我姊姊的也是。真希望從沒跟你講過這些。我就知道你會利用這些來對付他們；為什麼你就不能不管這些呢？」

「如果你不想我管這些，就別指望我三更半夜去該死的醫院陪你，不要老是抱怨我做得不夠完美，不要叫我幫你換繃帶。我也希望自己不要牽扯進你的家務事，但我已經牽扯進去了，特別是在你捶牆壁的時候，理由只是因為你無法面對一個簡單的事實：你爸愛上別人，而那人不是你也不是你死去的媽。」

克里斯多夫用被子蒙住頭。

「這真是非常成熟。」我說，心裡有點覺得他可能會嘲笑這句話，但如果他真的笑了，我還真不知道該怎麼辦。

「滾出去。」他說。

「好。沒問題。我這就出去。我可能要晚飯以後才會回來。」

沒有動靜。

「克里斯多夫？」

「你愛幹啥就幹啥。」他說。

這一天毀了，一早就毀了。從某些角度來說，我的日子早就都被毀了。我感到很平靜。我開出達特茅斯的沃爾夫里特，經過通往城堡和羅文家的那條路，向外駛向小達特茅斯。天空漸漸變成了鵝卵石的顏色，我驅車穿過斯托克弗萊明，經過黑潭沙灘的入口處，通常我會在早上帶貝絲去那裡散步。我們一接近那兒，她就像往常那樣輕聲叫了幾下，經過那裡的時候她把整個身子探出後車窗呼吸。她也許已經意識到我們要去斯拉普頓沙灘，只是不知道要待多久。道路緞帶般繞著斯特里特的懸崖，正好和座石牆連成一線，牆外是含羞草樹和野報春花，粉色的綿羊在草地上吃草。道路崎嶇蜿蜒，沿著山路往下，很快我就開上一條直路，左邊是斯拉普頓沙灘，右邊是斯拉普頓草地。托克羅斯村就在路的盡頭，有如蝌蚪的頭。我把車停在二戰坦克旁，沿著海邊步道走到了貝殼小屋。在鎖孔裡擰動鑰匙，感覺就像在水底待了很久終於可以出來透口氣。克里斯多夫可以一整天細火慢燉他的憤怒。我無論如何都不會早過午夜回家。或許我永遠也不會回去了，除非只是去拿東西；我不太確定。

窗旁的書桌很誘人，是個可以好好坐下來思考人生的地方。當然，桌上什麼都沒有，越過桌子我能看到鵝卵石、海洋和天空形成黃藍的間隔，中間散布點綴著一些正忙著捕魚的海鳥。但我不能坐下來。要是我現在就坐在那兒，人生中有那麼多東西要思考，我怕自己會就這樣一直看著海，因為沒有火而凍死，因為沒有食物而餓死。

我讓貝絲在房子裡嗅來嗅去，自己偷偷跑去當地商店。雖然現在是淡季，那裡還是有些水桶和鏟子賣，也有瀉藥、鞋帶、門檔、迴紋針、明信片、介紹當地自然風光和鬼魂的小冊子、繩子、點火劑、木塊、牛奶、乳酪、三明治，以及大約一千樣其他東西。架子上有點灰塵，店裡很昏暗，但我仍找到了野營用的水壺、一些點火劑、麵包、一桶新鮮明蝦、一包布滿灰塵的義大利管麵、一顆檸檬、黑胡椒粒、咖啡粉、綜合花草茶和一些當地蜂蜜。我在籃子裡放了一罐狗糧和一些狗餅乾，繞著商店又轉了一會兒，然後走回去加了兩罐狗糧，一個大的狗咬膠和一個錫碗。我還去了清潔用品區，拿了一些掃把、漂白劑、泡沫清潔劑、抹布、傢俱亮光劑和一個桶子。我把東西全放在櫃檯上，收銀機後面的女人揚起眉毛。

「還要別的嗎？」她說。

我瞥了一眼她身後放當地刊物的架子。上面有潮汐表、觀鳥手冊、斯拉普頓草地的自然日記，以及一本很薄的平裝版《家居妙招》，作者是愛麗絲．格拉斯。那一定是安德魯的嬸嬸，我租的就是她住過的房子。「我可以要那本書嗎，謝謝？」我說。她歎了口氣，把書拿給我。「你是在度假，親愛的？」她說。

「算是吧。」

我回到小屋時，貝絲眼睛裡充滿了問號，我用狗咬膠回答了部分問題。我把所有的清潔用品放在水桶裡、留在廚房，去酒吧後面取了些木柴回來、生火。新水壺裡的水燒開了，烤肉架也熱了。

我是在布萊頓、住在貝卡和安特家裡的時候學會替壁爐生火的。電視劇進入後期製作後，德魯回到倫敦，當時的計畫是我最終會搬去和他住，或他搬到布萊頓來跟我住。同時，我們每個週末都會去貝卡和安特家，因為我們都知道我的小公寓又冷又壓迫。一個周日早晨，我們一起躺在四柱床上、在能俯視後花園池塘的「我們的」房間裡，德魯認真地看著我，告訴我他愛我，想和我結婚。我記得自己環視了那間完美的臥室，想著那壁紙——上頭是布萊頓的現代風光——比我能買得起的任何東西都要別致。樓下有頂級的AGA牌廚具，我知道安特一定已經在用它為我們準備早餐。貝卡可能正在客廳為大壁爐生火，就像她常在寒冷的週末早晨做的那樣。吃過早餐我們會一起坐在火邊讀報，談論評論版和風格版的內容。貝卡主導這些討論，週三下午商店打烊之後，她通常會去倫敦買些前一周在報紙上看到的東西。而與此同時，我會看填字遊戲，但要到晚上回家才會開始做。午餐前我們會在室內游泳池游泳、做蒸汽浴，午餐後德魯和我會上樓再滾幾次床單。我覺得我的外在生活已經從一塊白手帕那樣的大小和顏色，變成了好幾碼長的美麗布料，上面印有複雜的顏色和圖案。唯一的問題是，德魯是這塊布料上沉悶的背景，而非圖案。我不知道可以用這塊布料做什麼，也不知道它是不是真的適合我。但那個周日早晨我臉紅了，告訴德魯我也愛他，雖然我不相信婚姻，但也許正式確定我們的關係是個好主意。

那也是我第一次遇到克里斯多夫。我和德魯離開房間，穿著鬆垮垮的運動褲和老舊的帽T，露出大大的微笑，以剛訂婚的身分現身，樓下卻沒有早餐，客廳裡也沒有火堆。廚房裡傳出香菸的味道，可能是貝卡，她還沒戒菸，因為她沒從母親去世的陰影裡走出來。但在廚房的不是貝卡，而是一個纖瘦、頹廢但英俊的男人，有雙藍眼，穿著一條破洞牛仔褲，坐在廚房桌旁，面前放著一張二十英鎊紙幣。見我們走進廚房，他拿錢站了起來，把錢放進口袋，拍拍德魯的肩膀說了些類似「還好吧，哥們？」之類的話。德魯介紹說這是克里斯多夫，貝卡的弟弟，接著安特走進來告訴我們，貝卡去了「某個地方」冷靜一下，問我們願不願意在他準備早餐時幫忙生火。於是我們三個走進客廳，集中所有知識努力生火，但其實我們沒有太多相關知識。克里斯多夫和我很快就開始鬧著玩，但德魯很認真，他用三根木柴搭成棚屋狀，然後找點火劑和火柴。

「你不需要用點火劑啦，哥們，」克里斯多夫對德魯說，「對環境不好。」

「對，」我說，雖然不知道自己在說什麼，「你不是應該用引火物之類的東西嗎？比方擰起來的報紙？」

「點火劑更有效。」德魯說。

克里斯多夫走出房間，回來的時候手裡拿著伏特加、火柴，以及當天《觀察家報》的評論版。德魯還沒找到點火劑，在他歎氣之際，克里斯多夫把幾頁報紙揉成小球扔進壁爐裡的木柴旁。他在木柴和報紙上澆了一杯伏特加，往上點火。有那麼一刻，壁爐裡的東西像塊耶誕布丁一樣燒了起來，然後，火就突然滅了。我們看著壁爐，裡面有一團報紙漿和濕木柴。整個房子彌漫著伏特加的氣味。德魯揉了揉眼睛，我跟著他上樓。我們回頭看克里斯多夫的時候，他在踹濕木柴，運動鞋都被伏特加弄濕了，還一邊嘟噥著一切是多麼愚蠢。我記得很清楚，當時我還想，自己是多麼幸運，和德魯那樣的人在一起，他總是很理智、小心翼翼地處理事情，從不會大發脾氣，而像克里斯多夫那樣的人，雖然很性感，但是太複雜、太需要小心呵護了，你永遠不知道他下一步要做什麼。我們回到房間，德魯坐在床上，把手放在自己的大腿上，說：「你不認為他很迷人嗎？」

「誰？」

「克里斯多夫。」

「當然不，」我說。「為什麼？」

「大多數女人覺得他很迷人。」

「好吧，我不覺得。也許很客觀。但他不是我喜歡的那型。你才是。」

／

在托克羅斯，在我已經當成是自己新家的屋子裡，我用點火劑生火：底部放上兩塊，幾塊放在更小、更乾燥的木柴下。我留出一些空間讓空氣流通，在頂部放了塊大一點的木柴。火點起來的時候帶有泥土和冬天的氣味。水壺發出尖叫，我去廚房泡了杯茶，用明蝦、胡椒和檸檬做了吐司。貝絲躺在火堆前專心咬著自己的狗咬膠。現在才一點，透過窗戶，我可以看見淡淡一層光在天空的底部鑲邊，緊貼著薄薄的、接近黑色的地平線。灰藍色的海水微微起伏，打在鵝卵石上化成蕾絲花邊狀。我就這樣看著海，看著它穿上衣服再脫掉，看了很久。*如果？我想，和著浪花。如果？*

去莉比家前的一個小時我打開了筆記型電腦。風扇的聲音立刻蓋過窗外微弱的海浪聲。我登錄網上銀行，選擇了轉帳。克里斯多夫的名字在名單的最頂端，我轉了一千英鎊給他。我又在綠色纖維網上看了一會兒床，決定好要買哪一個之後，開始回郵件給羅文。

／

「你做了什麼？」莉比說。

我們在她的廚房，面前的料理臺上是完好無缺的九條魚。魚眼凸起，彷彿就逮的時候想要說些非常重要的話。牠們張大著嘴，嘴裡長著完美的迷你牙齒。牠們有點嚇到我了；這提醒了我為何曾一度是素食者。我轉過身去。貝絲對魚一點興趣也沒有。她堅持要把狗咬膠從托克羅斯帶過來，現在正躺在廚房中間咬它，似乎迫不及待想要咬完。我轉回去看魚。莉比也在看牠們，手裡拿著刀，但不知道該拿牠們怎麼辦。

「我租了間小屋，」我說，「在托克羅斯。今天我在那兒的火堆旁坐了大半天，看著海水來來去去，那感覺很棒。你知道海灘盡頭有不少岩石嗎？潮水漲得很高的時候，那些岩石看上去就像龍踩在水裡的爪子，繞過它們你就可以抵達下一個海灣。我從沒注意到這些。我通常只是帶著狗從停車場走到紀念碑，再走回來。」

「你離開克里斯多夫了？」

「我不是很肯定。本來我的計畫只是在那間小屋工作，但今天我差點訂了一張床。昨天我心血來潮租下那個地方，因為它就在那裡，乾燥、有開放式壁爐，而我突然負擔得起房租。克里斯多夫完全不知道這些。」

莉比咯咯笑了。「我們最好喝一杯，」她說，「為什麼我沒讓魚販把牠們切成魚片？」她衝著魚揮舞手上的刀。

「因為你打算做烤魚？」我說，「對了，你不需要九條了，因為克里斯多夫不會過來。這是什麼魚？」

「海鱸魚。」

「烤了牠們。」

「你這麼想嗎？」

「當然。」

她從冰箱裡拿了白酒出來。「這瓶很不錯，」她說，「貴得要命的蘇維濃，鮑勃不知道我從店裡拿過來。老天。我是怎麼了？我當然應該做烤魚。這才是最明智的做法。為什麼我要把牠們切成魚片？」

「因為這是你的方式。不過我們要烤魚。」

「是嗎？」

「對。我和克里斯多夫大吵了一架，我可能會離開他。我不知道，不過同時，我也在考慮偷情——就算我離開了克里斯多夫這還是算偷情，因為，呃，協力廠商也有伴侶。我沒辦法專心做事，如果要切成魚片，我可能會把魚骨頭留在裡面，並因此害死鮑勃的姑姑。你看上去像是在等劊子手出現。鮑勃在哪兒？」

「還在店裡，」她倒了些白酒，「跟我說說你的事吧。」

她用油塗抹魚身，淋上另一種白酒，撒上碎橙皮，我一邊切香草，一邊告訴她我和克里斯多夫吵了什麼，我見了米莉，還有我吻了羅文（沒講出他的名字）。我說即使到現在，一年過去了，我仍不能忘記他。

「小心點，」她說，「也許你不會離開克里斯多夫。」

「我不知道。不過，我正在計畫離開。」

「只要你保證不會像我這樣。我記得你說過，覺得在真正認識一個人以前，那個人才比較有趣。」

「欸，」我歎了口氣，「你說得沒錯。好吧，只是頓午飯罷了。」

「是你自己用偷情這個字眼的。」莉比說。

「如果這只是一種假設也沒什麼問題：我覺得這個男人不錯，雖然他對我而言太老了；假設他又吻了我——倒不是說他會這麼做，我也不想他這麼做——」

「你想。」

「好吧，假設他真的又吻了我，過一段時間我們上床了，熱烈而又悲劇般地相愛……」

「然後呢？」

「沒人會想知道然後。」

「我只是不確定那真行得通。你不可能愛上一個人，同時還正式和另一個人同居；那得同時發生。好吧，除非你是個女人。還要來點白酒嗎？」

「好啊。謝謝。天啊，你可能是對的。」

「你一輩子會不停對別人產生好感。但如果你想解決與克里斯多夫之間的問題，就不能像這樣同時和別人在一起。你必須一個一個解決。」她大笑，「我懂道理，只是不能付諸行動。我有沒有跟你說過，那個時候我真的和那個誰相愛了——我住在布里斯托時經常去的那間酒吧裡的桌球之王？他叫什麼名字來著？——哦，奧利。對。我愛過奧利，我們上床，然後他甩了我。他擁有我見過最驚人的老二——讓太陽曬成了小麥色，你相信嗎？——他還有迷人的笑容，想成為作家。天啊，我愛過他。他有四個朋友，一個深色頭髮，一個金髮，一個紅髮，一個沒頭髮。他們就像是男子組合。奧利甩了我之後，我和他們一一約會。前三個我每次都說服自己是真愛。其中一個喜歡鷹族雄風樂團（Hawkwind）、迷戀咖哩；第二個老二非常非常小，有一條很可怕的地毯，還老是叫他媽媽滾開。第三個我記不得了。但老實說，每一次都是這樣。『他的頭髮很漂亮、他還讀書；應該就是他了，』或『他聽的音樂很有品味，他還喜歡巴菲，』我說服自己他就是命中註定的那人。我一點也不喜歡那個沒頭髮的，但某天晚上他是當時酒吧裡唯一一個可以送我回家的人。到我家以後他進了屋、脫了褲子，希望把老二放進我嘴裡。我們沒有說話，但是我明白、他也明白，我已經上了他所有的朋友，現在輪到他了。我幫他口交，從此再也沒回去過那間酒吧。他們一定覺得我是個十足的蕩婦。事實亦是如此。」

我大笑道：「這很像一個奇怪的禪宗故事。」

她也笑了。

「那馬克怎麼了？」我問。

「嗯……」傳來轉動鑰匙的聲音。「鮑勃回來了。我再告訴你。」

接下來的一個小時，我們三個準備食物、布置餐桌。鮑勃從強尼那兒買了牡蠣當前菜，還從店裡拿了檸檬塔當甜點。他播放一張九〇年的英式搖滾專輯，我們在廚房裡邊跳邊唱。他們倆令我捧腹大笑：如果一首歌有兩個聲部，他們就會自動一人唱一個聲部。我們換了一張八〇年代某部大片的原聲帶，裡面有許多和聲組合。喝完那瓶蘇維濃，我們又開了一瓶。貝絲終於咬完整個狗咬膠，跑到樓上睡覺去了。鮑勃的父母抵達時，一切都準備就緒，我們都有點累、醉醺醺的，趴在沙發上聽鮑勃非常喜歡的一個新爵士樂隊演奏。他就這個樂隊和莉比談了很久：她知道他們被水星音樂獎提名了嗎？對，她知道，但她不知道原來他有這張專輯，她本來還想自己買一張呢。我很好奇他們的感情出了什麼問題。不只是和聲的事還有像這樣輕鬆的對話。我注意到他們會幫對方添酒，而莉比如果要從咖啡桌上拿走鮑勃的書，她會小心翼翼地插進一張書籤，好讓鮑勃不會找不到自己讀到哪裡。在外人眼裡我和克里斯多夫是這樣的嗎？也許不是。他一輩子都不會為我添酒。

鮑勃的父親康拉德是德國人，說話仍帶一點口音，聽起來很像我認識的一個人，只是我想不起來是誰。他的妻子薩莎在多年前是個模特兒，現在則為本地的藝術專案工作，雕刻浮木。早上我和貝絲在黑潭沙灘散步時撞見過她幾次。她把狂野的頭髮染成了紅色，聲音低沉自信，讓我想起薇。康拉德和薩莎都六十多歲，但看上去年輕很多。鮑勃說了些上次去德國時聽到的逸聞，告訴他爸媽姑婆和叔公的近況。就在鮑勃提到他的回程航班改降在埃克塞特時，門鈴響了，莉比跳起來去開門。是馬克，他穿著沒熨過的牛仔褲和似乎是新買的襯衫，腳上的黑鞋邊上有泥土。他在莉比對面的沙發上坐下，禮貌性地問了薩莎一些諸如她在做什麼、在哪裡長大的問題，然後告訴我們他的爸媽還住在蘇格蘭某座島上的嬉皮社區裡，是雙方五十多歲、婚姻觸礁之際搬過去的，當時馬克則在紐卡索準備普通中等教育證書（GCSE）考試。結果就是整個預科課程期間，馬克只能睡在朋友家的地板上。薩莎問了許多那座島的問題，比方「冷不冷？」「那裡真的沒有樹嗎？」諸如此類的。康拉德偶爾笑笑，並一度對鮑勃說：「瞧，我不是一直跟你說，有對瘋狂的父母也是件好事？」

「你大學主修什麼？」薩莎問馬克。

「我一開始沒上大學。付不起學費。假日的時候也無家可歸。後來我在燈塔上工作了幾年，直到它被關閉，接著我開始業餘研究起和平學，但很快就發現讀這個根本沒有前途。」他大笑。

「為什麼？」薩莎問道。

「嗯……你知道，波灣戰爭那時候剛開打，一切看上去都那麼糟；最後我改念了工科。畢業後做了一段時間的工程師，後來，當然，我放棄了……」

「你並沒有真的放棄，」莉比說，「你開始設計船。」

「是啊，大概吧。」

正當我好奇莉比打算怎麼解釋她為何如此瞭解馬克的時候，門鈴響了，她又跑去開門。突然，羅文出現了，一身牛仔褲和淺藍色襯衫地站在客廳門口，不敢看我的眼睛。他把手上的酒遞給莉比。

「恐怕莉絲來不了了，」他親吻薩莎的兩頰，和康拉德握了手，然後補上一句：「她頭痛犯了。已經吃過藥上床休息。要是沒問題，我可以盡量扮演我們兩個。」

「哦，真可憐。」薩莎說。

「她老是犯頭疼。」康拉德說。

康拉德是莉絲的哥哥。當然。我是明知這一點卻忘了嗎？應該不是。所以羅文是鮑勃的姑丈。我吻了鮑勃的姑丈，還對他產生無數的性幻想。我很慶幸沒告訴莉比我打算和誰偷情，而且，現在看著他，我知道那不太可能會發生。但是我也想起自己告訴過他，莉比有婚外情。我喝光杯子裡剩下的酒，不看他的眼睛。

晚餐最後，我們討論起悖論。莉比提到了我的電視劇交易，還有我在自己的科幻小說裡用過的一切數學知識，以及我寫的那些有關手機網路和蜂巢結構的奇怪東西。她很擔心他們如何把這些拍成電視。我說不用擔心，因為據我所知，電視版權只是躺在架子上收集灰塵，直至它們過期，所以很有可能這些書根本不會得到改編。羅文問我是否理解自己小說裡用到的所有數學和科學知識。這是個好問題，因為我並不是全部都理解；或說，至少我在寫的時候很清楚，但一、兩年過後，通常是我要為那些書接受採訪的時候，就不是那麼回事了。我盡可能誠實地解釋這些。

「但你幫科學書籍寫書評？」薩莎說。

「對。那也有點類似，」我說，「讀的時候我完全能夠理解，特別是倘若某本書寫得很好並舉了許多恰當的例子；但每當有人要我解釋相對論的時候，我就無能為力了。或說，我只能解釋一部分。像是關於光速那部分？」除了康拉德，所有人看上去一片茫然。

「特殊相對論。」他說。

「普通相對論是重力？」

他哈哈大笑，然後喝了口酒。「我想是。你說得沒錯；人都會遺忘。」

「我腦袋裡有各種亂七八糟的圖像：一個男人在一輛火車上，火車與汽車速度相同，所以在他看來，火車和汽車於對方是靜止的。當他開始在車廂裡走動——假設他時速為一公里——但他的實際速度是火車速度再加上這個速度。我可以看見空間、時間像毯子一樣展開……」

「就像宇宙之布！」莉比說。

「完全就是。」我對她微笑道。

「你把大家都搞糊塗了。」鮑勃對莉比說。

「噢。幾年前我幫梅格織了條宇宙之布。就是這樣。」

莉比沒看他的時候馬克揉了揉眼睛。

「『就是這樣，』」羅文哈哈大笑道。他看著我的眼睛，然後又望向別處，「就好像你是某種編織之神。」

「或神之助手，」莉比說，「我當時不得不問康拉德，宇宙之布看上去該是什麼樣子，這樣我才能織出來。」

「你覺得是神創造了宇宙，還只是設計了宇宙、由別人來建造？」薩莎說。

「噢，媽，別這樣。你搞得我頭都痛了。」鮑勃說。

「這就是為什麼我們沒用信仰帶大他，」康拉德對馬克說，「我知道他沒辦法對付悖論。羅伯特的心智非常清明。」

「我現在覺得自己只有三歲，」鮑勃說，「謝謝。」

「我也不懂悖論，」羅文說。他看著我。「你知道法蘭克和薇的朋友——那個解決悖論的哲學家？」

我大笑道：「不。我的老天。這聽上去有點瘋狂。」

「我想悖論應該解決不了吧，」莉比說，「這不是關鍵所在麼？」

「你老婆比你聰明，」康拉德對鮑勃說，「我一直都這麼說。」

「爸，請閉嘴。」

「我認識一個在收集悖論的藝術家，」薩莎說，「每當他找到一個，他就把它們像蝴蝶一樣釘在玻璃器皿裡。」

「找到一個？」我說，「什麼，悖論到處都是？」

「這可能只是個比喻。也許根本沒有玻璃器皿。我想，我們談到這個時候大家都喝醉了。」

康拉德皺皺眉頭，喝光了他的酒。他又給自己倒了一杯，然後為大家斟酒。

羅文笑了。「我從來沒找到過悖論。」他說。

「你會的。」莉比露出一臉壞笑。

該死。她發現了。

「真好，」薩莎說，「我們能討論這個真好，因為我一直都不好意思問他那到底是什麼。現在你們有人可以清楚地告訴我：什麼是悖論嗎？」

「是一句自我否定的陳述。」馬克說。

「譬如？」

「當一個克里特人告訴你，」我說，「所有的克里特人都是騙子。」

「客人？」

「不。克里特人，媽，」鮑勃說，「來自克里特島的人。」

「為什麼？」

「因為那是古希臘的東西，我想。」

康拉德抬起頭、大笑。「她很聰明，」他指著莉比說，「但我兒子也不笨。他們很匹配。不管怎樣，悖論所包含的遠遠多於一句自我否定的陳述。」

「還有，你最終會用它自己來證明該陳述；這很荒謬，」我試著解釋，「比方石堆悖論：你有一堆石頭、拿走了一塊，然後問別人這還是不是石堆。他們當然會說是。你再拿走一塊，問同樣的問題。還是石堆。到哪一點為止這不再是石堆？到最後會只剩下一塊石頭，但因為『一堆』的定義，你沒辦法說這塊石頭是一堆石頭。」

「但那只是證明了一個詞沒有準確的定義，不是嗎？」羅文說，「它只在表示一個抽象名詞與一個具體名詞是不同的。」

「好吧，對，這不是個好例子。但是整個二十世紀科學都建立在悖論上。哥德爾不完備定理（Gödel's Incompleteness Theorem）、海森堡測不準原理（Heisenberg's Uncertainty Principle）……還有虛構悖論（Fiction Paradox）。比方說，為什麼我們知道鬼故事只是故事，讀的時候還是會害怕？為什麼我們都知道小說不是真的，還是會對我們的情緒產生影響？為什麼重讀一本書或是重看一部電影，我們還是會產生第一次看時的反應？」

「這不是悖論，」羅文說，「這就是生活。」

「我最喜歡的悖論是馬和乾草，」康拉德說，「讓一匹馬在兩捆完全相同的乾草中選擇，兩捆與牠的距離皆相同，這匹馬無法作出一個理智的決定，結果餓死了。這證明了理性中的悖論。」

我想到那個因為在自家花園看到野獸而不敢離開屋子的女人。她會餓死嗎？如果會，那是因為她太理智，還是太不理智？

「哦，這讓我想到一個更好的故事。」我說，一邊試著回想是在哪裡讀到的。「那是神學家多瑪斯·阿奎那（Thomas Aquinas）講的。阿奎那想知道，如果上帝讓全世界復活會發生什麼事；換句話說，在同一時間，讓所有活過的人復活——食人族會怎麼樣，還有那些他們吃了的人？你不能讓他們同時復活，因為食人族是由他們吃了的人構成的。你只能有其一不能有其二。哈！」我看著羅文。

「這是一個很好的悖論例子。」

「羅文有關於真正食人族的故事。」鮑勃說，但康拉德嚴肅地摸起鬍子，作為我引阿奎那為例子的反應，所以羅文和桌旁的其他人一樣，等待他發言。

「這是一個很有趣的謎題，」康拉德最終開口了，「阿奎那把焦點集中在食人族上，但事實上每樣東西都是由其他東西構成的。我造的每一艘船過去都是一棵樹，事實上是好幾棵樹，也許還有隕石、鐵礦石、植物等等。你不能既吃了你的蛋糕同時又擁有它。我想這就是悖論的來由。」

莉比笑了。「梅格老愛討論食人的問題，」她說，「別理她。在我們像嬉皮一樣彈吉他、唱歌、拍手之前，誰要來些檸檬塔？」

她說得沒錯。我還吃素的時候總喜歡談論食人的問題。那個時候，人們問我是不是覺得動物能感到疼痛而植物不能；如果我不小心吃了蒼蠅，或是遭遇飛機失事、必須在叢林裡靠吃屍體和昆蟲維生，我會怎麼做？我的回答總是：為什麼我們可以吃智商和三歲小孩一樣的豬，但不能吃三歲小孩。我變成素食者的時候，貝絲還是隻小狗，而我很喜歡摸她的腿。突然，很可怕地，我覺得她的腿就像沒煮過的肉，像一塊你可以從超市買到的雞腿。貝絲已經知道她自己的名字和另外二十來個單詞，還有一顆很喜歡的球，我放湯姆．維茨的歌時她會在地上打滾，但如果是放巴布．狄倫她就會離開房間。她不是食物，她是我的玩伴。那時我意識到我不能再吃哺乳類動物的肉了。我繼續吃了一段時間的魚，而不久後連魚也不吃了。後來我評論了某本書，書上說我進行的那種素食主義根本毫無意義。為什麼可以吃肉類工業的副產品，比方牛奶和乳酪，而不能吃這些產品本身、也就是動物的肉呢？人們怎麼還能繼續喝牛奶，在得知牛奶是來自那些可愛的牛群後？牠們曾躺在春光下的草地，然後被帶走變成牛肉，被毒氣殺死或者被燒死，只是為了讓你喝牠們的奶。這些言論說服了我，所以我開始只吃植物：主要是豆泥、純巧克力和海鹽香醋口味的洋芋片。這樣持續了兩年，直到裂隙開始出現。事實證明，虛構的輿論現實，也就是農場動物只是產品包裝上的愉快圖案而已，比事實更容易相信。我沒再吃過哺乳動物，大多數時間我仍避開奶製品，但我不再多想原因是什麼。

莉比把檸檬塔放在桌上，切開。

「我想起來在哪裡讀到阿奎那了，」我說，「是在一本討論人們如何活過時間末點的瘋狂的書上。」

康拉德大笑。「你要怎麼活過時間末點？」

「你等待宇宙塌陷，而當宇宙間所有物質的密度都無限大的那一刻，會有一個電腦程式開始運作；你利用這無窮的能量模擬出一個無盡的新宇宙：一個永遠不會結束的來生。很有條理，不過很奇怪。」

「你那個星期告訴我這個之後，我做了個可怕的夢。」莉比說。

「這就是可怕的夢。」我說。

「這不是一件好事嗎？」薩莎說，「我想要永生。」

「我不想。」羅文說。

「一旦你開始考慮『永恆』的可能性，事情就會變得很可怕，」我說，「我讀的這本書，或者說這些書——到目前為止一共有兩本——試圖想像出這個後宇宙，以及它會如何被歐米伽點控制——歐米伽點就是『那一刻』的無窮力量，有點像上帝。該如何安排『天堂』？作者最終的結論是，我們必須如英雄般活上一千年，才會上天堂。這既複雜又煩人。」

「我認為你無法想像天堂，」莉比說，「而那又有什麼意義呢？」

「聽嘛，聽嘛。」康拉德說。

「但如果你知道你會以同一種意識在無窮當中繼續活下去，」我說，「這樣就有東西可以想像了，儘管不久後這就會變得很不愉快。我想作者提出這些的原因就在此，在你與這個類似上帝的歐米伽點合為一體前，你需要經過一千年。如果在無窮當中，你是有意識的，你自己最終會變成神，因為你將經歷一切，而所有人……」

「你將變得全知，」羅文說，「你有能力知道一切。沒什麼是不可能的。」

「你可以回去過任何你想要的生活，」我說，同時凝視著羅文的眼睛長達一秒鐘。「你可以知道活著的時候周遭的人對你的真實看法，哪怕他們什麼都不說。你將知道一切的真相。你將……」

「那簡直是地獄，」馬克推開面前的盤子說道，「好吧，只對某些人而言。因為你將意識到，你的整個人生就是在撒謊、欺騙和背叛你愛的人當中度過，在永恆中的某一刻——可能就在一開始，無論它在什麼時候發生，反正永恆就是永遠——每一個你撒過謊的人、每一個你欺騙過的人，每一個你傷害過、出賣過的人，都將發現真相。大家都會知道所有你想過和做過的事情。剩下的永恆裡，你將獨自一人，所有被你虧待過的人都將避開你。」

莉比站起來離開了房間。

「這沒有道理。」我說，一邊想著我是不是應該跟上她。

「不，」羅文說，「當然，為了知道別人的想法，你必須成為他們。你必須一開始就過他們的生活：你不能『跳進』某人的意識。就算你真的跳進某人的意識，他們所有的記憶和欲望會像座高山那樣堆在你面前。就像你說的，在永恆當中，一旦經過足夠的時間，你將知曉一切。這樣你也無法再去評斷任何人。」

「你最終會充滿同情心，」我說，「一旦你能理解別人、瞭解他們的動機，你就無法評斷他們。你會變成他們，就像羅文說的，所以這有點像是自己在評斷自己。」

「然後你就和上帝合而為一了。」康拉德說。

鮑勃、羅文和我唯一都會的歌是〈嘿，喬〉（Hey Joe），所以羅文和我用鮑勃「多餘的」木吉他彈和絃部分，而鮑勃負責低音部分。莉比本來打算唱的，但她不知道歌詞，所以我盡量唱了出來，而且是在羅文的全程注視下。馬克吃完晚餐後因「胃不舒服」早早回家了。康拉德和薩莎走了以後，我們喝了一瓶鮑勃從店裡帶回來的黎巴嫩酒，他堅持要透過一塊穆斯林布料慢慢倒酒。莉比的眼睛紅了，臉色更加蒼白，最後倒在沙發上睡著了。鮑勃似乎沒注意到；他不停為我們演奏了一個又一個即興片段，我坐在那裡看著羅文，心跳加速。我們的眼神相遇了。又相遇了。他的眼睛似乎在問我問題，但我不知道是什麼。不太像是「我可以再吻你嗎？」要比這複雜，我也不知道為什麼。

大約凌晨十二點半左右，我把貝絲從客房叫下來；她一直在那裡睡覺。我喝醉了，不能開車，所以我幫她套上牽繩，打算早上再回來把車開走。羅文本來在玩鮑勃的木吉他，他看了我一眼，說道：

「我也該走了。」我們跟鮑勃道別，然後一起離開。

「你走哪個方向？」我問道，雖然我知道答案。

「城堡那邊，」他說，「但我可以送你回家。已經很晚了。」

「你不需要這麼麻煩。」

「我想送你。」

我們沿著河堤走，貝絲一路上搖尾巴。她在第一張長椅那兒停住，嗅了一會兒。我也停下腳步，但羅文還在往前走。過了一會兒他發現我們沒跟上，於是又折回來。

「我的狗走得有點慢，」我說，「她要嗅遍每樣東西。」

「她一定覺得在這兒散步很有趣。有那麼多氣味。」他彎下腰摸摸她的頭。他摸的時間有點太長了，突然我在想，他是不是和我想摸他一樣想摸我。

「對，我想是。」我說。

今晚霧很重，沒有星星，海鷗在遠方的海上尖叫。

「梅格……」羅文停止撫摸貝絲的頭，站起身，碰了我的手臂。但他很快把手拿開了。

我們都轉過去面對河。然後我看著他。如果我們再次接吻，接下來會發生什麼事？我們不能上床。儘管我有幻想，但他太老了：我們之間不會有未來。而且我有伴侶，他也有，世界不是這樣的運作的。不過我醉了，我知道如果他吻我，我一定會回吻。

他盯著地上，清了清喉嚨。「莉絲離開我了。」他說。

「哦，天啊，」我說，「什麼時候的事？」

「呃，現在她回來了。」他在顫抖。「前幾天的事。」

「她回來了？她離開你、又回來了？」

「她改變主意。她希望我們兩個去參加伴侶諮商。」

「那你呢？」

他把外套的拉鍊拉上。「我想過平靜的日子。」

「是嗎？大多數人不想這樣。」

我想到莉比，她根本不想和鮑勃一起過平靜的日子。還有我。也許我一直想要平靜度日，才這麼高調地和克里斯多夫一起逃走，而不是直接逃去薇在倫敦留給我的房間，我可以想待多久就待多久。

我們剛開始在德文郡落腳的那幾天，克里斯多夫非常安靜。我以為他會走出來，走出離開貝卡、背叛德魯所帶來的創傷。但他沒有，真的沒有。和克里斯多夫一起，我怎麼會快樂呢？這是過去七年的主要問題。一定有辦法解決。我們都很年輕，客觀來講他還是很迷人，儘管在我眼裡他開始和沙發、煎鍋、遙控器差不了多少。為什麼我會一直想著這個男人，站在我面前的這個男人，突然間，他看起來和颶風中的小樹苗一樣纖瘦脆弱？為什麼我仍想著再次親吻他，儘管這根本沒有意義，也沒有道理？

「是嗎？」羅文說，「我想大多數人都想要平靜的日子。等你到了我這個年紀……」

「這有關係嗎？年齡有關係嗎？」

「我上個星期過了六十歲生日。我想年齡是有關係的。我再也不年輕了。我不想一個人在什麼單身公寓混日子，也許酒喝太多、不再跟人碰面。」

貝絲在拉我，她不想站著不動。附近沒什麼車，所以我解開牽繩。看了我一眼確定沒問題後，她跳著跑開了。她仔細嗅聞每一張長椅的每一條腿，然後望著我，看看我下一步想做什麼。我慢慢走著，羅文跟上。她跟著我們，聞聞看看、聞聞看看。

「羅文，」當他走到我身邊時，我說，「為什麼你要告訴我這些？」

「我想你能理解。我想——或希望——你能理解，我需要朋友。在這兒我不怎麼認識別人，除了莉絲的朋友或家人。她不想讓別人知道。我想或許我可以信任你。我知道你的年紀只有我的一半，而且……」

「我快四十了，」我說，「好吧，幾年以後才四十。但我的年紀不是你的一半。」

「我老得夠當你爸了。」

「對，但你不是我爸。」

他歎息。「好吧，這就是為什麼我找你吃午飯。我希望自己沒有寄那封信，但你收不回發出的郵件。我不想你覺得我是個惡劣的糟老頭，笨拙又想非禮你。我只是非常想找個能理解我的人說話。也許我太自私了。我一點都不奇怪你沒有回覆我，尤其是在我們之間發生了那些事以後。我只能說我非常抱歉。」

風吹過河面，貝絲搖著尾巴跑向下一張長椅。

「我回你了，」我說。

「你回了？」

「對，今天早些時候。」

「哦。我只有在工作的時候才會查看信箱。你說了什麼？」

「我說我很樂意和你一起吃午飯。也許現在你會覺得我很惡劣。」我笑道，儘管我不覺得這有什麼好笑。「天啊——所以當我在渡輪上邀請你吃飯的時候，你一定覺得我是個惡劣的小姑娘，笨拙地想非禮你？」我說。「不。別回答。為什麼我要認為你是個惡劣的糟老頭？我無法想像你是什麼惡劣的糟老頭。這很蠢。」

他悲傷地聳了聳肩，說道：「對不起，讓你覺得我很蠢。」

「嘿——我是指好的方面，」我說，「只是為了讓你知道，在渡輪上我並不是想和你約會。我有一樣東西很想拿給你看。我有一個瓶中船。我一直想問你願不願意幫我看看、告訴我它是哪裡來的。也許下次我帶上它，你幫我瞧瞧？我有點想把這艘船用在我的小說裡，卻對它一無所知。」

「沒問題。你知道嗎，海事中心現在借了一套威廉姆・H・道（William H. Dawe）收藏的瓶中船做展覽？你想要的話可以過來看看，除非你已經在達特茅斯博物館看過了。」

「我想看。不過，保證你不會告訴我它們是怎麼進去的？」

「什麼——那些船是怎麼進到瓶子裡？」

我點頭。「我從來不知道，也不想知道。」

「好。」他望著海爾渡輪行過河面。「你男朋友呢？我一直想問。」

「克里斯多夫？噢，今天早上我們大吵了一架。」

「真的？」

「嗯，也許還沒結束，」我歎了口氣，「我不知道。」

「好吧，你也可以跟我談談，如果你想的話。我想回報你些什麼。」

「你還可以帶我去看那些瓶中船。」

他笑了。「那不會很花時間。有一個在燈泡裡，我想你會喜歡。」

我咬了咬嘴唇，說：「我不知道能不能幫到你。我並不聰明。」

「不，你很聰明。」

「在感情問題上不是。」

「你不可能和我一樣糟。據莉絲的說法，我連一點頭緒都沒有。」

「好吧，」我說，「我盡量。」我眼裡滿是淚水。我們沉默地走了一會兒。先是經過遊艇停泊處，它看上去就像個塞子拔走了的骯髒水門，邊緣都是浮渣；然後我們經過皇家大道公園和公共廁所。

「週三可以嗎？」羅文說。

「什麼？」

「午餐。週三下午一點鐘在幸運餐館？」

「好啊，」我說，「很好。嘿，我可以從這裡自己走回去。你回家吧。」

「你確定？」他看看手錶。

「對。」我聳聳肩說。

他就走了。

／

一進房門我就感到家裡空蕩蕩的。克里斯多夫去哪兒了？現在太晚了，我不能一一打電話到他會去的地方，也不想打。早上吵完架後我就跑了，他要我滾出去，這還是頭一遭。我拒絕跟他上床，這也從來沒發生過。但現在我有錢、有前途，克里斯多夫在修復城堡、或許同時上個業餘課程的時候，我會寫小說。或許我們終究會離開達特茅斯。可能得先等我完成小說。計畫到了這一步顯得有些困難：就算我完成了小說，克里斯多夫也不會想讀它。他甚至不會想參加新書發表會；就算他參加了，也一定會在去程和回程路上抱怨那些自命不凡的人，以及多少樹木因為書被砍伐。他會故意穿上討人厭的衣服，搭配藍綠色的帆布涼鞋。他那布萊頓毒販的聲音又會出現，整個晚上「對，哥們」和「不，哥們」說個不停；他會睜大雙眼，拿我喜歡的人開玩笑，躲在他特地為這個場合所蓄的鬍子後面竊笑。他會告訴別人他上的是生活大學，如果出版商為我們安排了飯店，克里斯多夫會大聲嘲笑其他客人，並堅持要吸一克古柯鹼，因為對他而言這才算是「過上流社會的生活」。

快要凌晨兩點了，但我一點也不累。貝絲似乎也是。每當我們離開家超過幾個鐘頭，回家後她就會做一遍所有喜歡做的事，像快轉那樣：她已經在舊的狗咬膠上滾過了，也把網球從樓梯上扔了下來。我給了她一把餅乾，她吃掉幾片。她去過了她樓上的床、樓下的床、扶手椅，還滿屋子追著自己的尾巴跑。我需要讀點書，所以上樓從書堆裡抽出了那本講狗心理學的書，並檢查了一下前門是否有鎖好，才坐到沙發上。我傾聽有沒有刮擦聲，但沒聽到。

這本書的簡介部分總結了許多實驗，證明狗的智商和小孩一樣。最近，一群科學家複製了經典的「前額」實驗（通常用來測試兒童的分析能力）。在原本的實驗裡，示範人員用兩種不同的方法教小孩開燈，第一次用她的前額，但是能清楚看見她的手；第二次還是用前額，但這一次她的手被圍巾綁著，顯然用不了。當示範人員可以用手、但仍用前額關燈的時候，孩子跟著她做了相同的動作；但是當她的手被綁著，孩子清楚地意識到，要是可以，示範人員一定會用自己的手。在狗版的實驗裡，示範的狗兒有時用牠的爪子拉動杆子，有時還是用爪子但嘴裡有一顆球。研究證明，狗和前面那個實驗裡的小孩一樣會分析。狗寧願用嘴而非腳爪拉動杆子，當示範的狗兒「因為」嘴裡有球而用爪子拉的時候，受試對象的狗兒就會嘴來拉。但當嘴裡沒有球、也沒有明顯的理由要用腳爪而非嘴的時候，受試對象的狗兒就認為示範的狗兒更瞭解情況，並完全複製了牠的動作。書裡有些可愛的狗拉動杆子的照片。

貝絲緊挨著我坐在沙發上。

「看，」我告訴她，「狗的實驗。」

她輕輕叫了幾聲回應我。

我草草讀了一下後發現，這本書主要是在講狗天生有許多種本能，而他們的人類伴侶需要重視這些本能。這本書說，狗是群居動物，牠們需要知道誰是首領。如果你有一條家犬，書上說，你必須成為首領，做所有首領要做的事情，不然你的狗會很疑惑，甚至感到憂鬱。這就是說，不要讓狗睡在你的床上，不要讓牠跟你一起坐在沙發上，也不要讓牠在你之前跑出門外或比你早吃飯。只要狗知道你控制一切，你就可以訓練牠做任何你想牠做的事，牠也會覺得很安全。

我一直在想狗為什麼要拉杆子。這個實驗的總結部分沒有提到牠們會得到什麼「獎賞」。我想每當狗「正確」完成一個動作，就會得到獎賞。我在腦中列出了我覺得貝絲會為之拉杆子的東西。食物，當然，曾經還有性。在她結紮之前，一到發情季節，她會想和所有會移動的東西交配、夜夜狂吠；她還會拉動一些機器上的杆子，那些機器會帶給你網球、小貓咪、裝訂好的樣稿和陽光。樓上櫥櫃裡藏著一個電暖扇，貝絲不太會用她的腳爪打開它，但她會嘗試；至少看起來很像。我從來不知道，她是想自己打開，還是模仿那個動作從而讓我打開。不管怎樣，只要它在她的視線範圍，她就會要求打開風扇。如果我調到低熱度，她會再做一遍動作，直到我換到高溫。有一次風扇開著，而且調到最高溫，她開心地在風扇前面轉了兩次，然後快樂地躺在地上，不久後房間熱得像蒸氣室、她開始喘氣，便起身在房間裡找了個涼快的地方躺下。鬆了口氣後，我關掉電暖扇。然而十分鐘後，她從自己的角落站起來，再從頭開始整趟過程。這就是為什麼那個風扇最後會藏在櫥櫃裡。我很好奇給狗的勵志類書上會寫些什麼。也許會告訴狗，牠們才是真正的首領，不是人類，而人類很享受圈養、跟隨嚴格的慣例行事，喜歡狗舔他們的臉。或許這也解釋了假如我們被馴服，我們的本能會讓我們做些什麼；這也說明，當我們模仿祖先的行為、試著藉由想像做某些實際上沒在做的事情，而讓生活顯得更有趣的時候，我們是多麼愚蠢。

我醒來的時候差不多十點了。暖氣還沒有開始供應，房子裡有一種寒冷、發黴的氣味。我咳了很久，喝了杯咖啡，換上一條鬆垮垮的運動褲和帽T，刷了牙，把頭髮紮成馬尾，去莉比家開車。我催促貝絲離開河堤，經過遊艇停泊處，那兒現在又充滿了棕色的水。到達貝爾德海灣時我鬆開她的牽繩，她在鵝卵石上走來走去，我按響了莉比家的門鈴。

「天啊，梅格，怎麼了？」她一見我就問道。

「我要離開他。我要離開那座該死、狹小潮濕的房子。一定要，」我說，「我只是過來拿車，好回去打包我的東西，搬去小屋那兒。我想找人說這件事。」

「真是的。進來喝杯茶吧。鮑勃在店裡，我因為宿醉今天休息。看我的眼袋。進來吧，貝絲！」貝絲不再聞長椅，衝進了莉比的屋子。我跟在她後頭。

「我不能待太久，」我說，「我想在克里斯多夫回來之前把東西搬走。我今天沒辦法再應付另一個大場面了。噢——你的房子聞起來好香。」

「是薰衣草。薩莎送來的，說是感謝昨天的晚餐。克里斯多夫在哪兒？」

「不知道。昨晚回家他就不見了。」

「也許他離開你了。」

我沒想過這點。「好吧。你怎麼樣？」

「呃，你知道的。想喝什麼茶？」

「都行。」

在清晨的陽光下，莉比的廚房顯得很明亮，我注意到她窗前的盒子裡有綠色的嫩芽，花就要開出來了。秋天來的時候，莉比和鮑勃會找一天去市集買球莖，種下它們，到了春天就會開花。我這輩子還沒種過球莖。我的世界裡永遠只有危機和截稿日，得打電話給媽、安慰克里斯多夫、遛狗，完成奧斯卡安排的閱讀；除此之外，我還一直有小說要寫，永遠有東西要刪除。我記得現在只有五十六個字可以刪了，之後它們會全都消失，也許這樣我又可以重新開始。莉比遞給我一杯加了蜂蜜的南非國寶茶。

「好吧，」她說，「就是這樣。在可見的未來裡，這就是我的人生。」

「啊？」

她大笑道：「你要離開克里斯多夫。好吧，我的新聞是我會留在鮑勃身邊。我昨天晚上決定的，感覺真好：覺得身體裡很溫暖很舒服。馬克想要我回去，但我拒絕了。我本來覺得自己不會這麼做，但我真的拒絕了。」她聳聳肩。「後來我在床上和鮑勃詳談了一次，我提議夏天一起去旅行。我們都必須離開這裡。我們快要因為長期關在這裡而發瘋了。」

「但我以為你說……」

「什麼？我不能再和他上床？對。這是個問題。但除此之外我們沒問題，我得承認，我覺得其實也還好，如果我喝了一瓶酒、在網上看一會兒A片；如果他在那之前先洗個澡、全身肥皂的香味。噢，老天。這聽上去真可怕。但是不比許多長期伴侶要差，不是嗎？」

「我和克里斯多夫從來不上床，真的。」

「是不是。」

「而我要離開他了。」

「對，因為別的原因。」

「你知道，」我說，「我沒辦法相信他始終不想上床。我是說，不然，克里斯多夫的用處是什麼？哦，老天，真不敢相信我說了這些。但這是事實。」

一陣沉默。「咕，」她說，「你真的這麼做了。你真的讓自己自由了。」

「對。」

「這完全是正確的決定。」

「對。我知道。我想是。」

「但別急著跟別人開始。比如說，別跟鮑勃的姑丈滾床單。」

我揉揉眼睛。「可能性很低。」

「什麼？所以你不否認？他就是你說的那個想和他偷情的人？我就知道。你真壞。」她壞壞地笑了。

「別激動。我想我對整件事情有點反應過度。事實上，他不喜歡我，我也不喜歡他。我們只是朋友。我這個星期會和他吃午餐，沒別的目的。他和別人在一起……」

「像是鮑勃的姑姑。」

「對，正是。雖然他們沒有結婚。不管怎樣，沒關係，因為我不喜歡找救生圈。什麼都不會發生。」

「他是有點性感。不過他很老。」

「我知道了，莉比，」我放下空茶杯，「這茶很棒。好吧。我要走了，去搬家。」

「祝你好運。」

出發去托克羅斯前，我替白鶴芋澆了水，但我當然不會帶走它。最後，我把大多數的書留下，打算以後再來拿，於是我剩下的人生的所有物都裝進了三個紙箱和一個大行李箱裡。貝絲有她自己的小盒子，裝她的毯子、三個不同狀態的網球、她的橡皮球、兩個咬了一半的狗咬膠、一包狗餅乾，跟櫥櫃裡剩下的兩罐狗糧。我把所有還沒處理的文書和銀行帳單放進幾個回收袋，幾年來第一次看見書桌這麼乾淨。彷彿我已經死了、變成了一個被迫清理自己廢物的人。我沒怎麼看那些紙就把它們扔掉。幾個月前就該這麼做了，那樣或許我現在會更快樂一點。我拿走了筆記型電腦、電線、寫專題要用的書、筆記本、最好的鋼筆、編織袋、做果醬用的鍋子、瓶中船，小心翼翼地把它們放進行李箱裡，就好像它們是唯一幾樣我要帶進來生的東西。我把一切放進車裡，還有貝絲，然後走上臺階去拿我的吉他和那一堆勵志書，最後檢查了一遍是否還漏了什麼。下臺階的時候我遇見雷格，他在往自己屋外的鋪路石縫隙裡噴除草劑。

「今天陽光明媚了一點。」他說。

人生中第一次，我完全不同意他的做法。「你不能只是因為自己不喜歡一樣東西就殺了它，」我說，「為什麼你不能讓一切順其自然？」

我駛出達特茅斯，不一會兒，斯塔特灣從漸漸褪去的黑暗中顯露，就像一本描寫大自然的書裡一對括號。這對括號裡講了一個海的故事。括號之外，是土地：綠、紅和棕的土地，群山延綿不絕。我看見一團團小巧精緻的雪花蓮、大片大片的金雀花，狹路兩旁是一座座長滿玫瑰和含羞草花園的房子。含羞草的芽是黃色的，看上去有如分子模型。離它們開花還有段時間。

如果我道歉了，克里斯多夫會要我回去嗎？我想像他捧著一束鮮花回到家，發現我已經走了，於是直接衝去莉比家逼她供出我在哪裡。不知怎的，在我的幻想裡，他和以同樣管道得知我住處的羅文同時出現在托克羅斯，而我趕走了克里斯多夫。但萬一，克里斯多夫來的時候捧著鮮花，而羅文沒有呢？據我對克里斯多夫的瞭解，他會從皇家大道公園採些黃水仙。每次我責備他，他就會說：「人人都能享用自然，寶貝。」我會還嘴說那就是為什麼議會一開始要種下它們，於是我們就會陷入爭執。我討厭黃水仙的香味。一頁又一頁的構想充斥在我腦海，就像用某種老式打字機一一打進來，每打完一頁——叮！——我想像著把那張紙從打字機上撕下、直接扔進垃圾筒。現在我在刪除一些根本不存在的寫作。

我在托克羅斯的小屋就像一張沒打過字的白紙。我還不能把東西都拿出來，因為這裡沒什麼傢俱，所以我花了幾個小時坐在窗前望著窗外。偶爾有人經過，有一刻一個女人和她的女兒跑下沙灘，跳進冰冷的海裡。一個留著鬍子的男人在懸崖旁豎起三腳架，開始拍攝岩石。一個多小時後，兩個人經過我的小窗：一個看起來像山一樣的女人，和一個看起來像隱士的男人。我衝出門外，想著那是薇和法蘭克，他們過來找我了，我是如此高興又感激。但在陽光下我發現那不是他們。他們有威爾斯口音，帶著一條西高地白㹴。我走回房間。

剛過六點，屋外的一切都籠罩上了暮色。海水和天空變成了同一種墨水藍，被愈來愈深的海平線分開：一條藍黑色的線，背景是水洗藍。我想拍張照。如果我拍了，畫面裡將全部都是藍色，只有細沙、海洋與天空間極細微的差別。外面變得一片漆黑、什麼都看不見時，我坐在火堆前的舊沙發上，身上蓋著毯子，拿著一瓶莉比給我的酒，在某種宇宙力量噴墨列印出最後一部分天空之際，我喝到沉沉睡去。睡夢中我似乎聽到手機響了幾次，但起床時沒看見未接來電。

／

週一上午媽打電話來。

「你從來不接家裡的電話，」她抱怨道，「我打算從現在開始再也不打去你家了，只打你的手機。」

我放下起床後一直在讀的愛麗絲．格拉斯。它當然有居家妙招，像是如何用蘇打粉和醋清洗水管、拿橄欖油和薰衣草精油擦亮傢俱；但那上面還有縫紉圖案、編織圖案、晚上可以彈的民歌，以及水手的祈禱歌。每一章結束時都有不同的「愛麗絲格言」，包括世上沒有所謂的變化，但世事無常；以及希望不一定會開花，就像盆栽裡的花。我在編織和修補襪子那章的起始頁做了記號。托特尼斯有家賣織襪子毛線的店，我打算找個時間去買些回來。或許我可以根據愛麗絲的指導自己學會織襪子。

「你有跟克里斯多夫講到話嗎？」

「沒有。電話沒人接聽。怎麼了，梅格？」

我沒想過會感到難過，但突然我聽見自己在哭。

「梅格？你沒事吧？」

「沒事，」我說，「真的沒事。我離開了克里斯多夫。我搬走了。」

「噢，感謝老天。但是你在哪裡？為什麼不過來？回家吧；我們會照顧你。」

「謝了媽，但我在這裡很好。我從電視台那兒賺了些錢。記得我去年在倫敦見的那個女人嗎？那個劍魚女？嗯，最後他們決定買下那套書的版權。我突然發現自己有其他選擇，心血來潮就搬來了這裡。」

「『這裡』是哪裡？」

「只是海邊的一棟小屋。我暫時租下這兒，直到知道自己要做什麼。」

「所以你還在德文。」

「對，」她的語氣讓我想補上一句：「這是我家。我在這裡有朋友，還有在做的事情。」

「另一個男人？」

「不！媽，老天。我才和克里斯多夫分手欸。」

「你有任何確切的計畫嗎？」

我想了一會兒。「我在寫一個專題。但是沒有，沒什麼計畫。我不覺得這有什麼所謂。我想也許人們太過高估計畫了。我可能會織襪子。我打算重新寫自己的小說，雖然不知道要寫多久。」

「所以你一個人在那兒，在這個『小屋』裡？」

「還有貝絲。她愛這裡。我們今天早上已經在海灘上散步了很久。我們還看了日出。回來的時候我有種奇妙的感覺，似乎身體裡有了比從前更多的空間。我做了最想吃的早餐，收拾餐桌、洗盤子，一點問題也沒有。我沒有拿走很多書，不過這裡還是有幾本可以看看；我還拿來了吉他、最喜歡的馬克杯、做果醬用的鍋子和工具，我知道沒人會挪走或是砸了它們，也沒有人會跑來和我吵架。我以為自己會難過很久，以為要花上幾個月來過渡，但我已經覺得自己再也不會回去了。我覺得非常……寧靜，獨自一人。這樣的生活真簡單。我從村子裡的商店裡買了好多清潔用品，你都不會相信。我甚至買了橡膠手套。」我沒告訴媽我不會用這些東西，因為我讀了愛麗絲的書。我打算用檸檬、醋、蘇打粉、薰衣草精油、熱水來代替。我很高興發現事物是可以被取代的，這讓我想起了一些廣告，上面都是露出完美牙齒和英雄般笑容的人，他們的孩子看上去就像是要去參加希特勒青年團的召集。就連我買的漂白劑瓶子上都有張圖片：一個女人用做過美甲的手打開有兒童保護裝置的密封蓋。

「嗯，」我媽說，「當我離開你爸的時候我吃了很多蛋糕。你可能記得；你也喜歡吃。我有種感覺：自己可以做任何想做的事，沒有他在一旁反對。他總是反對蛋糕。不是乳酪，不是酒，不是肉，不是鹽；只是蛋糕，可能是因為蛋糕感覺很女性。他討厭蛋糕，因為它們豐腴、黏稠、飽滿，而且可能是因為我喜歡它們。他從來都不喜歡甜點，這沒問題，但他還看不起喜歡甜點的人。我記得有次我在隔壁和麥迪·庫珀喝茶配從倫敦的蛋糕店買來的精緻小點；我不記得在慶祝什麼了。我們用骨瓷杯喝伯爵茶，吃這些小點心，後來你爸進來要借凱萊布一本書，他說——天啊，我還記得那麼清楚——他說：『你們倆又暴飲暴食啦？』真是個混蛋。羅莎，親愛的小羅莎，當時差不多才十歲，認真地說：『你真刻薄，卡朋特先生。』」

媽停下來。我剛想指出羅莎總是有能力說出別人在想的事，但會選擇不說，通常是為了一些好理由。從那方面來說，她像隻鸚鵡，或是學舌的小孩。不過我沒有講出來，因為聽到媽開始哭。「梅格，」她說，「這種事沒辦法說得婉轉，但我打來是想告訴你：羅莎死了。她昨天自殺了。報紙都在報。」

／

村裡的商店有賣新鮮麵包和盆栽羅勒，我買了一些，還有一小塊蜂蠟和一些檸檬。我還買了那裡所有的全國性報紙。當我讀起那些頭條，止不住地顫抖。羅莎顯然是受到《安娜·卡列尼娜》的啟發，選擇臥軌自殺。

「可有得讀了，」收銀台旁的女人說。

「是啊，」我回答。櫃檯上有幾盆風信子，有些已經開花了：粉色、紫色、藍色。我挑了一棵綠色花苞緊閉的。現在還不可能知道它開出來的花是什麼顏色。「可以再加上這個嗎？」

「每盆兩鎊五十便士。」她說。

「好。」我說。

回家後我把風信子放在廚房窗臺上，生起火，早晨餘下的時間裡，我認真地讀著小報。貝絲躺在溫暖的火堆旁，就好像沒人從這個世界上死去了。羅莎在一個我從未聽聞過的火車站自殺，沒有目擊證人，不然就是還沒站出來。事發時，羅莎和德魯正結束他們的周末假期、在從鄉間回來的路上，德魯悲慟得說不出話。報上能找到的資訊也就這麼多。但我仔細看了羅莎的每一張照片，以及每一篇訃告。我想像著一千個記者衝向德魯，彷彿葬禮上撒的紙屑。

午餐是義大利麵、橄欖油、羅勒葉和麵包，吃完後我上網尋找傢俱。我需要一張廚房桌、椅子和床，目前先這樣。我又看了一下週六決定買的那張床。一個月內都不會有貨。我不能在沙發上睡一個月，對吧？我這輩子從沒買過傢俱。網上訂購的話，卡車會運來給我嗎？我是不是得自己組裝？突然間一切都好複雜，我覺得眼皮很沉重，但還是逼自己訂了幾件最基本的傢俱後才關上電腦。寫專題要用的書堆在身邊，我拿起了《繪製星界》，又伸了個懶腰。找了個舒服的姿勢坐在沙發上，我還沒看完第一段，眼睛就慢慢闔上了。我拉過毯子睡覺。

「哦，太好了，」羅莎說，「我一直想打電話給你。」

這真是一個非常奇怪的夢，我既相信又不相信。夢裡，我在沙發上睡著了，開始想像我剛讀完的那本講星界的書。它叫我做的事情之一就是去和死者溝通。在一種睡夢的狀態裡，我決定通靈，跟我認識的人當中唯一一個死去的人通靈——謝啦，羅莎！——所以我們現在在聊天。

「我？」我對她說。我們站在一個巨大但毫無特徵的空間裡，很像我在描述紐托邦系列裡、介於手機網路細胞間的空間時想像出來的樣子。她穿著護士服，我穿著普通牛仔褲。星界不停淡進淡出，一開始劈啪作響，然後變成一種夢幻般的風信子藍。

「對。你幾乎是我認識的人裡唯一一個不出名的。無意冒犯。」

夢裡的我不是第一次這麼想道，這個夢非常適合寫進夢的日記裡。我想像某個人，比方喬許的分析師，或是我那堆新世紀書中的某個作者，告訴我這一切意義非凡。也是在夢裡，我注意到我很高興自己不是在被分析。

「我沒死，」她說，「你應該打電話問德魯。」

「我已經七年沒和德魯說過話了。」我說。

「我可以明白你為什麼甩了他，」她說，「我的老天，他太自戀了。」

「我是因為別人離開他的，」我說，「我覺得他很好。我只是並沒有瘋狂地愛上他，我當時以為自己在和他的朋友陷入熱戀。你說你沒死是什麼意思？」

「我沒死。我在赫特福德郡。」

「如果你沒死，那我怎麼會和你說話？」

「這是我聽過最愚蠢的問題。而這說明了某些事。」

「如果你沒死，唔，那麼……我的意思是，所有小報都說你死了。」

「我們大吵了一架，」羅莎說，「我和德魯。跟表演的最高目標（super objectives）有關。然後我假裝自殺。」

羅莎談了很久爭執的事，後來她的聲音不知怎麼漸漸聽不清了，我看見她走出火車，坐在荒廢車站的一張長椅上，看著另一個女人焦躁不安地來回走動，火車來了，那個女人跳到了火車前。

「我逼德魯說那是我，」她說，「現在我終於可以和凱萊布在一起了。」

／

隔天早上買報紙的時候我碰見了安德魯．格拉斯。早餐我吃了吐司配炒蛋和一大杯咖啡，但仍不是很清醒。前一天下午那個奇怪的夢攪得我心煩意亂，害得我整晚都不怎麼敢睡，只好用吉他彈愛麗絲．格拉斯的民歌。天霧濛濛的，而那個鬍鬚男已經在懸崖旁安置好三腳架了。沒有那個女人和她女兒的蹤影，也沒有那對我誤認為是薇和法蘭克的夫妻。

「你在那兒待得怎樣？」安德魯對著小屋點頭說道。

「哦，很棒。很平靜。」

「沒有奇怪的夢？」

「啊？」

「滑稽的夢，」他大笑道，「沒有？」

「為什麼你會這麼說？」

「老天——因為那些夢，我根本沒辦法在那裡睡覺。都是巫術的緣故。它徘迴不去，聞起來有煮飯的味道。嚇死人了。」他又笑了，「嘿，我只是在開玩笑。那不是我沒辦法在那兒睡覺的原因。我是說，我可以在那兒睡覺。當然不是現在，但你知道我的意思。哦，親愛的，對不起：我不該亂拿你開玩笑的。我不想失去我的房客。我以為你只是在那裡工作，不過商店的吉兒說你一直在買狗糧、植物什麼的。」

「對。我跟男朋友分手了。」

「噢，該死，朋友。很遺憾聽到這件事。我現在起一定不會拿你開玩笑了。」

「不。這麼做很對。完全是我自己的選擇，所以你想怎麼開玩笑就怎麼開吧。我已經知道自己一個人更快樂。但我有點像要搬進來定居了。至少目前是這樣。希望這沒問題。」

「這是你的地方，你想怎麼做就怎麼做——我不會打攪你。吉兒是個長舌婦。希望認識每個人——哪怕是來度假的。」

「謝謝。好吧，反正我會住上一段時間，除非那些噩夢把我趕出去。我們等著看吧。」

「噢，親愛的。我說中什麼了，我看得出來。」

「對，昨晚我真的做了非常奇怪的夢。我在想你是怎麼知道的。但我只要一壓力大、又到一個新環境，都會這樣。我想大家應該都是。」

「好吧，別像個陌生人一樣。樂意的話，晚點過來吃晚飯；我不會給你生豬排什麼的。」

「謝謝。我可能會去。只要你不給我生豬排。」

「瑪麗．雪萊吃這個，你知道——為了讓《科學怪人》出現在夢中。事實上……」他有點臉紅，「是你告訴我的，不是嗎？」

「也許是。聽上去像是我會在培訓班裡講的東西。」

「是你。對，你提了很多好主意。」

「我不知道讓你吃生豬排是不是個好主意，但還是謝了。」

「不過現在有個現實問題，不知道你能不能就某件事……提點意見？」

「有什麼問題？」

「鬼。你知道嗎？我不知道我是不是相信它們，不知道它們是在我體內還是在外面。我不想在現實生活中做決定，更別說在書裡了。」

「我想你不做決定也沒關係。你可以讓它成為開放式的。讓讀者自行決定。」

海水在我們身後輕輕拍打。

「謝謝。你知道嗎，那次培訓班上你嚇到我了。」安德魯說。

「嚇到你？怎麼說？」

「當你給我看那些電視節目和廣告的錄影帶，說幾乎每件事都用到了七種基本佈局；真是把我搞瘋了。」

去年我做了一套錄影帶，在安德魯、莉絲和蒂姆參加的那次培訓課上首度使用，錄影帶裡有個個人改造節目的片段：原本相貌平平的人透過改變髮型、妝容和服裝，變得跟浪漫喜劇的主角似的，節目運用了灰姑娘式的故事結構，中間添加了一些危機情節。還有居家改造節目，用了同一種灰姑娘式的故事結構，把別人家裡變成了電影裡的布景，不再有丟人的亞麻油地氈、褪色的照片和舒服的舊狗床。我播放的其中一支短片裡，室內設計師要年輕男人把他床上的絨毛猴子拿走，因為那一點都不浪漫，如果它在那兒，沒人會想和他上床。此外還有參賽者在得到好消息之前必須流淚的才藝表演，自私的人學會如何為他人著想的電視劇，以及女人想要光亮乾淨的廚房的廣告，廣告裡孩子可以在那樣的廚房裡吃穀片早餐、丈夫可以讀報，沒有東西會破碎或腐爛。這些廚房裡不會有人捲大麻煙、洗髒狗、吵架、炒菜、挖鼻子，或做任何現實生活中人們會在廚房裡做的事情。電視上的廚房是假的，廚房裡的人也是，彷彿西方世界裡所有人的最高目標都是「我想變成一個虛構的人物」。當然，大家都知道這點，但同時，大多數人不知道他們知道。

「對。老天。」我說，「我想它也把我弄瘋了，在我仔細思考的時候。」

「那把我嚇壞了。我沒有電視機，所以對我而言那是全新的概念。但之後我開始注意到，它也發生在我的生活中：人們在酒吧談論以弱勝強的足球比賽、抱怨女人難追；我意識到，如果某人表現得自己很難追，實際上就是把自己變成了一個故事裡的角色，他們選擇會讓他們得到想要結果的故事。如果一個人在她自己和英雄之間放了一條惡龍，那這就變成了一個需要克服的障礙；如果她跑過去敲他的門說『想不想滾床單』，那她就成了個蕩婦：沒有障礙的征服毫無價值。人們似乎想把所有東西都放在故事裡，不然就沒有意義。談論足球比賽的人希望他們看的比賽有『童話故事般的』結尾，他們想讓它更令人滿意，想讓弱隊勝利，因為這和他們自己的情況相同。」

我大笑：「如果你願意，下次培訓班你來教吧。」

「不，朋友，」他也笑了，「謝謝你的讚美，但我覺得這很令人沮喪。」

「沒錯。好吧，一定有別的方法。你可以用傳統結構而不受它的控制。你還是可以原創——不只是如何原創地使用標準配方，而是**真正的**原創。你可以把兩樣新事物放在一起，或是問一個重要的問題；這很難，但不是不可能。事實上，契訶夫說過，寫作即提問。」

安德魯揚起眉毛。「你在培訓班上沒提到這個。」

「沒有，但那是因為在培訓班上我想教人如何寫類型小說。可即使是那樣，故事結構也只是容器。容器必須結實、可信且熟悉，不過你可以在裡面放你喜歡的東西。空間最重要。沒人規定你不能在熟悉的容器裡裝不熟悉的東西。或許多不熟悉的東西。或一個有趣的問題。而你最後不能封死這個容器……」

「就像一艘船而不是飛機？」

我又笑了：「我想到的是茶杯，但是對，完全正確。」

安德魯看著他的手錶。「糟了。又遲了。我得走了，幫酒吧開門，」他說，「不過晚一點你一定要來。不會有生豬排，我保證。」

「好。謝謝，安德魯。我可能會去。」

回到屋裡後，我坐下來喝茶看報紙。因為在《蛤蟆》裡飾演蟾蜍警探那思想狹隘的助手而風靡全國的德魯，如今遭警方傳訊，「只是例行公事」。報章似乎並沒有對此大做文章。有目擊者出來講話了，說看到羅莎在火車站焦躁不安地來回走動，獨自一人，然後就「像要過馬路那樣」走到了火車前面。專欄作家也寫了許多尖銳的文章，關於為名利所困，還有羅莎在成功這件事上的諸多問題。是節食導致她自殺嗎？她是不是從來不曾走出藍綠色禮服事件？翻看《衛報》尋找更多關於羅莎的報導時，我的目光停在國內新聞版上，那裡的新聞沒有標題，只有一些比方「科學」、「旅遊」、「技術」等的大標題。我被奇怪的大標題「野獸」吸引住了，底下是一則關於達特莫爾野獸的小幅報導。又有不少人在花園裡或路邊看到了大黑狼，但每當有人想拍下照片，相機都失靈了。皇家輔助空軍的新兵現在打算追蹤野獸，當成「有趣的」週末練習，學習如何使用他們的觀察設備。

我不太記得自己挑了什麼傢俱，所以又查看了確認郵件。對，我記得訂了那張桌子。對，我訂購了兩套書架，而不是一套。我挑了一家本地供應商，因為他們聲稱送貨更快。幸運的話，我的傢俱今天或明天就會到了。我希望可以出去買些古董或是二手的東西，但想起康拉德說的有關多瑪斯．阿奎那悖論的話。每件東西都曾經是古董，哪怕是最新鮮的事物，其實也早在世界一開始即存在了。這有讓我感覺好一點嗎？我不知道。窗外有鳥在吱吱叫。

我去店裡買了一包煤，加到火堆裡。貝絲站起來舒展身體、轉個身，又躺下了。

「我們出去散步吧，」我對她說，「回來的時候火會更舒服更暖和。來吧。」

她用那對棕色的大眼睛望著我，然後轉向另一邊。

「來吧，」我又說了一遍，「我們去散步，回來你繼續睡覺，而我要開始研究那愚蠢的專題啦。」

她伸了個懶腰，還是沒站起來。

「快點，不然我拿你去餵野獸。」我說。聽到這個貝絲嚇了一跳，立刻站起身。我忘了有一半的時間她似乎知道我在說什麼，「開玩笑的，」我說，「不過至少你現在起來了。乖女孩。我們走吧。」

我剛幫她扣上牽繩，手機就震動起來。是喬許的簡訊。克里斯多夫在這兒。你的巴哈花精完全治好了他的手。你可以調配一份治療我的精神問題嗎？還有，你會來接克里斯多夫回去嗎？他快把我們弄瘋了。事實上，別回答這個問題。不過你還會來聽紐曼嗎？和我一起去？我該預定餐廳嗎？還有十二天。遲點見，喬許。

／

「我該怎麼寫這個專題呢？」

這似乎是我可以問面前這副洗好的塔羅牌最安全的一個問題。早上剩下的時間和午飯時候，我一直在研究這副牌，還有配套的那本書。書上說你應該問這些牌一個問題，然後把它們排成一個圖案。它舉了幾個例子，但最簡單的似乎是六芒星形。我在有這個圖案的示意圖那頁貼了一張便利貼，不確定自己有沒有正確理解指示。一如往常，我匆匆讀完整本書，注意到一些有趣之處，但是不能完整吸收。最後我被那些牌本身迷住了，每張牌似乎都在講一個故事，據那本書所說，這每一個故事都屬於一個更大更神祕的故事，故事裡愚者是世界穿了衣服的形象；倒吊者是陷入沉思的人，他的生殖器直指他的腦子。

這本書聲稱，世界上的每一個故事，也就是每一種人類的處境，都可以由這七十八張牌中的六張所形成的圖案來代表。我知道大阿爾克那（Major Arcana）有二十二張王牌，編號為零到二十一；小阿爾克那（Minor Arcana）有四種花色，每種十四張：四張宮廷牌，通常是國王、皇后、騎士、侍衛——雖然有時是國王、皇后、王子、公主——然後是十張數字牌。大阿爾克那包含的似乎總是一個想法的原型圖像，小阿爾克那直到一九一〇年才首次繪製出來，那是在偉特塔羅牌、也就是我眼前的這種，剛誕生之際。

我最喜歡愚者牌。性別模糊的形象，隨意、心不在焉，四處遊蕩，看上去有點像迪克．惠廷頓[19]，不過帶的是一條狗而非一隻貓。愚者牌，編號為零，它的含義並非我原先認為的那樣：一個就要跳下懸崖的笨蛋，因為他一直在做夢，甚至沒注意到狗跳起來警告他前方有危險。這本書說，愚者是最基

19 Dick Whittington，即 Richard Whittington, 1354–1423，英國商人，曾三次擔任倫敦市長。傳說及童話中的有名人物，其中一則即為「惠廷頓與他的貓」。

本的牌，它的數字「零」是一個整體、一個世界，一個圓；它是一種非存在，允許並高於所有其他存在。愚者因此也代表了我們所有人的本質：一個人最原始或開悟的狀態，毫無憂慮、一無所有地四處遊走，沒有被文化腐蝕。只有對於那些還未開悟的人，這人才是愚蠢的。這張牌還展示了探索未知世界那種天真自然的壯舉。我們可以認為接近懸崖很危險，但也許愚者知道他只是會踏上低處的礁石。我們無法看見牌面外的東西：那也許是安全地帶；也許是死亡。而他能看到我們看不到的。王牌裡的下一張牌、占據數字一的，是魔術師：也是騙子，但在社會中地位很穩定。他意識到自己的力量、重要性以及控制自然的能力。他面前的桌上有一根權杖、一把劍、一只杯子和一個五芒星符號，代表了塔羅牌的四種花色。這是社會化的愚者，他要走很長一段旅程才會重新和世界相連，而世界就是這二十二張王牌，其中一部分描述了愚者的本來面貌：赤身裸體，與萬物相繫。

這本書建議讀者仔細觀察每一張牌，寫下每張牌帶來的想法、圖像、聯想，會有助於快速學會如何解讀。我沒時間做這些，但是翻看了整副牌，注意到一些有趣的事。有一種星星牌，上面有一個裸女，一腳踏入池塘，另一腳踩在地上；她在倒兩杯水，一杯倒在地上、另一杯加在池塘裡。塔羅牌裡有許多女人：力量、正義、節制、審判，甚至世界牌都是女性的，還有女祭司和皇后；一些有趣的男性牌，像是教皇和隱者。有關於巨大的毀滅或是恐懼的牌，比方說塔、惡魔、死神。甚至有狗，我還指給了貝絲看：月亮。我又看了一遍面前的牌，想像薇說，唯一真正的「女性」牌其實是愚者：空之牌、虛無之牌，最原始的黑暗、萬物的開端。

火堆燒得劈啪作響，貝絲和我都嚇得跳了起來。外面傳來巨響。是風聲，風繞著屋子吹，也吹進了煙囪。我去廚房拿了只橘子，吃完後把皮扔進火堆裡。先是傳來一些嘶嘶聲，接著又安靜了。

我選擇為自己占卜的圖案是六芒星形，每個角上有一張牌。一開始我想應該依順時針方向來讀牌，但事實上如果從頂端開始、依順時針方向，牌的數字是：一，五，二，四，三，六。在這番順序裡，第一張牌代表的是要點，或者你的問題所處的「正常世界」；第二張代表的是問題本身；第三張是解決這個問題的方法；第四張是主要衝突中之前未曾看見的一個元素，而它可能會令問題難以解決；第五張是高潮或者轉捩點；第六張是結果。我一邊鋪牌，一邊告訴自己這些東西。但當圖案擺放好以後，我意識到，無論這個練習揭露了什麼，它都會是一個很理想的奧布圖書培訓班練習。這又是一種故事配方。一個問題出現，而你試著解決它。儘管開頭似乎很順利，但有什麼古怪之處讓它比一開始想的更棘手；一度，當故事來到高潮，一切眼看著都失控了；但之後找到了解決辦法，問題也迎刃而解。如果我可以讓槍手作家像這樣用塔羅牌來鋪排故事情節，對他們肯定是很好的鍛煉。但一想到這些，我就有點煩。

按照一到六的順序，我的牌是：聖杯A、聖杯騎士（逆位）、星星、權杖三、錢幣三、正義（逆位）。當我開始解讀，這些牌告訴我，我想要尋找一個偉大的真相，某種很值得我這麼做的事物，像是聖杯A所代表的，只是我不想得到一個最終的判斷。我有點抗拒正義牌，這就是為什麼它處於逆向。為了得到這個非結論，我需要平衡，而非不忠。我想問一個問題，但是不想回答。也許我想創造一個無故事的故事。我不確定這會怎麼幫到我的專題，但突然意識到：所有這些我覺得愚蠢、侮辱人而抗拒去讀的勵志類書籍，它們之所以愚蠢或者侮辱人，完全就是因為它們會帶走要跨下懸崖的愚者，它們想阻止他。它們會把他和他的狗帶去參加心理治療，讓他轉過身來面對「現實世界」，那裡有蜿蜒的道路，上面的指標只指向愛情、金錢和成功。門鈴響起，我訂的傢俱到了。

送貨工人把床墊和可拆卸式床架搬上樓，不過把盒子那些都留在走廊上。我花了半個小時把它們挪進前面的房間。接著我上樓。裝著床架零件的盒子太重，我根本搬不動。我胡亂打開了盒子，大約有五十塊淺色木板掉在地板上，還有一個裝有無數螺絲和其他金屬零件的袋子，一張印有床架圖片的紙。我連盒子都沒辦法好好打開，怎麼可能把這些東西組在一起？我試著仔細研究這些零件和示意圖，但沒用；我甚至不知道哪一面該朝上。我下樓找蒂姆的電話。我想起應該要回覆喬許的簡訊，雖然我不知道該怎麼回他。在活動前十二天預定餐廳就像他會做的事。

黃頁上有蒂姆的電話，歸在「雜工」類。我撥過去。一個女人——我猜是海蒂——接起電話。

「你好，」我說，「蒂姆在嗎？」

「不在，抱歉，」她說，「請問哪位找他？」

「我是梅格．卡朋特。我在幫他寫他的書；他可能提過我。不過實際上我需要他幫我組裝傢俱；

我想他已經去達特莫爾了？」

「什麼書？」海蒂說，「你好，對了，我是海蒂，蒂姆的太太。」

「老天，」我說，「對不起，如果我……」

「他從來沒提過書的事。這真棒。」

「對，」我說，「它很……」

「老天。真丟人。」她說。「真蠢。」

「啊？」

「不知道自己的丈夫在做什麼很愚蠢很丟人。是本好書嗎？」

「對。好吧，目前還只是個提案。會是本好書，我相信。」

「還有你說他在達特莫爾？」

「坦白說，我不知道，」我說，「只是猜想。我……」

海蒂大笑。「我以為他在背著我偷情。」

「啊……」

「對不起，我不該對你說這些的，不過我很高興他不是去偷情；這很可悲吧？當然，除非你是他的情婦，我只會讓自己顯得更可笑。」她歎了口氣。「他去達特莫爾做什麼？」

「研究野獸。」我說。

「不是當地報紙上說的那頭吧？哦，老天。」

「肯定不會有事的。」

「你怎能那麼說？這更糟。我以為他去找情婦，實際上他是出去找某個野生動物；倒不是說在家裡更安全，因為顯然牠有辦法進到別人家裡。對不起——梅格，是這個名字吧？讓你聽見我在胡言亂語，真丟人。對不起。」

「請別感到抱歉，」我說，「不過，我肯定他有充分的理由。但你剛說的那件事——」

「你知道，他曾經說我有外遇，」她說，「很多年前，我們還住在倫敦的時候。我和一個同事出去吃過幾次晚飯，他覺得那就意味我肯定和他睡過。現在又是這個。老天。」

海蒂講話的時候我走到前門，悄悄地打開它，按響了門鈴。

「哦，對不起——**等一下！**——海蒂，有人敲門。我得掛了。你能告訴蒂姆我打過電話來嗎？對不起，我不能再講了。希望你們沒事。再見。」

我去村子裡的商店買了十字和一字的螺絲起子各一把，又買了些檸檬、泡泡沐浴露和本地報紙。吉兒什麼都沒說，不過在一字螺絲起子上找價格標籤時搖了好幾次頭。我又看了看櫃檯後面的書。

「你是吉兒，對吧？」我問她。

「對，」她說，「你是梅格吧？」

我微笑道：「對。抱歉我一直買些奇怪的東西。」

「別擔心，」她說，「我們賣『奇怪的東西』。」她也笑了。

「沒事。嗯，我還需要幾本那樣的書。我要那本講刺繡的、那本教你如何造蝙蝠屋的、那本關於水彩畫的，還有那本寫觀鳥的，麻煩你。」

回到家後我為專題做了些筆記，但還是不知道從何下手。我上樓，把床架的所有零件分類、堆好，讀了兩遍安裝說明，意識到除了從商店買的兩把螺絲起子，我還需要一個電動螺絲起子，所以向安德魯借了一把。我在他那裡匆匆用過一份燉魚和一品脫的野獸，回家繼續研究我的專題。我剛和那堆勵志書及新買的書一起好好安坐在沙發上，手機就震動起來。這次是莉比的簡訊：我覺得自己是史坦佛社區裡的超完美嬌妻[20]。你怎麼樣？我今天做了三次愛！現在我想殺了自己。

我往火堆裡添了一塊小木柴，它先在壁爐裡劈啪作響了一陣，然後發出了像喂咻……的聲音，和著屋外海水的噓咻……風漸漸停息。我拿出Moleskine筆記本，開始寫作，鋼筆在厚紙上咻咻作響。喂咻，噓咻，咻咻。我不停地寫了兩個鐘頭，然後插上筆記型電腦的插頭，泡了杯咖啡，開始打字，附近全是書，上面貼滿了愈來愈多便利貼。完成專題時，火燒得正旺，我找了個舒服的姿勢和貝絲一起睡在沙發上，一面想著自己寫的東西，一面希望奧斯卡會發表、薇會讀到；火還在一旁喂咻作響，並將自己影子般的故事投射在牆上。

／

我第一次遇見薇是在一個酒醉的晚上，有一場由法蘭克主持、關於契訶夫書信與文學技巧的研討會。我的講師托尼坐在一位我從沒見過的女士身旁，她看上去雖然年紀不小但很迷人，穿著紫色牛仔褲和綠色和平的T恤，腳蹬一雙黑色馬汀大夫大靴子。她那小麥色的皮膚是你在英國絕對曬不出來的，身上的幾條項鍊都是由繩子串起來、帶有異域風情的石頭。研討會結束後，法蘭克邀請大家去喝一杯，但除了托尼和那位神祕的女士，只有我能去。法蘭克後來是那樣介紹那位女士的：「我的另一半：薇萊特．海斯，來自人類學系。」托尼大笑，拍拍法蘭克的肩膀說：「另一半？人類學系？真美好。」

喝一杯變成在街上的義大利餐館吃晚飯，我們抽菸、喝紅酒，就好像我們不會死似的。只有薇沒抽菸，不過她喝紅酒的速度和我們一樣快。

「有時我也很想抽根菸，」她說，「一根就好。」

---

20 *Stepford Wife*，出自一九七五及二〇〇四年兩度改拍為電影、推理大師 Ira Levin 在一九七二年原著的中篇小說作品 *The Stepford Wives*。

托尼大笑。「契訶夫最後戒菸了，不是嗎？」他對法蘭克說：「他是不是說過，這樣讓他不再憂鬱，不再神經緊張？」

「沒錯，」法蘭克說，「我希望如果我戒菸成功也有一樣的效果。」

「他放棄了托爾斯泰，所以才去戒菸，對吧？」薇說，「我記得這個是因為我戒菸的時候也放棄了一些東西。比方不再讀寫得很差的偵探小說。」她咧嘴一笑。「很難放棄托爾斯泰，但是。」

薇的英語口音似乎是從不同方向發展起來的，像是一種輻射適應的物種。當我逐漸瞭解她之後，我能辨認或猜出她不同組織句子的方式來源。在句尾用「但是」而非「不過」是來自澳大利亞或紐西蘭——我是從肥皂劇發現的，也是因為聽法蘭克說話，他是澳大利亞人。

「沒錯，」法蘭克說，「他們對存在的本質有著不同看法，這讓人很難過。托爾斯泰認為那是精神的，契訶夫則認為那是物質的。差不多就是這樣。」他看著我。「你知道契訶夫的書信嗎，梅格？」

「不。我的意思是，今天之前我不知道。不過，我現在會去圖書館借一本來看。那些書信聽上去很棒。那他究竟為何要放棄托爾斯泰？怎麼會有人放棄托爾斯泰？」在法蘭克的課上，我們已經講到了托爾斯泰，不過還沒講到契訶夫。

「主要是因為階級，」法蘭克說，「在我談到的那封信裡，契訶夫區分了他自己和托爾斯泰的作品，說托爾斯泰和屠格涅夫對自己的道德品行太『吹毛求疵』。契訶夫厭惡這點。這不僅因為他是醫生：他出身貧寒，大多數時候他寫作賺錢，為了不讓家人餓死。他一生都在賺錢養活他們。他的兩個哥哥是酒鬼，不太能幫到他。他非常熟悉底層階級的生活：骯髒、貧窮——生活的『垃圾堆』。他覺得托爾斯泰的作品在道德層面過於簡化了，或說也許是太天真——至少在正式認識托爾斯泰本人之前他是這麼說的。契訶夫重視進步。他說過類似『對人類而言，比起貞潔和齋戒，電力和蒸汽裡有更多愛』這樣的話。我對這句格言一見鍾情。作為富人，托爾斯泰覺得貧農的生活因為簡單所以高尚。但契訶夫曾經就是貧農。他喝過非常稀的鵝湯，說那湯裡唯一的東西就像一個在市集工作的胖女人剛用過的洗澡水裡的泡沫。他還睡過飼料槽。他非常高興能離開封閉狹隘的故鄉塔甘羅格，熱愛聖彼德堡的生活，在那兒有真正的知識分子和上乘的食物。他對貧農和農村沒有任何浪漫的幻想。如果拿他的故事『貧農』和《安娜．卡列尼娜》裡的幾段比較會很有意思，在《安娜．卡列尼娜》裡，列文覺得如果能像貧農一樣努力工作，自己就會開悟；而在契訶夫的故事裡，貧農的生活充滿了苦悶、無聊和痛苦。他和托爾斯泰變得親近，當然，他們處得很好。在某些方面，契訶夫一直很敬仰他。」

「我不想製造爭議，」托尼說，「但試著重塑這些作者『到底是誰』以及他們的偉大作品『到底是什麼意思』，是不是有點誤導了？」

「當然，」法蘭克微笑道，「契訶夫自己也這麼說。這並非什麼新的觀點。他一定會完全同意你的看法。他一直被批評過於現實主義，但是他不希望自己被解讀為自由主義或保守主義——他只想做一個講真話人，一個不狂妄的人。他說這該由讀者來評判，而非作者。」

「但我們是不是需要得到作者允許，才能按照自己喜歡的方式讀他的作品？」

「嗯，不，但是……」

「不僅僅是『按照自己喜歡的方式』來讀那麼簡單，不是嗎？」我說，「還要考慮情感謬誤等因素。」

「你真的有好好聽課。」托尼對我說。

「哦，我聽了那一堂，」薇對托尼說，「『作者之死』對嗎？非常棒，除了關於無限和猴子的部分。」

「你怎麼會聽到的？」他問道。

「哦，旅行的時候我會在飛機上聽其他系的課堂錄音。自從我不讀偵探小說以後，總得在長途旅行找點其他事做。我還讀禪宗故事，」她說，「不過它們不是很長。我是說，我讀的東西總是比我的個子高，但坐飛機的時候我需要一些愚蠢的東西讓我的腦袋休息一下。」

「謝謝，」托尼說，「很高興知道自己『愚蠢的』講座幫助你的腦袋休息。」

「別介意，」她說，「你的講座非常棒。或許我不該用愚蠢這個詞。你知道那些向普通讀者介紹複雜事物的書嗎？十九世紀的時候，這些書要比現在還多，真遺憾。我很喜歡在飛機上讀這類書。本科課程最接近這些書。我還喜歡聽數學史的課。我還想聽數學課，但他們不錄那些，因為所有東西都在黑板上。」

「薇在研究敘事理論，」法蘭克說，「當她問我該聽我們系上誰的課，我很自然就推薦了你。」

「人類學怎麼和敘事理論扯上關係？」托尼說，「還有，呃，**數學？**」

「嗯，克勞德．李維史陀[21]？」薇說。

「噢，當然了，」托尼搖搖頭，「還有弗拉基米爾．卜羅普[22]，我想。所有的民俗學研究者與結構主義者。」他看著我。「你有上我大一的結構主義課嗎？」

我搖搖頭。「不記得了。」

「李維史陀認為，每個故事或許都可以用一條簡單的等式表達，」薇說，「他就此寫了一篇非常動人的文章。他對神話大致總結出一條假定的『標準配方』，後來他說，在法國人類學資金不足，他沒法完成自己的研究，因為他需要一支技術團隊和大一點的工作室。他當時在總結神話，在大張的卡片上分離出神話素（mytheme），而空間不夠做這些事。他沒有任何自己稱之為『ＩＢＭ設備』的東西，雖然我無法想像電腦可以幫上什麼忙。如果要我的電腦容納一本書的一個章節，它肯定會因為壓力大到想死。」

「我之後的課上會講到弗拉基米爾．卜羅普，」法蘭克對我說，「他研究俄羅斯民間故事，也為這些故事總結出了一種『標準配方』。他認為，這些故事都是由一定數量的故事元素所構成，有點像出自同一套基本配方的不同食譜。比方說，許多民間故事的一開頭，主角被告知不要做某件事情，像是打開櫥櫃或摘蘋果；換句話說，一種禁令，卜羅普稱之為代號Y[1]。」

「緊接著這個主角就會做那些他明知不能做的事？」我問道，雖然我知道答案。

「他們永遠都這麼做。」法蘭克說。

「所以每篇小說都是相同的？」

「不、不，」薇搖搖她的頭，「世上還是存在沒有標準配方的故事，只是這樣的故事更難找到。從數學的角度，它們得用不同的方式表達。你需要用到虛數——負數的平方根——從而在等式中表達這些故事。我現在正在寫一篇關於這個的論文。」

我們的披薩到了，因此薇沒再多提她的論文。

「那我的猴子出了什麼問題？」我們一開始吃東西，托尼就問薇。

「好吧，我喜歡你講的東西，在一定程度上，但是我覺得你誤解了無限的概念。你說如果給牠們無限量的時間，一百萬隻或是更多的猴子最終都會像莎士比亞那樣寫作——因為概率的緣故。」

---

21 Claude Lévi-Strauss, 1908-2009，知名法國人類學家，著有《神話學》（*Mythologiques*）等。

22 俄羅斯文學結構主義學者（見註5），在分析所有俄國民間故事後，歸結出敘事結構上的共同特性，並歸納出七種故事角色與三十一種功能。

他是這麼說過，他讓我們想像每個人手裡有一本《暴風雨》。在這個思想實驗裡，我們不知道這是莎士比亞寫的，還是猴子隨便寫寫的。是誰寫的有差別嗎？如果文字背後沒有目的，那文字還有意義嗎？我一直都不能很肯定，如果一些東西不是人類寫的，那還能讀嗎？我也不知道，任何非人類的東西，哪怕是概率，是否可以創作出《暴風雨》。但這個論點非常符合邏輯，我們都總結說是誰寫的沒有差別——或者至少這頁紙上的文字意思不會有——無論這段文章是莎士比亞、猴子、一台文字產生器或是任何其他方式寫出來的。

「在一段無限量的時間裡，」法蘭克說，「事情仍『永遠不會』發生。在像莎士比亞那樣寫作之前，猴子會製造出無限的廢話。如果你能找到壽命無限長的猴子會很有趣，不過這看似不太可能。」

薇大笑。「在無限量的時間裡，至少一隻壽命無限長的猴子會進化**成**莎士比亞，」她說，「想像一下。還有，」她補充道，「我對你的哲學殭屍不是百分之百肯定。」

「哦，」托尼說，「我覺得他們很好。」

「對，我也覺得，」薇笑道，「我喜歡這個想法，哲學殭屍這種生命完全是假設出來的——它本身就是一個很好的悖論。一種不能『存在』的生命。我很喜歡這點，這種生命在自己不能感覺到痛的時候告訴你它覺得痛，而你永遠不會知道那是否為真。我們每個人都可以是哲學殭屍，這個想法真嚇人，但同時也發人深省——嗯，假設一個人不是哲學殭屍。因為哲學殭屍的關鍵在於，他們被設計成可以像人一樣做出反應，卻又不是人。外人看不出區別，當然；但是殭屍本身不會有感覺、不會思考，也不會知道任何事；這就是為什麼我一直在想這樣一個問題：哲學殭屍到底應該怎麼寫出小說來？」

這是個好問題。托尼根據這個觀點談了很多他的理論，既然你無法知道另一個生命——一個小說家，舉個例子——是不是哲學殭屍，那你肯定也無法知道他們在自己的小說裡「想要說什麼」，哪怕你問了他們而他們也回答了你。

「我猜，」托尼說，「哲學殭屍可以寫小說。我的意思是，如果這個生物被設計成可以像人一樣做出反應，又假如它將這些與感受有關的言辭串在一起，那也許它就可以寫小說。或許它可以用李維史陀的等式，或者弗拉基米爾．卜羅普的模式，但是……」

「但是什麼？」

「你是對的。如果你是在暗示那根本不能算小說，那你是對的。我怎麼沒想到過這點。所以你是在說，每一件藝術作品的核心都必須有人性，是吧？」

「對，」薇說，「雖然我並不是說你可以非常確定什麼是人性。那不是什麼你可以把手放在上面的東西，然而，從科學的角度看，它必須有人性。哈！就像意識、暗物質，還有『文化』。你們人文學的人——如果你不介意我這麼稱呼你們——的問題就在於，一旦你們稍微觸碰到科學，就老是犯錯。或說，大多數時候都犯錯。但那沒關係。科學家也經常在科學上犯錯，但那是他們的工作：證明東西是錯的。科學家就做那些事。社會學家證明社會是錯的，也許。不可能證明有什麼東西是百分之百正確。你能再把橄欖油遞給我嗎？」

／

週三上午在托克羅斯醒來的時候，火仍在壁爐裡熊熊燃燒，就像被施了魔法似的，我又添了一根木柴，木柴燒起來以後，我泡了杯玫瑰果茶，吃抹上香蕉泥的吐司。打開筆記型電腦後，我收到一封奧斯卡的來信。你是想讓我心臟病爆發嗎？你不只提早交稿，還寫得非常好；事實上，是篇傑作。它很有趣，甚至很有話題性，如果你相信經濟學家說的西方資本主義已經岌岌可危了、我們很快就要自己做衣服了，因為中國的血汗工廠將不復存在（看看周日的新聞你就知道我在說什麼）。保羅想把它登在這個星期文藝副刊的頭版。他打算讓你開個專欄。你的這個二十一世紀興趣的鬼扯打動了他。他有一套玩具火車——你已經知道這件事了吧？

一個專欄！這是每個報紙作家的聖杯！但我記得奧斯卡之前已經用過這招了。每當他真的很希望我做些我不太想做的事時，他就會提出說保羅正考慮讓我開個專欄。我曾在某場新書發表派對上見過保羅，當我提及那個專欄，他像看到瘋子那樣看著我。但這次不一樣。我沒有要求延期交稿，也沒提出取消工作。我又讀了一遍郵件，以防沒看到奧斯卡要求我在週四前從頭寫過。可他沒讓我做任何事。也許那樣的郵件會跟在這封後面來，還會解釋專欄為何取消了。

每當有人表揚我寫的東西，我會把自己當成那個人，重讀一遍那篇文章。這是我唯一可以放鬆欣賞自己作品的機會，而這很少發生。文章一開始，我指明了一個事實，勵志產業是靠讓別人覺得自己很糟糕來運作的。隨後我描述了幾種荒謬的方法，比方鼓勵人們「改善」自己的不完美，這樣就能吸引到愛人、商業合約或者別的東西。你可以從一本書上學到如何用一個「專屬微笑」來擄獲某人的心、如何為任何對話制定你想要的議程、如何成為「做選擇的人」而不是「被選擇的人」、如何變得「有吸引力」從而吸引到你想要的人與物、如何利用「去你的！」的力量、如何透過別人的肢體語言瞭解他們的想法並也用自己的肢體語言來溝通，如何利用古老的創意祕密來使自己的簡報檔更有「活力」。

如果人們不能在這個世界好好生活，沒關係，那還有別的世界：仙子和守護精靈的世界，或者前世來生。在這些書裡，總有一些讓個人變成英雄的方法。沒人會鼓勵你成為沿途的野獸、惡龍或是幫手。也沒人鼓勵你成為愚者或隱者。無論你是會成為千年的完美化身，或只是將餘下的人生過得盡量「完美」、做出世上最好的簡報檔，自我完美應該是每個人的目標。整個西方社會似乎正在把自己變成一個電視真人秀，每個人都應該想要成為最受歡迎、最具天賦、最大牌的明星。我在專題裡模仿了勵志格式，所以也提供了看似向外而非向內的人生便利貼。我集中討論了一些技能，它們會幫助你成為一個反英雄——或實際上，成為一個愚者——他不渴望財富、成功或甜美的愛情。我提議道，不想得到完美生活和個人英雄主義者，應該找一些教他們新技能或其他語言的書，不是為了更加成功或者更適應社會，而只是為了好玩：跨出懸崖，看看會發生什麼事。這個反英雄或愚者可以學習觀鳥或植物學、修理東西、翻譯、刺繡，甚至是織襪子。我說，除非我們戒掉自己對勵志產業的癮頭——以及對這個二十四小時不離電視與娛樂的世界的依賴——重拾過去的技能和興趣，我們就會陷入危險，把自己變成小說裡的角色，除了娛樂他人，除了在情感上、審美上和精神上乾淨整潔以外，我們將一無所用。在文化層面，我們會變成點石成金的邁達斯國王[23]：失去感覺、無法觸碰。我們只會想得到可以立刻使用的東西，或是和我們的情節主軸相關的東西：鞋、新沙發、家庭健身房；要是這些都行不通，我們還有無數種方法來解脫，比如套裝產品、電子遊戲、充滿了糖分和脂肪的速食。我們不比角色弧線複雜多少，我們的生命將一無所有，除了進入第二幕、然後第三幕，最後死去。重新再讀的時候我不是很肯定自己寫的東西。我是不是只是在提供另一種我自己版本的簡單答案？但也許在報紙專題裡這並不重要，至少我還提到了幾本不錯卻鮮為人知的書。我又從頭讀了一遍，這次不是扮演某個喜歡它的讀者，而是我自己最嚴厲的評論者。最終我沒有提到任何一本自己寫的、可笑但充滿善意的

23 King Midases，出自希臘神話。

書；我只是在捏軟柿子。我是不是和其他東西一樣都是假的？也許薇會讀這篇專題，她會明白我至少盡力讓自己真實。

幾分鐘後我收到保羅的郵件。太棒了！非常好的專題，讓我想起為什麼比起和廣告商開會，我更喜歡玩具火車和在鄉間漫步！你可以寫個每週專欄嗎？每週寫一個不同的興趣，搭配一本合適的書（也可以是一張CD或DVD，或任何你喜歡的東西——這會是文藝專欄，不是書籍專欄）。用第一人稱，如果有些興趣不成功也沒關係。主要是嘗試不同的事物。每週六百字，每字一英鎊。盡快回覆我。保羅。

我不想對我和羅文的午餐小題大做，但還是取出了唯一一條乾淨的牛仔褲和T恤，跟我最喜歡的羊毛衫，我把它們掛在門後，泡了個長長的熱水澡，剃腿毛、修眉毛。水蒸氣撫平了我的衣服，我躺在那兒思考我的專欄，接下來的幾個星期我該寫什麼呢？我想知道如果我告訴羅文這些，他會說什麼。水開始變涼，我擦乾身體，穿上衣服。這個熱水澡似乎和每年一次為貝絲洗完澡後、我自己洗的澡一樣糟糕：舊浴缸上除了有沐浴乳的泡沫，還黏著一些長髮和眉毛。臥室裡，所有零件還是像之前那樣躺在地上。前一天我坐在這些零件中間，拿著安裝說明和螺絲起子，當時我還能明白這些零件；但現在整個房間一團糟，彷彿所有的木頭都來自某樣破碎的東西，而非某個等待被拼裝的物品。

／

我到幸運餐館的時候羅文已經在裡面了，不過一開始我沒發現他。過去我們總是試著坐最好的位子：緊挨著窗的那個，可以看見窗外經過的行人看著我們。那桌位子空著，但羅文坐在餐廳的另一頭，背對著我。我走過去。

時間是一點零一分。

「有人坐這兒嗎？」我問道，然後坐到他對面。

「嗨，」他微笑道，「你好嗎？」

「還可以。」我說，突然意識到從上次見面到現在發生了多少事。「對，還可以。」我又說了一次。

羅文回頭看了一下，又看看我。

「沒關係，」我開玩笑說，「沒人跟蹤我。」

「我不太確定。」他說。

「啊？」

「別擔心，」他搖頭，「我真蠢。」他笑了。

有好幾秒鐘我們倆都沒說話。我不想談論那些明顯的事實，不想告訴他克里斯多夫的事，不想問他為什麼覺得我們被人跟蹤，或是他和莉絲怎麼樣了。我想起專欄的事，又不想一開始就炫耀這個。

「你的瑜伽做得如何？」我問。

羅文歎了口氣。「已經好幾個星期沒做了。我有點想念它。」

「我剛開始學做瑜伽，」我說，「它讓人感到很平靜。」

「你去哪裡學？不是在達特茅斯？」

「不。看書學的。你怎麼樣？」我問，「一切還好嗎？」

他拿起菜單。「我們先點吃的吧。你想點什麼？」他說，「我想要煙燻鮭魚三明治和咖啡。」

「我也要一樣的。」我說。

服務生走過來，我解釋說我的三明治不要加奶油或奶油起士，雙份濃縮咖啡不要加牛奶。

「能在達特茅斯以外的地方見面真好，」羅文說，「還是說只有我這麼覺得？坐下來吃個三明治、喝杯咖啡，知道不會撞見任何熟人……這真好。」

「我算是離開達特茅斯了，」我說，「我……好吧，事實上，我有新聞要跟你說。我和克里斯多夫分手了。我搬走了。我會給你新的地址——如果你想要的話——以防你想寄耶誕卡什麼的給我。新房子在托克羅斯。」

「什麼？在海灘上？」

「對，就在海灘上。是間非常不錯的小屋。一切都感覺好多了。我突然有了很多時間。有空間思考問題。工作也進展順利，還有……」

「天啊。你和男朋友分手了。不是因為……」

「不，」我說，「不是『因為』。這一直都是可能選項。」

「感覺如何？希望這麼問不算很冷酷。我的意思是，最後跟莉絲分手這個想法嚇到我了，雖然這似乎也屬於可能選項，我想這麼做也有好幾年了；你覺得孤單嗎？」

「不。好吧，在你提起之前我不覺得，」我笑道，「事實上，感覺非常棒。我覺得這是好多年來第一次可以呼吸了。也許對克里斯多夫而言也是。我們對彼此都沒好處。」我停了一下。「這也許有點嚇人，我想。我不知道冬天來的時候情況會如何，當只剩下我和海的時候。搬出去前我把小說的最後一點內容也刪掉了。一筆勾銷。」

「真的？」他聽上去有點警惕。

「我一直在做這種事。沒什麼。」我歎了口氣，「啊，我想這次稍微嚴重了一點。這一次我真的又從零開始了。我打算寫真實生活的改變，而不是一些預先包裝好的、關於真實生活的念頭。你還記得我們在莉比和鮑勃家談到的、關於全知的話題嗎？我想我打算嘗試採全知敘述者的方式，他能看見每件事，但不做評斷；也許我會把故事安排在一艘船上。我打算慢慢寫。今天早上我從供稿的報紙那兒也得到了好消息。他們給了我一個專欄。所以我有足夠的錢。這非常好。」

「這簡直太妙了，」他笑了，「我想，我有點嫉妒，你靠自己的努力辦到了這一切。我想『挖掘』每件事，我想呼吸。此外，你真的離開了達特茅斯。」

「你真那麼討厭它？」

「對。我花了好幾年才意識到這點。我討厭自己討厭一切——如果這麼說符合邏輯的話——但是我真的討厭。它很美，當然，非常美。當你第一次穿過河、看到這些有彩色粉筆般顏色的小房子，簡直美呆了。彷彿漁夫還住在那些房子裡，彷彿鄰居都是藝術家和知識分子。你以為因為這些水、這些古老的石牆和所有的歷史，有趣的人會想住在那裡；我的意思是，畢竟是我們自己決定要住在那裡的。」

「事實上我搬過去住是因為沒有其他選擇，」我說，「克里斯多夫認識某人，可以把房子便宜租給我們。」

「我是指莉絲和我。但那是莉絲的選擇，因為她的家人都在金斯韋爾。我自己肯定不會選擇那裡。它沒有電影院。我想那間書店很不錯，但整個氣氛……也許當你第一次來的時候，特別如果你是坐著渡輪過河——看不到皇家海軍學院；運氣夠好的話，港口沒停著軍艦——它真是美輪美奐。過去我們曾在達特茅斯度假，我卻從沒發現自己有多討厭它，直到我定居下來。這就是為什麼我大部分時間都在托基度過，尤其是最近。那裡感覺更加真實。」

「誰知道什麼是真實呢？」我說，「不過至少在托基，你能感到真實和真正的問題。他們似乎把那些東西複製到了達特茅斯，讓軍用飛機一直在河上做危險的特技飛行，就好像世界上沒有石油危機這回事兒似的。」

「他們不做特技飛行的時候，就把自己塗黑，搞得好像老套的『白人扮黑人』表演。我和莉絲看過一次，結束之後我們大吵了一架，我想離開，但她想表現得有禮貌，因為那裡有她在學校認識的人，還有些薩莎的朋友。」

我們的咖啡來了。

「莉絲就是不明白，」羅文說，「我很生氣不知道自己該說什麼，所以我離開了。我開車離開那裡，去了塔肯黑的一間鄉村酒吧，晚上就在那裡租房間過夜，從那兒可以看到堡克里克河口——我覺得那是達特河最好的部分，因為從那裡它將自己一分為二。我睡到自然醒，看到白鷺在泥土裡翻找早餐。那是我這些年來最寧靜的一個早晨，因為沒和莉絲在一起，也不在達特茅斯。我的外甥和他老婆變成了美食家，也就是說達特茅斯可以滿足他們，儘管我覺得鮑勃已經受夠這兒了，想搬去倫敦住，但我無法想像康拉德會同意。可憐的孩子——他在這兒有溺愛他的父母，所以離不開。還有莉比和她的——你是怎麼說的——她『悲劇般的偷情』。」

「我想那差不多已經結束了。」我說。

「可憐的莉比。還是說她並不可憐？」

「大家都很可憐。」我說。

「噢。」

「達特茅斯有好多婚外情，」我說，「至少，對那些不能掌控這個地方的人來說，這算是少數可以做的事。」我想起我們會在這裡吃飯的原因之一，就是莉絲出軌。「對不起。這樣說太不合適，不是嗎？」

三明治到了，我們只是拿在手上一下；羅文回頭看了看，又看著我。

「我一個人跑去托基的那個晚上，」他說，「莉絲也跑去旅館住，以防我又回去。她說她不想變成那個獨自留在家裡的可憐人，這點我不得不說很佩服。她說那個旅館很多地方都非常糟糕：旅館和河之間有停車場，所以『河景』實際上是車景，但她說那兒的食物非常好。她說服我找了一個晚上和她回去那兒吃晚餐。我一到那裡就很討厭它，於是我們又為此吵了一架。老天——我想我們什麼事都可以吵。也許那很健康。她逼我進去，說我們在那兒會很開心。旁邊人的對話確實很好笑。有個女人說她不應該『這麼晚』才喝湯，因為晚上會起床尿尿；那時才七點多。我們最後的確大笑了，不過連莉絲都承認那裡的氣氛確實很差，這也或多或少影響了食物的口感。那完全不是我會喜歡的東西，我更喜歡在海灘上自己烤魚。但那可能是我們最後一次那麼開心了，我想。也是最後一次上床，」他一定看到了我的表情，「抱歉。」

「沒必要道歉，」我說，「不是嗎？」

「嗯，沒有，不過……」

「那你和莉絲之間現在怎麼樣了？你們有去參加心理諮商嗎？」

「沒有。她放棄那個想法了。事實上……」他又回頭看了一下。

「什麼？」

他歎了口氣。「她指責我，說我在偷情。或者想偷情。」

「什麼？為什麼？跟誰？」

「跟你。她把整件事倒過來講。現在她說她偷情只是因為她覺得我已經在偷情了。她說這就和她去住旅館的原因一樣，因為我那麼做了。又一次，她不想當那個被丟下的可憐蟲。這就是為什麼我在渡輪上拒絕跟你吃午餐，而且老實說，這也是為什麼我現在那麼緊張被人看到和你在一起。」

「老天。但那……」

「這是不是讓你覺得很丟人？」他歎氣道，「這很難說出口。可能聽到的人感覺更不好受。對不起。」

「我也不知道這算不算丟人。為什麼是我？」

「她知道我們在圖書館工作的時候一起吃午餐。我想我提過你很有趣，和你在一起很開心。真是大錯特錯。而且，顯然我們在某個晚餐派對上交換了『眼神』。」

「她怎麼知道的？她都不在那裡。」

「不是在莉比和鮑勃家那次。是很多年前的事了，從那次之後她禁止我再見你。」

「這真荒謬。」

「我知道。」

「她真的偷情了？」

「對。像你說的，每個在達特茅斯的人都有婚外情。除了我們。」

「似乎有點浪費，」我說。但我立刻臉紅了。「對不起，開玩笑的。」

「不。你說得沒錯。當然，你說得沒錯，在某方面……」

「不管怎樣，我已經離開達特茅斯了。」

他若有所思地點點頭。「那可能是件好事。」

「什麼，對你的感情生活而言是件好事？對，好吧，顯然那應該是我離開時考慮的首要因素。」

「我真的不是這個意思。」他看著桌子說。

「當然不是。」

「但我向你要求得太多；我真的很抱歉。」

「沒關係。對不起，我打岔了。你是我的朋友，我不應該……」

「我告訴莉絲我不想和你偷情，但她不相信。」

「為什麼？」我說。

「她說你是我喜歡的那種類型。說她甚至比我更早就注意到你了。」

「我不覺得我是任何人會喜歡的類型。」

「梅格……」

「她錯了，不是嗎？我的意思是，顯然你完全沒有被我吸引到。你告訴她這點了嗎，在你否認一切的時候？」

羅文看著他的手指，然後緊扣十指，把手放到了面前。他把下巴托在手上。

「不，」他說，「不，我沒有告訴她。」

「為什麼？」

「因為那不是事實。你知道的，你知道我對你的感覺。但是我**不能**有感覺，我什麼都做不了。我以為在這件事上我們倆都一樣。我以為這就是我們從不談論這個的原因。不過現在你離開了克里斯多夫，而且……」

「我不是為了你才離開他。」

「不，我不是在暗示……」

「我的意思是，我們都沒有出軌，不是嗎？我離開他是因為我受夠了。我很多年前就該這麼做；我很享受自己一個人。」

「我知道。」

「而且你不是說，我對你而言太年輕了嗎？」

「那沒有關係。年紀沒有關係。你說的。」

「如果你決心留在莉絲身邊，這就不再是個問題了。」

「我不知道除此之外我還能做什麼。我們必須離開達特茅斯。好吧，我知道你已經離開達特茅斯了，但你只是沿著海邊往下走了幾英里。所有人都不會贊同我們。我會和在德文認識的所有人斷絕聯絡——這倒不是什麼巨大的損失，但我不知道除此之外我還擁有什麼。我想，我還得離開海事中心。」

「羅文？」

「什麼？」

「我們不會私奔。沒必要討論這個。你會繼續跟莉絲在一起，我會……我不知道我會做什麼，但你沒必要覺得，因為你老婆說我們有一腿，你就欠我什麼。」

他深深吸了口氣，屏住呼吸，再慢慢吐氣。

「她不是我老婆。」

「她可能會是。」

我們吃完了三明治。至少，我吃了我那塊的中間部分，他吃了一半就把盤子推開了。羅文看錶。

「我很快就得走了，」他說，「莉絲開始每天下午打去海事中心查我的行蹤。」

「不應該是你這樣對她嗎？既然她才是那個偷情的人。」

「大家都會這麼想。聽著，我想好好結束我們的對話——還有，你不是應該有東西要讓我看嗎？瓶中船？」

「如果你經過托克羅斯，歡迎你進來喝杯茶。」

他又深深吸了口氣，春潮般的呼吸，就好像他是一條河，比平常更用力地被裝滿又清空。

「好，我很樂意。不過……」

「我們沒有一腿，不需要感到罪惡，我也不會一見到你進門就撲上去。我會一直穿著我的衣服，我保證。」

「但如果莉絲發現……」

「老天，」我歎了口氣，「這真的很荒謬。好吧，你自己決定。我會把我的地址和電話用電子郵件寄給你。」

「別這麼做，你能不能……？」

「什麼？」

「能不能現在就把電話號碼輸進我的手機？不要發信。我猜莉絲知道我的密碼。如果我到了你家附近，再傳簡訊給你，這樣可以嗎？」

他把手機遞給我。手機邊緣已經有點壞了，鍵盤上的一些數字也完全看不見。我打開他的電話簿，看到大約二十個號碼，包括法蘭克和薇的。

「我應該自稱什麼？」我說，「乾洗店？」

「不。我這輩子都沒乾洗過東西。取個別名吧。」

「真不敢相信你是認真的。好吧，我叫安娜。」我說。

「不要用女人名。」

「那安東吧。」

「我真的很抱歉。如果你不想，你可以不再跟我說話，或是跟我有任何聯繫。我能理解。」

「你希望我不再跟你說話嗎？」

「當然不。我需要朋友，就像我說的。」

「一個祕密朋友。」

「對。」

我又歎了口氣，說道：「這很奇怪。」

「對不起。我盡力了。」他又看了一下手錶。「我得走了。很快會再見到你？」

「好，都可以。」我突然覺得就要哭出來了。

他從桌子對面伸手過來碰我的手。「梅格？」

「沒關係，」我說，「走吧。」

「很快見面。我的意思是，我想很快就能見到你，如果你也想見我的話。」

「好。」

「別聯絡我。我會聯絡你的。」

羅文離開後我只是坐著，面對一盤吃剩的三明治。幾分鐘後我取出手機，回訊給喬許。抱歉過了一天才回你。對，我會跟你一起去聽紐曼的演講，還有吃披薩。告訴我幾點和你在流言餐廳碰面。

一個星期後我還是沒有羅文的消息，也沒有克里斯多夫的，不過喬許告訴我他在流言餐廳預定好了三月二十號晚上的位子。我的專題已經發表在報紙上，許多人寫信祝賀我，但不包括薇。我回了趟達特茅斯的房子搬走剩下的東西，除了餘下的書，不過我已經找了一個安德魯認識的貨車司機去幫我取書了。我終於裝好床，鋪上從綠色纖維買來的有機棉床單。晚上我研究愛麗絲的書。我把一個舊枕套剪成碎布，按照愛麗絲的指示在羽絨被的右下角縫出一個鶺鴒圖案。剩下的枕套我剪成平整的方形，放進我新做的拼布材料袋裡。我打算縫一條百納被過冬，並寫成一篇專欄文章。

我掌握了一種不錯的獨居節奏。晚上或者中午，我會去霧號酒吧吃點東西、喝上一品脫的野獸，其他時候我自己煮義大利麵或歐姆蛋。我學會如何從自己種的羅勒上採摘葉片，好讓新的葉片從同個位置長出來。我的風信子開花了：是藍色的，大海的顏色。我打了幾次電話給媽跟莉比。克勞蒂亞打來告知下周編輯委員會的會議安排。我想問她薇的事情，話就是說不出口。晚上，沒有電話打來，或者我喝了幾品脫野獸的時候，我會拿出吉他，彈上幾首愛麗絲的民歌或是我會的藍調音樂。我情不自禁彈奏出所有我和羅文聊過的歌。我決定在第一周的專欄裡寫彈吉他，這是我已經會的事情。通常在彈下一首歌之前，我會看看有沒有因為音樂而錯失手機簡訊，但每次看都沒有人傳訊給我，哪怕是莉比。我上網研究如何傳簡訊給自己，試試手機是不是還運作正常。它很正常。收到我的消息時，手機顯示：你是個白癡。

除此之外，我還織完了拖鞋，發現清洗乾淨後把它們放在廚房桌上晾乾成型很方便。不過莉比對定型的看法沒錯，很少有事情會像它一樣既無聊又壓力重重：就像是有人塞給你一件天價古董，讓你捧著它站上五個鐘頭。上次去托特尼斯，我買了有機未漂白毛線、一套四根雙頭竹棒針，還有一個很可愛的拉鍊包，用來裝我正在織的襪子。棒針看上去很奇怪，像巨大的雞尾酒棒。我打算試試愛麗絲·格拉斯的圖案，並在第二篇專欄裡寫織襪子。既然決定好了，我現在就得開始嘗試，因為莉比說那很困難。

要織襪子，你得先在一根雙頭棒針上上幾針，然後把上完的針分到另外兩根棒針上，由此毛線和棒針就形成了三角形棚屋狀，而你的針不能「纏住」。我不知道這到底是什麼意思，不過愛麗絲其他的指示我都能弄明白，儘管通常要在織的過程中。一天晚上，太陽下山後，火堆在壁爐裡劈啪作響，我從安德魯那兒買了幾瓶野獸，坐下來研究織襪子。我已經織了一小塊布樣，收好了針，現在它是我的啤酒墊。我的毛線每英寸有六針，所以根據愛麗絲的表格，要用這團毛線織一隻「成人中碼」的襪子，我應該要上五十二針，然後在第一根和最後一根棒針上分十七針，而中間那根上應該要有十八針。我試了好幾次，一直不清楚哪根針是「第一根」、哪根是「最後一根」。我試了一下，發現弄錯了，然後讀到書上說毛線的尾端應該像老鼠的尾巴一樣吊在棒針中間，於是我又試了一次。

要織襪筒——基本上織襪子的大部分時間都是在織襪筒，直到你織到腳後跟的地方，把襪筒「轉過來」，這才開始織腳的部分——你只需要把未固定的毛線從原來的棒針上用下針打到一根「空的」棒針上。有點像雜耍裡的丟擲球，很多年前我在一本書上學過。丟擲球的時候，你只要記住用即將要接住球的那隻手去拋球就可以了。很奇怪，織襪子也與之類似。午夜時分，我已經掌握了節奏，織了七行兩針高兩針低的羅紋針。之後，我用簡單的下針繼續織一行低一行高花樣的襪筒。我的襪子終於初具雛形啦！我簡直不敢相信。那晚我上床時沒把手機放在枕邊。事實上，早上我甚至不記得自己把手機放在哪裡；羅文可能整晚都在傳簡訊，而我完全不會知道。

找到手機時我發現沒有簡訊。我打電話給莉比。

「你永遠、永遠猜不到我現在在幹麼。」我告訴她。

「上鮑勃的姑丈？」

「莉比！」

「對不起。」

「你不能老是這樣講。」

「好啦，好啦。」

「算了，繼續猜。」

「你在替熟食店做大黃醬？我賭你肯定沒有。每個人都在問，因為催熟的大黃已經上市了，」她歎了口氣，「該死的熟食店。大家只關心食物。人生不該只是吃好吃的、坐在電視機前變胖那麼簡單。」

「你沒事吧？」我問她。

「我完完全全又一次掉進糞坑了。我今天本來就打算打電話給你。午飯時間有空嗎？」

「有。怎麼了？」

「我去找你。和你在霧號酒吧碰面？你可以帶我參觀你的新居。」

「當然好。」

莉比只說了「午飯時間」，但沒說具體幾點，所以十二點一刻我就帶著織毛線的工具去了霧號酒吧，坐在火爐旁的位子上等她。安德魯給了我半份野獸和粉色吸管。

他大笑著在我面前揮舞吸管。「我們都知道你多才多藝，但你不能一邊喝酒一邊織毛線。所以我給你吸管。以前愛麗絲嬸嬸織毛線的時候就用吸管喝酒。她總是喝得酩酊大醉，把針線弄得到處都是；她還會唱水手船歌，有時直唱到太陽升起。她唱的歌裡甚至還有幾首編織歌，不過我肯定那是她自己編的。」

「我一直在看她的書，」我說，「我就是這樣學會織毛線的。」

我舉起襪子，在旁觀者眼中，這也許還不能算是隻襪子，不過我已經織了三十六行，覺得看起來還真挺有模有樣的。我希望安德魯能看它一眼，假裝很驚訝，但他只是彎下腰、摘掉眼鏡，用他粗大的手指輕輕碰它。

「這很棒，」他說，「不必擔心凸起或灰塵，第一次下水後它們就會消失。這毛線真好。你收錢幫人織的？」

「收錢？」我大笑，「我還沒織到腳跟呢。要是失敗的話，我的第一隻襪子很可能也是我的最後一隻。它也可能會變成綁腿。」

「沒什麼比得上手織的襪子，」他說，「她以前總會織給我。」

「愛麗絲？」

「對。她替半個村子的人織襪子。一旦你穿過家裡織的襪子，就不會再去外面買襪子了。完全不一樣。」

「我跟你說，」我說，「如果我可以成功織出一雙襪子——不過我提醒你，那可能需要一百萬年——下一雙我就會織給你。為了感謝小屋和所有一切。我真的很喜歡住在這兒，沒辦法告訴你我有多開心。」

「噢，沒有必要，」他說，一面重新戴上眼鏡，「我只是在跟你鬧著玩。」

我聳了聳肩，說道：「噢，好吧。不過我打算在報紙上寫愛麗絲的書；你可能會想告訴出版社。」

安德魯微笑道：「謝謝，朋友。事實上，我剛才說了什麼？我一定是瘋了。幫我織一雙手工襪子，你可以免費用木柴，還可以享用幾品脫——很多品脫——的免費野獸。」

「一言為定。」

安德魯離開去洗杯子。我繼續織襪子，半個多小時後，莉比拿著一盒大黃出現。

「哈，哈！」她說。

「哈，哈，」我回她，「好吧，我會做果醬的。」

她把大黃放在桌邊，坐到我身旁，摘下墨鏡。

「我的媽呀，你在織襪子。」

「我是在織襪子。」

「你到底怎麼學會織的？有了一個新的好朋友？」

「嗯，算是吧，不過她死了，」我把愛麗絲的事告訴了莉比，「最棒的是，我在報上會有一個專欄，所以每個星期我必須『嘗試』一種不同的興趣嗜好。下期我會寫織襪子。」

安德魯過來和莉比打招呼。「她一直在小屋裡織毛線、縫衣服、做東西，你得在她徹底變成隱士之前，帶她去泡吧或別的什麼地方，」他大笑道，「要喝點什麼？」

「跟梅格一樣，」莉比說，「我想我們太老了，不適合泡吧。」

「我只是在開玩笑，」安德魯說，「我自己也是個隱士。這沒什麼問題。你們想吃什麼？我們新進了牡蠣，還有很不錯的鱈魚。」

我們兩樣都點了，莉比認真地看著我的襪子，發現它真的在朝襪子的方向發展，發出吃驚的尖叫。

「沒有人從書上學怎麼織襪子的，」她說，「那太難了。」

「很多人從書上學東西，通常都是不對的事情，不過我的專欄會講如何從書上學習好東西——比方織襪子。」

「老天。這就像回到學校做功課，你得去圖書館學習如何生營火、搭架子或是給自己縫條圍裙。」

「不一定像那樣。」

「我覺得你學會如何織襪子是因為你向宇宙訂購了這樣東西。」

「老天，我真的有，不是嗎？」我大笑。

「這是最合理的解釋。」

我仔細看著莉比。她看起來比上次見面時要老了幾歲。「你沒事吧？你看上去很累，還有點輕飄飄的，如果你不介意我這麼形容的話。」

「哦，那是因為我忘了塗睫毛膏，」她歎了口氣，「我又回到馬克身邊了。至少，我們又上床了。」

「該死。為什麼？怎麼回事？」

「也許他是我的命中註定。」

「你不相信命運。」

「鮑勃相信。他說我是他的命中註定。」

「好吧。從頭開始告訴我。」

莉比歎了口氣。我們吃牡蠣、鱈魚配烤甜菜根和馬鈴薯泥，她邊吃邊跟我解釋發生了什麼事。

「那就好像我腦袋裡一直有這種快死掉的感覺。介於混凝土和羊毛絨線之間的感覺。我想思考，但腦袋一片空白。突然間，我不知道該和鮑勃說什麼；和馬克在一起的時候，我總是忙個不停，想跟上各種最新潮流，日子感覺很刺激，你懂嗎？而且更真實。和鮑勃在一起比和鮑勃、馬克同時在一起感覺還要不忠。以前，我必須得假裝愛鮑勃——就是，你知道，『像那樣』愛他——當我真正愛的人是馬克的時候。可一旦馬克離開了等式，我的生活就只剩下『假裝愛鮑勃』。我想了很多。或許我只是在為自己辯解，但我覺得非常緊張，還有點沮喪。你說你很沮喪的時候我從來都不能理解：那種什麼都沒意思、什麼都毫無意義的感覺；但我現在可以體會了。我居然開始事先盤算該和鮑勃說些什麼；我還做了筆記。可這沒什麼幫助。你知不知道這種感覺：當你還是小孩的時候，一想到世界上最無聊的老師要連上兩節生物課，就立刻想睡覺？我現在一想到要跟鮑勃講話，就是這種感覺。以前我可以透過想像和馬克在一起來熬過難關，譬如，回想上次和他在一起的情景，或是想像下次見他時我該穿什麼衣服、做些什麼。以前我會因為馬克去預約做頭髮或是美甲，但一想到要為鮑勃做這些事，我實在一點動力也沒有。這聽上去是不是糟透了？」

「不，當然不。我知道你說的沮喪是怎麼回事，嚴重的時候我沒辦法和任何人說話。我一言不發。如果我媽打來問我在忙什麼，我會想不起來。」

「對，完全就是這樣。這快滲透到我生活的其他部分了。我整天生無可戀地站在熟食店裡，沒生意的時候也不想重新布置櫥窗，只會走去後門哭，至少那感覺真實，還帶點戲劇性，彷彿我的生活真有、也應該要有什麼事發生了。早上刷睫毛膏的時候，我會問自己幹麼還要費心做這些事。達爾文不是說過，這或多或少是為了性嗎？性是為了繁衍後代。我的人生有什麼用處呢，如果只有性而不繁衍後代？這是不是意味著我做的一切都毫無意義？」

「我想你可以藉由不生來幫助物種進化。」我說。

「而不是藉由塗睫毛膏嗎？我的意思是，塗不塗睫毛膏有關係嗎？」莉比歎了口氣，「我迷不迷人有關係嗎？可憐的鮑勃。倒不是說他很無趣或是怎樣；只是我不再想要他，不再對他有興趣。我一直靠洗澡來逃避他。有天我在洗澡的時候他為了上廁所衝進浴室裡，然後想留下來和我聊天。我最後哭著要他出去，沒說為什麼——只是因為我不能忍受和他待在同一個房間裡，十分鐘也不行，我不敢相信他竟然開始侵犯我最後的私人空間。我不想逼自己假裝對他讀的漫畫或他在學的歌有興趣。我有沒有告訴你，他的最新計畫是成立一支樂團？他希望一年後我們可以去巡迴表演——因為我們一直在討論離開這裡，他覺得那會是個很好的藉口。我沒有辦法對著白癡唱歌，但他覺得我可以。他說我的嗓音『很有趣』。我們試了幾次，每次我都希望有別人在場，因為對著他唱歌，或者和他一起唱歌，感覺比自己一個人唱還要難受。」

「聽起來非常痛苦。」我說。

「對。除此之外，我還得繼續每週五晚上出門，因為我不能突然說，『哦對了，我退出了讀書會。』我就只能開車去佩恩頓眺望大海。那是我和馬克第一次接吻的地方。第二次去的時候，馬克也在那裡。我們什麼都沒說，只是回到了他的住處，開始做愛。我哭了。我說這是告別性愛，它非是不可。他說他不再介意了；他說無論我給他什麼他都會接受。他甚至不再要我離開鮑勃。我想，『為什麼是我？』我的意思是，馬克肯定能找到一個比我更好的單身女郎。所以一切又從頭開始了，我也不再沮喪，但是我不知道該怎麼辦。」

「你得離開鮑勃。」我被自己說出來的話嚇到了。

「真的？」

「對。好吧，我不知道。這必須由你自己決定。我不該說這些的。」

「不過你說得沒錯。我必須離開他。我不知道自己做不做得到。一切都是和鮑勃一起建立的：房子、生意；你和克里斯多夫沒有共同擁有的財產，肯定更簡單一點……噢，該死，我在說什麼？分手從來都不簡單，不是嗎？」

「坦白講，莉比，六年來，我想過好多次要離開他，但我告訴自己我辦不到。我告訴自己我不夠錢；我不能讓克里斯多夫一個人付房租；事情會好轉。如你所知，我們為了和彼此在一起，犧牲了很多東西。我不能在發生了那麼多事情以後離開他。我無法向自己坦白，一開始和他在一起根本不是因為我們有共同的愛好或是想和彼此分享人生；我只是想跟他上床，我為了這麼做也準備好了去徹底摧毀別人的生活。如果我肯承認這就是事情的真相，那我到底是個什麼樣的人啊？總是有一百萬個理由不和某人分手，其中很多原因很複雜，關乎你如何定義自己，以及你如何才能獨力生活。」

「也許我只是個懦夫。」

「我覺得沒那麼簡單。沒有人『是』懦夫。」

「但如果大家都在想分手的時候就分手，那世界上就不會有情侶關係。」

「對，可當你已經忍受了好多年……？」

「我以為你不會告訴我該怎麼做。」

「對，我知道。但從你剛剛說的一切來看，答案很明顯。我只是把你告訴我的說給你聽。況且，這對馬克很不公平。當然對鮑勃也不公平。」

「我好差勁。」

「不，傻瓜。你很可愛，所以為什麼有那麼多男人想要你。你只是有點迷惑，想做正確的事。我也想過或許留在克里斯多夫身邊才是理智的做法，但我知道我們不適合彼此，因為我覺得激情體現在行動中，是學不來的，你不能突然決定說我要變快樂，或去學習如何擁有激情，不是這樣的。就像我們之前說的，誰知道什麼是『正確的事情』？」

「對，但在整件事裡，我是不是幸福有多重要呢？世界上有太多痛苦的人，而大家都在繼續他們的生活。我的問題那麼瑣碎、可悲，如果鮑勃是我的殘疾爸爸——舉個例子——我就不能夠離開他；我必須忍受一切。我不停告訴自己，就當他是我的殘疾爸爸吧。但這沒有用。」

我大笑道：「怪不得你沒辦法和他上床。」

「對；哈、哈。」

「可是，殘疾父母不會阻止你陷入愛河。」

「電視上的會。」

「對，但在電視上沒人會歧視你——陷入愛河，我是說。這不就是殘疾父母在電視節目裡的意義麼？他們的作用就是成為主角人生道路上的絆腳石，只是另一種想束縛你、為你安排婚姻、讓你接管家族企業的家長。有那樣的絆腳石，你的道德**責任**就是陷入愛河，這樣你的殘疾父母才可以過上圓滿的人生而不需要再依賴你。」

「對，你說得真對。」

「但你和鮑勃的關係完全是兩碼事。你必須跟他上床，而且不能再愛別人。」

莉比摀住了嘴，然後又放下手來。

「噢，天啊，你是對的。」

「對不起，我說得這麼直接。」

「老天。不，現在一切都明朗了。我真的要這麼做。我要跟他分手。」

「這就對了。就像你說的。」

「噢，該死。」

「沒錯。」

「我會繼續失去一切。」

「不一定會失去一切。你無法預測會發生什麼事。當我為了克里斯多夫離開德魯的時候，我以為自己做了一件很壞的事。可我們分手之後，德魯的事業突飛猛進，最後還和羅莎·庫珀在一起。他一直都對她很感興趣，所以對他而言結局還不錯，至少有段時間是如此……而我自己則像是被困在了某種陷阱裡，和克里斯多夫一起困在達特茅斯。」

薇最喜歡的民間故事，是講一隻被農夫困在陷阱裡的兔子。一匹野狼過來問兔子他在幹什麼，為什麼會被困在那裡？兔子告訴他，農夫對他很惱怒，因為他不願意和他一起吃西瓜，才陷害他、把他困在這裡，好強迫兔子和他一起吃雞。野狼放走兔子，把自己關在陷阱裡，因為他想和農夫一起吃雞，結果當然是農夫過來殺死了野狼。這不能完全算是一個無故事的故事；事實上，這是一個傳統的故事，有各種逆轉（野狼從自由之身到遭人囚禁、兔子從受騙到騙人，諸如此類），這些逆轉之所以令人滿意，只是因為弱小又狡猾的兔子在道德上高於強大但愚蠢的野狼。可在現實生活裡，擁有力量的愚蠢方通常會獲勝，而且兔子不會說話。

莉比臉紅了，低頭看著桌子。

「噢，該死，」她說，「我從沒想過要提起羅莎；老天，梅格，我真的很抱歉。我知道你有點討厭她，可她是你認識最久的朋友，不是嗎？我是頭自私又自戀的母牛。我完全忘記這件事了。」

「沒關係，」我說，「你說得對，我是有點討厭她。」

「但她死了你也不開心。」

「不。當然不會開心。」

我們沉默地喝完了酒，安德魯過來的時候我堅持要付帳。莉比拿起那盒大黃。

「你不必做果醬，真的，」她說，「這是個玩笑。」

「沒關係；我會做的。我想做果醬。」

「一切都讓我覺得很丟人。現在我可以看看你的房子嗎？」

／

莉比走後，天色轉黑，下起雨來。我蜷在火堆前的沙發上繼續織襪子，木柴嘶嘶作響，海水懶洋洋地一起一伏，發出聲響。既然我已經掌握了織襪子的節奏，就一邊織一邊想事情，我的思緒和雨一起下個不停。有那麼一會兒我想像自己和羅文在一起，一道意想不到的彩虹在腦中形成了。我想像和他一起走下海灘，讓他向我發誓——用他的人生起誓——一旦他不再愛我，就要離開我。不是一年之後、七年之後，還是三十年之後：就在一切發生的當下。但實際上我甚至無法想像和羅文一起走下海灘。我想像不出和他在這間小屋共享一杯茶。我也無法想像我們一起坐火車，輪流看報紙的評論版，或是因為我頭疼他幫我帶貝絲散步。我不能想像我在錢包裡找不到五十便士的時候，他會主動查看自己的口袋或錢包。他要先開始愛我，然後才會不愛我。彩虹得有始有終，而兩端我都無法想像。

陽光始終沒有出來，大約四點多我帶貝絲去海灘散步。紅得驚人的海藻像揭開的傷疤一樣橫躺過潮線。貝絲發現一塊破爛的浮木，咬過來給我。她蹲在地上，背半懸空，瘋狂地搖著尾巴；這是「把棍子扔給我」的信號。我想起所有我們能互相理解的地方。我知道她的各種信號：「我餓了」，「我渴了」，「我想玩」，「我不想玩」，諸如此類；她會把購物袋與獎賞連在一起，所以總是把頭探進每個能見到的購物袋裡；她知道洗澡就意味著每年一次看法國獸醫的時間到了，那個獸醫總是會給她許多餅乾，一邊檢查她的毛髮一邊說「讓我來看看有沒有小東西長在你身上」，然後幫她打疫苗；她知道大紙箱意味著搬家，知道有小鈴鐺聲音的地方就會有戴著鈴鐺的貓咪，而快速的腳步聲和信封的窸窣聲則意味著郵差。她快八歲了，幾年後，到我四十出頭，我終究會獨自一人：一個有著一千樣興趣愛好的悲慘單身老女人。到那個時候，我會有一百對襪子，全都是自己織的。我是怎麼了？人生肯定不止這些。我試圖想像好看的小說、有趣的CD、美好的晚餐，想像貝絲一直陪伴著我。但太遲了，我的呼吸變得急促，在我意識到之前就發現自己哭了。我到底怎麼了？我有一個專欄、一些朋友，甚至還有一個新的小說計畫；我有錢，還有我的小屋。

回家以後我只想躺在床上，靠睡覺來驅趕這種感覺，可我一到樓上，電話就響了。是蒂姆。

「你好？」他說，「梅格？」

我可以聽到電話那頭傳來風雨聲。

「你還好嗎？」我說。

「海蒂說你打電話找我。是因為書的事情嗎？」

「哦——不，對不起，下週五才會開會。我一有消息就打去通知你。只是，好吧，沒什麼，我想知道你是不是已經離開去找野獸了；想知道進展如何。」

「這裡非常令人興奮，」他說，「太奇妙了。」

「你有看到野獸嗎？」

我說話的時候他那邊傳來了巨大的風聲。

「你說什麼？」蒂姆說。

我重複了一遍問題，從他斷斷續續的回答裡我知道，他每隔幾天就會根據新的目擊地點和找到的新線索換地方搭帳篷，可他總是比野獸晚一天。他每到一個新的地方，就會聽當地酒吧或是含早餐旅館的人告訴他，前一晚他們聽到了可怕的巨響，接著就發現一袋馬鈴薯不見了——或是類似的事情。但通常隔天晚上什麼都不會發生，只會有一些野獸留下的痕跡和一坨巨大的屎。他覺得野獸是沿著達特河的河岸走，但他不太確定。

「還有一些事沒人敢說出來。」他說。

「比如？」

「我遇見一個達特米特的女人，叫瑪格麗特，她要我發誓絕不告訴任何人她看見的東西。」

「她看見了什麼？」

蒂姆頓了一下。「野獸。在她的房間裡，在午夜鐘聲敲響的時候。」

「真的？」

「牠溫柔地喘著氣。只是站在那裡喘氣，看她睡覺。所有的房門都鎖上了，窗戶也關著。我把它寫了下來。」

蒂姆那裡又傳來一陣巨大的風聲，手機信號斷了一秒鐘。

「如果看見牠，你會怎麼做？」信號回來了以後我問他。

「我有把槍，」他說，「一個農夫朋友借給我的，不過別告訴別人。我不想射牠，真的。我只是想看看牠長什麼樣子。但是安全比不留遺憾更重要。」

「我不是很記得這可以怎麼幫助你寫書。」我說。

「什麼意思？」

「嗯，在書裡，野獸最後當然不可能是真的。」

「為什麼？」

「嗯，那是澤布・羅斯的標準配方。我們談過這個。你的提案裡有寫。」

「對，但如果那是真的，只會讓書更好看，不是嗎？如果我可以證明野獸是真的。」

「不是在小說裡。尤其不會發生在澤布・羅斯的小說裡。要記住，他的書必須是現實主義的，也就是說所有謎樣的事件都有合理的解釋，只是表面上看起來不合理罷了。」

「但萬一那不是現實主義的呢？」

「那你得就這個問題寫本哲學書。澤布・羅斯的小說不適合用來叩問現實的本質，它們應該用來讓青少年瞭解世界；它們得講動人的故事。」

「我不確定我知不知道什麼是動人的故事。」

「我也不知道。我能理解，相信我。但是你在小說裡能寫的，和在非虛構類書裡能寫的東西完全不一樣。比方說，如果小說裡有個角色發現了外星人，那這個角色不是搞錯了就是被騙了——不然你得把整個小說構建在一個不同於這個世界的地方：也許在未來、也許在平行宇宙；它不能和我們理解為真實的事物相一致。但如果你是科學家，想寫一本猜測外星人的書，沒人會覺得那很奇怪。好吧，我想有些人會，但是……聽著，你還想不想我在星期五提出你的提案？」

蒂姆沉默了。

「蒂姆？」我說，「你還在嗎？」

「你們會不會因為我在尋找野獸而拒絕我的提案？」

「不！我只是說，要是你想寫另一種類型的書，你也可以收回你給奧布圖書的提案。他們不是這世上唯一的出版社。」

「但他們幾乎要接受它了；我從沒得到過這樣的機會。」

「對，就是這樣，所以……」

「所以我應該放棄這一切、直接回家？我現在不能這麼做。《托特尼斯時報》明天會打電話訪問我；還有那個下個星期會來的美國作家，他想把我這場英雄之旅記錄在一本文選裡。他對我做整件事的方式非常感興趣：野營、靠吃找到的毛腿菇和羊肚菇維生……」

「他叫什麼名字？」

「我不記得了，不過他很有名。」

「是不是凱爾西・紐曼？」

「有點耳熟。他下個星期在托特尼斯有個演講。」

「對。我應該會去聽那個演講。肯定是他。認識他對你很有幫助；問問他你該拿野獸怎麼辦。」

「好，我會的。不管怎樣，我不能現在放棄。」

「我不是說你應該放棄。但如果你找不到野獸，或許對你的寫作是件好事。只是不要將你所有的希望都寄託在找到野獸上，就是這樣。如果你見到牠，記得要非常小心那把槍。」我意識到自己可能會是這本書的責任編輯，而我做的事情已經超出了應有範圍。「千萬小心。」我又說了一遍。

「你聽上去像我太太。」他說。

「是啊。對不起。嘿，我會告訴你週五的結果的。」

／

第二天陽光燦爛，晴朗無風。氣溫不是很低，不需要生火，雖然貝絲覺得需要。我無法坐在沙發上織襪子，因為每隔一段時間她就會眼巴巴地望著我，再跑到火爐邊若有所思地望著它。有一會兒她用腳爪打火柴盒，把火柴盒轉了個身，發出聲響。彷彿電暖扇的事情又重現了。

最後我決定不織襪子了，坐在新買的廚房桌前回覆了一些郵件，然後帶貝絲在漸漸變暗的陽光下散步了很久。烏雲從遠處的斯塔特角（Start Point）飄過來，我們一到家外面就開始下雨了。貝絲咬她的狗咬膠，我做大黃醬，窗外的雨變成了冰雹，接著冰雹又變成了雨。手機震動的時候我剛把果醬放進罐子裡。是羅文發來的簡訊。我可以下午五點過去看你的船嗎？我希望可以。下午五點？廚房的鐘顯示已經快三點了，我怎麼可能來得及準備好？但話說回來，我到底應該準備什麼呢？我們只是兩個人，兩個托爾斯泰稱為隨意放在一起發酵的「幾團東西」，處在同一間房裡。就是這樣。

貝絲爬出她的籃子，舒展身體，搖著尾巴走過來，然後繞著我轉了兩次、從碗裡叼起一塊剩下的餅乾，走向客廳。「貝絲，」我跟著她說，「今天不要把餅乾屑撒在地毯上。一會兒有客人要來。」

我愈是要她別把屋子搞亂，她就愈興奮，直到地毯上到處都是餅乾和貝絲的毛。我也坐到地毯上，滾來滾去給她搔癢。「我要幫你梳毛，」我說，「我還想換被單，以防萬一。我要打掃浴室還有廚房。我要洗個澡、洗頭髮。時間不夠了，都是你的錯。我不知道怎麼回事，但就是你的錯，你這隻個小笨狗。」貝絲似乎很喜歡這樣，我上樓洗澡的時候她已經梳好了毛，開心地睡在沙發上，而我才是全身沾滿餅乾的那個。

／

「塔羅牌？」羅文走進客廳的時候說。

它們還在窗邊的書桌上。

「說來話長。」我說道，同時也被自己的聲音嚇到了。我聽上去像是在電臺讀預先寫好的稿子，笑聲也是事先錄製好的。「要來杯酒嗎，或一杯茶什麼的？」

「酒好了。」

我回來的時候他坐在沙發上，看著塔羅牌。

「我都不知道你是塔羅牌占卜師。」他說。

我遞給他一杯酒，是之前從安德魯那兒買來的希哈，然後盤腿坐在沙發的另一端。

「哦，別擔心，我不是。這些是拿來做研究的；為了寫我的專題。」

「星期天的那篇？我一直想說——我很喜歡那篇文章。」

「謝謝。」

「但裡面沒提到塔羅牌，不是嗎？」

「沒。不算有。」

「不過有提到愚者？」

「對。」

「所以……」

我歎了口氣。「報社要我寫一篇關於新世紀類書籍的專題，當你看到市面上的那些東西，說實話也不是很難。編輯寄來一大包書，從向宇宙下訂單到遇見你自己的精神嚮導；其中有一些說，嗯……我不知道該怎麼描述它們。我自己不會想讀這些，但它們也沒那麼糟糕。一開始我之所以會選擇用它們來寫專題，只是因為它們似乎讀起來沒那麼痛苦。可它們沒什麼寫作價值。我應該把自己放進故事裡，但最後其實沒這麼做。本來我的計畫是：用塔羅牌替自己占卜，再根據結果做些荒謬的事，最後把這些建議有多好笑又多蠢給寫出來。但實際上我發現那些建議挺有用的。為什麼我要跟你說這些？你一定覺得我是個怪人。」

他搖頭。「不，我不覺得你怪。這一套很不錯，我很高興他們重新發行它；你知道這些是誰設計的嗎？」

換我搖頭。「不知道。我讀了牌上的資料，但不記得上面寫什麼了。某個唯心論者？」

「亞瑟．愛德華．偉特？對，由他委派，但所有工作都是一個叫潘蜜拉．柯曼．史密斯的女人負責，她應該是在十九世紀末出生於英國，不過在牙買加長大。她幫葉慈的書畫插畫，還替牙買加民間故事書畫了蜘蛛阿南西（Anansi the Spider）。這一套上所有的創新設計都出自她手。為所有的牌、而不只是王牌畫上插畫，也是她的主意。她死時身無分文，無人知曉，沒有家庭，除了一個女性伴侶。」他大笑，「老天，對不起。我有時候就像個百科全書。莉絲總是抱怨這個。」

「聽起來你比我瞭解塔羅牌多了。」

「是啊。」他看著手中的酒，彷彿那是一顆水晶球，而他不喜歡它告訴他的東西。「對，我是懂一些。」

「你才是塔羅占卜師！」

「好啦，算是吧，」他說，「只有一個夏天。搞不好是你出生前的事了。」

我揉了揉眼睛。「我一九六九年出生的。」

「那是在……」他皺眉，「我想應該是在一九七〇年，所以是你出生後不久。我那時大約二十二歲，和第一任女友在歐洲大陸搭便車旅行。當時的計畫是我們要玩上一整個夏天，再回劍橋讀博士。噢，我們把生活計畫得多麼周全啊。一切都太過堅決，也計畫過頭了；她一定也這麼想，因為她在法國的某處甩了我，我自己一個人跑去西班牙和義大利。在義大利我坐上了一輛嬉皮巴士，和一群來自康瓦爾的音樂家一起去海灘玩；我是在那時學會彈吉他的。那個女人，梅奇，教了我。她教我彈吉他，後來有個晚上我們在沙灘上閒坐，她教我如何用塔羅牌占卜。她看上去……我討厭這麼說，但是她看上去很像你。一個六〇年代末版本的你。一個二十二歲版本的你。長髮，藍眼，粗眉。她是我的第一個真愛。希望你不介意我講這些……」

「為什麼要介意？」我微笑道，「我不介意你說我眉毛粗。」

他大笑。「你的眉毛很可愛。」他低頭看著塔羅牌，喝酒的時候左手抓起了牌。他咽下了酒，又喝了一口。他又看著牌。「她差點死掉。老天，現在想起這些真奇怪。我好多年沒想到過梅奇了。還有塔羅牌。我從沒想過會再次接觸它們。但是看著你的牌我覺得很安心。我的回憶多如牛毛，希望你不介意。」

我不懂為什麼羅文不停問我是不是介意，後來我想，也許是莉絲介意他做的每一件事，就像克里斯多夫介意我做的一切。這似乎是所有長期伴侶關係的特點，你發現自己和一個不管你做什麼他都介意的人在一起。

「為什麼梅奇差點死掉？」我說。

他咬著嘴唇。「那些塔羅牌——或某張塔羅牌——的緣故。很詭異，對吧？她昏迷了一個星期。」

「哦，我的老天。怎麼會……？發生了什麼事？」

「我剛遇上梅奇的時候，她開始靠用塔羅牌幫遊客占卜賺錢。我在西班牙就把錢花光了，而且因為我的吉他彈得不夠好，也沒辦法加入那些音樂家；我學著用刺繡線做友誼手鏈，在地上鋪張報紙賣那些東西，梅奇就在我旁邊替人占卜。梅奇本質上是個獨行俠，受夠了老是和那麼多人一起旅行。我也是。我們一起從海邊出發，帶著我們的背包和她的旅行牌桌。我們停在村子裡，她幫人占卜。一開始我覺得自己很沒用。我不會說義大利文，沒別的辦法為這趟旅行做點什麼，除了賣我的手鏈；製作它們很花時間，卻一點也不好賣。我坐在那裡看著梅奇，就這樣學會解讀塔羅牌。我發現我學得很快；你知道我能記住歷史事件的細節，特別是與人有關的，我利用這項技能——以及我本科學到的所有知識——開始學習解讀塔羅牌。如果一個女人的牌裡出現戰車，我就會想像布狄卡女王；如果對方是男人，我就會想像凱撒。透過想像歷史事件，我能為每張牌找到原型，最後甚至能在每張牌裡看到很多東西；這對我而言是全新、而且非常刺激的事。讓這一切更刺激的是我陷入了愛河，渾身充滿能量。之後的很多年裡我都再也無法找回那種感覺。」他歎了口氣。「很快地我開始為自己占卜，連著好幾個星期，我和梅奇只談論這個。一切都可以和塔羅牌連起來。如果我們想把事情搞清楚、找到關鍵問題，就用寶劍A；如果我們想做決定，就用正義牌。我的技術愈來愈高明，吉他也愈彈愈好——用的是一把在熱那亞找到的舊吉他。我們一直在旅行，尋找說英語的社群以做些更深入的解讀，而不只是說『你和丈夫之間出現了問題。』我們坐船去西西里島，搭另一艘船去馬爾他；梅奇和我計畫繼續旅行，也許最後會去非洲，或一起環遊世界。我決定不回劍橋了。那段時間非常神奇：我們在海裡洗澡、睡在沙灘上。後來我們坐船從馬爾他去戈佐島，因為聽說那裡有個公社，聚集了來自全世界的革命者，他們打算在那裡發動革命、幫助馬爾他人和戈佐人脫離英國統治而獨立。那可能是我一生中最快樂的時光了。我們喝戈佐酒，喝得酩酊大醉，談論政治，當然，還有塔羅牌占卜。許多共產黨人說塔羅牌屬於頹廢的資產階級。」

「那梅奇身上發生了什麼事情？」

羅文又歎了口氣，喝下一大口酒。「她的妹妹來看我們，和我們一起在公社住了段時間。我們寫信給她，想要一些生活物資，包括針線、紙、鋼筆、鉛筆、鮑勃．狄倫的錄音帶——和一套新的塔羅牌。那個時候塔羅牌很難買，雖然我自己在義大利買了一套，而梅奇那副已經很破爛了。我們從來沒想過要點防腐劑或是任何成人需要的東西。我們那麼年輕，永遠不會死去，尤其不會死於敗血症。」

「這就是了？她血液中毒？」

他點點頭。「對。麗茲，梅奇的妹妹，從家裡帶來了一些壞消息。梅奇很擔心，要我幫她占卜。我們很少為彼此占卜，因為那感覺很奇怪，但她非常絕望。我們用她的新牌。她是詢問者——要求占卜的人——所以她洗牌。牌很新，而她習慣洗舊牌。洗牌時她的小指被割傷，就在第一個關節上面。我們沒有在意。結果出來的時候我們都意識到那牌陣非常可怕。」他皺眉。「那個時候我們完全沉浸在塔羅牌的意義裡面，知道它們的所有細節——或以為自己知道。在塔羅牌裡，死神不是指死亡。它可以是指新的開始。可是無論你多麼瞭解這些，當死神出現在一個很重要的位置時，它還是很可怕。我記得當時它出現在位置二，因為十字牌占據了位置一。有死神，其他地方還有寶劍三和寶劍九；我不記得別的了，只記得寶劍六在『結局』。太可怕了。梅奇相信自己受到詛咒——儘管她知道不應這樣解讀塔羅牌，而且，和許多人不同，她不相信你可以從塔羅牌上讀到未來，你只會知道當下——她深陷沮喪。當她的手指受到感染，她什麼也沒做。我一開始沒留意到，後來一切都太遲了，她血液中毒。她在去馬爾他醫院的船上失去了知覺，有那麼一瞬間看上去就像要死了。」

羅文開始洗牌，抬著頭，一邊說話。現在他抽出寶劍六遞給我。

「你知道，」他說，「每一套塔羅牌都不一樣，不過每一張牌的主旨都相同。」他沿著沙發挪了挪，指著我拿著的寶劍六。當他指出細節時，我們的手臂輕輕相觸碰。「這張牌永遠會有一艘船，有一個人——通常是女人——坐在船上，意謂一趟艱難或悲傷的水上之旅。塔羅牌永遠不會描述真實事件，卻很接近發生在梅奇身上的事。」他歎息。「很抱歉，」他說。過了幾秒鐘。「我不要緊，真的，沒事，只是因為那些回憶，還有想到自己曾那麼年輕、那麼自由，接著一切就再也不動了。」他的眼裡充滿了淚水。

「沒關係。」我說。

我原本可以說很多話的：梅奇坐船離開小島的時候，反安慰劑效應會讓她陷入昏迷；我的祖母也叫梅奇，而我就是以她命名的；我嫉妒羅文的初戀；我想知道羅文傷感的時候莉絲會怎麼做；還有他現在也可以擁有自由，就算他不再年輕。但這些話語的波動函數都淪陷了，我發現自己緊緊抱住了他，用我的手臂圈住他，撫摸他柔軟稀疏的頭髮，我說：「沒關係。我能理解。」

「我們不能……」他的身體微微抽離了一點。

「我們不會的，」我說，「別擔心；我沒那麼麻木不仁……」

他更用力地抱住了我。「我知道。」他說。

有好幾分鐘我們都沒說話，直到羅文說他想去廁所，我指了指樓上。他上去之後我開始生火。貝絲顯然知道我在做什麼，她從原來待的地方跑過來，撲通一聲趴在爐裡，事實上是在趴在火堆上，毛上都是灰。

「出來，小白癡，」我對她說，「從火堆裡出來。」

羅文回來了。「你剛剛說什麼？」

「哦，」我對他笑了笑。「你怎麼樣？」他聳聳肩笑了。「我只是在告訴貝絲她應該從火堆裡出來。她非常喜歡我生火。」貝絲跳上沙發。我點了根火柴，把它扔進用木柴和報紙搭成的棚屋裡，點火劑很快燒了起來。

羅文也坐到沙發上，為我們倆斟滿酒。

「這很驚人。」他指著火說。

「哦——那只是點火劑。」我放上壁爐的防護欄。「祝我們好運，希望溫度夠熱，木柴能燃起來。它們不是每次都會點燃。但這次應該沒問題。如果真能點著，一開始它們會不停冒火花——所以需要這個防護欄——然後……為什麼我要跟你說這些？你應該很瞭解火吧。」

「對。雖然我從前生火的時候還沒有點火劑，而且通常都是在沙灘上。我沒在屋裡生過火。我小時候還沒有那些東西，莉絲也不想要，因為會很麻煩又搞得亂七八糟。你讓這一切看起來很容易。」

「現在離火徹底點燃還遠得很呢。我想營火也是這樣，它們要花上好久才會燃燒起來，你得撥弄它們、刺激它們，移動周圍的木柴好讓火有足夠的氧氣燃燒，又不能太過，不然全部都會塌下來，把火弄熄。然而一旦火燒起來，就好像永遠不會熄滅一樣。對不起，我在胡言亂語。自從住在這兒，我就對火很感興趣。我肯定新鮮感很快就會褪去。你感覺怎麼樣？」

「我喜歡聽你講話。我沒事。」

我重新坐到沙發上。我們不再坐在沙發的兩端，而是肩並肩坐在中間，貝絲坐在沙發的一端，像個書擋。既然我們剛才已經有所接觸，羅文現在握著我的手也不顯得奇怪。

「這樣沒有關係吧？」他問。

「沒有。當然。」

我們那樣坐了一、兩分鐘。

「我是過來看你的船的，記得嗎？」

「對，」我收回了手，「我去把它拿來。」

船在臥室的壁爐臺上。我拿到樓下給羅文。

「喏，」我說，「我不指望你能說什麼，如果你告訴我它被沖上岸、沖到我腳邊只是因為某個非常理性的原因——因為當時我希望宇宙能給我一個信號——我會比較放心。那是薇的說法。」

他似乎沒在聽我說話。他凝視著瓶中船，好像它是某個謀殺案的解答。

「很高興你要我來看這個。」他說，仍盯著船看。

「為什麼？」

「這很有趣。」

「怎麼說？」

他抬起頭。「你先告訴我你的那部分；你是在哪裡找到它的？為什麼你希望宇宙能給你一個信號？」

「哦，我想你沒聽到那部分。嗯，有點離奇，」我說，「或說我覺得不太可能發生那種事。」

「我可以的，」他說，又往杯裡倒了些酒，「我最好別再喝了；我得開車回家。」

「如果需要，很歡迎你睡在火爐旁的沙發上。」我說。

「謝謝，不過……不管怎麼樣，告訴我你怎麼得到這個的。」

我本來只是想長話短說，講我在沙灘散步時發現了它；結果我告訴了他森林裡羅伯特的事、他的瓶中船，還有薇以及我和薇的爭吵。我告訴他新年那天我沮喪得完全找不到活著的價值。

「所以你向宇宙尋求幫助，而它給了你這個？」

「對。我想實際上我是向大海尋求幫助，不過這是同一回事。有趣的幫助，不管它是從哪兒來的；我的意思是，合理的解釋顯然就是，在我向大海尋求幫助之後，無論我看到什麼，它從某種角度來說都很有意義；但是這個？」

羅文在自己手裡翻轉瓶中船。

「是啊；這真的很有意義。」

「真的？」

「嗯，對。不過這有點弄擰了。你以為羅伯特的船是原版，而這艘是複製品、是宇宙寄來嚇你的；事實卻正好相反，這艘應該待在博物館裡。它很出名。」他笑了，「你可能會喜歡這個。它很出名，而真正的原因是七〇年代初有一本書叫《自己做……》，你可以自己做蒙娜麗莎畫像或是羅馬硬幣，諸如此類。你還可以根據這艘船來自己做瓶中船。有段時間，許多家庭都有自己做的這艘船，就放在壁爐上，上頭的牆上還掛著飛翔的鴨子。現在你不大會看到這些了。」

「你的意思是，有人花了一個週末的時間，根據書上的指示做了這樣一個東西，然後把它扔進海裡？」

「不。這是原版。看這軟木塞的年份，還有這帆的精確度；這瓶子很厚，我很肯定這應該屬於威廉姆．H．道的系列收藏，可我不知道它怎麼會在海裡。我不知道為什麼宇宙把它給了你——也許這樣你就可以給我，而我可以把它放回海事中心正在展覽的那一套裡。」

「宇宙真有效率。」

「好樣的宇宙，」羅文說，「它真好，給你原版而不是複製品。這機率真低呀，要知道世界上僅此一件，複製品卻有成千上萬。」

我聳聳肩。「你可以說所有事件都是隨機的，為什麼這個不也是呢？為什麼每當有意義的事情發生，我們就會認為這是由一個更高級的力量或甚至是一個狡猾的人製造的？為什麼事情不能就那樣發生了？」

「沒有事情『就那樣發生了』。」

「什麼意思？」

「永遠有動機。你見到的一切背後總有些是你見不到的。不是鬼魂，也不是怪物，而是人，出於某些善良的理由而做的一些事情。」

「對。我猜是這樣沒錯。」

「嘿，告訴我——為什麼你想要一個理智的科學解釋？或者，讓我重新組織一下我的語言：為什麼人們——包括我自己——希望每件事都有科學的解釋呢？如果宇宙出於某個原因神奇地給了你這艘船，這不是應該更浪漫、更有趣嗎？」

「不。」

「為什麼？」

「我不知道。」我皺眉，回想起在達特茅斯時門上的刮擦聲。「也許因為那樣會很嚇人、很詭異。」

「但為什麼呢？」

「我不知道。但是，如果宇宙也有意識，那所有與宇宙相關的事物都將有所不同；這樣你就無法自由選擇；我不想生活在一個有固定意義的宇宙裡，一切都不再神祕。宇宙應該很深奧才對。你不可能確定宇宙的意義，就像你不可能用一句話總結《哈姆雷特》或《安娜．卡列尼娜》，或者說出它們『到底說明了』什麼。我想要一個悲劇般的宇宙，不是一個圓滿、有寓意的宇宙。而且我不覺得值得為宇宙尋找一個終極意義。托爾斯泰試過了，但比起他的小說，他的結果實在太無趣了。」

「他的結果是什麼？」

「一個稱為托爾斯泰主義的宗教。我想從某些角度看它是很有趣；他提倡素食主義和和平主義，但是他也聲稱要得到所有的答案，而我不太想要。」

「他為什麼要那麼做？」

「他在五十歲出頭的時候崩潰了。當時他名利雙收，住在大房子裡、有家庭，但他看不到生命的意義，於是他出發做了一場精神冒險。他變得愈來愈瘋狂，試圖榨出宇宙最後幾滴意義，絕望地想找到宇宙的價值，想知道他到底為什麼存在。後來他試圖向契訶夫解釋他對來生的看法——一個契訶夫稱之為類似『果凍』一樣的地方：你在那裡融化、失去了自己的個性，但會永遠活下去——契訶夫無法理解。對他而言那毫無意義。他一點都不為生命的意義而煩惱，生命就是活著；他對周圍人的言行更感興趣。他為生活的細節著迷。托爾斯泰總是把自己的寫作視為『教學』，他崩潰的一部分原因在於他焦慮自己沒有東西可教；但契訶夫只是把自己的寫作看成是提出問題，所以不需要對此有危機感。當托爾斯泰建立托爾斯泰主義的時候，契訶夫在做園藝，同時對付自己的肺結核。在去世前寫的最後一封信裡，他抱怨德國婦女的服裝品味不高。很有趣，托爾斯泰能夠寫出鴻篇巨制——在他崩潰之前——而契訶夫從來都做不到，儘管他很想寫。要知道，托爾斯泰很有錢，契訶夫則很窮。我認為自己更像契訶夫。」

說話的時候，我們又開始握著彼此的手了。

「所以如果你看見一個精靈……」羅文說，「你會怎麼做？」

「你之前好像要跟我講精靈的事，對吧？科丁利的花仙子。」

「對。不過先回答我的問題；你會怎麼做？」

「我會怎麼做？不知道。可能告訴自己我沒看見它。」

「可這是因為你想宇宙少符合一點邏輯，而非多符合一點？我的意思是，舉個例子，你不會出去尋找更多可以證明精靈的證據，而寧願選擇另一條路？」

「沒錯，我想是這樣。我想不那麼確定我看見的東西。」

「我也是。我以為我比較奇怪。」

「你是很奇怪。我想大多數人都希望事情更確定。」

「哦。可能是這樣吧。」

「但你沒見過精靈？」

他大笑道：「不。科丁利的女孩也沒見過，即便她們聲稱自己有；至少她們差點兒見到。我的祖父母就住在故事發生的那條街上，他們相信科丁利精靈，所以後來我發現它們並不存在的時候，受了不小的打擊——我是指這些精靈，不是我的祖父母。故事是這樣的，一九一七年的時候，兩個女孩，法蘭西絲．格里菲斯和艾爾西．賴特，拍了這些精靈的照片。法蘭西絲想去科丁利貝克——一條小溪——那兒玩，但總是被阻止，最後她告訴媽媽她去那裡是為了見那些精靈。沒有人相信她見到精靈，所以她借來爸爸的相機，把它們引誘出來，好讓艾爾西可以拍照片。他爸爸洗照片的時候以為那是假的，但法蘭西絲的母親和神智學者（Theosophists）有些關係，後來柯南．道爾知道了這些神奇的照片，還就此寫了一本書。或許像托爾斯泰一樣，柯南．道爾後來發現了靈性。他的書《精靈傳奇》非常奇怪。他完全相信這些精靈的故事，還有那些照片，視之為一個複雜的精神世界的證據。許多年後法蘭西絲和艾爾西才肯出來承認事實，她們確實造了假。事實上，沒那麼簡單。在六〇年代，她們仍暗示精靈真實存在——在電視談話類節目和雜誌訪問上。有段時間她們承認把剪下來的圖像用帽針固定在樹上。最後她們承認，『除了一個以外，其他』都是她們捏造出來的。她們說自己真的見到精靈了，但無法讓它們停下來拍照片。」

「這真不可思議，」我說，「這些精靈，它們是什麼樣子？」

「看上去就像是從精靈故事書上剪下來的。」

「真的？」

「對。如果你現在看到它們，你會這麼想；但柯南．道爾看到了其他。或者他想看到其他。不只是他——各種『專家』都看過那些照片。一個女人說這是發現了新世界，雖然她在評論的時候說這些精靈看上去很假，還很平，其中一個的手像鰭——這當然是因為法蘭西絲和艾爾西沒有剪好。讓我著迷的不是這些精靈是否『真實存在』，而是為什麼這兩個女孩要造假、她們是怎麼辦到的，以及為什麼像柯南．道爾那樣的人會認為這兩個女兒——其中一個還是技師的女兒——沒有能力造假。他其實相信的是這些精靈而非那兩個女孩。艾爾西一直在一家卡片工廠的暗房工作，製作死去士兵和他們家人快樂團聚的假照片。她有很好的技術經驗來製造這些假照片。她在南非長大，後來待在科丁利的時候她一定嚇壞了。我上大學前在那裡住了一段時間，當時我也嚇壞了：從一個很熱的國家到一個很冷的國家是件很奇怪的事情；頭幾天，寒冷並不會嚇到你，就如同你從溫暖的浴室出來，身上還帶有熱量；但當它真的嚇到你的時候，那種感覺非常可怕。你要穿更多的衣服，感覺自己快要在衣服裡腐爛了。大家一直都待在室內，在寒冷的黑暗裡。我可以很容易想像出法蘭西絲在第一個溫暖的春日走到野外，看見魔法、神祕的東西還有精靈。我也很喜歡那張照片如何到柯南．道爾手上的那個故事。很巧，艾爾西母親所在的神智學社團，那天晚上的會議主題是精靈。所以她就說了自己的女兒有這張照片，諸如此類。這些女孩一開始不想讓自己臭名遠播，但她們餘下的人生裡確實如此。」

「我想一旦柯南．道爾相信了她們的精靈，她們就不能讓他失望吧？」

「就是這樣。」

「所以這些精靈存在的『理由』非常複雜，到最後——幾乎和精靈本身一樣複雜。嗯，」我喝了口酒，「一切都比人們想的要複雜，而不是簡單。人們有太多無法說出口的東西，或者無法向別人解釋的東西。」

羅文歎了口氣。「完全正確。」

「你沒事吧？」

「沒事，當然。」他看著手錶，「我得走了。莉絲坐最後一班火車從倫敦回來，我得去車站接她。」

「噢。」

他把手從我的手中抽走。「對不起。」

「我不知道你為什麼要向我道歉。你沒錯。你該走了。」

「梅格……」

「聽著，羅文，我沒有生氣。你不屬於我，誰知道如果我們都單身會發生什麼事；可能會很糟糕。或許我只是因為你不是單身所以才想要你。但你說過想再次擁有激情和自由——那為什麼你不去做呢？離開莉絲。不是為了搬過來和我同居——你可以去旅行，或做任何你想做的事。你工作的時候可以從演繹場景來感受它們，我不明白為什麼現實生活裡你不那麼做。」

「你真的想要我？」他說。

「當然。我以為你知道。你確實知道，不然你不會一直向我道歉，讓我覺得我在要求你做些你辦不到的事——順帶一提，我沒有那麼做。」

「但是你真的要我。」

「對。」

「真複雜，」他說，「但是我可以吻你嗎，再來一次；就一次？」

「我不知道。」我說，可是我靠向他。我們接吻了。

「我不該這麼做。」

「我也不應該。我不會成為你的情婦，你知道的。」

「當然。我不會要求你那麼做。但我不能離開莉絲，你也知道的。」

「為什麼不能？」

他歎了口氣。「沒那麼簡單。不是說我們有年幼的孩子——哪怕是孩子。也不是說莉絲有絕症，但她確實需要我。比方說，我為她母親做了很多事；莉絲自己也有很嚴重的焦慮症，我是唯一一個可以在她發作的時候幫她恢復平靜的人。還有其他事情。我們有一棟房子；我們已經決定今年晚些時候去度假；我們有聯名的銀行帳戶；我們的生活完全綁在一起。」

「我不想那麼殘忍，」我說，「但對我而言，這只是一段正常的關係。離開從來都不容易，直到最後一分鐘我都不知道自己會離開克里斯多夫。我不是說你應該出去追求自己自私的冒險、甩掉那個妨礙你的人；那肯定不會讓你覺得好過；可你就不能和莉絲談談嗎？告訴她你的感受？」

「那會是個炸藥。她會說我是為了你而拋棄她，如果我們——我和你——真的在一起了，她會堅信自己的想法。她會想毀了我的生活。我知道她是什麼樣子。如果我和她分手，我唯一不能做的就是和你在一起。」

「天啊。」

他又看了看表。「我們以後再聊？」

「大概吧。我想是。」

他站了起來，套上外套，走到門邊。

「我也想要你，」他說，「很想。我希望我可以做點什麼。」

「我也是。」我說。

他走了。

我在沙發上坐了很久，看火焰燃燒，聽海浪溫柔地吸吮沙灘，輕輕拍打它、舔它、吻它；我想像海水輕醫著鵝卵石，微微蹭它，征服它，征服它，一邊說「噓」和「拜託」。它聽上去如同耳語般溫柔，像在發誓。夜晚繼續，海水開始愈來愈用力地拍打沙灘，沙灘發出「太好了」的呼吸聲；它們淹沒在彼此之間，持續整夜。

「我有答案了，」喬許說。

現在是五點半，今晚會有凱爾西．紐曼的演講，托特尼斯沐浴在一片暮色中。流言餐廳一半是空的，或說一半是滿的，取決於你怎麼看待。幾乎每張木桌上都有小牌子，寫著它們已經被預定了，在七點、八點或九點，這兒的大部人只是下班後過來喝一杯。窗邊的大桌子旁坐著一大家子，正在看菜單。另一扇窗旁並排坐著兩個女人，頭髮理成平頭，但戴著很女人的耳環。吧臺上到處都是快翻爛的報紙。餐廳裡正在播巴靈頓．萊維（Barrington Levy）的老歌。我知道這首歌是因為在布萊頓的時候，有時我會和克里斯多夫一起去一個老拉斯特法里教教徒的ＤＪ那兒吸強力膠，他還會一直要我們買黑膠唱片。

「嗨，」我跟喬許打招呼，然後坐下，「問題是什麼？」

「問題是，『為什麼只有一部分人可以在凱爾西．紐曼的宇宙裡製造魔法？』不過我們先點菜吧，還可以喝點酒。我現在可以喝酒了，因為沒再吃那麼多的藥；我的改良宇宙論會讓你目瞪口呆；等你挑出所有的錯誤之後，我再用一個超級改良版讓凱爾西．紐曼目瞪口呆。」

「他的演講是什麼時候？我忘了。」

「七點，在伯德伍德之家。」

「好。」

「我想我們可以好好吃頓晚餐和甜點。為了不讓你擔心，我告訴你，克里斯多夫不會突然過來找我們麻煩了。他去跟貝卡住了。」

「天啊。米莉呢？」

「她也走了。你可以想像，克里斯多夫住在家裡，讓她和爸很難復合。你想喝什麼？」

「蘇維濃？我都好。我一會兒要開車回去，也希望能集中精神聽聽紐曼在說什麼；米莉的事真讓人遺憾。」

「好吧，那我們點一瓶酒？這樣你可以喝兩杯，我喝三杯。我想那沒什麼問題。」

「好。」

「酒來的時候我想點些吃的。你要什麼？」

「哦，一份披薩，多加一份辣椒，不要起士，謝謝。錢先給你。」我給了他一張二十鎊的紙鈔。

「你回來的時候我有事要告訴你；然後你得告訴我你的理論。」

「一定會讓你大吃一驚的，」他說，「這是一個反英雄的理論。週末我讀了薇・海斯在報上的文章，之後我才算是把最後一部分理出了頭緒。倒數第二部分是在我讀了你的專題後想到的。我想薇・海斯一定也讀了你的專題；她有點像是在回應你的文章。我有把她的文章帶出來，以防你還沒讀過；在這兒。」他從皮公事包裡拿出一張紙（是從網站上列印出來的文章），遞給了我。我沒讀過。我一直在忙著織第一隻襪子，以及試圖從在倫敦參加的最後一次編輯委員會中喘過氣來。

他起身去吧台的時候，我發現他噴了鬚後水：聞起來有錫蘭紅茶和肉桂味。我看了一下手機。自從上次在我家跟羅文見面後，就再也沒有他的訊息了，現在還是沒有。我開始讀薇的文章。那是她長久以來一直在提的：她「無故事的故事」理論。她為此爭論，雖然也為它命名並予以分析，但無故事的故事這個概念並不新鮮。一個無故事的故事的所有意義，她說，就是在它自己的結構裡巧妙地拒絕任何故事。從這個角度，無故事的故事幾乎就是我們說的非小說，不過更加巧妙；與其說它像條噬尾（或自己的故事）蛇，無故事的故事更接近一條蛇釋放了自己。薇給無故事的故事寫了一段聲明，說這種故事的作者通常是騙子，就像他或她的角色一樣；無故事的故事沒有道德中心，讀者不應該從中學到任何東西，它更像一個謎團或一個悖論，沒有「答案」或「解方」，除了錯誤的答案或解方。讀者不被鼓勵「進入」這無故事的故事，而是應該待在外頭。聲明的其中一條這樣寫道：一個講隱士做果醬的故事可以和一個講英雄打敗惡龍的故事一樣有趣，除非作者讓隱士以英雄打敗惡龍的方式打敗果醬。在這個故事裡，隱士在英雄打敗惡龍的時候做果醬，然後隱士把藥物——以及果醬——給了英雄和惡龍，最後帶著一本書上床睡覺。

為什麼是果醬？薇認識的人裡只有我做果醬。繼續讀下去的時候我意識喬許說得沒錯，她讀了我上上星期的專欄。我微微笑了。無故事的故事裡的角色，她說，不會擔心他們穿什麼、說什麼、做什麼。他們是愚者，為我們跨出懸崖，這樣我們就也可以跨出當代西方敘事的局限框架；當然，她說，我們應該有一些故事，它們不會告訴我們怎麼生活，也不會告訴我們怎樣把生活變成故事，它們只會防止我們將自己虛構化。毛伊是個騙子，他告訴我們世界其實本無意義。也許比起童話故事裡的王子公主和美國情景喜劇裡的角色（他們的存在就是為了讓我們覺得自己必須像他們一樣完美），騙子，一個你不應該認同的角色，其實才是更有趣的典範。文章接近尾聲，她細述了狐假虎威的故事：狐狸告訴老虎他不能吃了他，因為他、狐狸，是全世界最受萬物尊敬的動物。「吾為子先行，子隨我後，」狐狸說，「觀百獸之見我而敢不走乎？」老虎同意了，於是他們出發。其他動物看見兇猛的老虎走在狐狸後面，相信他真的是世界上最受萬物尊敬的動物，於是紛紛逃走了。吃驚的老虎最後放了狐狸。

文章最後，薇說，她在為一本書做最後的潤飾，它不僅講了無故事的故事——這是她對民間故事和童話故事的理論——還提到無歷史的歷史、非虛構的小說、無愛情的戀情、未證實的證據，和不確定的確定性。整本書的主旨就是反對科學和人類學裡她稱之為「極權主義」的結構，以及接受所有的學科裡都有悖論這個事實。我意識到，非虛構的小說就是所有現實主義作者、包括我自己，想要創造的東西：一些超級真實的東西，有許多激勵人心的事實，看起來一點都不像是虛構出來的。我記得契訶夫說過，一個作家應該練習如何「完全客觀」。當時我完全不解那怎麼可能辦到；但非虛構的小說就是完全客觀的；它必須是。

「你有什麼消息要告訴我？」喬許回來的時候問我。

我把列印的文章放到桌子上。

「是個好消息，我想。你現在正式成為澤布．羅斯了。」

「哇噻！太棒了。謝謝。我是不是有殘疾？」

「對。你是有殘疾。我希望這沒有嚇到你，但是你的『殘疾』——我可能不該這麼稱呼它——是強迫症。完全是巧合。我們覺得這很『浪漫』、很『酷』，還可以讓澤布不必在公眾場合出現。我得說，當我告訴大家你真的有強迫症時，它確實有助於你得到這份工作。希望你不介意。」

「不會啦。你會是我的老闆嗎？」

「不。不，實際上我已經離開奧布圖書了，週五的事情。你得靠自己了。你可以拒絕他們，但這是份很不錯的工作，薪水也還行。」

「為什麼你要離開？」

「我想認真花時間寫我的小說。我的——」我瞥了眼薇的列印文章，「——『非虛構的小說』。我在報社那兒還有別的工作要做，也就是說我將徹底遠離類型小說一段時間。我想這是件好事。和凱爾西．紐曼不同，我不覺得我們能永垂不朽，我想在活著的時候做些有意義的事；不是為了抵達另一個空間，而是因為這可能是我唯一的機會——我不是在貶低澤布．羅斯，我想你會覺得扮演他很有意思，不過我想我已經受夠了。」

「那麼，對你來說，在托基不會再有敘事弧線了？」

「我想是這樣沒錯。」

「那你也拋棄了三幕式結構？」

「我不知道。大概吧。」我歎了口氣，喝口酒。「你知道，我不太明白為什麼薇要幫凱爾西．紐曼的書寫簡評，顯然她並不贊同他的觀點。這真是團謎。」

「這個謎可能很快就能解開；或說現在就可以，如果你想知道的話。」

「啊？」

「薇．海斯會來凱爾西．紐曼的演講。她會當面問他這件事。」

「當面問他什麼？你又是怎麼知道的？」

「我上谷歌搜尋她。你給了我《第二世界》後，我一直反覆地讀，引用她的那段話令我無法釋懷；後來我看見她在報上的那篇文章，發現內容和凱爾西．紐曼的觀點完全相反，於是我就發了電子郵件給她，問她為什麼給他的書那麼高的評價，卻又在她的文章裡把它當作是壞的敘事理論的例子——說我認識你，希望你別介意——她回覆了，告訴我引用的那段話是斷章取義。」喬許又從公事包裡拿出了一張紙。「事實上她寫給出版社的內容是這樣的：『毫無疑問，許多人會認為，這本書根據我們從那些最受喜愛的小說中學到的東西，為我們提供了一張未來生活的藍圖。但我們不需要生活的藍圖，而我們從最受喜愛的小說中學到的唯一東西就是：高尚的品德幾乎能保護你抵禦任何傷害，而你在這個世界裡青雲直上的方法就是出去殺死任何怪物般的東西，或不一樣的東西，因為你不喜歡它們，而且如果你這麼做，你就會得到寶藏和公主——金錢和性。過去三十五年我都在研究小說的形式，在太平洋的島嶼上、在俄羅斯、在南美，甚至在布萊頓一家療養院的廚房裡，我發現英雄之旅不像約瑟夫．坎伯或凱爾西．紐曼提出的那樣。英雄之旅其實就是殖民之旅。是美國夢之旅。全世界有許多不同形式的故事，講的並不是英雄如何透過征服他人、扭轉命運；當然，在此刻，聲音最大的確實是這些英雄神話，人們還聲稱最初就是如此。事實上，充斥歷史此刻的這種故事形式是文化的、而非必要的元素。**征服**，這是一個很有趣的詞，紐曼在他的書中不斷用到，每次它出現我都把它當成一個動詞，形容一個男人射精太多次——各種意味；他挑逗一切。世上已經有太多說教的新自由主義力量，不需要紐曼再加上一個宇宙版，進一步將全球化的邏輯應用到全宇宙上。』」

聽到最後我笑出來。「寫得好，薇，」我說。

「她很酷。我很想知道她會怎麼看我的萬物理論。」

我微笑道：「繼續吧。告訴我你的宇宙是如何運轉的。」

「好吧，知道我們終將不朽可能會讓你振作起來。」

「不會的。」

「我們等著瞧吧。我知道你喜歡元素週期表，但不那麼喜歡榮格和他的原型概念。所以也許我可以跳過這部分。」

「我可以聽聽，」我說，「因為你，我現在更加瞭解原型了。」

「為什麼因為我？」

「因為你，我評錯了書。由此報社約我寫一篇專欄，我也因而得到了不是一套、兩套，而是七套塔羅牌。它們充滿了原型，與之配套的書裡也或多或少與榮格的理論有關；當然，一切要比這複雜得多，但這仍是你的錯。」實際上我得到了六套塔羅牌，但我怕這數字會讓他感到不舒服。

「啊。好吧，我的理論或許也可以解釋為什麼一切都是我的錯。」

「如果它真的是萬物理論，我想它應該可以解釋這個問題。」

「好吧。現在開始了。嗯。上次我們聊天的時候你說得沒錯，那確實是個詭異的想法，我們必須不停地在第二世界重生、經歷冒險，直到其中一場冒險成功、然後被吸進歐米伽點，永恆地生存在這個，這個……」

「地獄？道德真空的世界？」

「對。好吧，不完全是這樣，光是真空還不夠。紐曼的論點從一開始就有邏輯上的錯誤，最主要的一個就是：如果歐米伽點是純愛的、全知的無限瞬間，那為什麼它要讓我們經歷所有這些鳥事？好吧，這是一個人們經常會問的、關於上帝的問題；它也證明了，要麼上帝不存在，要麼上帝是對的，我們死後會進天堂，一切都沒問題。所以我開始重新思考其他關於來生和轉世的想法，它們之中的大多數都會把你帶入一種空的狀態、一種無的狀態：某個非常宇宙、神祕的非地點。但紐曼和提普勒的歐米伽點卻把你永遠困在這種空的狀態的入口：時間的末點、虛無的開始。我覺得這不太可能是真的，就像你說的。」

「我說過這個？」

「我肯定你說過；或者類似的話。另一件讓我吃驚的事情就是，紐曼說人們會一直改變，直到變得夠英勇才會開悟、才會被送上完美之路；記不記得只有披薩控才會被留下？我很想知道這怎麼解釋人口增長，如果這真是第二世界的話。畢竟，在這個系統裡，人們離開了又回來，而非被製造出來。

所有『可能的』人類已經被歐米伽點在時間末點製造出來了，因此在那之後你無法再製造出更多的人。於是我就想通了。記得一開始，我也想解決這個問題：為什麼有人可以施展魔法而其他人不行，還有為什麼有的人很智慧而其他人很愚蠢，這一直讓我很困擾。我會從宇宙的初始狀態開始說起，然後你就知道我在想什麼了。我覺得這其中沒有太多邏輯錯誤。」

我們的披薩到了。「從宇宙的最初開始？」我說，「哇噻。」

「別笑我。你會明白的。我想你知道，宇宙最初的元素是氫，所以它在元素週期表上排第一，它的分子數也是一；萬物都由空開始，就像道教告訴我們的那樣，但萬物也是由氫構成的。它是唯一一種這樣的分子，其他所有的東西都是基於它而形成的。」

「你就不能說萬物是由夸克構成的嗎？」

「哦，對。沒關係，因為這是一種比喻。化學世界是如何形成的不太重要；好吧，顯然還是很重要，但我們只需要知道，它是由一個基本物件形成的，而其他所有的基本物件，或者元素，都是由這個基本物件構成的。這些元素的組合基本上構成了宇宙間的萬物。我們可以有更多或者更少的『東西』，但是宇宙間物質的總量不會變。物質一直在改變自己的形態。我披薩上的乳酪曾是草的一部分，從某種意義上來講；我想提出的是，這也和靈魂有關，人類的靈魂就是這樣構成的。曾經有一個偉大的靈魂，它分裂成了許多靈魂——但這些靈魂仍都是基本的；它們是原型。很有意思，那麼多不同的學科都認出了原型，或基本靈魂。在順勢療法裡，原型通常都和元素相連。所以舉個例子，母親是與氯化鈉、或說海鹽有關，她最基本的元素就是海洋。她是巨大的汪洋，我們從中而來。智慧老人是硫。騙子是汞。諸如此類。但很難發現哪個人是純粹的原型。大多數人都只含有各種原型的一部分。在印度哲學裡，宇宙被視為一種宇宙舞蹈，當它變得愈來愈糟糕，濕婆神便毀了它，同時也重新塑造它，使舞蹈重新開始。人類也是愈來愈糟糕。這怎麼可能呢？回想我們的例子，最初，人類的靈魂是純粹的元素；萬一它們開始結合並且形成分子，這些分子再結合成為化合物，一切繼續這樣進行下去？基本靈魂，作為一種存在的回憶或存在的成分，變得愈來愈少，你無法輕易將它們與原始靈魂分開。最後它散布得到處都是。紐曼提到的那些大吃披薩的披薩控是異常稀釋的靈魂：他們一度是純粹的狀態，而現在他們對此只有遺忘既久的記憶。最麻煩的人就是最稀釋的靈魂。」

「我們在大吃披薩呢。」我說。

「那是你。我不會大吃大喝。反正，這就是為什麼靈魂的總數不變，人口卻增長了。最基本的母親原型，或者靈魂，現在已經分成了超過一百萬人；她怎樣才能重新合而為一呢？我想提出，生存的目的就是回到你根本的靈魂本質，有許多方法能達成，儘管沒人有意識地去做。這是靈魂版的進化論，或者靈魂版的基因——但也不算是。」喬許從他的公事包裡又拿出一張紙。「如果你不介意，我會從這上面讀一段給你聽，以防我遺漏了什麼。我覺得這很複雜。所以每個高級靈魂，或說基本靈魂，在一個宇宙週期表上以自己的純粹形態存在。你很自然就會和最靠近你的元素有共同點，就像砷和磷、鈀和鉑；事實上，在這張『表』上，你最終的宇宙靈魂伴侶就在你身旁，但當宇宙的舞蹈一開始，這些靈魂分裂、破碎，變成人，然後再分裂，最後回歸到一處。當這張表完整的時候，最後一步就是所有的靈魂在一次意義重大的靈魂性高潮中合併，並又一次塌陷、進入空的狀態。基本靈魂週期表和物理上的元素週期表很不同，但是後者能很好地類比前者，就像我說的。我們需要用到很多類比，因為我們是在描述一些無法被描述的東西。」

「我喜歡『意義重大的靈魂性高潮』。」我說。

「我也是。這就是為什麼我在讀這個，聽起來更好，」他又低頭看他的紙。遠處有呼嘯，像是風聲；緊接著是砰的一聲，像是射擊或施放煙火，但喬許頭都沒抬。呼嘯聲持續了幾秒就消失了。「所以我們看見的身邊每個不完美的生命，都包含了來自不同基本靈魂的靈魂碎片。我們會被能幫助我們去掉一些這樣的碎片、或是添加一些新碎片的人所吸引，以淨化自身已有之物。把人與人之間的互動想像成靈魂反應或者爆炸，就像化學反應那樣。悲劇般的互動很有趣，因為它們導致這些複合物瓦解、釋出能量，一如尼采所說。它繼續發展，隨著時間推移，一些高級靈魂被生命提煉出來，還有一些變得更加複雜。幸福快樂的生活帶來更多的結合，或說更多的束縛，如果你能明白我在說什麼。」

喬許翻著他的紙。「我打算跳過這部分，太長了。不過我會把整篇文章寄給你。嗯。宇宙有兩個『作業系統』或說『本質』，一個是由科學家繪製出來的物理世界，有重力、夸克、進化論等等。但就像我經常說的，還有一個魔法的、看不見的能量世界：氣、力量，隨便你怎麼稱呼它。這是物理宇宙的另一個化身。和光既是波又是粒子的道理相同，品質可以看作是能量，宇宙有時候是物理的、或『生命的』；有時候是能量的，或『非生命的』。就像我們已經看到的，它由物質和靈魂兩者同時構成。魔法只是有人以看不見的、非物質的能量，作用在另一種能量或振動上。舉個例子：陷入愛河可能產生一些物理效果，比方讓某人減重、產生荷爾蒙、勃起或是別的什麼。但這不是某種固體的、物理的東西作用在另一種固體的、物理的東西上產生的結果：它是能量或某種非物理的玩意兒，作用在同樣也是非物理的靈魂上的結果，而這導致了身體變化——這是物理的。所以說，能量和物質間並沒有簡單的確定連結。大多數時候能量作用在其他能量上，便對周遭的物質產生某種微妙的影響，這就是為什麼意念無法掰彎勺子，為何世上也沒有魔術：它們都是騙人的把戲。但這也是為什麼順勢療法、花精和靈氣療法會有用。

「你愈接近完全靈魂化——你喜歡這個術語嗎？我不是很肯定這個詞——你就愈有智慧，也愈容易使用像是能量或魔法那樣的東西。不過，從某種意義上講，你也愈不可能使用它們，因為你不太想得到任何魔法可以帶給你的東西。是你指出這點的；或多或少。我想做一個網站，你可以把自己的基本觀點、屬性等等東西放上去，它會根據這些計算出你是第一萬級的隱者，或者第七百八十三級的騙子。但我想那可能會對我的理論有不好的影響；它很嚴肅的。你覺得呢？」

「老天，」我說，「你真的從頭到尾認真想過這些。」

「這個理論很棒的一點就是，它可能完全否定了紐曼的觀點，」喬許說，「如果『真正的』英雄不停被送上完美之路，而怪人、愚者、悲劇英雄則被排除在外，以更純粹的形式回到這個世界、和披薩控一起玩，那麼最終在第二世界剩下的是整個靈魂週期表、所有終極的超級生命，他們拒絕像可悲的英雄那樣生活；他們可以形成一個基本靈魂，最後摧毀歐米伽點。但這些最終會變成宇宙侍衛的基本靈魂，似乎不太可能在一開始就讓歐米伽點成形。所以情況就是這樣。我希望你同意，我的來生理論比紐曼的要好。」

「它確實比紐曼的要好，」我說，「可為什麼你突然對英雄有這麼大的偏見？」

「我意識到自己不可能變成一個英雄。」喬許看了看牆，然後回過頭來看我。「不過，我想這是件好事。我喜歡薇說的有關全球化和力量的東西，還有西方政府說的故事，說他們是與恐怖主義戰鬥的英雄。她也是對的，『英雄』這個概念本身就是一個悖論，特別是在基督教民主主義裡。英雄有權利殺人，以獲得他們想要的東西；但誰賦予他們這種權利？一定是上帝，不然誰可以給自己那樣的權利──當然，他們可以，不過其他人不會同意。這也不可能是文化權利，因為文化不是永恆的。只是什麼樣的上帝可以決定人分成兩種，一種可以殺人，而另一種必須受死？上帝理當平等地愛我們。所以英雄不可能存在。不過你怎麼看這整個理論？能說服你嗎？」

「要我老實說？」

「對。」

「我覺得你應該把它變成小說。花點時間研究奧布圖書的寫作模式，然後把它當成一個系列推薦給克勞蒂亞。我想那會非常棒。」我看見他的臉耷拉了下來。「聽著，喬許，我是個小說家。我認為這些想法很適合放在小說裡；我不是說它們不好、只適合小說，或因此該由奧布圖書出版。我相信你希望更多人知道你做的一切。寫作的悖論之一就是當你寫非虛構類書籍的時候，每個人都想證明它是錯的；而當你發表成小說，每個人都想在其中見到事實。」我咬住嘴唇。「在我接觸過關於宇宙的所有理論裡，這可能是最好的一個了，真的，但我無法接受這些宇宙理論。我想宇宙太大了，無法建立理論。」

「但活著的意義不就是試圖回答龐大的問題嗎？」

我搖搖頭。「對我而言是試圖找出問題為何。」

我們吃完了披薩。喬許想吃霜淇淋。酒還剩一些。「嘿，」我說，「你可以拿我最近遇到的一件怪事來試試你的理論，看看會得到什麼結果。」

「但你不相信它。」

「別理我。我什麼都不信。但你可能會喜歡。」

「說吧。」

「好。你知道羅莎．庫珀——最近剛去世的知名女演員，之前和德魯在約會的那個——是我小時候的朋友嗎？」

「不知道。真的嗎？她最後和德魯在一起好奇怪。」

「是啊。她去世以後，我做了一個非常生動的夢，它非常真實；好吧，有點太真實。當時也顯得很真實。我們在某種星界上，她告訴我她其實沒死。她向我展示了她是如何捏造自己的自殺。」我跟喬許講了具體細節，包括羅莎透露了她和凱萊布的關係。

「啊哈。」喬許現在看上去很感興趣。

「所以當我在倫敦時，我看到一份報紙的大標是：〈羅莎．庫珀還活著？〉我簡直不敢相信自己的眼睛。有人在赫特福德——就是她告訴我她要去的地方——看到一個很像羅莎的人；同時，《倫敦標準晚報》報導說，牙醫記錄顯示死去的那個肯定是羅莎。但有一刻我相信自己的夢才是真的。每個人都有點相信心靈感應什麼的；連我都相信。我不知道宏人的理論如何解釋這些，不過……」

「繼續看報紙，」喬許說，「我保證她一定沒死，就像你夢到的那樣。我已經知道你是第四十級的女祭司；也可能是第三十八級的隱者；我不是很肯定。但你肯定有某種心靈感應力、治療的技能，能夠得到某種非常強大的魔法。」

「天啊。這些數字會到……？」

「到一，那就是原型。」

「你是什麼？」

「我不確定。我知道我在騙子那類：自己沒有任何真正的力量，但能辨別身邊的力量。我不知道這意味著什麼。我想我在五十至一百級之間。可能是偶數。這很好。但你更好。你能通靈，而且就像我說的，我打賭你夢到的東西都會變成現實。」

「但是我不太想它變成現實，」我說，「我的意思不是說想她死，只是不想自己能通靈。我有點想相信這些東西可能存在，但不想擁有『特殊力量』。」

「大多數人都想。」

「大多數人也想成為百萬富翁，但等他們真的成了百萬富翁，反而很痛苦，因為除了逛街沒別的事可幹。」

「榮格說每個人都偷偷相信魔法和超自然力量。他說在公眾場合，大家都說不信，但私底下每個人都相信。」

「或許他說得沒錯。」我聳肩，就好像我沒什麼意見。

我們結帳的時候，時針已經從五點指向了七點了。我們衝出流言餐廳，向伯德伍德之家奔去。我在想我該和薇說什麼，一句「對不起」夠嗎？也許我們已經在報上各自的文章裡向對方道歉了。狹長的房間裡排了大約五十張椅子，其中的三分之一已經坐了人。但我找不到薇。

「你不是說薇會來嗎？」我問喬許。

「她說她會。她和法蘭克特地選擇住在希思頓街上一家提供有機素食早餐的旅館，這樣他們今晚才可以過來聽演講，還可以在托特尼斯遊玩。他們昨天到的。你知道，她明天會去德文為迷宮的啟用剪綵？他們打算去坐渡輪。我想我和爸或許晚一些的時候也會去坐。薇說她想早點去『試走』迷宮。」

「對，我知道迷宮的事。那他們現在在哪裡？」

「凱爾西．紐曼也不在。」

「嗯，現在只有……」我把手機從包裡拿出來看時間。「噢，已經七點零一分了。老天，這是什麼？我有十一個未接來電。誰……？」我一邊自言自語一邊撥到語音信箱。就在我聽到語音信箱裡出現蒂姆的聲音時，電話又震動起來。他一定聽說了書的事。既然紐曼還沒出現，我示意喬許要先離開一會兒，接著關掉語音信箱轉而接聽電話。

「喂？」我說。

「噢，天啊，梅格，感謝老天你在；你有車和手電筒嗎？」

「蒂姆？喂？怎麼了？你的聲音……」

「是野獸。他吃了凱爾西．紐曼。」

「什麼？蒂姆？你說什麼？」

「野獸吃了凱爾西．紐曼。我開槍想打牠，但沒有用；這裡有人說認識你，你可以過來嗎？你有車和手電筒嗎？」

「哪裡？」

「長濕地。它在河的……」

「我知道長濕地。野獸現在在哪裡？」

「牠游走了。」

「你確定？」

「我不知道。」

「為什麼你會打電話給我？我不懂……」

「這些人；他們……」

那頭一陣窸窸窣窣，電話遞給了另一個人。

「梅格？我是薇。」

「薇。發生什麼事了？」

「我不知道。」

「野獸……？」

「我不知道。我不確定這裡有野獸。但凱爾西不見了，我很擔心他。這裡太暗了，什麼都看不見；你有開車來嗎？有手電筒嗎？」

「有。」

「你可以過來嗎？我覺得這裡沒有危險。但如果你覺得危險我們可以馬上離開。」

「蒂姆還好嗎？」

「他現在很糟。我想我們得想辦法把他也帶走。」

「好。」

「你到這兒我再跟你解釋。」

我掛掉電話。喬許出來找我。

「怎麼了？」他說。

「我不知道。發生了件非常奇怪的事情。」

「是不是爸？還是……」他開始抽搐，我很想知道他在數什麼。

「不，」我很快回答，「是凱爾西．紐曼。我不想告訴你發生了什麼事，因為我想你不會喜歡，而且我也不太確定。不過我得走了。薇和法蘭克在那裡，還有一個奧布圖書的作者。我想你該回家去，今晚不會有活動了。」

「我想和你一起去。」

「車上沒有多餘的位子。我至少得帶三個人回來。」

「好吧，」他說。「謝謝你願意和我吃晚飯。」

「謝謝你邀請我。」我轉身要走。

「用你的魔法，」他說，「我的意思是，用它來解決那裡的危機。必要的時候用它來保護你自己。」

我想起森林裡的羅伯特說的，魔法總是有後果。

「世界上沒有魔法，」我說，「但是別擔心；我不會有事的。」

／

接近滿月的月亮從山後升起，它巨大、雪白、詭異，像離開這個宇宙的隧道入口。我開車經過波羅的海碼頭，到了長濕地停車場。達特河來到托特尼斯這裡就變成了工作航道，雖然現在的河上交通只剩下渡輪和遊輪了，但商業輪船曾在托特尼斯和達特茅斯間往來了好幾百年。我想像著乘船回家。長濕地在河的左邊，聖彼得碼頭在另一邊，托特尼斯的代表建築物聖瑪麗教堂在我身後漸漸消失。我會經過那棵被閃電擊中的樹，上面滿是鸕鷀的巢，以及一戰留下來的報廢醫療船殘骸。接著我會來到一片寬廣如湖面的水域，目光禁不住飄向綠油油山頂上的廢墟；我會經過英國最古老的紫杉，以及阿嘉莎．克莉絲蒂和馬克斯．馬洛溫[24]住過的船塢——當時正值二戰期間，格林威到處都是美軍部隊。我還會途徑郎伍德、蒸汽鐵路、皇家海軍學院、海爾渡輪，然後越過達特茅斯城堡和金斯韋爾的裝飾建築，直抵大海。渡過海岸就可以抵達托克羅斯，我可以在家裡生起一堆火，和貝絲一起蜷縮到天明。但我沒這麼做。我獨自在黑暗中下了車。

住在托特尼斯時，我常帶貝絲來長濕地散步，但她不喜歡在天黑之後來，我也是。我不相信幽靈，但這個地方感覺像鬧鬼似的，彷彿空氣裡有失事的幽靈，搭配河底失事的船隻。月光沒什麼用，它讓一切鍍上一層銀，變得飄緲虛幻，投下的陰影看上去很有問題，似乎全來自另一種現實。灰暗的光線照亮了大約一百碼的路，在那之外就是黑暗。在車裡什麼都看不到，沒有薇，沒有法蘭克，沒有凱爾西．紐曼，沒有蒂姆，沒有野獸。我得下車才行。我想起孩提時讀過的故事，講一隻老虎出現在郊區一戶人家裡，母親把所有食物都給了老虎吃，然後帶著全家人出去吃晚飯。從此之後，這位母親就會在家裡的櫥櫃常備一罐給老虎的食物。書上畫的那個罐子非常令人印象深刻，比庫珀家的貓吃的小罐頭要大很多。我拜託媽也在我們家櫥櫃裡放些給老虎吃的食物，以防萬一，但她說並沒有那種東西。郊區生活用各種方式阻止各種事物發生。我決定假裝自己要去散步：在一個老虎會坐在餐桌邊、而野獸會戴圓禮帽的地方。

我拿著手電筒下車，咳了幾聲；有回音。

「有人嗎？」我叫道，「薇？」

什麼也沒有。我穿過大門，沿著小徑往下走，黑色的河水在我的右邊晃動。沒事的，我大聲告訴自己，試著掩蓋空洞、帶著回音的腳步聲。嘿，那是好幾個夏天前我和喬許踢足球的草地。它在晚上看起來真不一樣。我想要一路跺著腳走路，一面對黑暗說話。我提高了嗓音。有人嗎？薇？沒有回應。好吧。我們來假裝我是第三十八級隱者。我有魔法。太棒了，很好。想想我看過的每部講魔法的書和電影。我彈了幾下手指。我受到保護了，哈、哈！對，隨便啦。法蘭克？蒂姆？走了大約五十五碼，什麼壞事都沒發生。我不再大聲說話，而是在心中默默說話給自己打氣。路愈來愈黑，我不得不靠手電筒的光前進。我告訴自己，黑暗感覺就像子宮，看不見太多東西是件好事，因為在這樣的黑暗中，草地上可能擠滿了跳舞的無頭鬼，而我看不到。我記得在一次奧布圖書的培訓班上，我們想了許

---

24 Sir Max Mallowan, 1930-1976，考古學家，阿嘉莎．克莉絲蒂的第二任丈夫。

多表達恐懼的有效方法，而不是像「她的心重重打在胸口上」，或是「他的頭感覺快爆炸了」這樣乏味的東西。可沒人想出來的東西可以描述此刻我身體的反應。我又開始邊走邊講話了：可惡，該死，該死，該死，該死。沒什麼好怕的，我知道，但是我想起蒂姆有些瘋狂的聲音。野獸吃了凱爾西・紐曼。人們見過野獸；新聞一直有報導；但任何有理智的人都不會相信的。

大約一分鐘之後，一個巨大的陰影撲向我，我跳起來。

「梅格？」

「哦，我的老天。法蘭克？我沒看到你。你只是一塊形狀。」

「對不起。我打算走去停車場找你。」

「薇在哪兒？」

「她和蒂姆一起坐在下頭的長椅上。他糟透了。我們得把他帶回托特尼斯。你好嗎？」

「我想是。這裡有點詭異。」

「是有點兒。」

「這裡沒有野獸吧？」

「我覺得沒有。反正現在沒有了。」

「凱爾西・紐曼發生了什麼事？」

「我們不知道。來吧。」

我們來到小徑盡頭的草地，上面有張野餐桌，白天時可以看到很不錯的下游風光。現在那裡坐著兩個影子。他們肯定一直看著我們走近。其中一個站了起來。是薇，她過來擁抱我。河水在黑暗中拍打著遠處的河岸，如果想沿著河的這邊走得更遠，你得涉水走上一小段路。而在河的另一端，你可以沿著小路一直走到康沃西。

「太棒了。手電筒。」薇說，「好吧，蒂姆，現在你必須告訴我們：凱爾西·紐曼到底發生了什麼事？」

在手電筒的燈光下，我看見蒂姆裹著一條毯子，渾身顫抖。他身邊有一團黑色的東西，那是他的大背包，上面掛著很像平底鍋和水壺的東西。他什麼也沒說。

「蒂姆？」我說，「發生什麼事了？」

「你們會覺得我瘋了，」他說，「我想也許我真的瘋了。也許是因為那些蘑菇。也許凱爾西·紐曼根本不在這兒。」

「他來過這裡，」薇說，「我們和他喝了下午茶，他說他要來這裡。我們看著他離開的。」

「你們怎麼最後會到這兒來？」我問薇。

「我們來這裡只是因為愛麗絲·奧斯維德（Alice Oswald）的詩，」法蘭克說，「我們想盡量多看一點達特河的樣子，薇想這可能會對她的演講有幫助。」

「凱爾西說他也要來這裡，顯然是他想自己來，」薇說，「他帶了一個很大的袋子和一部相機，說要採訪蒂姆，所以我們就讓他走了。我們又吃了點蛋糕、逛了街，最後走來這裡。他離開咖啡館後我們就沒見過他了。」

「蒂姆？」我說。

「我說過野獸吃掉了他；我告訴了你們所有人，隨你們要不要相信。我覺得很難受。我知道不管我說什麼聽起來都很瘋狂，所以我想我現在就應該閉嘴。」

「我之前聽到有人說開槍，」我說，「是你嗎？」

蒂姆點頭。

「你不是對凱爾西．紐曼開槍了吧？」我說。

「為什麼我要那麼做？他打算把我放進他的文選裡。我們的採訪進行了一大半了。而且，我不會對任何人開槍。」

「我們是不是應該去找凱爾西？」我問薇。

她瞥了眼法蘭克。「對，我是這麼想。」

「我甚至沒辦法好好描述發生了什麼事情，」蒂姆說道。我開始用手電筒照他的身後，照進灌木叢以及灌木叢後面。「牠變大了，野獸從德國狼犬的兩倍大變成了比房子還大；今天之前我都沒見到牠，但我推測得沒錯：牠一直沿著河邊走。一到這裡我就知道野獸來過了，只是以為牠已經沿著達特河去到更遠處。那時我正在跟凱爾西．紐曼講我的冒險，他想知道這個野獸對我而言代表了什麼、我想征服什麼？我說野獸就是野獸，而我什麼也沒打算征服什麼。我說了我的書——然後凱爾西．紐曼的頭後面突然出現閃光，然後變成一道深色的光：一種灰色或黑色的光，我形容不出來。我意識到野獸就站在凱爾西．紐曼身後，喘著大氣。牠的輪廓很模糊，但是黑色的，耳朵豎起，拖著條長長的粉色舌頭；看上去很平靜。凱爾西問我在看什麼，我輕聲說：『野獸就在你身後。』凱爾西說：『那是什麼？你看到的牠長什麼樣子？』我說他可以自己看。凱爾西轉過去。他顯然是被野獸嚇壞了，要我快開槍。起初我下不了手，便試著對空鳴槍好嚇跑牠；但沒用。就在那時，野獸開始變大。周圍的一切都被那黑光籠罩，我什麼也看不清楚。世界開始淡進淡出，我想我在空中看見了黑色的氣球。凱爾西．紐曼沿著小徑往下跑，但那時野獸變得更大了；牠低下頭一口咬住凱爾西，把他甩向空中，他摔在地上，沒有動靜，然後野獸就吃了他。」

「那太恐怖了，」我說，「我編不出那樣的事。」

「你也不相信我，」蒂姆說，「我看得出來。對你來說這就像個澤布．羅斯的故事，你希望每件事都有個正常、漂亮的結尾；你覺得凱爾西就躲在灌木叢後面。」

「不，」我說，「它一點也不像澤布．羅斯的故事，因為它是真的。我想凱爾西．紐曼是受傷了，或是死了，如果他覺得自己看到嚇人的東西，他會逃跑。也許他扭傷腳踝去了急診室；可以有很多合理的解釋。」

蒂姆聳肩。「你覺得不是野獸弄傷他的？」

「不，我不這麼想。如果野獸那麼凶殘，為什麼他沒吃掉達特米特的那個女人？為什麼他要吃狗餅乾和馬鈴薯？我想這頭野獸可能只是一條迷失了方向的可憐狗，卻被迫強加進大眾的野獸幻想中。你的槍在哪裡？」

「我扔進河裡了。」

「我們看著他扔掉的，」法蘭克說，「這是真的。」

「我根本不想有槍，」蒂姆說，「我不會對任何人、任何東西開槍。」

薇輕輕拍了拍蒂姆的肩。

「我不是個喜歡暴力的人，」蒂姆說，「或許我也迷失了方向。我真的沒做什麼壞事，只是坐在那裡不敢相信自己的眼睛。」

大家都沉默了一會兒。

「野獸怎麼了？」我說，「在牠『吃了』凱爾西．紐曼以後？」

「牠縮小。牠變回正常大小，那些閃光也停止了。牠看著我，好像很抱歉很慚愧的樣子，溜進水裡、游走了。還是一樣，你不需要相信這些。你願意相信什麼就信什麼。我真的很抱歉讓你跑來這裡，也很抱歉那本書……」蒂姆哭了起來，「我不知道自己出了什麼毛病，一切都好奇怪；一切可能真是我想像出來的，但是凱爾西・紐曼到哪裡去了？」

「你累了，」薇告訴蒂姆。「你已經在野外待了太久。我想我們應該帶你去托特尼斯，給你找張溫暖舒服的床睡上一晚。」

「他到哪裡去了？」蒂姆說。

／

「他沒去成伯德伍德之家的演講。」我說。

我和薇還有法蘭克坐在車裡。我們把蒂姆帶到他們的含早餐旅館，讓他住在他們的房間。我們沒告訴房東太多事情，只說他有點不舒服，早上可能需要看個醫生。我們付了錢，然後我開車走小巷區回到海邊。薇和法蘭克跟我一起住在貝殼小屋。這似乎是最明智的選擇。

在車裡薇告訴了我下午發生的其他事。她和法蘭克去河邊的一家咖啡館和凱爾西・紐曼喝下午茶，薇打算跟他把書上引用她的話的事情說清楚，告訴他他的理論全都是錯的，但是她一提起那段話，以及它是多麼斷章取義後，他就把自己的黑莓機拿出來，打給出版社要讓他們改掉。他講了很久的電話，並為此道歉，還堅持由他來埋單。

「他還不錯，」薇在我們經過小巷區的時候說道，「他一直在為那段話道歉。我想他覺得那很丟人。」

「你覺得他還不錯？」我說，「我們是不是應該打去醫院問問？」

「我不知道，」薇說，「我們都不認識他，只確定我們沒在長濕地看見他。我不知道為什麼蒂姆會有那麼栩栩如生的幻覺。可憐的傢伙。嘿，」她對我說，「為什麼你那麼生他的氣？」

「我不知道，」我說，「我不應該那樣，真的。我想我只是有點被黑暗嚇壞了，還有他根本沒必要講野獸吃了凱爾西．紐曼。」

「你相信他嗎？」法蘭克問。

「不，當然不信。」我說。

「那為什麼你會害怕？」

「我也覺得這讓我很不安，」薇說，「但你還是得同情他一點。顯然他已經很久沒好好吃東西了。如果不是看到他的剪刀，我可能根本不會跟他說話。」

「什麼剪刀？」

「奧布圖書的剪刀。克勞蒂亞也有一把；你沒有嗎？他當時剪了很多紙，把它們全扔進達特河裡。他說那是一個什麼提案。一開始我以為他是在說什麼提親，還在想他為什麼要把那個寫下來；後來他解釋說是一本書的提案，於是一切都說得通了。」

「哦，我懂了。他一定是知道自己的提案被拒絕了。」

「他說這個提案把他生活搞得一團亂。他似乎覺得，擺脫了他寫的關於野獸的東西，就可以幫他擺脫真正的野獸。當他告訴我們他覺得發生了什麼事，天色已愈來愈黑，我們得看看凱爾西是不是真的受傷了、會不會躺在灌木叢裡的某個地方；我們還得送蒂姆回托特尼斯。希望你不介意我們讓他打給你……我們倆都沒帶手機。」

「不介意。能再見到你們倆真好。我覺得很抱歉。是我鼓勵蒂姆做這些事的。也許他說得沒錯。也許他版本的野獸本來不存在，直到他開始寫它。也許他需要想辦法離開自己的系統。」我切換到二檔，好通過一個上坡急彎。月亮已經升高，也變小了，如今看上去非常正常。「你覺得真有野獸嗎？」我問道。

「我想是有什麼沒錯，」法蘭克說，「但我想牠並沒有吃了凱爾西．紐曼。」

「我看見牠了，」薇說，「或一個肯定是牠的東西。那是條狗——非常大、黑色的，像是巨大版的貝絲。但那只是一條狗。」

「真的？」

「對。」

「你在哪裡看到的？」

「在小徑上。」

「法蘭克？」

「哦，我當時在解手。我沒看見他。」

「事實上，」薇說，「我覺得那個野獸是『她』而不是『他』。」

「你做了什麼？」我說。

「就是通常我看見一隻狗而主人不在旁邊時會做的事：我讓她回家，」薇說，「於是她就回家了。她沿著小徑一路小跑，最後消失了。」

回到小屋後我點燃火堆，貝絲蜷在火堆前。薇、法蘭克和我在十五分鐘裡就喝掉一瓶紅酒，家裡只剩下一箱野獸，所以我們開始喝它。我快把自己——可能還有他們——逼瘋了，因為我想搞清楚到底發生了什麼事，凱爾西．紐曼又到底在哪裡；法蘭克拿起我的吉他，輕輕彈了首我略微有些印象的民歌。

「他沒去成他的演講，」我又說了一遍，「這一點讓我覺得很煩心。」

「你想再回去找他嗎？」法蘭克邊彈吉他邊問我。

「不，但我想確定他沒事。」

我走到窗前的桌邊坐下，打開筆記型電腦，在谷歌上搜索凱爾西．紐曼。有一些訪問，一個過時的網站。還有一個紐約的經紀人電話，但就算我知道該說什麼，現在打去紐約也太晚了。

「網路上沒有他的照片，」我說，「他長什麼樣子？」

薇和法蘭克看著對方。

「深色頭髮……」法蘭克開口。然後他大笑道：「其實我想不起來了。看來老年癡呆終於還是躲不掉。你記得嗎，親愛的？」

薇搖搖頭。「我的腦袋裡根本沒有他的樣子。」

「你們這個下午才見過他。」我說。

「時間不長，」法蘭克說，「他大部分時間都在講電話。」

「我不太擅長記住人臉，」薇說，「做田野調查的時候我總是得記筆記，現在要是我不做筆記，什麼都想不起來，如果我現在閉上眼睛，連自己穿了什麼都講不出來。」

「我想我可能是因為有太多學生了，」法蘭克說，「他確實看上去有點像學生。可能是穿牛仔褲，可能有運動鞋。好奇怪我怎麼什麼都不記得。」

「老天。這簡直就像是他根本不存在似的。」我說。

「書上不是有張他的照片嗎？」薇說，「拿來看看，你就知道他長什麼樣子了。這可能有助於我們回憶。」

但我翻遍整間屋子都找不到那本書。

「也許他是我們想像出來的，」法蘭克說，「也許他是一個集體幻覺。」

我繼續在網上查找他的資料，最後找到了一個加州大學出版社的電話，他們出版了他的書。現在打電話到伯克利還不算太晚。我拿起電話，不過沒有撥號。

「為什麼你想知道他有沒有事？」法蘭克說，「你真的在乎？」

「你不在乎？」

「好吧，有一點。但我想，不管發生了什麼，現在都只是『發生了』，對此我們別無他法。我想他應該沒被野獸吞進肚子裡。他應該不會還在長濕地，因為我們找過了。他一定已經離開。我們盡力了。」

我歎氣道：「也許我是想確定野獸並不存在。我想知道凱爾西．紐曼沒事，而且還在某處構思一本可怕的新書；我想相信蒂姆是有點神智不清，不過很快就會好起來。我不知道為什麼。難道想確定一切都沒問題不正常嗎？」

「實際上大多數時候一切都有問題，」薇說，「以許多不同的方式。我們只是告訴自己一切沒問題。我們必須想辦法這樣告訴自己。在這世界上的六十億人口裡，有多少人在快樂地過著完美生活的？我打賭一個也沒有。」

「我想也是。」脫口而出時，我想起和羅文的對話，我對情節布局、結果和標準配方的反抗，以及我和薇在蘇格蘭的爭執。「我希望自己沒有試著把這一切合理化，」我說，「我的意思是，更深一層來講，我不想搞清楚任何事情。你在蘇格蘭說的每一句話都是對的，我只是無法阻止自己。」

「別說了，」薇說。「別管了。為什麼不呢？」

「我們沒有放手不管蒂姆。我們幫了他。」

「我們可以幫他。他在那裡。」

「那凱爾西・紐曼呢？雖然他不在那裡……」

「也許他是我們想像出來的。」法蘭克又說了一遍，帶著一種奇怪的笑容。

我認真想了想，雖然這很荒謬：如果你把凱爾西・紐曼從這個世界拿走，會發生什麼事？首先，我最近的生活會瓦解。

「好吧，假設他真的存在，」我說，「也許他是不朽的，從第二世界——或不管哪個世界——過來拜訪我們。也許野獸吃了他，因為他不屬於這裡。」我闔上筆記型電腦，往火堆裡加了一根木柴。「這裡還有另一個非理性的解釋。據我朋友說，我很接近『基本靈魂』，像是塔羅牌畫裡的什麼東西，因此我有魔法。很久以前我遇過另一個有魔法的人——另一個，好吧，讓我們稱他們為『超級生命』；假設你們兩個也是超級生命：我的意思是，如果我是的話，你們肯定也是——我遇到的第一個超級生命告訴我，如果我以錯誤的方式使用了魔法，就會釋放怪物。某個星期，我意外地向宇宙訂購了各種東西，所以，顯然是因為我這麼做了，才製造出野獸；而你，薇，把牠趕走了，因為你的靈魂級別比我的要高。就是這樣。這解釋了一切，幾乎一切。如果我們是超級生命，誰在乎凱爾西・紐曼呀？他可能也是我們當中的一員。不管怎麼樣，我們都是不朽的——有點像凱爾西・紐曼說的——所以根本不存在被野獸吃掉這件事。」

我大笑，法蘭克繼續彈吉他，薇拍了拍我的手臂。

「這些超能力聽起來很酷，」薇說，「不過你得小心使用。我可能已經告訴過你，我認識的大多數薩滿巫師和治療師都擁有許多知識，但不會魔法。偶爾你總會遇到一個確實擁有更多東西的人。他們擁有最實用的技能和最強大的藥典，因為他們知道魔法很容易出事。」

我又笑了。「沒關係。我剛才只是在開玩笑。我一點都不相信那些玩意。我只是在嘗試讓自己不那麼理性。」

「聽上去似乎你朋友的想法非常理性，」薇說，「太理性了。但是它之所以那麼理性，是因為它用的是這個世界的語言和這個世間的概念。」

薇從箱子裡又拿了一瓶野獸，我也拿了一瓶。我意識到我們都醉了，貝絲可能是這間屋子裡唯一一個理智的生命。她呼嚕幾聲，翻了個身。

「我有沒有告訴過你們，很多年以前我媽池塘裡的金魚總是消失？」法蘭克說。「準確地說是一半的金魚失去蹤影。一個星期後牠們又回來了。我就不講細節，不過我們很確定它們確實消失了，也知道消失了幾條；不管我們多努力想搞清楚，依舊無法解釋這個現象。全家提出了許多和外星人或池塘喧鬧鬼有關的理論，都非常有趣，其中又以我姊的理論最奇怪。」

「那到底發生了什麼事？」

「事實上是我姊姊做的好事。我們一直在找一個自然或者超自然的答案，因為想不出為什麼有人會做這種事。結果原因非常簡單：她想嚇嚇我們，因為我們老愛嘲笑她的男朋友。」

我的手機震動。是喬許的簡訊。凱爾西・紐曼被狗咬傷，不過沒事了。我猜你沒找到他。明晚再和我吃晚飯嗎？我又為我的理論加了點東西。

我舒了口氣。「好吧。聽聽這個。」我把簡訊讀出來。「因為某些愚蠢的理由，我現在終於可以放鬆了。誰想喝茶？」

「誰是喬許？」薇說。

「我那個有瘋狂想法的朋友。我想他也發過電子郵件給你。」

「噢，對。你會再去聽他的理論嗎？」

「不。我想不會了。明天晚上我想待在家裡織襪子。喝茶嗎？」

海水在屋外不停拍打，薇拿起我織的東西。

「好啊，謝謝，」她說，「現在你得告訴我這個，這樣我們就可以討論比凱爾西・紐曼要有趣得多的東西。」

泡完茶後我解釋了怎麼會開始織襪子，我們還一度擁抱了對方，並就蘇格蘭發生的事向對方道歉。法蘭克和薇告訴我鸚鵡塞巴斯蒂安和狗的近況、法蘭克的退休計畫，以及薇下兩本書的想法：第一本書會是從全世界搜集來的無故事的故事合集。第二本書則是一個無歷史的歷史合集：她和其他人這麼多年來重新演繹的、把時空搬到現在的歷史事件。我告訴他們我怎麼會讀起凱爾西・紐曼的書、怎麼會離開克里斯多夫，以及如何搬進這棟小屋。

「變成一個隱者，在一個專欄裡寫你的興趣嗜好，」薇說，「我喜歡這個。」

「對。不過，現在是一個心碎的隱者。我從來都不擅長談戀愛，不是嗎？」

「這個人很值得你堅持，」薇說，「他愛你。」

我看著薇，就好像她剛剛準確無誤地告訴了我過去七年我每天早餐都吃什麼，還有我每一個口袋裡裝了什麼。也許她真的是超級生命。

「你甚至不知道他是誰。」

「不，我們知道。他打過一次電話給我們，說了整件事。」

「什麼時候？」

「上個星期。對他來講很不容易。耐心點。」

「真的？他跟你說的？我想如果我告訴任何人這件事，他們會說他只是在跟我逢場作戲、我不應該再和他有任何瓜葛，而且他對我來說太老了。我很為他難過，如果他為了莉絲離開我，他一定會被貼上玩弄女人的標籤，或者一個為了年輕模特兒而背叛伴侶的人——你知道人們會怎麼說那些為了一個年輕女人而放棄一段長久關係的男人。但不是我破壞了他們的關係：那本來就很糟。如果他同時和我糾纏不清，那就會像他在同時玩弄我們兩個，因為他對她不忠、又不能對我負責；但如果他什麼都不做，那麼，好吧，他有點放棄人生了。哪怕他那麼做——所有選擇裡似乎最正確的一個——對莉絲也不公平，她可能是希望她的伴侶愛她，而非出於責任感和她在一起。」

「他都知道，」法蘭克說，「他已經在想辦法了。」

「有時候我希望生活可以更加無故事些。」我說。

「我知道，」薇說，「好吧，在某些方面它確實是無故事，你只是需要在情節過於複雜的時候放手不理，做些別的事情。」

「我希望他能打個電話給我什麼的。」

「他會的，等他有話要說的時候。」

「為什麼他不能寫封情書給我？」

「因為那樣是不忠。不是因為他不愛你，而是因為他知道他不能做任何具體的事情。我們認識他的這些年裡，他從來沒撒過謊。」

「他肯定一直在對莉絲撒謊。」

法蘭克聳了聳肩，說道：「也許。或者他只是什麼也不說。」

「耐心點，」薇說，「事情會解決的。」

「我有個朋友也面臨類似的情況，」我說，「她不知道是不是該為了另一個男人離開她的丈夫。我想情況不太一樣。」我又想了想。「不。這兩件事的複雜方式不同，而她也做不了什麼。」

自從上個星期見過莉比以後，我就沒有她的消息，我想這意味著她還沒離開鮑勃。

「等等吧。」法蘭克說。

「我想我們也只能等了。我會再織另外一隻襪子，等待春天到來。」

／

迷宮非常漂亮，是淺色石頭砌成的簡單圖案，裡面有用同一種石頭做成的長椅，坐在任何一張上都能同時看見迷宮與河景。我那棵懸鈴木在兩張長椅中間。它不再有直升機了，不過它開始發芽。薇、法蘭克和我六點鐘起了床，走去觀看迷宮，好讓薇準備她之後的演講。貝絲也來了，太陽從金斯韋爾那兒升起的時候，她一臉迷惑地看著我們輪流沿著唯一的小徑從邊緣走到迷宮中央。薇走在前頭，接著是法蘭克，最後是我。之後我們擠作一團坐在長椅上，一言不發。大約七點的時候薇看了看她的手錶，幾分鐘後羅文出現了，身穿粗呢外套，沿著被曙光照亮的堤岸走來。他也走了一遍迷宮，腳步比我們都慢，然後大家一起去吃早餐。

／

喬許和彼得也來參加了開幕儀式，還有所有你能想到的人：老瑪麗、雷格、莉比和鮑勃，所有我在三船酒吧和在鎮上見過的人；就連安德魯都從托克羅斯過來。喬許拿著他的公事包，我向他保證晚點喝東西的時候會正式介紹他跟薇認識。大約十二點的時候儀式開始，薇又走了一次迷宮，安靜而緩慢，大家對她行注目禮。地方議會本來想讓她剪綵，但他們不知道可以在迷宮的哪裡放置綵帶，最後決定採用薇的提議：在中間的圓圈裡放上一小塊紅色絲帶。因為我自己已經走了一遍迷宮，大約知道薇在想什麼，不過當然，我永遠都不會真的知道。我很驚訝——我們都是，在邊吃早飯邊討論的時候發現的——走這樣短短的一段路會讓你經歷希望、沮喪、無聊、激動等各種情緒，甚至感到一片空白。從一步跨到另一步的須臾間，這種變化就這麼發生。你意識到自己在往中心走，也意識到迷宮不停帶你遠離中心；就在你似乎快接近中心之際，一個轉身就會發現自己幾乎是沿著它的邊沿在走，而當你繼續走下去，會發現這邊沿是由一個圓圈所構成，倘若繼續沿著小徑走，你永遠不會抵達那裡。這是條單獨的小徑，不與任何東西連接，也不通往任何地方。而當你抵達中心，會有一種奇怪的成就感，儘管你只是沿著一條為你鋪好的小徑在走。你有時喜歡這個迷宮有時又討厭它，但你永遠不會覺得自己征服了它；那太荒唐了。

「這整個過程中最刺激的部分就是，」薇在她的演講裡說道，「你可以選擇在任何時間點離開這條小徑，直達中心。但為何沒人那麼做呢？」我想起來這完全就是貝絲剛剛在做的事，她似乎是想展示出我們哪裡做錯了。薇似乎也記得這個，因為她正對著貝絲微笑。貝絲看上去非常奪目，身上披著一些沒用的紅色絲帶。薇繼續說：「或說幾乎沒人那麼做。這是一條事先為你鋪定的道路，但沒人會告訴你走的時候你該思考什麼。它不像一個迷宮：你不會迷路。沒有人在玩弄你。角落裡也沒有潛伏的怪物。你看得見終點、平靜地走向它，沿著可能是最不符邏輯的路線——用數學術語來說。也許這個迷宮在告訴我們為什麼不能直接跳到書的最後幾頁、為什麼不要一直急於在人生中尋找結果，無論我們被告知多少次，在人生的道路上，我們得趕上別人、征服事物。這個迷宮不會告訴我們該如何生活；它展示出我們如何生活。迷宮中間沒什麼特別的，在你沿著同一條路離開前，你可以在那裡休息一會兒。也許在這樣一個迷宮裡散步，就是一個無故事的故事的一部分；也許這只是我自己的迷宮。你們會找到屬於你們自己的方式，我肯定，儘管對於還未走過這條路的旁觀者而言，似乎所有人都應該在這裡得到同一種客觀經驗。」

薇在迷宮中間拿起那塊紅絲帶，走回了起點，左手一直握著那條絲帶。我的視線時不時越過她，直抵河面。達特河裡有那麼多看不見的東西：老舊失事的渡輪殘骸，裝飾建築的碎片，愛情的象徵和手稿，莉比的車、蒂姆的槍，甚至野獸，也許她正游向自己的人生。我期待有東西浮上來，但什麼也沒有。薇回到迷宮的起點時，我又看了看河，幾乎可以肯定有個黑色的東西游過河面。我想像它有狗和狼的樣子：豎起的耳朵、黑色的鼻子、粉色的舌頭；在我的想像裡，它正游離這個世界，並游進另一個世界。

致謝

許多人（還有一條狗）直接或間接幫我完成了這本小說：Rod Edmond，Francesca Ashurst，Couze Venn，Sam Ashurst，Hari Ashurst-Venn，Dreamer Thomas，Simon Trewin，Francis Bickmore，Sarah Moss，Dan Mandel，Jenna Johnson，Jamie Byng，Jenny Todd，Jennie Batchelor，Karen Donaghay，Alice Furse，Vybarr Cregan-Reid，Ariane Mildenberg，David Stirrup，Abdulrazak Gurnah，Jan Montefiore，Rosanna Cox，Suzi Feay，Jon Gray，Caroline Rooney，David Herd，Donna Landry，Will Norman，Graham English，Steven Hall，Tom Boncza-Tomaszewski，Mudassar Iqbal，Laurence Goldstein，Jason Kennedy，Kirsty Crawford，Leo Hollis，Zahid Warley，Sheila Browne，Murray Edmond，Andrew Crumey，Emilie Clarke，Allen Clarke，Philip Pullman，Ian Stewart，Doug Coupland，Norah Perkins，Janine Cook和Anne Makepeace。還要感謝Tony Mann，Don Knuth，以及所有參加二〇〇九年數學與小說大會的人。我很感謝肯特大學英文學院所有的同事，尤其是創意寫作中心的同事。我從（幾乎）所有教過的學生身上學到了不少東西，所以如果你曾上過我教的柏拉圖或是寫作中的同情的課，那也感謝你。我非常感謝Canongate出版社的每一個人。

這部小說有部分是在英國德文郡的以下地點寫的：塔肯黑的摩絲特之臂酒館（Maltsters Arms）、

托特尼斯的木桶屋咖啡館（Barrel House café）；托特尼斯的數字十二旅社（Number 12 B&B）；托克羅斯的海之輕風旅館（Sea Breeze Hotel）。

我已在小說中標明了許多做研究時用到的書。大部分的書都是真的，除了凱爾西・紐曼和澤布・羅斯的作品、愛麗絲・格拉斯寫的《家居妙招》、《自學密宗性愛》和奧斯卡寄過來的那包書。以下是一些沒有在文章裡提及但對我幫助很大的書：保羅・雷浦斯（Paul Reps）編寫的《禪肉禪骨》（*Zen Flesh, Zen Bones*）；丹尼爾・莫曼（Daniel Moerman）寫的《意義，藥物及安慰劑效應》（*Meaning, Medicine and the Placebo Effect*）；安東尼・契訶夫的《信中人生》（*A Life in Letters*），由羅莎蒙德・巴特利特（Rosamund Bartlett）和安東尼・菲力浦斯（Anthony Phillips）翻譯；史蒂芬・蜜雪兒（Stephen Mitchell）翻譯的《道德經》；諾伯特・古特曼（Norbert Guterman）翻譯的《俄羅斯民間故事》，（其中一個故事〈山羊回來了〉在第一部的第51頁上）；莫斯・羅伯特斯（Moss Roberts）編譯的《中國童話》；路易・海德（Lewis Hyde）的《騙子造就世界》（*Trickster Makes This World*）；大衛・斯特拉納克（David Stranack）的《過河》（*A River to Cross*）；艾倫・沃茨（Alan Watts）的《書》（*The Book*，為了描寫貓）；安・巴德（Ann Budd）的《織襪子》（*Knitting Socks*），喬・庫珀（Joe Cooper）的《科丁利精靈》（*The Case of the Cottingley Fairies*）；肯・斯莫爾（Ken Small）的《被遺忘的死者》（*The Forgotten Dead*）；瑪麗安・格林（Marian Green）的《一個女巫》（*A Witch Alone*）；雷・貝思（Rae Beth）的《鄉野女巫》（*Hedge Witch*）；梅希蒂爾德・舍菲（Mechthild Scheffer）的《巴哈花精療法》（*Bach Flower Therapy*）；瑞秋・波拉克（Rachel Pollack）的《七十八度智慧》（*Seventy-Eight Degrees of Wisdom*）。如果沒有法蘭克・提普勒的《不朽的物理學》（*The Physics of Immortality*），我肯定沒辦法寫出這本書。

木馬文學 125

我們悲慘的宇宙
Our Tragic Universe

作者　史嘉蕾・湯瑪斯（Scarlett Thomas）
譯者　金玲
執行長　陳蕙慧
主編　張立雯
行銷企劃　廖祿存

社長　郭重興
發行人兼出版總監　曾大福
出版　木馬文化事業股份有限公司
發行　遠足文化事業股份有限公司
地址 231新北市新店區民權路108之4號8樓
電話 02-2218-1417　傳真 02-8667-1891
email: service@bookrep.com.tw
郵撥帳號 19588272 木馬文化事業股份有限公司
客服專線 0800221029
法律顧問　華洋國際專利商標事務所 蘇文生 律師
印刷　成陽印刷股份有限公司
初版　2018年4月
定價　新台幣350元

ISBN 978-986-359-519-9

國家圖書館出版品預行編目(CIP)資料

我們悲慘的宇宙 / 史嘉蕾・湯瑪斯(Scarlett Thomas)著；金玲譯. -- 初版. -- 新北市：木馬文化出版：遠足文化發行, 2018.04
面；　公分. -- (木馬文學；125)
譯自：Our tragic universe
ISBN 978-986-359-519-9 (平裝)

873.57　　107004658